本书受到湖北民族学院博士科研启动项目"王闿运与光宣诗坛研究"（4128003）资助。

王闿运

与光宣诗坛研究

何荣誉◎著

中国社会科学出版社

图书在版编目（CIP）数据

王闿运与光宣诗坛研究/何荣誉著. —北京：中国社会科学出版社，
2015.9

ISBN 978 - 7 - 5161 - 6617 - 8

Ⅰ.①王…　Ⅱ.①何…　Ⅲ.①王闿运（1833～1916）—诗学观—
研究　Ⅳ.①I207.22

中国版本图书馆 CIP 数据核字（2015）第 161070 号

出 版 人　赵剑英
责任编辑　郭晓鸿
特约编辑　席建海
责任校对　韩海超
责任印制　戴　宽

出　　　版　中国社会科学出版社
社　　　址　北京鼓楼西大街甲 158 号
邮　　　编　100720
网　　　址　http://www.csspw.cn
发 行 部　010 - 84083685
门 市 部　010 - 84029450
经　　　销　新华书店及其他书店

印　　　刷　北京君升印刷有限公司
装　　　订　廊坊市广阳区广增装订厂
版　　　次　2015 年 9 月第 1 版
印　　　次　2015 年 9 月第 1 次印刷

开　　　本　710×1000　1/16
印　　　张　16.25
插　　　页　2
字　　　数　253 千字
定　　　价　60.00 元

目　录

序

张寅彭

　　王闿运是晚清一位各方面都极活跃的人物，但在政治上他始终不过止于一策士而已。值得关注的是他留下的涉猎四部的大量文字，而历来整理和研究的成果也已颇为可观。如此，则何以还要请何荣誉同学继续以王闿运为题来做他的博士学位论文呢？这主要是出于我对晚清诗坛全局的一个观察。

　　清代诗学自道光以后，随时局之巨变而亦变，开出一喜言宋诗的新局面，陈衍、汪辟疆等老辈学者对此都早有论述。陈衍又分道光以来诗派为"清苍幽峭"诗风与"生涩奥衍"诗风两大阵容（见其《石遗室诗话》卷三）；汪辟疆则以地域为宗，进一步细分为湖湘、闽赣、河北、江左、岭南、西蜀等六派（见其《近代诗派与地域》等文），皆有益于把握晚清诗坛所谓"不专宗盛唐"（陈衍语）之大势，已为人所共知。

　　但方湖先生又有《光宣诗坛点将录》一文，点王闿运为"诗坛旧头领"之"托塔天王晁盖"，而钱仲联先生《近百年诗坛点将录》则点李慈铭为"旧头领晁盖"，加上陈石遗的推张之洞为"旧头领"（按此转引自钱仲联《近百年诗坛点将录》"诗坛旧头领"条，而未见诸石遗论诗文字，或由梦苕庵推衍石遗评文襄之意而代为拈出），同一位置，竟分属三家。其中有何玄机？如果合而观之，则似是又一颇具全局性质的视角，而尚未及为人所留意也。故多年来即鼓励学生尝试论述之，先后有周容君论李慈铭，米玉婷君论张之洞，及何君此论，周君并与我辑有《越缦堂日记说诗全编》出版。何君此文成，当年获评上海市优秀博士论文称号，今亦将正式出版矣，故乐为之序，并述缘起如上。

李、王、张三家，年辈相仿，皆生当道咸同光之期。又皆极自负其诗，如李越缦云："所得意莫如诗。"（见其《白华绛跗阁诗序》，载上海古籍出版社《越缦堂诗文集》）王湘绮云："今人诗莫工于余"，"余生平志趣、学问，皆由诗入"。（见陈兆奎辑《王志》，载岳麓书社《湘绮楼诗文集》）而陈曾寿《读广雅堂诗随笔》亦曾记张广雅一事云："樊樊山尝从容侍坐，问：老师之学包罗万象，然生平以为用功最深者究何事？公默然久之，曰：仍是诗耳。"（上海古籍出版社《苍虬阁诗集》附）三人之间也曾有一段公案，出自《越缦堂日记》："前日香涛言，近日称诗家，楚南王壬秋之幽奥与予之明秀，一时殆无伦比。明秀二字足尽予诗乎？盖予近与诸君倡和之作，皆仅取达意，不求高深，而香涛又未见予集，故有是言也。若王君之诗，予见其数首，则粗有腔拍，古人糟粕尚未尽得者。（中略）以二君之相爱，京师之才亦无如二君者，香涛尤一时杰出，而尚为此言，真赏不逢，斯文将坠，予之碌碌，不可以休乎！"（《日记》同治十一年四月六日）自重人重，俱言之凿凿，颇传出一时无出其右的气概。

然则"旧头领"者何谓也？揆诸《水浒》梁山泊本事，乃创立基业而后力有未逮、未能持续领袖之谓也。用来比附三家，乃指斯三人在道咸以来渐成风气的宗宋诗潮中横插一杠，王刻意复古而绝不取唐后，张主"清切"，"宋意"要入"唐格"，李则标榜"八面受敌"而归于杜。此则大异于程恩泽、祁寯藻、何绍基、郑珍、曾国藩等人的倡言宋诗在前，也绝不同于陈三立、郑孝胥辈之所谓"同光体"的复燃于后。李门下的樊增祥、袁昶乃至沈曾植（沈诗有"越缦堂前一瓣香，樊袁贱子设三行"云），张门下的郑孝胥、陈衍等，陈三立视王亦可谓父执辈人物，诸子诗皆自立风格而过于其师父。三家欲挽一时之诗风，而复为后起诸君所挽回，故于后起者获此一"旧头领"身份矣。如此则三家"旧头领"一层的划出，或能将晚清诗坛风气嬗变的时段再予细化认识之。

若以此义言，则何君此文乃偏于王闿运一家立论，仅以最末一章稍及上述三家比较之意，于三家"旧头领"的身份更未能着墨，故仍不免未惬我之初衷。但此文于湘绮诗学，颇能抓准其各大关节，几无枝蔓；立论所据之文献亦可谓充分，有人所未用者；下笔亦初具分寸感，故仍能于众家同题之著中出一头地，此则非偶然也。何君毕业后在湖北恩施高校任职，近闻又将致力于樊樊山诗的研究。有此基础，又得樊山故里之地利，应能胜任之也。谨以此序，预祝成功。

乙未初春张寅彭识于沪西之默墨斋

引论　王闿运研究述评

　　王闿运（1832—1916）以文学闻名于世。他是晚清汉魏六朝诗派的领袖，也被视为湖湘派的首领。其史学巨著《湘军志》秉承史、班直笔之史家精神，文笔纵横。其《圆明园词》《哀江南赋》两篇文字令无数文人骚客倾倒，竟致洛阳纸贵。王闿运的才华不限于此，他还是一个通儒，力主今文经学。尽管王先谦《续皇清经解》不收其经传，徐世昌《清儒学案》也摈之于"儒林"之外，但是这并不影响其在当时儒林的地位，也不能掩盖其经说在中国近代史上的巨大影响，《清史稿·儒林传》就给予了其相应的位置。王闿运以其经说为基础，形成了独特的史学观念、政治思想。他的后半生基本上是在教书育人中度过的，先后主持尊经书院、思贤讲舍、船山学院，1903年还短暂主持过江西大学堂。他的教学以经、史、辞章为主，将自己的思想贯穿于其中，取得了丰硕成果，直接影响了四川、湖南两地的学术格局。

　　王闿运一生著述甚丰，其著作多收入清光宣年间衡阳东洲讲舍刊刻的《湘绮楼全集》（19种），民国十二年长沙湘潭王氏湘绮楼校刊汇印的《湘绮楼全集》（26种）。《全集》所收诗文都止于1908年，此后数年之作皆未集刊。另外，民国十六年（1928）商务印书馆又刊印《湘绮楼日记》，但所缺甚多。1996年，岳麓书社重刊《湘绮楼诗文集》《湘绮楼日记》，都对以前版本有所补录：《湘绮楼诗文集》补全王氏1908年以后的诗，《湘绮楼日记》则补刊光绪十四年五月底到十二月的内容。

王闿运思想复杂,对他的研究成果也很多。为方便本课题的开展,对王闿运研究史有必要做一番梳理。笔者拟从其文学、经学、史学和政治、教育等几个方面展开研究,并以文学研究为中心。

一　王闿运文学研究现状

对于王闿运文学研究现状的评述,拟从晚清民国时期和 20 世纪 80 年代以来两个研究高峰时段展开。

（一）晚清民国时期

晚清民国时期,人们对王闿运诗文的理解大致有两种:一种是肯定其诗文所取得的成绩,称其文才卓绝;另一种是不满其复古、拟古。下面分述之。

先谈前人对其诗文所取得成绩的总结。郭嵩焘曾说:"今天下诗盖莫盛于湘潭,尤杰者曰王壬秋、蔡与循。"① 谭嗣同《论艺绝句六篇》其二曰:"千年暗室任喧豗,汪魏龚王始是才。万物昭苏天地曙,要凭南岳一声雷。"其三曰:"姜斋微意瓣姜探,王邓翩翩靳共参。更有长沙病齐己,一时诗思落湖南。"② 这两首诗中之"王"皆为王闿运,前者称其文与魏源、龚自珍等一样,自成面目;后者称其诗能上承王夫之。钱基博在《现代中国文学史》中说"方民国之肇造,一时文章老宿者,首推湘潭王闿运",并说王闿运"诗才尤笼罩一世,各体皆高绝"。③

不唯如此,时人还承认他标举汉魏,开启湖湘诗派之功。夏敬观《褒碧斋集序》曰:"咸、同间能诗者,推武冈邓先生弥之、湘潭王先生壬秋。邓先生祖陶祢杜,王先生则沉潜汉魏,矫世风尚,论诗微抑陶。两先生颇异趣,然皆造诣卓绝,神理绵邈,非若明七子、清乾嘉诸人所为也。"④ 又有《晚晴簃诗话》曰:"自曾文正公提倡文学,海内靡然从风,经学尊乾嘉,诗派法江西,文章宗桐城。王壬秋后起,别树一帜。解经则主简括大

---

① 郭嵩焘:《谭荔仙四照堂诗集序》,《养知书屋诗文集·文集》卷六,岳麓书社 1984 年版,第 71 页。

② 谭嗣同:《论艺绝句六篇》,载舒芜编《近代文论选》,人民文学出版社 1962 年版,第 167 页。

③ 钱基博:《现代中国文学史》,岳麓书社 1986 年版,第 39 页。

④ 夏敬观:《褒碧斋集序》,载陈锐《褒碧斋集》,1929 年排印本。

义，不务繁征博引；文尚建安、典午，意在骈散未分；诗拟六代，兼涉初唐。湘蜀之士多宗之，壁垒几为一变。"①

王闿运的拟古、摹古在当时饱受诟病。李慈铭对王闿运十分不屑，评说道："若王君之诗，予见其数首，则粗有腔拍，古人糟粕尚未尽得者。其人予两晤之，喜妄言，盖一江湖唇吻之士。而以之与予并论，则予之诗亦可知矣！"② 叶德辉序《天放楼诗集》称："湘中末学，剽袭六朝，其肇端于湘绮、白香，诗境日穷、诗道日梗。"③ 陈衍《石遗室诗话》："湘绮五言古沉酣于汉魏六朝者至深，杂之古人集中，直莫能辨。正惟其莫能辨，不必其为湘绮之诗矣。七言古体必歌行，五言律必杜陵秦州诸作。七言绝句则以为本应五句，故不作。其存者不足为训。盖其墨守古法，不随时代风气为转移，虽明之前后七子无以过之也！然其所作，于时事关系甚多。"④ 钱仲联在《近百年诗坛点将录》里将王闿运比作"天败星活阎罗阮小七"："王闿运为近代湖湘派魁首，标榜八代，一意模拟，为世诟病久矣。然七古《圆明园词》，实为长庆体名作；五言律学杜陵，亦不仅貌似；七律学玉溪生者亦可爱，不能一笔抹杀也。刘治慎《读湘绮楼诗集》云：'白首支离将相中，酒杯袖手看成功。草堂花木存孤喻，芒屦山川送老穷，拟古稍嫌多气力，一时从学在牢笼。苍茫自写平生意。唐宋沟分未敢同。'褒贬差得其平。"⑤

"五四"新文学强调关心现实，因此也不好王闿运之摹古。胡适就在《五十年来中国之文学》中表示出了对王闿运的不满："说也奇怪，东南各省受害最深，竟不曾有伟大深厚的文学产生出来。王闿运为一代诗人，生当这个时代，他的《湘绮楼诗集》卷一至卷六正当太平天国大乱的时代（1849—1864）。我们从头读到尾，只看见无数《拟鲍明远》《拟傅玄》

---

① 徐世昌：《晚晴簃诗汇》卷一五五，《续修四库全书》，第 1632 册，第 523 页。

② 李慈铭：《越缦堂日记》同治十一年四月六日记，广陵书社 2004 年版。

③ 金天羽：《天放楼文言》，沈云龙编《近代中国史料丛刊》第 31 辑，（台北）文海出版社 1969 年版，第 419 页。

④ 陈衍：《近代诗钞》，商务印书馆 1933 年版（民国二十二年），第 322 页。

⑤ 钱仲联：《近百年诗坛点将录》，载《当代学者自选文库：钱仲联卷》，安徽教育出版社 1999 年版，第 683 页。

《拟王元长》《拟曹子建》……一类的假古董，偶然发现一两首'岁月犹多难，干戈罢远游'一类不痛不痒的诗，但竟寻不出一些真正可以纪念这个惨痛时代的诗。这是什么缘故呢？我想这都是因为这些诗人大都是只会做模仿诗的，他们住的世界还是鲍明远、曹子建的世界，并不是洪秀全、杨秀清的世界。况且鲍明远、曹子建的诗体，若不经一番大解放，绝不能用来描写洪秀全、杨秀清时代的惨劫。"① 胡适所论显然有失偏颇。王闿运的诗歌也有众多记录时代之作，如《圆明园词》《独行谣》等，当时陈衍就已经明言。

也有为王闿运的复古辩护的。陈子展在《中国近代文学之变迁》中说，王闿运"真可以算得上一个极端复古的大诗人"②。王森然在《近代名家评传》中认为，"钱萚孙谓王湘绮三代法物，或疑赝鼎，胡适谓为假古董，均意气之言，不足为评。"③

（二）20 世纪 80 年代至今

上述内容皆为晚清民国时期学人对王闿运诗文的评价，所论功过，大体皆符合事实。进入新中国，王闿运仍被视为"古董"而不被重视，不仅如此，对其评论因受限于时代甚为不公。应该说，王闿运的研究直到 20 世纪 80 年代才真正展开。下面将从王闿运文学研究现状和学术思想研究现状两方面来总结现有研究成果。

对王闿运诗文研究现状的总结，拟从其人、其诗学思想、诗歌作品、散文及词学的研究等几个方面展开。

1. 对王闿运其人的研究

时人多关注其纵横、帝王思想。杨度《湖南少年歌》中载："更有湘潭王先生，少年击剑学纵横。游说诸侯成割据，东南带甲为连横。曾胡却顾咸相谢，先生大笑披衣下。"④ 首次明确表述王闿运有纵横思想，其后，时人都承其说。周小喜就认为，杨度的帝王思想源于王氏。⑤ 信阳生则历

---

① 胡适：《五十年来中国之文学》，河北教育出版社 1996 年版，第 596 页。
② 陈子展：《中国近代文学之变迁》，上海古籍出版社 2000 年版，第 32 页。
③ 王森然：《近代名家评传》，书目文献出版社 1987 年版，第 6 页。
④ 杨度：《杨度集》，湖南人民出版社 1986 年版，第 94 页。
⑤ 周小喜：《杨度帝王之学简论》，三湘青年社会科学优秀论文集，2004 年卷。

数王闿运入幕曾氏、肃顺、丁宝桢、袁世凯之事，认为其怀抱帝王之学，以纵横家自居。① 还有人将王闿运列于近代纵横学开山之地位。近来也有人提出异议。刘少虎、李赫亚认为应谨慎使用"帝王之学"这一说法，因为王氏著述并没有此明确表述，而把王氏入幕等行为概括为"经世实践"。②

除关注其经世思想之外，还有人关注其逍遥的一面。贺金林《王闿运的人生落寞与逍遥》（《湖北大学学报》2008 年第 5 期）则着重关注王氏思想逍遥的一面。单苹《失落与升华——从生命美学角度解读王闿运》（硕士学位论文，湘潭大学，2006 年）则从生命美学的角度分析王氏的失落与成就。

另外，王氏交游甚广，研究他交游的文章也较多。如黄万机《王闿运与丁宝桢》（《贵州文史论丛》1999 年第 4 期）交代了丁、王二人相互欣赏、彼此引为知己的情况。现有的几篇学位论文几乎都设置了与王闿运交游相关的章节，然不再简单地叙述人物交往，而延伸至思想层面。庄静《王闿运诗歌研究》（硕士学位论文，苏州大学，2008 年）有专门一章考述了王闿运与当时文人的交游，如邓辅纶、李寿榕、龙翰臣、樊增祥、释敬安等。肖晓阳《湖湘诗派研究》（博士学位论文，苏州大学，2006 年）把王闿运置于湖湘派诗人当中来论述，较为详细地交代了王氏与湖湘诗人的关系。

2. 诗学思想的研究

就湘绮诗学思想研究而言，论者多集中在他的"复古主义"上面，或称赞，或批判，或发掘其对新文学的意义。另外，也有系统分析湘绮诗学体系的，如朱洪举的《王湘绮诗学研究》（博士学位论文，华东师范大学，2007 年）。湘绮诗学思想的另一个热点就是选本、诗文评点研究，即《八代诗选》《唐诗选》及《诗经》评点、王氏选本的诗歌评注等的研究。

（1）先谈复古主义。其实这是个旧问题，早在民国时期，陈衍、胡适、柳亚子等人就对王闿运的复古主义做过评述，这在上文已经提及。近

---

① 信阳生：《王闿运"帝王之学"述评》，《中南工业大学学报》（社会科学版）2002 年第 1 期。

② 刘少虎、李赫亚：《求仕与入幕：王闿运经世实践之努力》，《船山学刊》2007 年第 2 期。

期的几篇学位论文，把王闿运置于晚清这个新旧更替、中外文化冲突的背景下来考量，重新评估王氏诗学的价值。

第一种态度就是否定王氏复古主义的成绩。赖志凯《诗学复古与王闿运及汉魏六朝诗派》（硕士学位论文，暨南大学，2000 年）一文，以"复古"为核心，将以王闿运为代表的汉魏六朝诗派置于中国古典诗歌"复古"演进的历程加以考察，在展现风貌的同时，着重分析其诗学理论及创作的"复古"特质。他还通过与其他传统诗派和"诗界革命"的对照，揭示"复古"无法再承载中国诗歌演进、发展的重任，而兼及古典诗歌的终结。该文还总结了王闿运和汉魏六朝诗派取法汉魏六朝的诗歌主张，即追求汉魏六朝诗歌文辞之绮丽、淳雅，汉魏六朝诗歌"缘情"的特点，诗歌创作应采取的主要艺术手段是比兴。曹爱群《王闿运文学复古思想研究》（硕士学位论文，苏州大学，2003 年）一文，认为王氏以"缘情"为核心的复古论在对文学本质的体认和反理学方面，有其积极意义。同时也指出，在晚清王闿运过于"守成"的姿态多少有些不合时宜。表面上看，这是他个人主观选择的结果，而更深层的原因，则源自古典诗歌自身的发展已趋于式微这一事实。谌兵《现代进程中的"真古董"——在传统与现代之间的王闿运诗学理论》（硕士学位论文，北京师范大学，2005 年）王闿运诗学理论是汉魏六朝诗派的指导理论。将其置于由传统向现代转化的近代文化语境中加以考察，以窥探它在现代进程中的真实面貌，发掘出它的现代意义，认为王闿运诗学理论回答了怎样复古汉魏六朝的问题。他还认为王闿运诗学理论在近代文学由古典主义向现代主义转变过程中，是逆历史潮流而动的。

以上三篇论文都认为王氏的复古主义无法承载新时期的使命，不合时宜，是逆历史时代而动的。总的判断与民国人无大异。不过，此三篇文章还原王氏历史背景的理路还是可取的，另外对王氏诗学思想的分析，也有合理之处，将在后文评述。

第二种态度是肯定其复古思想的贡献。景献力《王闿运的复古思想与文学自觉》（《安徽师范大学学报》2008 年第 1 期）一文指出，王闿运的复古思想多数时候是被视为逆潮流的，但实际情况却并非完全如此。他强调诗中所抒之情要摆脱儒家诗教的束缚，重视文之绮丽，不唯与同时的其他复古流派相比更能代表文学发展的方向，即与其后的新派诗相比，在对文学本质特征的认识上，也是大有过之的。王闿运对作为诗歌本质特征的抒情和审美要素的自觉追求，从某种程度上讲，是走在时代前列的。此文充分肯定了王氏对诗歌"抒情"的肯定，并认为其把握了文学的本质，与"五四"时期对"文学"的理解有相同之处。庄静《王闿运诗歌研究》一文重点分析王闿运的诗歌，肯定其复古理论指导下的诗歌成绩。该文认为，王闿运虽然在诗歌理论上提倡复古，但是其创作却能反映现实，具有重要的价值。

（2）对王闿运诗学思想的研究，有对其模拟说、缘情说等的关注，还有从整体上对其思想作系统梳理的。

刘世楠《论王闿运的模拟》是对王闿运模拟说研究较早的一篇论文。刘先生认为，王闿运的拟古只是学习汉魏至南朝诗的诗法，纯为艺术形式的模拟，与内容无关。王氏模拟汉魏诗法的"以词掩意，托物寄兴"和南朝诗法的"婉而多思"，并认为他的诗作就是对这些诗法的实践。除此之外，刘先生还明确指出王闿运的模拟与八代拟古的风气有关。这些认识都甚为允当。刘先生从王闿运的诗论和拟古诗两个维度进行分析。王氏诗论有四点：第一，认为模拟的出现是诗歌艺术合规律的发展；第二，认为明七子的失误在于只学盛唐，而没有上拟汉魏；第三，通过古今之辨，选择汉魏，主张拟议变化；第四，选择汉魏诗法。所谓汉魏诗法，就是"以词掩意，托物寄兴"。至于王闿运的拟古诗，刘先生认为其特点有：一是王的拟古诗能反映时代，有"我"在；二是拟古用字都是《文选》式的，基本上是非八代以前的不用；三是拟古的方法有自己的特点。拟古方法的特点如下：首先强调"学古变化"，以《泰山诗孟冬朔日登山作》为例；其次是严格辨清题意，以《从大孤入彭蠡望庐山作》为例；最后，认为诗可以入考据，也可以入议论，但这种考据和议论，仍然必须"以词掩意"；最后，其五古的拟古特色是强调"藻采"。

缘情说是王闿运诗说的一个重要观点。陆草的《试论王闿运的"治情说"及其审美倾向》（《中州学刊》1985年第3期）一文重点分析了王闿运的"治情说",认为其内涵是诗人在创作过程中应当如何控制和驾驭自己的激情,寻求把握感情、表达感情的最佳分寸以及与之相应的艺术手段。陆氏认为王闿运的"治情说"有两个特点:一是情"贵有所止",二是"情不贵而情乃贵"。他还进一步探讨了王氏实现"治情"的手段,即:一严守格律,二"学道有得",三有"闲情逸致,游思别趣"。除此之外,王氏还强调创作心态的平和,提出"笔妙度舒"的观点。在这里需要指出的是,陆氏论述"格律",并没有指明"格律"的具体内涵。此处"格律"绝不是近体诗之音韵格律,而是古诗法。

吴淑钿《〈湘绮楼说诗〉的理论体系》(《汕头大学学报》1996年第5期)重点分析了《湘绮楼说诗》的理论体系。该文从诗本体论、诗歌技法等方面论述,论证湘绮论诗主魏晋的合理性及其独具文化眼光的审美理想。诗本体论主要分析了性情的内涵及表现。其诗法论,主要表现在辨体与学古的主张上。

肖晓阳《湖湘诗派研究》探讨王闿运为首的湖湘派诗宗汉魏的历史渊源,从晚清世风与楚文化精神的传承以及南方文学传统与近代诗文复古之风两个维度展开,从而发掘湖湘诗歌感伤的情感基调。肖晓阳论述王闿运的诗论则着重于"诗缘情"说,认为湘绮楼说诗主"诗不论理,亦非载道"。王闿运诗本《楚辞》、民谣,并反对时人诗源三百篇的观点。"历来被奉为圭臬的经典,在王闿运的诗论里被搁置了,代之以楚辞与民谣。"①由尚"情"出发,引申出王闿运诗歌重比兴、绮丽与典雅的特点。同时,湘绮楼选诗是尚情与通变的调和。他具体分析了《八代诗选》,认为《八代诗选》首先反映出了诗人通变之论;其次体现了诗人"缘情"的主张;最后,大量选入拟作,表明了诗人拟古的倾向。

朱洪举《王湘绮诗学思想研究》(博士学位论文,华东师范大学,2007年)是王闿运诗学思想研究的集大成者。该文认为湘绮诗学思想属于古典诗学的特征在于:反对直言而重以词掩意,反对空言性灵而重摹仿与训练,反对纯粹言情而重为政之旨,反对"歧经史文词而裂之"而重"合

---

① 肖晓阳:《湖湘诗派研究》,博士学位论文,苏州大学,2006年,第41页。

经史文词为一"，总之，湘绮诗学是一种主"文"的诗学。

（3）选本、诗文评点研究是湘绮诗学思想研究的一个重要内容，即对《八代文选》《唐诗选》选文标准以及所体现出来的诗学思想的考察。

黄世民《论王闿运〈八代诗选〉及其批注》（硕士学位论文，湖南大学，2007 年）一文从《八代诗选》的产生、选诗的特色、眉批以及《八代诗选》所体现出来的诗学特点四章展开论述。他认为《八代诗选》的选诗特色有如下四点：从入选诗人来看，偏重汉魏以后诗歌大家和文学群体；从入选诗体来看，众体兼备，独尊五言；从入选内容来看，偏重咏怀感伤和山水之作；选本选诗的其他特色，细分声律，明辨诗体。黄氏立足《八代诗选》眉批，分条析理，总结其诗学思想有："诗贵有情""诗有家数""逸气高华""曲隐而自达"。

还有程彦霞《王闿运选批唐诗研究》（博士学位论文，上海师范大学，2009 年），以王闿运的《唐诗选》为中心，从唐诗选本的版本、内容以及呈现出来的特征研究王闿运的唐诗观，进而至于他的诗歌艺术源流史观，论文还就唐诗观念与同时期诸诗派及诗人作了比较。分析可谓全面。该文的很多论点及视角，都给笔者以很大的启示。如她着力发掘了王闿运从艺术的角度来评论唐诗及其源流，并得出王闿运的唐诗观是其评论六朝诗的延续。这样的论断可谓精辟。

关于唐诗选本及诗经评点研究的文章有金性尧《王闿运唐诗选评语》（《读书》1995 年第 6 期），程彦霞《王闿运唐诗选本考述》（《郑州大学学报》2009 年第 1 期）考述了王闿运三个唐诗选本的情况：有《唐十家诗选》、六卷《唐诗选》和十二卷《唐诗选》。周逸编纂《湘绮楼诗经评点》（《船山学报》1932 年第 14 期）。

（4）王闿运诗学与明七子复古的关系。该问题实际就是研究王闿运如何总结前人复古的得失，时人又如何看待王闿运的复古。章太炎早在《国学讲演录》中就指出湘绮诗学路径实与七子相同。刘世楠在《论王闿运的模拟》一文中指出明七子复古失误就在于只学盛唐，而没有上拟汉魏。赖志凯《诗学复古与王闿运及汉魏六朝诗派》则认为王闿运与七子派相同的地方在于复古同样从"格法"等表层结构入手，但源于对汉魏六朝诗歌性情的体认，王闿运对"格调"的认识有着更加灵活的一面。朱洪举《王湘绮诗学思想研究》指出湘绮诗学中所论"格调"与其模仿说紧密相连，但不再限于明代复古派诗论多侧重论"音""调"之格局，又没有背离格调说以"古范"祖格诗法之旨。程彦霞则有《论王闿运对明七子复古体系的重建》对此问题进行阐述，认为王闿运复古承明七子而来，对明七子之理论进行了修正、补充和完善，对明七子"诗必盛唐"的复古门径提出批评，界定汉魏六朝五言古诗为其复古的诗学对象；提出了一套具体完整的诗学方法，解决了明七子的"筏喻"之争；质疑后人讥明七子复古为"优孟衣冠"，论述了形神兼似的拟古标准，从理论到实践完成了对明七子复古体系的重建。

3. 王闿运诗歌作品

据《湘绮楼诗集》（岳麓书社 1996 年版）统计，王闿运诗有 1800 余首，题材包括了闺情、景物、山水、咏物、纪事、抒怀、赠答等。他的诗歌以汉魏六朝为宗，下及三唐，而绝不入宋诗。

就现有研究状况来看，王闿运的名篇多为人注意，如《圆明园词》《独行谣》《周甲七夕词》等。陶先淮《一幅关于太平天国运动的历史画卷——试论王闿运的长篇组诗〈独行谣〉》（《中国文学研究》1987 年第 2 期）专门对王氏长篇组诗《独行谣》作了分析，并给予了很高的评价。他认为《独行谣》是我国古代文学中规模最大的组诗，它能抓住事变的梗概，提纲挈领，表现了高度的概括力，又能选取精彩的战役场面，进行生动的刻画，并在具体事件中再现人物形象；它的语言刚健古朴，风格拙重，有汉魏的气魄和风骨，又继承发展杜甫五古与联章的体制。庄静《王闿运诗歌研究》从理论摹古与创作写实的角度分析了《圆明园词》《独行谣》《游仙诗》、七夕词。

另外，王英志《王闿运山水诗初探》（《中国韵文学刊》2005 年第 4 期）分析了王闿运的山水诗的特点，认为其诗笔既涉及故乡湖湘山水，亦描绘江南、西北、西南异乡风光；体裁以五言诗为主，有汉魏六朝绮靡之风，亦不乏七古长篇，学盛唐之长，并进一步指出王氏山水诗与以龚自珍为代表的近代山水诗借山水寄寓政治理想的主体范式不同，基本上是单纯的模山范水，或抒发一己之情怀。赖志凯《诗学复古与王闿运及汉魏六朝诗派》（硕士学位论文，暨南大学，2000 年）认为王闿运的山水诗，绝大部分都是纪行诗，和他的政治、纵横活动紧密相连。他的山水田园诗，也随着时局的变化以及他政治活动的成败，而呈现出不同的色彩。赖传志对王闿运山水诗的总体感觉是对的，可惜未能做详尽的分析。

还有对王闿运诗歌作品作总体评述的。何绵山《王闿运诗文论略》（《社会科学辑刊》1990 年第 2 期）将王闿运诗的题材概括如下：对亲朋友人的赠、寄、送、挽、哀、悼，对山川名胜的描绘和对行驿羁旅的记载，对四季景色的赞赏和对自然界万物的咏叹，对社会动乱的描绘和自己身世的感叹，对汉魏六朝诗歌的直接模拟，对历史事件的记述。马积高《漫谈湖湘文化（续）》（《湖湘论坛》1997 年第 1 期）认为王的诗从思想倾向来说虽不免含有落后、迂腐的成分，但从太平天国到"五四"新文化运动以前国内的大事，在其作品中大都有不同程度的反映，于咸丰、同治年间的大事尤详，堪称诗史。他还认为王氏早年所作五古，间有模拟汉魏古诗而未能变化的痕迹，然这只是他诗中的一小部分，他的绝大部分诗歌则虽有所承而能变化，其最大的特点是重篇而不重句，而其整体则浑朴自然，纵横如意，饶有情趣。马先生的论述对于理解王闿运诗歌的总体艺术追求颇有启发。

4. 王闿运的散文及文论

王闿运不仅在诗歌上造诣很高，其文也为人称道，也不乏名篇，如为大家熟知的《哀江南赋》，曾风靡一时。还有其史学巨著《湘军志》，也被人誉为上接史、班之作。其传记之作，如《李仁元传》《邹汉勋传》等情辞兼备，且有自己对历史的反思。美文如《到广州与妇书》《思归引序》等，抒发一己之思，婉而多怨。这些都已为人熟知。但是，王氏除此之外，还修志多部，如《衡阳县志》《湘潭县志》《桂阳县志》等，其中的传记文章，都不为人重视。另外，王闿运还有《八代文粹》一部。对王闿运散文及文论的研究，现在尚处于初级阶段。

至今，研究王闿运散文的论文不多。刘再华的《近代经学与文学》第三章第二节《古今兼宗派经学家的文论》介绍了王闿运的文论，主要有几点：一是宗经，二是倡言复古，反对文以载道，追求淳雅的散文美学理想。刘再华将王闿运的经学与文论结合起来，为研究王闿运的文学思想提供了新的思路。本节内容以单篇论文形式公开发表，题为《王闿运的散文理论与创作》（《船山学刊》1998 年第 2 期）。另外有傅宇斌《王闿运与桐城派——论王闿运文学思想的另一渊源》（《中南大学学报》2008 年第 8 期）一文认为桐城派对湖湘派领袖王闿运文学思想的影响是隐势的。不管是在学理、地域、教育以及王闿运的交游上，都可以发现桐城派和王闿运之间的渊源。王闿运的很多重要思想都可以说是对桐城派的袭用和吸收。具体表现在以下几点：一是王闿运"经学、辞章、人品"与桐城派"义理、考据、文章"的相融；二是王闿运的"模仿论"对桐城派理论的吸收；三是王闿运文体论"思兼单复"与桐城派"骈散合一"。

5. 王闿运的词学

1890 年，王先谦欲合王闿运、张雨珊等六人词刊刻成集，题为《诗余偶钞》，又名《六家词钞》。王闿运的刻本名为《湘绮楼词》，选词 61 首。但据王代功《湘绮府君年谱》1890 年载："府君所作词殆数百首，皆随手丧失，今其存者，殆十分之一焉。"可见湘绮词的数量远不止此数。另外，王闿运还为张雨珊的《湘雨楼词》作序，阐述自己的词学观念。1897 年，王闿运为教学而选辑《湘绮楼词选》，又名《湘绮楼选绝妙好词》，并作序，谈自己的词学经历，这个选本也是研究王闿运词学的重要资料。另外，王闿运还为郑文焯的《比竹余音》作序，这篇序与《张雨珊的〈湘雨楼词〉序》《湘绮楼词选序》是研究王闿运阐述词论的仅有材料。

较诗歌研究而言，对王闿运词的研究就显得明显不足了，这可能与研究者的重视程度和现存资料不多有关。虽如此，仍取得了一些共识，如认为王闿运对词为小道的认识以及有张扬湖湘词的意图等。严迪昌的《清词史》以"三湘词人在晚清也是群体纷起，名家辈出"将湖湘词人一笔带过。莫立民在《晚清词研究》中单列一章《王闿运和湖湘词人群》，但只是对王闿运的生平和部分名作作了评述。这些著作对王闿运的研究皆不深入。相比较而言，有几篇论文的研究要深入和具体得多。何绵山《王闿运诗文论略》（《社会科学辑刊》1990 年第 2 期）总结了王闿运词的主要内容：对日常生活的记叙和思想胸襟的抒发；与朋友酬唱应和，寄赠送往；为他人题画作词。并概括出了其词的艺术特征：含蓄委婉、善于用典、用韵极严。闵定庆《渐常而外欲张楚军——论王闿运的词学追求》（《中国韵文学刊》1998 年第 2 期）认为王闿运词学深受孙麟趾影响，在词本体论方面着意肯定词言私情的抒情价值，在词美方面重真情、重本色，崇北宋、苏辛，于清词首肯常派而不满浙派。不仅如此，还认为王闿运有明显的宗派意识，欲于浙常之外而张楚军。杨雨、曾秋香《"尊体"大潮中的"小道""逆流"——王闿运词学"小道"观》（2000 年词学国际学术会议研讨会论文集）详细地论述了王闿运的词学经历，认为王氏对词的态度经历了从早年的"未屑屑也"，到中年以后的"间及填词"，后又编选《湘绮楼词选》作为教科书。一方面他始终坚持词为"小道"的观念，另一方面这种"小道"观在不同时期又有不同的内涵，中年以后"粗识文学之津"，认识到词之妙处在于"微感人心，曲通物性"，"俾知小道可观"。认为王氏坚持词与诗不同的独特体性的基础上对词的本色认知，反对片面推崇比兴寄托以至"锤幽凿险"的词坛风气，坚持自然溢露之真情才能使词臻于"不可言说"的"上上"境界。刘兴晖的《"绮语"与"合道"——论王闿运〈湘绮楼词选〉"雅趣并擅"的词学观》（《广西大学学报》2009 年第 8 期）重点研究了《湘绮楼词选》，认为王闿运论词继承孙麟趾"畅词趣"之说，所编《湘绮楼词选》以词趣为标准，采用"趣""妙""灵"等话语评点词，寻求"绮语"与"合道"的契合点，试图阐释和回归"诗庄词媚"的观念，反映出清末民初对词体审美特质的重新认识。与杨雨等对王闿运词论重视词体特征的认识是一致的。

还有龙起凤《王闿运〈湘绮楼词〉及词论研究》（硕士学位论文，暨南大学，2010 年）一文继承了前人的观点，认为王闿运的词学观有：一是回归"小道"；二是注重情趣，推崇自然清新词风；三是独张楚军，词派自立意识的苏醒。文章还从《湘绮楼词》的创作背景、思想内容、艺术特色、地域文化特征以及词的多重解读性等角度，详细地分析了湘绮词的特色。

二　王闿运学术思想研究现状

为了更加深入地研究王闿运的诗文，这里还需要简单地总结其学术思想研究的成绩，以期能发现其学术思想与文学之间的关系。王闿运以经学为本，以政治、史学、教育为用，形成了独特的面貌。下面将从王闿运的经学思想、教育思想和政治及史学思想三个方面进行探讨。

（一）王闿运的经学思想

王闿运是晚清著名的经学家，他遍注群经，经学著作有 19 种之多。不仅如此，其思想经过弟子廖平，再传弟子康有为等的传播，并与现实政治相结合，最终成为中国近代历史上政治改革的重要思想资源，深刻影响了中国历史进程。

分析王闿运的经学思想、治学方法、治学理路和学派归属，是研究者们共同的趋向。关于王闿运经学的研究，早在生前就引起了时人的注意。当时的人们就其经学家法和理路等外部特征做了简单的描述，皮锡瑞认为王氏说经与自己宗旨相同，不拘前说，屡创新意。叶德辉认为王氏治经有别于庄存与、刘逢禄等纯正之西汉今文经学派，也不同于龚、魏等引经学评时政，而是上接胡毋生、董仲舒，不守家法，自成一家。民国时期，梁启超、章太炎等人也对王氏经学做出了评价。梁启超认为王氏经学为今文经学，且有"公羊化"的倾向，但是他对王氏经学整体评价不高。章太炎认为王闿运不属于"常州派今文经学家"，有"单立湘派"之意。王氏弟子支伟成在《清代朴学大师列传》中评论其师之经学，认为"先生入学，初由礼始，考三代制度，详品物之用，然后达《春秋》微言，张公羊，申何学"，明确提出了王氏治经之宗旨——求《春秋》微言，以最终达到"推拨乱之道""通经致用"以救世。这一评论是很公允的，对后世产生了很大的影响。还有刘师培、钱基博、马宗霍、周予同、张舜徽等人对王氏经学也有评论。

进入 21 世纪，王氏经学的研究十分活跃，论述也进一步细化。刘少虎的《经学以自治——王闿运春秋学思想研究》一书是集大成者。该书详述了王闿运春秋学思想，对《穀梁申义》《春秋公羊传笺》《春秋例表》①的版本情况、体例等做了仔细的考辨和分析，并且，他还总结出了王闿运春

---

① 该书为王闿运之子王仲章所作，但经王闿运审阅首肯，能反映王氏思想。

秋观的义理重心：王鲁说、三世说、夷夏之辨说。在此基础上，从三个方面阐发王闿运春秋思想："通经致用"的为学理念，循序渐进的社会进化思想，天下大同的未来理想。该书有关章节，曾公开发表过。《"经""史"之别：王闿运对春秋的基本态度》（《长沙大学学报》2006 年第 6 期）认定《春秋》及《公羊传》《穀梁传》是"经"不是"史"，在"义"不在"事"，而《左传》为记事之书。《王闿运春秋学思想发微》（《求索》2006 年第 11 期）认为王闿运治经重《春秋》而宗《公羊》，主张"通经致用"，认为圣人经典既可以淑世，亦可以治身。并且指出王闿运《春秋》重在"义理"，"拨乱反正"是《春秋》的要义所在，"拨乱反正"是一个循序渐进的历史过程。"拨乱反正"之道在于"自治"与"礼"，唯其如此，世道人心才会淳正，社会才会稳定，世界才会和谐，天下才会太平。还有《离舍与回归：王闿运解说〈春秋〉灾异的两难》（《中山大学学报》2007 年第 1 期）。

另有刘平的《王闿运〈春秋公羊传笺〉学术思想研究》（博士学位论文，湖南大学，2008 年），也是王闿运经学研究的一部力作。与刘少虎不同的是，刘平的论述是围绕《春秋公羊笺》展开的。她认为王闿运形成了兼综今古文经学的公羊学风格。以王闿运《春秋公羊传笺》为中心，借用经典诠释学的理论，按照"属辞""释例"的分类，较为全面地解读了《春秋公羊传笺》文本，从中概括出王闿运藉例明礼的释经特色以及舍传求经、回归原典之经学倾向。所谓"藉例明礼"，揭示了王闿运尤其注重以"时月日例"来发挥《春秋》之微言大义，并集中于以"礼"教化人心、秩序社会的作用，所谓"舍传求经、回归原典"，探讨了王闿运为探寻经文的真理，在解经过程中试图超越传文，摆脱何休思想的影响，从经文本身下以己意的倾向。最后，对王闿运在笺释《春秋公羊传》中是如何体现伦理与政治互摄的关系的问题进行了探讨，以为是其诠释《春秋公羊传》的义理重心，并概括为四个方面：为政以渐的三世观，以质救文的三统观，化导外夷的民族观，以礼自治的致用之道。在论述角度上，刘平侧重于经学义例以及解经手段的分析，得出了王闿运通过发挥《春秋》微言大义以求致用，并细致地辨析出了王闿运经学与伦理、政治的结合，将通经致用落到了实处。其实，就王闿运经学"通经致用"的特点和济世的指归，刘平与刘少虎是一致的，这也可代表当今对王闿运经学的普遍认识。刘平学位论文的某些章节也单篇发表过，如《论王闿运以礼自治的思想》（《湖南大学学报》2008 年第 1 期）、《王闿运〈春秋公羊传笺〉中"化导外夷"的民族观》（《湖南师范大学学报》2008 年第 4 期）、《笔耕不辍，博洽多通——王闿运的著述、刻书与治学特点》（《图书馆》2010 年第 3 期）。

还有吴湘之《王闿运公羊学思想初探》（硕士学位论文，湖南师范大学，2007 年），将王闿运公羊说概括为"三世说""王鲁说""夷夏说""信义说""知权说"，并从如下几个方面分析了王闿运治公羊学的特征："由传而经""不守家法""义理取舍""笺注特点""经世色彩"。

除这三篇学位论文外，还有一些角度颇为新颖的单篇论文。萧晓阳、罗时进《常州庄氏之学与近代疑古思潮之发生》（《衡阳师范学院学报》2008 年第 2 期）分析常州庄氏之学开近世疑古之风，认为王闿运开了史学疑古一派，是近代今文学派疑古风潮中的环节。张昭军的《从复"义理之常"到言"义理之变"——清代今文经学家与程朱理学关系辨析》（《清史研究》2010 年第 2 期）分析了近代、清代今文经学家与程朱理学的关系，认为王闿运对程朱理学表现出明确的反叛倾向是近代今文学与程朱理学由兼宗、批评、反对到扬弃、改造过程中的重要环节。这两篇论文都是将王闿运置于常州今文学派的传承之中来论述的。而彭平一《戊戌前后湖南今文经学的学术播迁及其影响——以王闿运和皮锡瑞为始末》（《湖南大学学报》2009 年第 5 期）则将王闿运置于湖南经学发展的大背景之中。

（二）王闿运的教育思想

王闿运是晚清著名的教育家之一，先后主持了四川尊经书院、思贤讲舍、船山书院。另外，在主持船山学院期间，王闿运还受弟子时任江西巡抚夏时之请，短暂主持江西大学堂。在王氏所主持的几个书院之中，取得成绩最大、最引人注目的就是尊经书院和船山书院。研究者的研究兴奋点也在于此。

对于王闿运教育活动和教育思想的关注，还是个新鲜课题。杨布生的《王闿运掌教尊经、船山两书院考》（《湘潭师范学院学报》1990 年第 4

期）是就此课题较早的一篇论文。该文认为王闿运的书院教育思想，从总的倾向来看，是处在严重的矛盾过程中，既有维新反帝的爱国主义的一面，也有维护封建思想体系的守旧一面，并总结出了王闿运教育思想"通经致用"的特点。章启辉、刘平的《王闿运教育思想的经学经世特征》（《船山学刊》2006年第4期）一文就王闿运教育思想的经学经世特点做了专门的论述，认为其特征表现在以下几个方面：一是学以见行，学以成事；二是通经致用；三是扶倾救弊。李赫亚《湖南"二王"与近代湖南书院改制》（《北京理工大学学报》2006年第4期）一文通过比较王闿运、王先谦的教学内容和在书院改制中的表现，透射出传统型知识分子在晚清变局中的复杂心态。刘平、章启辉《王闿运改制船山书院探析》（《湖南大学学报》2007年第5期）一文详述了清末书院改学堂过程中，船山书院在王闿运的主持下经历的"反对—应付—缓改"三部曲。李赫亚的《论晚清书院教育的多元性征》（《徐州师范大学学报》2007年第2期）一文比较了王闿运、黄彭年、吴汝纶、王韬等人的书院教育思想，认为他们共同的教育宗旨是为实现救亡图存培养有用之才，在教育内容上亦都改变了惟科举是务的取向，增加了实学的比重；而王闿运的不同之处在于重视经学教育。

王闿运重视经学教育，对晚清蜀学的兴起，起到了关键作用，其门下弟子廖平、杨锐、宋育仁等，在中国近代史上都产生了深远的影响。李晓宇《尊经书院与近代蜀学的兴起》（《湖南大学学报》2008年第5期）充分肯定了王闿运开启蜀学宗风的成绩，文章认为王氏改变了旧蜀学热衷功名、不潜心学问的弊病，传导重家法、师说的治学理路，并且以礼熏陶人心。还有曲洪波的《尊经书院与晚清时期四川的经学发展略论》（《宜宾学院学报》2009年第4期）认为尊经书院以传统经学教育为主，对晚清时期四川的经学发展有重要影响。张之洞、王闿运、宋育仁等人给这一时期经学的发展带来了"汉宋兼采""古今会通"和"通经致用"的新气象。

（三）王闿运的史学观念和政治思想

王闿运的史学观念和政治思想与其经学思想密切相关，在上部分的内容中，我们可以看出一二。他的"通三世"的历史观念、以礼治国的理念都源于今文经学，甚至他的"夷狄观"影响了他对洋务运动的看法。他的经学以致用、史学以应世的观点在内在理路上是一致的，都具有现实指向。研究者显然已经注意到了他的经学思想与史学观念、政治思想的内在联系。

胡锋的《王闿运史学思想初探》（硕士学位论文，湘潭大学，2003年）从时代背景、形成过程及成因对王闿运的史学思想进行了考察，接着从经史之辨、治史之要、以诗论史等三个方面分析了王闿运史学思想的内涵，进而在考察王闿运史学思想实践的基础上，分析出王闿运史学思想的四大特色。文章指出，王闿运将提倡文化传统和倡言经世致用相结合，以"史学以应世"来维系中华民族的生存纽带。

刘四平的《王闿运政治思想研究》（博士学位论文，湖南师范大学，2007年）重点探讨王闿运的政治思想。从晚清变局和王闿运的生平活动及其著述起笔，以王闿运的经学思想与政治隐义为切入点，探讨其经学思想与政治主张之互动关系；将王闿运应对时代变局的内政思想、对外思想及其帝王学说作为三条主线，全面深入地分析其政治思想的内涵和倾向。其经学思想与政治的切合点在于礼治思想，内政思想表现在经世济民的主张、为镇压农民运动建言献策、反对维新变法与新政、反对民主革命。对外思想继承了传统的华夷观，主张抵抗列强侵略，反对向西方学习。还对帝王学说的内涵和特征作了归纳，并对该学说的实践及历史命运做了评价。

以上两篇学位论文分别对王闿运的史学观念和政治思想作了较为全面的分析。另外，还有学者针对王闿运的洋务观和《湘军志》的问题做了专门的研究。

李存朴的《王闿运洋务观析论》（《广西社会科学》2007年第11期）从王闿运的内政、外交两个方面分析了他的洋务观念，认为其外交思想体现在以下方面：首先，主张建立与西方国家之间正常的外交关系；其次，呼吁形成全国统一、明确的对外政策；最后，和平思想是王闿运外交思想的核心。内政方面：首先，他并非完全排斥西学以及西方的先进技术；其次，针对洋务运动偏重技术的弊端，王闿运提出重视人及其精神的作用；

最后，王闿运反对郭嵩焘推崇西学特别是西方国家的以法治国模式，但又推重郭嵩焘其人，这也说明他近于洋务派。由此认为，王闿运基本是近代式人物。

《湘军志》一直都是王闿运研究中的热点，对于这本著作的评价，也是众口不一。观点大致有两种，反对者如曾国荃，极度厌恶以至于毁掉刻板，而爱之者则称之为史家之笔。从现有的研究论文来看，大多承认王闿运的史家直笔精神，如马东玉《曲直自有后人评说——读〈湘军志〉与〈湘军记〉》（《辽宁大学学报》1990 年第 3 期）举例详述王闿运《湘军志》与王定安《湘军记》的差异，得出王闿运秉史笔而直书湘军始末，以及不隐恶、不献媚的史家精神。还有郭钦《良史乎，谤史乎？——关于王闿运〈湘军志〉百年纷争的评议》（《湖南社会科学》2009 年第 6 期）、周旭《王闿运学论》（硕士学位论文，华东师范大学，2009 年）有关《湘军志》的论述都是如此。这些观点基本也可代表今人对《湘军志》的看法。

三　选题缘由、研究目标及创新点

可以说，王闿运研究是近年来的热点，成果丰富，研究深入。本书专注于王闿运与光宣诗坛诗派的关系，重新审视作为一种文学观念的"拟古"在近代文学观念演变中的作用。"拟古"历来为人诟病，然王闿运之拟古诗观则有意识地拉开现实与文学的距离，重视文学本身的艺术性，其精神实质与当代审美的文学观念是相通的。然这种文学观念在当时受到了各方的批评。在多种观念的碰撞中，其思想得以流播，进而为人或多或少的接受，进而成为近代文学观念演变的重要一环。

为此，本书拟抓住王闿运诗学的核心观念，分析其对湖南诗坛的影响，并比较其与晚清汉魏六朝诗派、宋诗派、中晚唐诗派诗学的异同。最后，还将详细比较其与张之洞、李慈铭两家诗学，发掘其所代表的不同的诗学趋向。通过这一系列的比较研究，最终以期明确王闿运在晚清诗坛的位置。故而设以下几章展开论述：第一章，王闿运的拟古诗观；第二章，王闿运与汉魏六朝诗；第三章，王闿运与湖湘诗坛；第四章，王闿运与光宣诗学；第五章，王闿运与张之洞、李慈铭的诗学。

在充分继承前人论述的基础上，本书期在以下几方面有所突破。一是将王闿运的"拟古"诗观置于清代诗学发展的大背景下考察，以见其将当时诗学观念融合进其"拟古"观念的努力。二是以对陶渊明、谢灵运诗的评价为例，具体展示他对汉魏六朝诗歌接受的一个切面，为研究王闿运诗歌提供一个新的思维向度。三是从总体上把握王闿运与光宣各个诗派诗学观念的交流，并将其与张之洞、李慈铭二家作对比考察，凸显其诗歌诗学的独特性。

第一章　王闿运的拟古诗观

在清人眼中，明前后七子就是拟古诗人的代表。王闿运因与明前后七子的诗学有众多相似之处，在民国时，也被人视为"优孟"。陈衍在《近代诗钞》中说："湘绮五言沈酣于汉魏六朝者至深，杂之古人集中，直莫能辨。……盖其墨守古法，不随时代风气为转移，虽明之前后七子，无以过之也。"① 又有林庚白在《丽白楼诗话》中云："后人喜为汉魏六朝之诗，有辞无意，触目皆是。此以古人之情感与意境为情感意境，其本己拨，纵令为之而尽工，亦不外魏晋人之于《三百篇》；又其次，则如四灵、七子之学唐；下焉者，直是晚近诗人之学宋者流，可一笑也。王闿运五言律学杜陵，古体诗学魏晋六朝，亦坐此病。"② 由上不难看出，王闿运与明前后七子诗学关联最密者有以下两点：首先在诗学宗尚上，明前后七子主张"诗必盛唐"，然于古诗和乐府仍重视汉魏；而王闿运推崇汉魏六朝，兼涉三唐。其次，就作诗方法而言，他们都力主模拟。

针对明前后七子诗学的弊端，后人作出了众多调整。公安派以"性灵"救其字模句拟、不得神韵。然公安派之失在于肤浅与俚俗，于是竟陵派又以"幽深孤峭"再纠正之。尽管如此，当时诸诗派还是延续了前后七子标举唐诗的路径，竟陵、虞山、云岭诗派等都是这样。自清立国，宋诗

---

① 陈衍：《近代诗钞》，商务印书馆 1933 年版（民国二十二年），第 322 页。

② 林庚白：《丽白楼诗话》，张寅彭师《民国诗话丛编》（六），上海书店出版社 2002 年版，第 132 页。

势起。在经历了钱谦益、朱彝尊、吴之振、宋荦以至翁方纲等几代诗人的努力后，自明朝以来诗尊盛唐的局面被打破，唐宋诗顶立的局面慢慢形成。且清朝建立后，唐诗学内部也逐渐分化：除盛唐外，中晚唐诗开始为人重视。不仅如此，诗坛也逐渐形成了新的美学宗尚，神韵说、格调说、肌理说、性灵说等相继提出。虽如此，但有一点是不可否认的：明前后七子诗学是各种诗说立论的基础，或褒或贬，或继承并改造，或批判且扬弃。针对明前后七子的拟古观念，清人作了深入的分析和讨论，基本形成了明前后七子是"优孟"的认识。

王闿运在光宣之际重拾拟古大旗，复古汉魏，也就不得不面对"优孟"的指责，不得不回应前人对明前后七子不得古人之神、没有自己面目等的非难。于是，他改造了明前后七子的拟古理论，融入了前人学说的合理成分，建构了自己的拟古诗论，并激起了光宣诗人的拟古热情，形成了汉魏六朝诗派，产生了很大的影响。

研究王闿运的拟古诗观，目的有三：第一，发掘其拟古诗观的意义，尤其是在教学、学习古典文学方面；第二，直观把握晚清民国传统诗学自我求变的努力；第三，纠正时人对拟古的偏见，正视其理论价值，正视拟古诗的文学价值。为此，本书将从四个方面展开论述：第一是王闿运拟古诗观形成的环境，第二是清人对"拟古"的批评，第三是王闿运的拟古诗观，第四是王闿运的拟古诗。

第一节　王闿运拟古诗观形成的环境

王闿运拟古诗观形成有其特殊的环境。笔者将之归结为两个方面：一是湖南诗歌传统；二是兰林词社的诗歌氛围。推崇唐诗且上溯汉魏六朝，重视古体诗的创作，这是湖南诗歌的传统，也是王闿运拟古诗观形成的大环境。兰林词社是其诗观形成的小环境。与邓辅纶、邓绎、龙皞臣、李篁仙等人的交游结社，王闿运确立了以汉魏六朝为宗的诗学风尚，并最终形成拟古诗观。

　　王闿运拟古诗观的形成肯定受到了汉魏六朝拟古诗风的影响，然这点不是考察王氏诗学生发环境的因素。故本节不作深入发掘，容待后叙。

一　湖南诗歌传统

　　近代湖南诗坛三种诗学形态并存：唐诗派兼及汉魏，宋诗派，新诗派。在这三种诗学形态中，唐诗派影响最大，其时间最为久远，创作群体也最大。在道咸之际，宋诗派经过曾国藩、何绍基等人的倡导示范，也蔚为可观。新诗则起于清末，梁启超提倡诗界革命，谭嗣同积极响应，在湘中也产生了较大的影响。具体到王闿运拟古诗观形成的大环境，则与前两派关系为密。

　　汪辟疆的《近代诗派与地域》一文对湖湘地区诗学传统有过论述，曰："荆楚文学，远肇二南，屈宋承风，光照寰宇，楚声流播，至炎汉而弗衰。下逮宋齐，西声歌曲，谱入清商，极少年之情，写水乡离别之苦，远绍风骚，近开唐体，渊源一脉，灼然可寻。故向来湖湘诗人，即以善叙欢情，精晓音律见长，卓然复古，不肯与世推移，有一唱三叹之音，具竟体芳馨之致，即近代之湘楚诗人，举莫能外。"① 湖湘诗人受风骚润泽，又启唐体。其宗尚骚体，且不为世转移，作者代兴，连绵不绝。湖湘诗人，以情韵为本的诗学传统得到了有效的延续。

　　明清以来，湖南诗坛唐风甚劲。明朝茶陵李东阳主盟诗坛，论诗尊奉严羽《沧浪诗话》，推崇汉魏六朝、盛唐，尤宗李、杜。其《拟古乐府》两卷，为后人称颂。明季清初，王夫之主讲湘中，斯文益盛。至乾嘉时，诗名较盛者有湘潭张九钺、善化欧阳辂。

　　道咸时，湖南诗歌进入了一个繁盛期，名家众多。邓湘皋、汤鹏、黄本骥、杨彝珍、吴敏树等都是其典型代表。邓湘皋"导源魏晋而驰骋于唐宋诸老之场"。② 汤鹏之诗，"根柢性真，上蹑风骚，而又浸淫乎八代，藻绘乎三唐，情深文明，气雄词古，数百年间作诗者林立，……殆罕伦比。③

---

① 汪辟疆：《近代诗派与地域》，《汪辟疆说近代诗》，上海古籍出版社2001年版，第21页。
② 张翰仪：《湘雅摭残》卷一，岳麓书社1987年版。
③ 何绍基：《汤海秋诗集叙》，《东洲草堂文钞》卷三，清光绪刻本。

吴敏树宗唐诗，人不好宋诗议论，其《论诗六绝句》之五说："宋元何故便无诗，议论从来畏太奇。清可娱夫悲可涕，一般亲切是吾师。"① 杨彝珍诗"早年主师魏晋，多怀才不遇之慨，作诗有似阮籍、左思，抑或学陶潜"②。

除诸子外，湘中还有众多诗人为之羽翼。沅陵李沆训"诗溯源汉魏，甄孕盛唐"（《湘雅摭残》卷一）。长沙毛国翰"五古清越醇雅，出入陶谢江鲍间"，"七古雄荡有奇气"，"近体涉唐贤，无冶滞之音，佻缛之气"。（《湘雅摭残》卷一）还有陈起诗、起书兄弟，李克钿等，皆能追步魏晋。即便唐宋兼采者，创作五古热情亦高。

明清以来，湖南诗人在创作古诗时，都有一种探本究源的意识。他们认为汉魏古诗是上接屈骚，有风人之旨。明人陶汝鼐《嘅古自序》曰："追寻古响，不若汉魏乐府诸诗。苏李而下，犹能真真朴朴，写山川风俗忧思怨诽之情也。然则以离骚续诗，以乐府续离骚，得其意矣。泛滥而宋之填词，元之杂曲。骚变而雅尽亡，骚安能无绝乎？然而推波助澜者，多江左之时流，楚无责也。"③ 又如汤鹏评七子时所言："大复天才俊秀，厥见孔卓，然《明月》一篇未足尽其义类，且仅仿佛唐初四子者之所为，以富丽相尚，去古远矣。夫江河之水，不涉其源，不知其流之远也。泰岱之峰，不跻其巅，不知其下之卑也。自汉魏以降，古意不绝如线，故其风靡波荡所及，始则变为唐初四子之富丽，继乃振之以杜子美之沉着，韩昌黎之奇崛，苏东坡之奥博，元遗山之雄健。虽皆杰然，自成一家。其自为诗之变体，而未足以承三百篇之后，则均也。"④ 由此亦可见湘人作诗追求古格、上继风雅的努力。

也正因如此，湘人亦颇重视以情动人。对于古诗中以夫妇之情寄意者，也颇为重视。汤鹏有曰："诗不外乎性情，而性情莫切于夫妇之际。善哉何大复之言，曰：'三百篇首乎雎鸠，六义首乎风，而汉魏作者义关君臣朋友，

---

① 吴敏树：《论诗六绝句》，《桦湖诗录》，光绪十九年思贤讲舍刻本。
② 孙海洋：《湖南近代文学》，东方出版社2005年版，第175页。
③ 陶汝鼐：《嘅古自序》，《草木堂合集》文集卷二，清康熙刻世彩堂汇印本。
④ 汤鹏：《古意八十首并序》，《海秋诗集》卷八五言古诗，清道光十八年刻本。

辞必托诸夫妇，以宣鬱而达情焉，其旨远矣。'夷考文通、弇州之作，铺陈古往，语伤直致，其出于夫妇而兼风人之义者，不数数焉。"①

湘中诸老虽宗唐诗，然皆能上溯汉魏，好作古体，亦喜拟古。道光年间，邓湘皋编《沅湘耆旧集》，上起两晋，下至清道光时，是辑录湖南先贤诗歌的一部总集，也是研究湖南诗歌传统的重要文献。就拟古诗人而言，该集选录明朝3人，清朝20余人，拟诗均为五古体和乐府。具体而言，明朝李东阳有《拟古乐府》二卷，《沅湘耆旧集》卷八就选有其《拟古出塞》。后有郴州何孟春撰《李文正拟古乐府注二卷》，集中卷十三选其《拟古二首》。卷三十又选宁乡陶汝鼐古诗51首，拟古4首。清初1人，选拟古诗20首，即卷三十三王夫之，选录五古54首，其中就有拟古诗20首，且以拟陶拟阮之作居多。康熙时期4人，共选拟古11首。卷三十八程子源拟古3首；卷四十六王岱拟古2首；卷五十六许国焕拟古2首；王祚隆4首。乾隆时，卷一百一十六陈启畤拟古1首；卷一百二十三王洪2首。雍正时期3人，选拟古诗22首。卷七十三陈其扬拟古6首，卷七十四陶士杰拟古14首，卷八十五陈树蓍2首。嘉庆时10人，共选诗24首。卷一百周锡薄1首；卷一百二十五李世汉《拟咏史诗》8首；卷一百二十六陶必铨《拟谢惠莲秋怀诗》1首，卷一百三十九尹作翰1首，郑敦允2首，卷一百四十一石承藻2首，卷一百四十二柳廷芳2首，卷一百四十五阮芝《拟古闺怨》1首，卷一百五十四罗凤五2首，卷一百九十五涤尘诗僧觉慧4首。

后有张翰仪承嗣编撰《沅湘耆旧集》之旨，辑《湘雅摭残》一书。该书选录了自道光至民国湘人的诗歌，也是一部重要的湘人诗歌总集。该书是考察道光至民国初年湖南诗歌发展的重要文献。该书共辑录诗人634家，选诗8000余首。以该书为准，其时创作五古者达170人，② 占四分之一

---

① 汤鹏：《古意八十首并序》，《海秋诗集》卷八五言古诗，清道光十八年刻本。清初姚文然亦有相同认识："古诗温柔澹折，其质也。至其神气生动，思妇羁人之情状，千年而下，如见其形，若闻其声，或密而疏，似直而曲。建安则子建庶几近之，唐唯李供奉得其一二，杜甫虽自成一家言，未是此中入室也。"（参见《姚端恪公集·诗集》卷五《古诗十九首诗序》，康熙二十二年姚士塈等刻本。）

② 笔者在做统计时，已剔除书中增选的乾隆朝诗人5人。

强；选录五言古诗 314 首。因其选录人为因素，实际创作五言古体诗人的数量应大于 170。其时较为知名但未被《湘雅摭残》收录者，尚有善化许瑶光，① 其《雪门诗草》拟古诗就达 34 首之多。由此可见，其时五言古体诗歌创作之盛。

在道咸之际，宋诗派在湖湘诗坛崛起。陈衍曰："道咸以来，何子贞、祁春圃、魏默深、曾涤生、欧阳磵东、郑子尹、莫子偲诸老，始喜言宋诗。何、郑、莫皆出程春海侍郎恩泽门下。湘乡诗文字皆私淑江西。洞庭以来，言声韵之学者稍改故步。"② 何子贞、魏源、曾国藩、欧阳磵东皆为湘人，众人提倡宋诗，在湘中也产生了很大的影响。尤其是曾国藩，以中兴名臣的身份倡导宋诗，以山谷为宗，"骚坛风气，即渐由唐入宋矣"（《湘雅摭残》卷三）。

即便如此，宗宋诸子仍不能弃置湖湘唐诗传统于不顾。魏源兼采唐宋，其诗"雄浑似杜陵，奥衍似昌黎，傲兀似山谷，奇险似东坡，集古贤之长而自成一家言"（《湘雅摭残》卷二）。曾国藩也从汉魏六朝及唐诗中吸取经验，其《三十家诗钞》就选取汉魏六朝子建、嗣宗、渊明、康乐、明远、元晖诗人诗作，一一点评。

王闿运成长于湖湘唐诗学统的大环境中，其诗学选择，难免受其影响。这可从王闿运少时生活求学经历得以验证。据其长子王代功编《湘绮府君年谱》记载，王闿运三岁时，祖母便教之以古歌谣及唐五言诸诗，此殆接受唐诗之始。十二岁时，叔父王麟假馆宜章县署，王氏便从之游学，立志于经史辞章，昕夕不辍。十五岁时，王氏始读《楚辞》，并为之倾倒，遂有追步古作者之意。此乃为王氏崇古之始。十八岁时，从熊少牧问学。

熊少牧诗文兼善，为湘人称赏，③ 有《读书延年堂文钞》十卷，《读书延年堂诗集》二十九卷。熊少牧推崇明七子的复古，其在《论诗八十首》中评李、何曰："宣景诗教微，随波学圆滑。李何志复古，联翔旭健鹘。

---

① 许瑶光（1817—?），道光二十九年拔贡，久在浙江为官，有《雪门诗草》14 卷，同治十三年刻。

② 陈衍：《石遗室诗话》卷一第二则，张寅彭师编《民国诗话丛编》（一）。

③ 李元度：《读书延年堂文续集序》就以诗文兼长赞。（参见《天岳山馆文钞》卷二十四，岳麓书社 2009 年版）

鼓吹喧华堂，转令青琴歇。蓬莱不可即，为少神仙骨。"此处，熊氏虽指出明前七子诗歌艺术上缺乏神韵之弊，然对其复古以纠弊是推崇的。他的这一观点为王闿运所继承。王闿运对明前七子不满意处则在于其诗仅限于盛唐，而不能上溯至汉魏，然对其复古、拟古，则是拥护的。其在评议邓绎之论时曰："自明后论诗，率戒模仿，辛眉独谓七子格调雅正，由急于得名，未及思耳。自学唐而进之至于魏晋，风骨既树，文采弥彰，及后大成，遂令当世不敢以复古为病。"① 这一点同陶汝鼐、汤鹏等人的观点类似。

王闿运继承了湖湘推崇汉魏三唐的诗学传统，是其涉宋诗的重要原因。且湖湘诗人好为五古，亦不弃拟古诗，这对其嗣后上溯五古诗之源头，形成以汉魏六朝诗为宗的诗学观念产生了积极的影响。

二　兰林词社的拟古氛围

影响王闿运拟古诗观形成的因素，除了湖湘地区宗尚汉魏三唐的诗学传统外，还有其诗歌创作的小环境——兰林词社。兰林词社成员有邓辅纶、邓绎、龙皞臣、李寿蓉和王闿运，他们之间的诗歌酬唱、相互交流，促成了王闿运诗学观念的形成。

王闿运在《天影庵诗存序》中讲述了"湘中五子"的来历，曰：

> 余固少孤，为叔父所教育。九岁能文，而不喜制举程式，随例肄业城南书院。院长陈先生本钦，名儒也，专攻八比文，礼聘龙先生友夔助校课艺。龙先生熟精《四书》汇参之学，诸老翰林如劳、罗诸公，皆推服焉。或聚谈讲论，龙先生来，则莫敢先发言。而余与其长子皞臣交，及武冈二邓子，皆在城南讲舍。李君篁仙，亦从其外兄丁果臣居院斋。篁仙早入学，补廪生。皞臣亦举丙午乡试，下第还，侍父居内斋。皆谨斥，独余踸驰好大言。篁仙放诞自喜，余尤与相得，日夕过从，皆喜为诗篇。邓弥之尤工五言，每有作，皆五言，不取

---

① 王闿运：《湘绮楼说诗》卷二，第164页。

宋、唐歌行近体，故号为学古。其时，人不知古诗派别，见五言则号
为汉、魏，故篁仙以当时酬唱多者，自标为湘中五子。后以告诉曾涤
丈，罗罗山睡中闻之，惊问曰："有《近思录》耶？"时道学未衰，故
恶五子名云。①

据王代功《湘绮府君年谱》载，词社组成于咸丰元年，王闿运时年二
十。从这段叙述中可以看出，湘中五子，意气相投，以文相会，结成兰林
词社。因时人不知古诗派别，五子俨然以学古自任，志于复古汉魏。

可以说，王闿运复古汉魏的意识即萌发于此。其中以邓辅纶的影响最
大。邓辅纶文学自有法度，每作必为五言，而不涉宋、唐歌行近体。不仅
如此，邓氏兄弟十分赏识王氏之才，为之揄扬亦多。朱克敬《浮湘访学
记》之《邓绎事略》中载："邓绎与兄辅纶皆好学，然有大志，不屑章句，
尤喜访求才俊。尝谓求才为经世第一事。王闿运幼时，读村塾中。绎闻人
诵其诗，有'月落梦无痕'之句，喜曰：'此妙才也。'即往访定交。闿运
故贫，绎资之，使学于名师，又逢人誉荐之。由是闿运学益进，名声大
昌。"② 邓辅纶兄于王闿运，不仅为诗友，更有知遇之谊。

对于邓辅纶的诗歌，王闿运十分推崇。其评曰："邓弥之幼有神慧，
而思力沉苦，每吟一句，必绕室百转。诗学杜甫，体则谢、颜，至其《东
道难》《鸿雁篇》，古人无此制也。"

又有论诗绝句曰："太阿清湛比芙蓉，销尽锋芒百炼中，颜谢风华少
陵骨，始知韩愈是村翁。"③ 对其诗体兼谢颜、出语高华赞扬不已。他又
说："湘州自汉及明，词章质楚。君下笔渊懿，出语高华，游鱼衔钩，兰
苕集翠。诗仅数百首，卓然大家，出手成名，一人而已。"④ 不唯如此，邓
氏之作，不仅是王闿运师法的对象，更是其欲超越的对象。《湘绮楼日记》
光绪六年二月十九日回复邓辅纶信曰："承示新诗十余首，知雍容静肃，

① 王闿运：《天影庵诗存序》，《湘绮楼文集》卷九补遗，第283页。
② 朱克敬：《浮湘访学记》，《抱秀山房丛书》，光绪甲午朱氏重刊本。
③ 王闿运：《论同人诗八绝句》，《湘绮楼诗集》第十七卷。
④ 王闿运：《邓弥之墓志铭》，《湘绮楼文集》卷九补遗，第312页。

无罅可乘，'老夫'一联，尤为回春健笔，进于道矣。由杜而陶，所谓渐进自然。闿运至谢、阮便竭才尽气，无级可登，奈何！奈何！"① 在复古的道路上，王闿运只到谢、阮，而未继续向上，颇有自愧之感。晚年，王闿运还为自己有诗压倒邓辅纶而兴奋不已。其宣统三年八月十二日的日记记载了《四岳诗》创作后的心情："余廿时与邓弥之游祝融，邓诗语雄奇，余心愧之，怀之卅年乃得登岱诗，压倒白香亭矣。"②

而邓辅纶游祝融峰之作，乃为咸丰元年（1851）八月，亦即结社当年，与王闿运、龙皞臣同游衡山时所作。钱仲联在《梦苕庵诗话》中选录了二子游之作，并且评曰："邓弥之、王湘绮游衡山诗，选体而能运以灏气。邓诗以秀健胜，王诗以雄厚胜，各不相让。"③ 然王闿运挂念终生，亦足见邓辅纶对王闿运之影响。

"湘中五子"之交流亦颇频繁，衡山之游是其结社后第一次诗文集会。据肖晓阳《湖湘诗派研究》（博士学位论文，苏州大学，2006 年）有关论述，王闿运与兰林词社成员集会，除了衡山之游外，还有咸丰二年在南昌娱园的宴集，参与者有邓氏兄弟；咸丰五年在长沙王闿运寓斋有为邓辅纶的饯别之会；咸丰十年在京师法源寺，有文酒之会，参与者还有龙皞臣、邓辅纶、高心夔等。咸丰九年于长沙有冬日嘉会，"五子"皆有参加。光绪六年长沙浩园，有重九之会，"二邓"皆入会。此外，王闿运与其他四子之间的诗文酬唱也很多。④

不仅如此，他们上溯风雅，推尊汉魏五古，所用之手段，亦颇相同，即为拟古。以邓辅纶《白香亭诗集》而论，卷一载道光己未（1845 年）至咸丰丁巳（1857 年）年间诗 122 首，其中拟古诗有 22 题 54 首，几乎占

---

① 王闿运：《湘绮楼日记》，光绪六年二月十九日日记，岳麓书社 1996 年版。
② 王闿运：《湘绮楼日记》，宣统三年八月十二日日记，岳麓书社 1996 年版。
③ 钱仲联：《梦苕庵诗话》，齐鲁书社 1986 年版，第 131 页。
④ 如赠邓辅纶的有诗集卷三《正月十四日送弥之，拟湘东春别四首》《弥之过敝县，止而艇之建福寺，见赠长歌，和作一首》《弥之领军罢归，奉赠》《夜月过去年与弥之别地》等。赠邓绎的有卷一《咏古，赠今人四首》之《陆云，赠邓绎》、卷三《武冈同保山仙苑寺》《夫夷水曲，巉石临流，近城游眺，时往歇焉。辛眉题曰岚漪，各赋一首》《寄怀辛眉》，卷四《别辛眉》。赠李寿蓉卷三《龙生行，送皞臣往南昌，兼送李篁仙》。赠龙皞臣的有卷一《南昌遇龙皞臣》、卷二《至湘岸送皞臣》、卷三《龙生行，送皞臣往南昌，兼送李篁仙》。

一半；卷二拟古有 11 题 21 首，卷三为和陶诗。其诗歌多为拟古，亦借拟古以寄意。其诗正如其弟邓绎在《白香亭和陶诗序》中所言："托于陶以自适，盖其心之所慕焉耳。视杜储王韦柳苏，或拟或否，而貌异心同者，无以别也。"①

邓辅纶以创作示法，邓绎则有理论阐述。对于拟古，邓绎有两点认识。一是认为汉魏拟古与风雅同源，这是对拟古诗的价值判断。其曰："《南有嘉鱼》之诗曰：'南游樛木，甘瓠累之。君子有酒，嘉宾式燕绥之。'仿《周南·樛木》之诗而作者也。六朝拟古诸诗滥觞于此，有以知风雅之同原，古今之一贯矣。"② 二是认为七子拟古之弊，在于字模句拟，缺少变化，且未能上溯汉魏。其评七子曰："文章之妙，貌异而心同者，上也。或取古人之辞而变其意，或取古人之意而变其辞，次也。明人拟古，辞意俱同，雕龙不成，遂至画虎，宜其为钟、谭之所窃笑欤。"③ 可见其求变的拟古诗观。对于七子拟古，其认为因上溯至汉魏，方得正法。这一点也得到了王闿运的认同。王氏在《论同人诗八绝句》之邓辛眉曰："自明后，论诗率戒模仿。辛眉独谓七子格调雅正，由急于得名，未极思耳。自学唐而进之，至于魏晋，风骨即树，文采弥彰。及后大成，遂令当世不敢以拟古为病。"④

邓绎以拟古汉魏而达风雅的复古态度，追求拟古新变，其拟古形态与王闿运产生了差异。邓绎在《与陈梅羹鼎论诗因赠》中谈及王闿运的拟古方法，曰："文通拟古，如彼写真。驱辞附理，因貌求神。吾友（原注：王壬秋）是效，坚持赠人。文章变态，随世代因。取法视上，靡陈匪新。"邓绎以为王闿运的拟古是因貌求神，所言与王氏追求形神兼备相符。然王氏拟古在于寄托一己之性情，而少着意拟古之社会功能。且于拟古形态倾向于古诗之高格，而不像邓绎所强调要拟古为新。

当然，拟古方法上的差别，并未影响诸人复古汉魏的宏旨。王闿运在

---

① 邓绎：《白香亭和陶诗序》，《藻川堂全集四种·文集》，清光绪年间刻本。

② 邓绎：《藻川堂谭艺·唐虞篇》，《藻川堂全集四种》。

③ 同上。

④ 王闿运：《论同人诗八绝句》，《湘绮楼诗集》第十七卷。

光绪十五年五月十八日日记中曰："及近岁，闿运稍与武冈二邓探风人之旨，竟七子之业。海内知者，不复以复古为病。"

综上所论，湖南宗尚骚选的诗歌传统影响了王闿运的诗学选择。其承嗣传统，上溯汉魏古诗。兰林词社，是王闿运拟古诗观形成的小环境。在与词社诸子酬唱、切磋的过程中，尤其是与邓辅纶、邓绎的交流中，王闿运找到了学习的榜样，并与之一道，以拟古来复古汉魏。因此，湖南的诗学传统以及兰林词社，共同形成了王闿运拟古诗观生发的生态环境。

第二节　清人对"拟古"的批评

清人对"拟古"的评价主要有以下几个标准：一是创新与否，二是是否有自己的性情，三是袭貌或取神。下面分别阐述。

一　"拟古二字，误尽苍生"

对于诗主创新者来说，拟古是绝不能接受的。这集中体现在叶燮、薛雪师徒的诗论上。

叶燮《原诗》注重新创，反对模古、拟古，并不以拟古为诗法。他说："故凡有诗，谓之新诗。若有法，如教条政令而遵之，必如李攀龙之拟古乐府然后可，诗末技耳。必言前人所未言，发前人所未发，而后为我之诗。若徒以效颦效步为能事，曰此法也，不但诗亡，而法亦且亡矣。"① 叶燮不以古人之诗法为法，主张不袭古人，敢言前人所未言。薛雪师承叶燮，亦反对拟古，并以为诗人应立志自领一军，独树一帜。在《一瓢诗话》中，他明确提出"拟古二字，误尽苍生"的观点，真是振聋发聩，提醒天下学人勿误入歧途。他说：

> 　　拟古二字，误尽苍生。声调字句，若不一一拟之，何为拟古？声调字句，若必一一拟之，则仍是古人之诗，非我之古诗也。轻言拟

---

① 叶燮：《原诗》，丁福保辑：《清诗话》，上海古籍出版社1963年版，第577页。

古，试一思之。①

同时他还鼓励诗人应有志于区别古人而自立，并道明拟古之危害，曰：

> 学诗须有才思，有学力，尤要有志气，方能卓然自立，与古人抗衡。若一步一趋，描写古人，已属寄人篱下。何况学汉、魏则拾汉、魏之唾余；学唐、宋则嗳唐、宋之残膏，非无才思学力，直自无志气耳。②

此外，他还指明了规避剽窃、拟古的学诗路径，即兼取多家，化古人之思为己物。他说："既有胸襟，必取材于古人，原本《三百篇》《楚》《骚》，浸淫乎汉魏六朝唐宋诸大家，皆能会其指归，得其神理；以是为诗，正不伤庸，奇不伤怪，丽不伤浮，博不伤僻，决无剽窃吞剥之病矣。"③

至于明前后七子模拟之迹甚重的乐府诗和五言古诗，清人更是给予了严厉的批评。诗论带有复古色彩的宋大樽也认为拟古不能达到复古求变的目的，拟古也要讲求变化。他在《茗香诗论》中说道：

> 太白有云："将复古道，非我而谁！"古道必何如而复也？《三百》后有《补亡》，《离骚》后有《广骚》《反骚》、苏李赠答、《古诗十九首》，乐府后有杂拟，非复古也，剿说雷同也。《三百》后有《离骚》，《离骚》后有苏李赠答、《古诗十九首》，苏李赠答、《古诗十九首》外有乐府，后有"建安体"，有嗣宗《咏怀诗》，有陶诗，陶诗后有李、杜，乃复古也，拟议以成其变化也。或且患其流而塞其源；病其末而刿其本，蒙窃惑焉。夫古道何为其不可复也？④

---

① 薛雪：《一瓢诗话》，《清诗话》，第687页。
② 同上书，第678页。
③ 同上书，第679页。
④ 宋大樽：《茗香诗论》，《清诗话》，第103页。

这里虽然没有明确指明明前后七子拟古乐府之失，但其所论确中七子之弊。王士禛也持相同观点，说："李沧溟诗名冠代，只以乐府模拟割裂，遂生后人诋毁。则乐府宁为其变，而不可以字句比拟也亦明矣。"① 于是，有人进而提出了乐府不可拟作甚至不必再作的观点。如方世举的《兰丛诗话》就认为乐府不可拟作。他说："古乐府必不可仿。李太白虽用其题，已自用意。杜则自为新题，自为新语；元、白、张、王因之。明末好袭之以为复古，腐烂不堪，臭厥载矣。李西涯虽间有可取，亦可不必。"② 宋荦的态度则更为激烈，以为乐府不可模拟，只可玩味，因为乐府创作没有音律可依。其在《漫堂说诗》中说："古乐府音节久亡，不可模拟。……要当作古诗读，无烦规规学步也。"③ 沈德潜也承认音律对乐府的重要性，其《说诗晬语》批判七子拟乐府之失就在于诗律。他说："古乐府声律，唐人已失，试看李太白所拟，篇幅之短长，音节之高下，无一与古人合者，然自是乐府神理，非古诗也。明李于鳞句摹字仿，并其不可句读者追从之，那得不受人讥弹。"④ 他还说："李于鳞拟古诗，临摹已甚，尺寸不离，固足招诋諆之口。"⑤

清人中以冯班对乐府分析最为明晰。其在《钝吟杂录》中讨论了拟古乐府的问题。他首先归纳了古今乐府的类型：一是制诗以协于乐，二是采诗入乐，三是倚古声为诗，四是自制新曲，五是拟古，六是咏古题，七是新题乐府。⑥ 其中前四种皆为古乐府，乐辞是一体的，而后三种皆是有辞无乐的。古乐府以诗入乐，在此过程中，乐工有可能为了韵律而窜改诗的内容，以致会出现字面不通的情况。张笃庆也有相同的认识："西汉乐府隶于太常，为后代乐府之宗，皆其用之于天地群祀与宗庙者。其字句之长短虽存，而节奏之声音莫辨。若捪摭其皮肤，徒为拟议，以成其腐臭耳，何变化之有？后人但得其神理，玩其古光幽色可也，不必法其篇章字句。"⑦ 汉魏

---

① 王士禛等：《师友诗传录》，《清诗话》，第 128 页。
② 方世举：《兰丛诗话》，郭绍虞编《清诗话续编》，上海古籍出版社 1983 年版，第 773 页。
③ 宋荦：《漫堂说诗》，《清诗话》，第 417 页。
④ 沈德潜：《说诗晬语》，第 529 页。
⑤ 同上书，第 548 页。
⑥ 冯班：《古今乐府论》，载《钝吟杂录》，《清诗话》，第 38 页。
⑦ 王士禛等：《师友诗传录》，《清诗话》，第 132 页。

后，古音律已失，这让后人进行乐府创作时产生了焦虑，进而形成了乐府不可作的想法。

冯班也有同样的焦虑。他在《论乐府与钱颐仲》中提出："乐工务配其声，文士宜正其文。今日作文，止效三祖，已为古而难行矣；若更为其不可解者，既不入乐，何取于伶人语耶？亦古人所不为。……总之，今日作乐府：赋古题，一也；自出新题，二也。"① 他认为现在因为音律缺失，古乐府创作的基本条件已经不复存在，想创作则只有"赋古题"和"自处新题"两种途径。他对明前后七子不顾音律、只从字句模拟入手的拟古乐府提出了批评。他说："酷拟之风，起于近代。李于鳞取魏晋乐府古异难通者，句摘而字仿之，学者始以艰涩遒壮者为乐府，而以平典者为诗。"② 又说："近代李于鳞取晋、宋、齐、隋《乐志》所载，章截而句摘之，生吞活剥，曰'拟乐府'。至于宗子相之乐府，全不可通。"③

不论是因为创新，还是因为乐府音律丧失而失去创作的必备条件，清人皆以为拟古不可为。

二　有词无意，没有性情

明前后七子诗学崇尚格调，讲究从声韵、字句、气象等方面复古盛唐，但被后人视作"优孟"。公安三袁、竟陵派则主张性情以矫前后七子之弊。虽然他们的诗论各有所重，但是，运用性情的标准来评判前后七子则被清人沿用。从理论上来说，前后七子过分重视格调，重视诗歌的外在形式，相对忽视诗歌的抒情本质，后人以性情矫之，也恰如其分。

钱谦益就是站在诗主性情的角度抨击前后七子模古之弊的。他主张诗人要有自己的面目，阐己之所欲言，曰："诗者，志之所之也。陶冶性灵，流连景物，各言其所欲言而已。如人之有眉目焉，或清而扬，或深而秀，分寸之间，而标置各异。岂可以比而同之也哉。"④ 因此，他不能接受李梦

① 冯班：《论乐府与钱颐仲》，《钝吟杂录》，《清诗话》，第41页。
② 同上书，第40页。
③ 冯班：《古今乐府论》，《钝吟杂录》，《清诗话》，第38页。
④ 钱谦益：《范玺卿诗集序》，《牧斋初学集》卷三十一，上海古籍出版社1985年版。

阳的拟古，在《列朝诗集小传·李梦阳副使》中说："献吉以复古自命，曰古诗必汉魏，必三谢；今体必初唐，必杜，舍是无诗焉。牵率模拟剽贼于声句字之间，如婴儿之学语，如桐子之洛诵，字则字，句则句，篇则篇，毫不能吐其心之所有，古之人固如是乎？"①

吴乔《围炉诗话》认为七子拟古诗并无自己性情，说道："李献吉岸然以盛唐自命，韩山童之称宋裔也。无目者骇而宗之，以为李、杜复生，高、岑再起，有词无意之习已成，性情吟咏之道化为异物。何仲默、李于麟、王元美承献吉之泄气者，牛咛驴鸣，其声震耳，宜为人所骇闻。"② 此处，吴乔的言辞不可谓不激烈，其"有词无意"之说直击明前后七子的短处。他在《答万季野诗问》中也表达了相同的意思："士庶不敢作卿大夫事，卿大夫不敢作公侯事。自分稷、卨自许，爱君忧国之心，未是少陵，无其心而强为其说，纵得遣辞逼肖，亦是优孟冠裳，与土偶蒙金者何异？无过奴才而已。寒士衣食不充，居室同于露处，可谓至贫且贱矣，而此身不属于人。刁家奴侯服玉食，交游卿相，然无奈其为人奴也。二李，刁家奴，学二李者又重伧矣。"③ 他进而说："至于空同，唯以高声大气为少陵；于鳞，唯以皮毛鲜润为盛唐，其义本欲振起'中''晚'，而不知全无自己，以病为乐也。"④

钱谦益、吴乔等力主性情者，将明前后七子所倡导的格调派重新拉回到了诗歌抒情传统上。

三　酝酿涵养　神韵相通

李梦阳、何景明曾就诗歌追求形似还是神似有过激烈的争论。李梦阳主张前者，何景明主张后者。但就其争论之实质而言，二者的差别只是拟古方法的不同，其终极目的还是一致的，仍是为了更好的拟古，更逼近古人。当时，李梦阳的主张得到了更多人的拥护。但是到了清代，情况发生

---

① 钱谦益：《李梦阳副使》，《列朝诗集小传·丙集》，上海古籍出版社1959年版。
② 吴乔：《围炉诗话》，《清诗话续编》，第473页。
③ 吴乔：《答万季野诗问》，《清诗话》，第29页。
④ 同上书，第34页。

了很大的变化：何景明追求神似的主张得到了清人的拥戴，而李梦阳追求形似的路线则被遗弃。受乾嘉汉学重视学问的影响，清人则以为应当通过酝酿学力涵养，以形成自己的面目，做到神韵相通。

田同之《西圃诗说》就认为拟古当取其神，曰："效古人诗，要须神韵相通，不必于声句格套中求似。如拟《十九首》并苏、李等诗，皆优孟衣冠也。"① 田雯也有相同的认识，他在《古欢堂集杂录》中以学杜者为例，并以"湘灵与帝妃""洛神与甄后"两组形神相契的形象喻之，彰显了拟古得神的美学效果。他说："《选》体可学乎？学之者如优孟学叔敖衣冠，笑貌俨然似也，然不可谓真叔敖也。善学者须变一格，如昌黎、义山、东坡、山谷、剑南之学杜，则湘灵之于帝妃，洛神之于甄后，形体不具，神理无二矣。不然《选》体何易学也。"②

翁方纲以为讲究格调的必然结果就是拟古。他在《石洲诗话》中批判格调说，不满只从声调等形式层面复古，认为还要讲究诗人的精神。他说："盛唐诸公之妙，自在气体醇厚，兴象超远。然但讲格调，则必以临摹字句为主，无惑乎一为李、何，再为王、李矣。"③ 他还认为拟古是不能复古的，曰："子昂、太白，盖皆疾梁、陈之艳薄，而思复古道者，然子昂以精深复古，太白以豪放复古。必如此，乃能复古耳。若其揣摹于形迹以求合，奚足言复古乎？"④ 因此，他否定拟古从形似入手。

潘德舆不喜拟古诗缺失自己面目而模拟他人笑貌，进而对汉魏六朝的拟古诗提出了严厉的批评。在《养一斋诗话》中，潘氏认为拟古当如李太白之作《古风》，自赋新意，而不是字模句拟，从而能有自己风格，且能直寻古人之神韵。因此，他对陆机、谢灵运、江淹等拟古大家而不得古人神韵提出了批评："《文选》《杂拟》上、《杂拟》下，凡六十首，惟陶公'日暮天无'一首，得自然之趣，然亦浑言拟古，故能自尽所怀。若陆士

---

① 田同之：《西圃诗说》，《清诗话续编》，上海古籍出版社 1983 年版，第 750 页。
② 田雯：《古欢堂集杂录》，《清诗话续编》，第 692 页。
③ 翁方纲：《石洲诗话》，《清诗话续编》，第 1370 页。
④ 同上书，第 1370—1371 页。

衡专取一题而拟之，共十二首，谢康乐、江文通专取一人而拟之，谢共八首，江共三十首，舍自己之性情，肖他人之笑貌，连篇累牍，夫何取哉！"① 也基于同样的原因，他为何、李禀天资而不能自化而惋惜，曰："吾读李空同乐府，五古学汉、魏、三谢，真似汉、魏、三谢也；七古七律学老杜，真似老杜也；七绝学太白、龙标，真似太白、龙标也。何大复摹古之心稍淡于李，而古貌未能脱化，则似古者亦多。夫似古则如古人复出，故必令人喜，令人敬；似古则与古人相复，亦必令人疑，令人厌。吾惜二子以盖代之姿禀，而蹈此愚惘之窠臼。"② 对于何、李未能自化，潘德舆以为有两个方面的原因，一是由于二子好名所致，而更重要的一点则是学力不够。他说："使二子者本无好名之念，专以陶写为诗，天赋卓绝，加以学力，断然匹休古人，何必为古人所役，一至此哉！"③ 认为拟古诗摆脱形似而到神似的最佳途径是学力涵养，这一点与前人的理解是相通的。

朱庭珍《筱园诗话》注重新变，其手段是以经史、学力来涵养气息，然后求得自己面目。因此他反对从字面求似，而追求神味意境，以期植入诗人之神。他说：

> 学者宜沉潜反复，息心静气，探讨于神味意境之间，以求换骨，不可以字句声调袭其面目也。酝酿既深，涵养既熟，得其气息，自然高妙浑厚矣。……学陶诗、选体及古乐府者，皆当如此用力。若不求酝酿涵养，自培根本，以期遗貌取神，而但摹仿其句调，夸面目之相肖，是蹈伪体，甘步前明李于麟辈后尘矣，何益之有！④

他进一步指出：

> 学古诗以酝酿涵养为上乘功夫，然不但求诗于诗也。求诗于诗，

---

① 潘德舆：《养一斋诗话》，《清诗话续编》，第 2143 页。
② 同上书，第 2095 页。
③ 同上。
④ 朱庭珍：《筱园诗话》，《清诗话续编》，第 2350 页。

必不能超凡入圣，直逼古人。积理于经，养气于史，錬识储材于诸子百家。阅历体验于人情世故，格物壮观于花鸟山水，勿论读书涉世，接物纵游，皆于诗有益处。诗人触处会心，贯通融悟，蓄积深厚，酝养粹精，一于诗发之，大小浅深，引之即出，其言有物，自然胜人。①

因此，他对前后七子有貌无神的诗作是极为不满的。"前后七子，高语盛唐，但摹空调，有貌无神，宜招'优孟衣冠'之诮。盖拘常而不达变，故习而成套也。"② 而对拟古追求变化之何景明甚为推崇，曰："有明前七子中，以何信阳为最，以信阳秀古无成，笔意俊爽，其雅洁园健处，非李空同所及。且持论力主独造，较空同议论，专宗摹仿，谓临帖以相似为贵，作诗亦然者，高下相去远矣。"③

张谦宜《絸斋诗谈》以学杜为例，也认为唯有烁炼气力，才能自化，"诗家临摹老杜，岂少名手？然食生不化，反受其累。惟炼我气力，执彼法度，久久皮毛落尽，体液独存，可以独成面目。"④ 还有沈德潜，也认为可学古但不能泥于古，因为拟古没有自己的神理，因此需要通过充实学养补救。他在《说诗晬语》说："诗不学古，谓之野体。然泥古而不能通变，犹学书者但讲临摹，分寸不失，而己之神理不存也。作者积久用力，不求助长，充养既久，变化自生，可以换却凡骨矣。"⑤

表现神韵，并不是反对拟古，只是批判七子之作不得其神。与创新派和性情论者从根本上否定拟古存在的价值是有根本区别的。由此可以看出，增加诗人学力涵养，以求得诗能得其神韵，也是清人对拟古的一种认识。

第三节　王闿运的拟古观念

清人多反对拟古，对于明前后七子，主创新者责其"误尽苍生"，字

---

① 朱庭珍：《筱园诗话》，《清诗话续编》，第2350—2351页。
② 同上书，第2330页。
③ 同上书，第2358页。
④ 张谦宜：《絸斋诗谈》，《清诗话续编》，第797页。
⑤ 沈德潜：《说诗晬语》，《清诗话》，第525页。

拟句摹;持性情论斥其无己面目,未能言己之所欲言;而追求神韵者,则批评其唯求形似,乃优孟衣冠。总之,挞伐声一片,皆弃之如敝屣。

王闿运的拟古观批判地继承了前人诗论的合理成分,并对前后七子之拟古做了适当的调整,形成了自己独特的拟古观念。不仅如此,他与当时同主汉魏六朝诗者如邓辅纶、邓绎、高心夔等,齐心协力,用诗歌创作实绩让时人不敢以拟古为病。他还利用自己在尊经书院、校经学堂、思贤讲舍及船山书院等教学之便,不失时机地宣讲自己的拟古理论,影响了一代学子。同时,与之交往的众多诗人,都不同程度地受其拟古影响,创作拟古诗。王闿运的拟古在光宣诗坛产生了很大的影响。

陈三立早年的诗作中不乏学习王闿运的作品,无论是风神还是遣词造句都与王氏十分相似。① 曾广钧能熟背王诗。他不顾湘人非议,在王氏因《湘军志》身陷困境之际,主动向其学习诗歌,并且在公开场合以师相称。八指头陀在湘期间(光绪十二年至光绪十五年)也醉心王诗,学习拟古。他模拟陶、谢、汉乐府,甚至宫体诗。除此之外,还有杨度、杨庄、杨钧、陈锐、夏寿田、夏绍笙等。同辈诗人黄维申、余世松等亦为之倾倒。② 由此可见,王氏的影响力不仅限于光宣时期,民国诗坛仍有其追随者。

一 拟古诗观体系的建构

王闿运欲树立自己的拟古论,有几个问题是不能回避的:一是拟古与格调的关系,二是拟古的目标,三是拟古与性情的关系,四是拟古的心

---

① 陈正宏先生《新发现的陈三立早年诗稿及黄遵宪手书批语》一文据新发现的陈三立早期诗稿,也明确指出陈三立与王闿运诗歌的关系,曰:"诗稿卷二载有三首相关之作,即《六月三日湘绮翁招集碧湖消夏作呈同游》《王先生闿运招集碧湖诗社以弟丧未补赋应教一首》《己丑岁二月入京阻风于洞庭作示同游王院长闿运瞿学士鸿禨孔庶常宪教》,三诗分别作于光绪十三、十四、十五年。其中光绪十三年所撰《六月三日湘绮翁招集碧湖消夏作呈同游》云:'火云六月烧天赤,坐摄匡床转愁疾。侵晨忽作碧湖游,野水闲山旧相识。平堤桑柘阴摇寺,……年年岁岁徒纷纷,何如卧看碧湖水。'这样的诗,和《湘绮楼诗集》里光绪十二年前后的作品,无论风神抑或遣词造句方式,都是颇为相似的。"(《文学遗产》2007 年第 2 期)

② 笔者据张翰仪《湘雅摭残》(岳麓书社 1987 年版)记载,将受王氏影响且有诗名者列如下,以兹佐证。卷十载王敱、夏寿田、张绍龄,卷十二载陈锐、李登云,卷十三载程颂万、夏绍笙,卷十五宁调元、孙举璜、雷飞彭、雷森,卷十七郑泽,卷十八释芳圃。此外,同辈诗人为其倾倒者亦不乏人,如卷十载余世松等。

态。他正面回应了前人提出的问题，建构起拟古诗观体系。

首先谈拟古与格调的关系。具体表现在两个方面：一是王氏标举汉魏六朝五古有尊体之意图；二是认为诗法蕴含在古诗之中，只有参透古人之诗才能学得古人之法。

严羽以为学诗者入门须正，立志须高，当以汉魏盛唐之诗为首选。他学其上得其中、学其中则为下的观念深深地植入了标举盛唐诗者的脑海中。这种貌似以时代为畛域而实质以诗格气象论诗的思路为明前后七子所继承。尽管清人多批评明前后七子的拟古，但多不反对师法盛唐诗。李调元因为明前后七子诗尊盛唐、乐府尊汉魏就认为其成就足可压倒元、白。① 这样的认识是对汉魏盛唐诗学品格的坚守和认同。

在这一点上，王闿运和明前后七子是相同的。虽如此，王闿运仍不满意他们师古仅限盛唐而未上及汉魏六朝。② 其《论诗绝句》之《何大复、李空同》云"何李工夫在七言，却依汉魏傍高门"即是此意。③ 但在唐宋诗之争的背景下，他又认同明前后七子推崇唐诗的主张。对清人訾议不断的竟陵派诗，他也因其诗主唐而为之辩护。《湘绮楼说诗》卷二载："保之归，纵谈诗法，云唐人能与古为新，学诗者不先从唐人，则为明七子也。唐诗选又以《诗归》为善，先隔断俗尘。《诗归》为时所訾议，非吾辈不能用其效也。"④ 又说："自明后论诗，率戒模仿，辛眉独谓七子格调雅正，由急于得名，未及思耳。自学唐而进之至于魏晋，风骨既树，文彩弥彰，及后大成，遂令当世不敢以复古为病。"⑤ 在这里，王闿运肯定明前后七子及竟陵之功，更加彰显了其以诗格气象为尊的意识。

---

① 李调元《雨村诗话》云："明诗一洗宋、元纤靡之习，逼近唐人。高、杨、张、徐四杰始开其风，而季迪究为有明冠冕。前七子应之，空同、景明，其唐之李、杜乎？后七子王弇州、李于鳞辈，未免英雄欺人而王为尤甚。然集中乐府变可歌可谣，固足压倒元、白。"于此可见其尊体的意识。（参见郭绍虞编《清诗话续编》，上海古籍出版社1983年版，第1535页）
② 关于李梦阳"诗必盛唐"一说，廖可斌先生存有异议。其在《明代文学与复古运动研究》中说："对学古应取法的榜样，前七子的看法基本一致，即古诗以汉魏为师，旁及六朝；近体诗以盛唐为师，旁及初唐，中唐，特别是宋元以下则不足法。如要对此加以概括，那么比较准确的说法应是'诗必汉魏盛唐'或'诗必盛唐以上'。"（参见上海古籍出版社1994年版，第118页）
③ 王闿运：《论诗绝句》，《湘绮楼诗文集·诗集》卷二十，第534页。
④ 王闿运《湘绮楼说诗》，第149页。
⑤ 王闿运：《湘绮楼说诗》卷二，第164页。

　　王闿运由明前后七子所宗盛唐而上溯至汉魏六朝，醉心于五古。他认同李梦阳"唐无五言"的论说，以为汉魏六朝人已经完备五言之法，后人已经没有多少发挥的余地，即便是初盛唐诸子也不能超出其所运之法度。因此他说：

　　　　上古之诗，即《喜起》《麦秀》之篇。具有章法，唯见枚、苏，皆在汉武之世。则学古必学汉也。汉初有诗，即分两派：枚、苏宽和，李陵清劲。自后五言莫能外之。……唐人初不能为五言，杜子美无论矣，所称陈子昂、张子寿、李太白，才刘公干之一体耳，何足尽五言之妙？故曰唐无五言。学五言者，汉、魏、晋、宋尽之。①

　　既如此，王闿运便主张从格调上模拟汉魏六朝诗。他说："乐必依声，诗必法古，自然之理也。欲己有作，必先蓄有名篇佳制，手披口吟，非沉浸于中必不能炳著于外。故余遇学诗人从不劝进，以其功苦也。古人之诗，尽美尽善矣。典型不远，又何加焉？"②他的弟子杨钧详细记载了老师对自己诗歌的批语，从中不难看出王氏对拟古的重视。杨氏《草堂之灵》载："戊戌年，余以诗求王湘绮先生评定，批曰：'五言古体，已成章片，兼有奇秀之处；律诗既不合格，用字眼多未通稳，使人以为摹古易，自造难，并五言亦成剿袭矣。且勿作律，先作试帖，使字句平易顺适，方可成律。未有虚实不分明，字句不稳妥而能成诗人者。戊戌大寒后，王闿运记'云云。……'模古易，自造难'，则非虚语。闲时学作，亦可运用一联。久之可以四句一气，又久之可六句一气，又久之可以全篇生动，间亦有掉臂游行之乐。"③王闿运强调模拟，师法古人，因为古人之诗尽善尽美，诗法俱在其中。模拟古人，实则模拟古人诗法。

　　王闿运因重视诗法而主张模古，并不以"优孟"为非。在他看来，师古最佳者方能成为"优孟"。"优孟舍己从人，全无本色，衣冠散后，乃后

　　①　王闿运：《湘绮楼说诗》卷四，第208页。
　　②　同上书，第290页。
　　③　杨钧：《草堂之灵》卷一，岳麓书社1985年版，第9页。

知之。当其登场，俨然孙叔也。此如魏武之学周公，谢监之慕子牟，内外有殊，而形声无异。古今有几优孟哉！"① 他欣赏优孟舍己之面目，使所演绎的对象神形再现，所演愈肖愈为称职。依此，王闿运认为明前后七子虽欲为优孟而不成，没有真正把握拟古之本质。所以他接着说："明人号为复古，全无古色。即退之之文亦岂有一句似子长、扬雄耶？故知学古当渐渍于古……取古人成作，处处临摹，如仿书然，一字一句必求其似。"②

再谈拟古的目标。清人中也有人承认拟古的必要性。他们视拟古为学诗的初级阶段，而待学力渐厚，积养日深，还是要追求自己面目的。毛先舒《诗辨坻》认为拟古是学诗的一个阶段，但不能专限于此，还须自强。他说："有专求复古，不知通变，譬之书家，妙于临摹，不自见笔，斯为弱乎，末同盗侠。何则？亦犹孺子行步，定须提携，离便僵仆。故孺子依人，不为盗力，博文依古，不为盗才，作者至此，勿忘自强，然忽有充养之理，无助长之法也。"③ 后有梁章钜继承其说，也以为学诗可以从拟古开始。其在《退庵随笔》中记载了王渔洋学诗由拟到自化的过程，曰：

> 李文贞教人学诗，"先将《十九首》之类，句句摹仿，先教像弓，到后来自己做出，自无一点不似古人，却又指不出是像哪一首"云云。此最是初学一妙诀，后来名手作诗作文，大抵皆从此入门。但不肯自说破耳。王渔洋最喜吴渊颖诗，初时字摹句仿，后到来自成片段，便全不似他。今集中尚存和渊颖两首，以原诗对勘，几如硬黄响搨书。此即少年用功之迹，学者当善领之。④

但是这些都只是将拟古看作学诗的手段，并未将学诗与尊体紧密地联系在一起。

王闿运为了求得古人之诗法，故而主张模仿汉魏六朝古诗。就模拟所

---

① 王闿运：《湘绮老人论诗册子》，《湘绮楼诗文集》（五），岳麓书社1996年版，第329页。
② 王闿运：《湘绮老人论诗册子》，岳麓书社1996年版，第329页。
③ 毛先舒：《诗坻辨》，《清诗话续编》，上海古籍出版社1983年版，第11页。
④ 梁章钜：《退庵随笔》，《清诗话续编》，上海古籍出版社1983年版，第1954页。

追求的目标，他是主张形神兼备的，这一点既不同于李梦阳追求形似，也不同于何景明之遗貌取神，更异于清人之酝酿涵养而追求神韵相通。

王氏在评价弟子陈完夫的诗时，就是从形神兼备的角度来说的。他说：

> 桂阳陈完夫（兆奎）好余诗，惜早亡……尤工拟古。《阮籍咏怀》，如："日月但照临，微末胡语哉。"虽袭貌而能取神。"念君当早寒，悠悠芳思积。岂曰不可转，我心信非石。"曲折有阮意。"谁谓独多怀，秋光鉴孤虑。"起句颇神似。①

在《湘绮楼说诗》卷四中，王闿运用同样的标准评述了元遗山诗，云：

> 元遗山本筠碧小品，拟韩、孟劲弓，始复纷糅。自谓变化，犹亦谨守绳尺，微作狡狯而已。大作才气雄浑，词藻奇崛，殆欲熔金入冶，抟土成人。但格律难纯，位置无定。又七言长篇，一韵到底者可以纵横；转韵成章者必须回婉。一阴一阳、忽离忽合之境，可以神会，难以迹求。集中时有驳杂之处，亦为"大家"二字所误。观其下笔，前无古人；逮其落纸，颇惊俗目。故取径高奥，实不离乎本朝。由其遗貌取神，不知神必附貌。自明以来，优孟衣冠之诮，流谬三百年，下至袁、蒋、黄、赵而极矣。究之诸家，亦自成一色，非浪得名者。彼诗不可学，则非叔教；彼诗若成家，仍招优孟。立说自穷，欺人自欺，达者宜早鉴之。特彼以畏难而苟安，此以求高而更失，所谓过犹不及也。②

在这里，王闿运表达了其神形兼备的拟古观念。他以为元好问只是遗貌取神，而不懂得神也必须依附貌，形之不存，貌何以附？这样的认识既纠正了明前后七子过分强调格调的倾向，也矫正了清人完全遗弃形貌而只重视神韵的偏颇，而是将二者有机地结合了起来。

---

① 王闿运：《湘绮楼说诗》卷六，第254页。
② 王闿运：《湘绮楼说诗》卷四，第207页。

王闿运评价元好问的标准，除了上述形神兼备外，还有一个就是学诗专注一家。元好问诗"格律不纯""难以迹求"以及"驳杂"等弊端，在王氏看来就是其学诗庞杂所致。

王闿运认为诗有家数，在《湘绮楼说诗》中多有提及。他说："文有时代而无家数。诗则有家数，易模拟，其难易在于变化。"① 又说："文有朝代，诗有家数。文取通行，故一代成一代之风；诗由心生，故一人有一人之派。论文而分班、马，论诗而区分唐、宋，非知言也。陈、隋南北绝而宗派同，王、骆家数殊而音韵近。亦有间相染者，细辨乃能分之。则诗究殊于文，文不易分，诗易分矣。明人拟古，但律诗可乱真，古体则开口便觉。诗亦自有朝代，唐以前诗不能伪为，宋以后诗大都易拟。此又先辨朝代，后论家数也。"② 此处，王闿运还批评了时下以时代区分诗歌的错误认识，并有意强调应以家数、流派来看待各家诗，将欣赏诗歌的重点引向了诗歌艺术本身。为此，他辨析诗家流派，作有《论唐诗诸家源流答陈完夫》《论七言歌行流品答完夫问》《论汉唐诗家流派答唐凤廷问》等多篇专论，③ 以便于弟子及世人学习。

既然诗有家数，那么学诗就当先专一家，先学一体。他一方面希望学诗者能以古人之诗为榜样，尽法其美，同时又提醒诸人不可驳杂。他说："有一戒，必不可学，元遗山及湘绮楼。遗山初无功力而成大家，取古人之词意而杂糅之，不古、不唐、不宋、不元，学之必乱。余则尽法古人之美，一一而仿之，熔铸而出之。功成未至而谬拟之，必弱必杂，则不能成章矣。故诗有家数，犹书有家样，不可不知也。"④ 元好问诗有杂糅之弊，而自己的诗则是熔铸古人诗法后的结果，也并不适合学习。学诗就应该先从一家一体入手，并不求如大家一般众体兼备。在《湘绮老人论诗册子》中，他表达出了相同的意思，曰："诗忌小巧，尤忌大家。小巧尚有其成，慕大家之名而欲无体不备，则杂乱无章，瑕瑜互见，不能成格律矣。元遗

---

① 王闿运：《湘绮楼说诗》卷四，第208页。
② 王闿运：《湘绮楼说诗》卷六，第248页。
③ 这三篇论文分别见于《湘绮楼说诗》卷一第121页、卷二第165页、卷三第208页。
④ 王闿运：《湘绮楼说诗》卷六，第290页。

山是也。明七子虽欲为优孟，中实无有，不足惜也。遗山颇有才思，亦深学力，乃至不唐不宋，非雅非俳，由其欲兼众长，是以不名一器。阮嗣宗之五言、李东川之歌行，所以能开众派者，先自成家而各得其一体也。"①

第三个问题是拟古与性情的关系。究其实质，就是拟古是否能表现诗人性情的问题，是否如清人所说不能言己之所欲言、没有自己的面目。

虽然清人多否定拟古，但亦不乏认同者。贺贻孙就认为拟古是能承载诗人情思的，在《诗筏》卷三中曰："古诗中《拟苏李》《录别诗》篇，虽不及苏、李自作之冲澹，然作者之意，特欲高苏、李一筹。盖其音韵气骨，出入古诗、乐府之间，非但齐、梁小儿不能拟，即汉人作者，亦属高手。'身无四凶罪，何为天一隅'，描写叛人一味怨尤，口角逼肖。至云：'嗟尔穷庐子，独行如履冰。短褐中无绪，带断续以绳。泻水置瓶中，焉辨淄与渑！'暗藏嘲讽，有招降海叛，诱人分谤之意，在于言外。使李陵执笔为之，未必及此。妆点刻画，太费苦心，此其所以为拟作也。"② 贺氏并不反对模拟古诗，"余谓古诗可拟，乐府不可拟，请以质之知音者"③。不仅如此，他还颇能感知拟古求新之不易。④ 正如上言，贺氏认为拟诗是可能优于原诗的，很重要的原因就是有所寄托。贺贻孙想在清初清算明前后七子流弊的语境下觅得知音是不大现实的。然而百余年后，王闿运的主张与之相似亦足令贺氏安慰了。

王闿运论诗重视真性情，他说："心发为诗，诗不可伪，伪则优矣。必有真性情而后有真诗，故诗关于学也。"⑤ 在这一点上与主性情论者无异，不同点在于他把性情的表达和诗歌的格调两者有机地结合了起来。他说：

　　　　主性情必有格律，不容驰骋放肆，雕饰更无论矣。情动于中而形

---

① 王闿运：《湘绮老人论诗册子》，第 329 页。
② 贺贻孙：《诗筏》卷三，《清诗话续编》，第 152 页。
③ 贺贻孙：《诗筏》卷二，《清诗话续编》，第 150 页。
④ 贺贻孙：《诗筏》卷三有载："拟古诗须仿佛古人神思所在，庶几近之。陆士衡拟古，将古人机轴语意，自起至讫，句句蹈袭，然去古人神思远矣。……夫以士衡之才，尚且若此，则拟古岂容易哉！"可见其对拟古诗深刻的体味（参见《清诗话续编》，第 153 页）。
⑤ 王闿运：《湘绮老人论诗册子》，第 329 页。

于言，无所感则无诗，有所感而不能微妙，则不成诗。生今之时，习今之俗，自非学道有得，超然尘埃，焉能发而中、感而神哉？就其近似求之，观古人所以入微，吾心之所契合，优游涵咏，积久有会，则诗乃可言也。其功似苦，其效至乐。究而论之，如屠龙刻棘，无所用之。人生百年，幸有可乐，殊不必劳心于至苦，运神于无用。①

诗以养性，且达难言之情。既不讲格调，则不必作；专讲格调，又必难作。……凡为文求工则俳优，诗不求工，何如敛手？故诗与诸文不同，必求动人者。动人而何以免俳优之贱？以其处于至尊至贵而无夭冶之心也。以人求之，唐以前人尚不徇人，宋以后人知者稀矣。杜子美语必惊人，便有徇人之意。而所谓惊人者，只是如陶、谢，仍是论格律，非炼字句也。陶诗可惊人乎？惊当是胜。②

抒发性情是诗歌的功能，讲究格调则是实现功能的有效手段；性情是诗歌的内容，而格调则是诗歌的外在艺术形式。在王氏看来，二者是相辅相成的，因此，也不可厚此薄彼。过分地强调性情的表达而忽视格调，与只关注格调而失去自己的性情，都是不可取的。显然，这是王氏在综合权衡了前后七子诗论及性情说的理论之后所作出的选择。这种结合在王闿运的拟古诗中表现得更加明晰，容在后文详述。

最后一点就是拟古心态的问题。清人对明前后七子的批评，除了拟古以外，还有就是认为其应酬为诗、以求声名的态度。王闿运也注意到了拟古心态的问题。他认为拟古作诗就是为了师心自任，不是为了叫人称好，也不是为了名声。他说：

（诗）易模拟，其难易在于变化。于全篇模拟中能自运一两句，久之可一两联，又久之可一两行，则自成家数矣。成家以后，亦防其泛滥。诗者，持也。持其所得，而谨其易失，其功无可懈者。虽七十从心，仍如十五志学，故为治心之要。自齐、梁以来，鲜能如此，其

---

① 王闿运：《湘绮楼说诗》卷七，第290页。
② 王闿运：《湘绮楼说诗》卷六，第248—249页。

为诗不过欲得名耳。杜子美诗圣，乃其宗旨在以死惊人，岂诗义哉！要之问道犹易，成文甚难。必道理充周，则诗文自古。此又似易而愈难，非人生易言之境。①

其实这点连王闿运自己都难以做到。他承认自己难免也有作诗求好的毛病，自评乙卯至丁巳三年，诗多有扭捏求好之弊。② 其诗作中亦不乏逞才之作，如作《拟四愁诗》。"昔傅休奕论平子《四愁诗》，以为体小而俗，七言类也。世或疑此二言，谓为难通。余尝寻张之序，自云仿《离骚》而作者，至其再三致意，信同灵均；局促成篇，又异楚骨。故比于《辩歌》，则为小；偕于近世，则为俗。但可入七言之格，成一家之例子。舟中多暇，因与吾友邓子拟而作焉，志则盍各，体无乖互，庶以歌行达其好诽。惜世无知音者引而和之，使明其义类也。"③ 这一点，其弟子们也是深有体会的。杨钧《草堂之灵》卷五《论画中家数》则曰："湘绮之志愿太高，几不许有一古人立己之上，而古人之所长，又有绝不能相通者。譬之李、杜之诗，杜擅横推，李长直下，横直兼备，岂曰易能？湘绮抱辁杜轹李之心，而各家所能，又复兼收并采，故多非直接非横之制，而有非人非己之篇，不得不谓为大家，又不得谓为纯洁之大家。"④ 这段评价不失公允，从中可以看出王闿运有与古人比才之意。诗自成家后而不求名，何其难也。

综上所言，王闿运分析并总结了明前后七子拟古的利弊以及清人对七子的批评。在此基础上，他将拟古与格调、拟古与性情的关系做了理性的辨别，理清了拟古的目标以及拟古的心态，解决了拟古的原因、拟古的对象、拟古的艺术标准、拟古与性情的表达以及拟古的心态等一系列理论问题，建构了一套完整的拟古理论体系。

二　评点：拟古观念的表述

王闿运从拟古与格调、性情、神韵等几个方面立论，树立了其拟古诗观，

---

① 王闿运：《湘绮楼说诗》卷四，第208页。
② 王闿运：《湘绮楼说诗》卷三，第171页。
③ 王闿运《湘绮楼说诗》卷一，第132页。
④ 杨钧：《草堂之灵》卷五，第28页。

并将自己的拟古诗观融进创作当中。不仅如此，他还在教学中强化拟古诗观，并用评点诗歌的方式示法后学。这样，其拟古诗观得到了有效的传播。

光绪四年（1874年），王闿运入主尊经书院，开始了其教学生涯，直至民国五年与世长辞。① 他先后执掌成都尊经书院、长沙思贤讲舍、衡阳船山书院，还短暂主持江西大学堂，助长子王代功为武昌两湖书院学子讲授诗文之法。在这漫长的时间里，王氏都十分重视诗歌的教学，除了批阅日常习作，还亲自为学生编选读本，如《唐诗选》等。不仅如此，他还手批八代诗、唐诗，指明各家具体诗作诗法之优劣，探究诗歌派别源流。

王闿运的评论无论是课艺还是选本，都能够反映出他的拟古诗观。《尊经书院初集》是光绪十一年尊经书院课艺选集，卷十、卷十一载有书院学子的拟古习作及王氏评语。如卷十载：

> 批刘子雄《秋兴诗》之一：诗有古心。
> 批岳森《秋兴诗》：学道有得，汲古功深。
> 批岳森《庚申十月十三夜书事》：入古成章。

这三则皆肯定学生拟古的成绩，"古心""汲古""入古"都符合王氏所倡之师法古人之心。卷十一亦载有王氏对拟诗批点：

> 批杨锐《捣衣篇》：逼近六朝。
> 批岳森《成都览古诗》：诗有襟怀。②

这两则批点分别从格调和性情入手。

---

① 其间王闿运有几个较长的时间段离开书院，兹列于后：光绪十二年九月至十三年四月，王氏北游，历时七个月；光绪十五年二月至十一月，先北上天津，后经吴地回湘，历时九个月；民国三年二月，应袁世凯邀请，赴京任职，十一月中旬返湘，历时九个月。当然，其间，王氏还有数次外游，时间两三个月不等，如光绪二十五年年底应刘景韩之邀游杭州，光绪二十六年四、五月间送女回山东，光绪三十一年九月至十二月间应樊增祥之邀游陕西，宣统元年四月至六月间，应端方之邀游江南。但从总体上看，王氏基本都在书院。

② 《尊经书院初集》卷十、十一，光绪十一年尊经书局藏本。

汉魏六朝拟古诗十分繁盛，各大家多有创作。其中较有影响者如陆机《拟古诗十九首》12 首，鲍照有拟古诗、拟陶彭泽、拟阮籍、拟刘桢等的诗，江淹有《杂体诗三十首》《学魏文帝诗》《效阮公诗十五首》等。还有谢灵运、陶渊明、庾信等皆有是作。王闿运眉批《八代诗选》，就比较重视拟古诗。在此，略举王闿运眉批陆机、鲍照、江淹三家拟古诗为例，来分析其评价拟古诗之角度。

王闿运眉批陆机拟古诗 8 首，眉批鲍照的 14 首，江淹的 12 首。从总体上看，王氏的评点标准亦不出其拟古诗观，仍是从格调、形神、情性等三个方面展开的。具体统计下：

	格调			形神	情性	总计
	句法	章法	声韵			
陆机	3			2	3	8
	2	1	0			
鲍照	10			3	1	14
	5	4	1			
江淹	4			5	3	12
	3	0	1			
总计	17			10	7	34
	10	5	2			

从上面的表格不难看出，王氏最重诗之格调，三人共评点 17 处，约占 50%；其次是从形貌神韵的角度评述，共 10 处，约占 33%；从情性角度评点 7 处，约占 17%。

先看从格调角度的评点。其大致又是从句法（包括字法）、章法、声韵等三个方面入手的。先看句法，共有 10 处：

陆机《拟迢迢牵牛星》："华容"二句新语。①

————————

① 以下所引王氏之陆机、鲍照、江淹拟古诗评点，分别见于夏敬观《八代诗评》（《同声月刊》1942 年第 1 卷）。陆机的在第 5 号第 35 页，鲍照和江淹的分别在第 6 号第 31—32、38—39 页。

陆机《拟庭中有奇树》：古诗难拟在澹，此"芳草久已茂"四句，愈澹愈秀，是神来之笔。

鲍照《代东门行》：此等则惊心动魄，一字千金也。"食梅"二句，比张司空"巢居"二句胜矣。

终不若"枯桑"二句也。

鲍照《代放歌行》：直说。有倜傥雄奇之势。末无答语竟住。所以妙。

鲍照《代结客少年场行》：突出奇语，虽嫩持鞁而气自壮。

鲍照《代堂上歌行》：结四句近俚。

鲍照《行乐至城东桥》：四句以排句为宕。后人傚古，先戒对偶。由俗说早有六朝骈俪之禁，使人聪明锢，废笔研，悲夫。

江淹《李都尉陵从军》：后四句似迫促。以有意简老。宁率不衍，正是苦学之效。

江淹《陈思王曹植赠友》：即袭"庭树未销落"意调，字研而反不丽。

江淹《休上人怨别》："日暮"二句，仿佛幽深。遂为千古名句。

从章法角度评点的有 5 处。

陆机《拟行行重行行》：宽和。陆拟诗，面貌虽间有研炼华肇之处，而气骨直与古作契合，须观其铺叙中有回复，缜密中有疏宕，每出两句，皆苦心有得处。

鲍照《拟古》（第七首）：从思妇说，意苦笔曲。

鲍照《代出自蓟北门行》：作边塞诗。用十二分力量。是唐人所祖。与前首弃席同调。

鲍照《代陈思王白马篇》：明远此等起法，虽暂远古度，殊有昂藏之气，顿挫慷慨，所谓"幽燕老将，气韵沉雄"。

鲍照《拟古八首》：（第一首）末，此即湘滨有归鸟一种局度。彼轩昂，此深稳，明远所斱调。

从声韵入手处有二，如下：

> 鲍照《学刘公干体五首》：（第三首）亦是律诗。与陆诗"驱马至阴山"同调。
>
> 江淹《颜特进延之侍宴》："见韵，特进不能过也。"

除格调之外，王闿运也从形神兼备的角度评论拟古诗。他能直观感受拟古诗的形貌，以"似"来评述诗歌。如：

> 陆机《拟今日良宴会》：似魏文帝。
>
> 鲍照《拟古》（第五首）微似渊明。
>
> 江淹《阮兵步籍咏怀》：阮诗大要为文通所师，故语尤相近。
>
> 江淹《谢法曹惠连赠别》：非不似，不能佳耳。

而对于只有其形貌而不得其神者，王闿运又提出了批评。如眉批鲍照《代东武吟》："刻意悲凉。"然对于江淹能二者兼备，则是赞赏不已。如眉批江淹《杂体诗三十首》："此篇颇仿古人，仍用己长，不嫌袭取，未敢横逸，最得拟古之法。有名（明）一代，多是文通宗派。惜才难秀逸，故后人有优孟之嘲耳。然始优孟不学叔敖，遂称豪杰耶？"眉批江淹《陶徵君潜田居》："陶此种不过如此，其绝处在雄浑悲壮，不在闲适真朴也。如曰不然，试观此作。"

王闿运认为拟古是可以寄怀、可以表达情性的。如眉批陆机《拟青青陵上柏》："士衡恃其门胄。故云飞辔远游，非原诗驽马游戏之意。"眉批鲍照《拟古》（第三首）末："言外讥用兵冒功之多也。"眉批江淹《刘文学桢感遇》："感恩报知，使人不惜奖借。"对于拟古诗反拟原意而自托新意，王氏也予以言明，如眉批陆机《拟青青河畔草》："本刺浮薄之大臣，而陆反之以贞信。结健而婉。"眉批其《拟东城一何高》："咏露若此，亦是一奇。古作有择主之思，此云曷为牵事务，反其义矣。"不仅如此，对于拟古诗所达情之真伪，他也有辨别。如眉批江淹《谢临川灵运游山》：

"此亦云图史磨灭,甚乖谢公之为。"眉批其《效阮公诗十五首》:"十五首是刻意极似之作,少欠纵横之气。江之境,顺于阮公多矣,故不能强作愤激也。'中心有所思'二句,徙倚旁皇。"由此可以看出,在具体运用拟古达情之时,当须慎重选择与诗人心性、情境相同之诗而拟之,不可妄为。

通过以上分析,王闿运的拟古诗观在课艺的评语和眉批拟古诗中得到了充分的体现。他就是如是示法将其拟古诗观传达于世人的。

三 绮靡:拟古的重要特征

王闿运的拟古与"绮靡"是紧密联系在一起的,这也是他诗宗汉魏六朝的必然结果。

陆机《文赋》云:"诗缘情而绮靡。"诗歌因为抒情而需要绮,因为达意而要求靡。"绮靡"是对诗歌本体特征的基本认识。王闿运从阐释陆机此说出发,生发出了其崇尚"绮靡"的诗学观念。王氏曰:

> 诗缘情而绮靡。诗,承也,持也,承人心性而持之。风上化下,使感于无形,动于自然。故贵以词掩意,托物起兴,使吾志曲隐而自达,闻者激昂而思赴。其所不及设施,而可见施行,幽窈旷朗,抗心远俗之致,亦于是达焉。非可快意骋词,自状其偏颇,以供人之喜怒也。①
>
> 诗者,持也。持其志,无暴其气;掩其情,无露其词。直抒己意,始于唐人,宋贤继之,遂成倾泻。②

对于赋、碑、诔、铭、箴、颂等文体,王氏也以为"诗之支流,专主华饰"③。

那究竟什么是"绮靡"呢?"绮"是修饰,文饰。"靡"有华丽、富丽的意思。综而言之,绮靡就是修饰、华美、妍丽。因抒情而需要绮靡,

---

① 王闿运:《湘绮楼说诗》卷四,第 209 页。
② 王闿运:《湘绮楼说诗》卷七,第 290 页。
③ 同上。

不仅是指文学形式上的修饰，还有情感内容上的艳丽。汉魏六朝文学也是朝着这两个方向发展的。在诗歌形式上，一方面是延续汉赋重视文辞华丽的特点，注重诗歌语言的妍丽；另一方面，在诗歌的韵律、格式上，也渐趋工整，特别是沈约的声律论以及"四声八病"的观念，直接影响了诗歌形式发展的走向。在内容上，诗歌的题材扩展至山水、田园，还有宫体。诗歌描摹的范围不仅有外在的自然，还有人体本身。山水的秀丽，田园的静谧，都需要用相应的语言表现。白描女子的身体、神态，也需要积极调动丰富的语言表达。于此，王氏也有深刻的认识：

> 晋浮靡，用为谈资，故入以玄理。宋、齐、梁游宴，藻绘山川；梁、陈巧思，寓言闺闼，皆言情之作。情不可放，言不可肆，婉而多思，寓情于文，虽理不充周，犹可讽诵。唐人好变，以骚为雅，直指时事，多在歌行，览之无余，文犹足艳。韩、白不达，放驰其词。下逮宋人，遂成俳曲。近代儒生，深讳绮靡，乃区分奇偶，轻诋六朝，不解缘情之言，疑为淫哇之语。其原出于毛、郑，其后成于里巷，故风雅之道息焉。①

在这里，王闿运评述了六朝以来的诗歌，其一重要的标准就是"缘情""绮靡"。六朝之山水、宫体、闺怨之作，兴一己之情，辞尤艳美，二者兼顾。至唐，舍"兴"为"雅"，多言时事，歌行虽无曲折委婉之妙，但文辞尚能艳丽。还有晚唐诗艳体，"李贺、商隐挹其鲜润，宋词、元诗盖其支流，宫体之巨澜也"②。然至宋，则以理入诗，以意为主，词多义理，偏离了诗"缘情""绮靡"的发展轨道，故不得王氏之意。对于近世忌讳"绮靡"的态度，王氏认为是不解"缘情"之故。

对于辞与情的关系，王氏提出了"以词掩意"之说。他的这一思想与汉魏六朝"绮靡"的文学观念是一致的。在文学形式上，他重点关注的是文学语言，即诗歌语言的华美、妍丽。不仅如此，王闿运还赋予了诗歌语

---

① 王闿运：《湘绮楼说诗》卷四，第209页。
② 王闿运：《湘绮楼说诗》卷一，第124页。

言更多的功能，即要修饰情感，甚至是掩藏情感。这样，就让诗歌产生了一种婉转悠扬的审美效果。同时也为读者解读诗人之旨意设置了障碍。在王闿运看来，"绮靡"的对立面就是"质直"。文辞质朴，表意直接，宣达情意，一览无余。王闿运认为诗歌就要追求以词掩意，讲究托物起兴，从而让自己的情思能够婉转地表达，而不追求情感的宣泄。如是作诗，便造就了王闿运诗婉而多怨的美学特征。

王闿运沿着这个思路，理出了汉魏六朝时期"绮靡"诗歌发展的脉络。即曹植、谢灵运、谢朓等一脉。对于"质直"一派，则以阮籍、陶渊明为代表。其实阮籍的咏史诗、抒怀诗并非直露无余，也是将情感隐藏于言辞的，做到了王闿运所谓的"以词掩意"。但是，阮籍诗语言质朴无华，不合"绮靡"。故王氏评阮、陶曰："诗涉情韵议论，空妙超远，究有神无色，必得藻采发之，乃有鲜新之光。故专学陶、阮诗，必至枯澹。"①

在《八代诗评》中，王闿运追求诗歌的华美得到了充分的体现。他以"明丽""妍丽""婉丽""艳丽""清丽"等评论诗歌，如：

枚乘《西北有高楼》：明丽。

无名氏《步出城东门》：纤丽。语近唐人，非格卑也，盖唐人专学此一种空妙之句。

魏文帝《钓竿行》：亦宽和，亦明丽。《芙蓉池作》：自然华丽。自成奇肇。

曹植《杂诗》（明月照高楼）：高华。光艳动人。

张协《杂诗》（第八首）：纤丽。

郭泰机：宽和。婉而艳。

刘铄《拟明月何皎皎》：纤丽。

谢庄《七夕夜咏牛女应制》：纤丽。深韵凉寂而艳。如见美人辞去之景。

汤惠休《怨诗行》：纤丽。

---

① 王闿运：《湘绮楼说诗》卷三，第168页。

王融《渌水曲》：丽色藻辞，令人神移。《青青河畔草》：婉丽欲绝。《和王友德元古意》：纤丽。

谢朓《同羁夜集》：纤丽，结疏散。《之宣城郡出新林浦向板桥》：纤丽。"天际"二句绝高。唐人如王、李、高、岑，皆慕之入律。屡韵寄怀深远，情致摇曳，不可及也。《晚登三山还望京邑》：以绮练相对生色耳。若作单句便不能佳。《秋夜》：纤丽。凄静清妙。《答沈右率诸君饯别》：巧丽。悠然余韵。

陆厥《邯郸行》：纤丽。艳女淡妆。有此风致。

梁武帝萧衍《芳树》：香艳摇荡，其佳处在实力正写。

简文帝萧纲《采桑》：转节玲珑，出语清丽，李太白所宗。《龙邱引》：谢朓一派。

江淹《古离别》：清丽，是李白所祖。《王微君微养疾》：明漪绝底。有此美秀。

对于"质直"一派，王闿运也予以言明：

班固《咏史诗》：苏派，但无宽和多度处。质直。

张衡《同声歌》：不及枚能高挹。质直。

高彪《清诫》：质直。智虑二语有气势。

郦炎《见志诗二首》（大道夷且长）：质直。

孔融《临终诗》：质直。

诸葛亮《梁甫吟》：质直。

王粲《杂诗》（联翩飞鸾鸟）：质直。

秦宓《远游》：质直。

魏文帝《善哉行》：质直。未是帝王语。

杜挚《赠毋丘俭》：质直。起四句远势横空，陆鲍多学此。

程晓《嘲热客》云：质直。

成公绥《中宫诗》：质直。

傅玄《艳歌行》：质直。末二句迂重出奇趣。

　　陶渊明《杂言》第一首：质直一派。《读山海经》第二首：以下亦咏史质直一派。

　　殷仲文《南州桓公九井作》：质直警切。"哀壑""哀"字炼。

　　谢坤：《诚族子》：咏史质直一派。

　　张子房诗：咏史派。

　　由此，亦可见其对于俪词华彩的偏好。

　　不唯如此，王闿运的拟古诗观也浸透"绮靡"。这又集中体现在其"玩辞拓境""虚拟情怀"两种类型的拟古诗上，也体现在其对谢灵运山水诗的接受上。至于这二者如何结合，详见下节论述。

第四节　王闿运的拟古诗

　　王闿运的拟古诗在当时饱受诟病，得不到时人公正的评价。叶德辉斥其剽窃六朝；陈衍《石遗室诗话》讥其没有自己面目，不必为诗；胡适则责其为假古董。直至 20 世纪八九十年代，人们的认识才悄然发生改变，不再简单地否定，而变得更加理性，评价显得更为客观。这主要表现在对汉魏六朝拟古诗的评价上。就汉魏六朝拟古诗的研究方法而言，学人多将拟作与原作进行对比，发现二者的差异，从而探讨诗人拟作的特征。研究者的兴奋点皆在于概括拟古诗的类型，如拟题、拟体、赋咏、托古等，并有意总结各种形制的特点，探讨诗人拟古的动机。还有学者概括不同时期的拟古诗的特征，且将其置于文学自觉之时代大背景中，探讨拟古诗的袭与创，并给予其在文学史上的应有地位。①

　　在这样的背景下，王闿运的拟古诗也迎来翻案之日。在《清诗流派

---

　　① 自 20 世纪八九十年代以来，有一些学者开始关注汉魏六朝的拟古诗，产生了一些研究成果。如张国星的《西晋乐府"拟古"论》（《华东师范大学学报》1982 年第 4 期）；俞淑敏的《文学的模拟与文学的自觉——魏晋六朝杂拟诗略论》（《学术月刊》1997 年第 2 期）等。还有一批论文，庄筱玲《魏晋南北朝拟古诗初探》（硕士学位论文，厦门大学，2001 年）、李慧芹《西晋拟古诗研究》（硕士学位论文，河南大学，2007 年）、张晨《汉魏六朝模拟文学研究》（硕士学位论文，山东大学，2007 年）、刘健《六朝拟古诗平议》（硕士学位论文，江西师范大学，2008 年）等。

史》一书中，刘世楠先生与前人对王闿运拟古诗不公正的评价针锋相对，一一辩解。他认为王闿运的拟古诗作能反映时代，并有其特点。具体而言，一是遣词造句都是《文选》式的，二是严格辨清题义，三是可引考据、议论入诗，四是强调藻采。① 后又有朱洪举《王湘绮诗学思想研究》也认为其在拟古诗中感受诗法。

在展开论述之前，还有必要交代下论述范围。萧统《文选》有"杂拟"一类诗，与"游览""赠答""杂诗"等并列。"杂拟"类共选录十位作家六十三首作品，且这些作品在标题都具有明显的标记，即有"拟""效""学""代""绍""杂体"等字样，后人还有带"仿"的拟古诗题。这样的标志也为后人创作拟古诗所继承，成为判断诗作拟古与否的重要依据。

以《湘绮楼诗文集·诗集》为底本②，笔者检出王闿运拟古诗共52题126首，模拟诗人33人。其中汉魏六朝诗人30人，共拟作105首。具体为赵嘏20首、陆机15首、曹植13首、萧子显8首、鲍照6首、谢灵运3首，张衡、阮籍、陶渊明、沈约、吴迈远各2首，孔融、秦嘉、刘桢、徐干、傅玄、石崇、陆云、潘安仁、郭璞、郭泰机、颜延之、萧纲、傅亮、江淹、江总、王元长、刘孝威、谢宣远各1首。拟唐朝诗人5人，共拟作16首，具体为姚合1题10首、李白《咏史》3首，王昌龄、杜甫、李贺各1首。另有拟《古诗十九首》4首，《孔雀东南飞》1首。

由上不难看出，王闿运拟古对象很广泛。另外，就是他的拟古诗大多能找到明确的模拟对象：诗人或是具体诗篇。不仅如此，王诗多是拟篇的。仅有少数是从总体感知对象风格风貌的，即拟体，如《拟张子房谢远城体》等。王闿运如此拟古，正应其尽法古人之美而熔铸之的自评，也可看出其拟古诗的路数。

王闿运的拟古诗是尊重原诗题意的，这也是他拟古的一个重要原则。《湘绮楼说诗》卷五有言：

---

① 所论见刘世楠《清诗流派史》一书第十九章《汉魏诗派》，人民文学出版社2004年版。
② 底本为《湘绮楼诗文集》，岳麓书社1996年版。

偶作《苦热诗》云："露枕毛发烦，夜风缔纻温。"似有图云汉之意。因寻《苦热诗》，苦热、苦寒皆述征役之劳，知闲居不得言寒热，更无所谓苦，诗不可作。①

晨雨连午，遂有秋声，昨夜云暗气凉，川空寂旷，不胜沉寥之感。盖四时迭代，皆有惊觉，无如秋之最愁也。然宋悲凛秋，则仍未写此意，苦热诗既不可作，感秋其可广乎?②

这两段话充分体现了这个原则，即尊重原诗题旨规范。《苦热诗》应是反映战争、劳役之苦，非言天气炎热之苦的。因此，他便不作了。第二则也是如此，他罢作感秋之诗，原因仍是原题题旨。这在《拟焦仲卿妻一首》（卷一）、《王氏诗》（卷五）等诗作上也得到了体现。稍有不同的是，这两首诗是因为本事与《孔雀东南飞》《陌上桑》类同而拟，当然在主旨上是一致的。《湘绮楼说诗》载曰：

嘉庆十一年冬十有一月晦日，湖北佣人李青照妻为主逼逃，后遇欺陵，携子赴湘死，夫亦自经，合葬体陵坡。经墓读碑，拟《焦仲卿妻》一首。③

明齐王朱高煦猎游历城县标山，有妇汲水，见之而美，留问其姓，对曰王氏。问其夫家，不对，迫之，不从，见杀，而莫敢尸。相传为东乡王氏云。尔后五百年，王闿运始为歌词以附乐府而传之。④

由此可以明显地看出王闿运拟诗尊重题旨的特征。

尊重题旨并不代表要一模一样，在同一维度上，表意是可以相反的。王闿运在批改尊经书院课艺中讲到了拟古有正拟和反拟之分：正拟就是顺乎原意，反拟则逆于原意。他批示丁树诚《拟淮南招隐士三首》云："拟

---

① 王闿运：《湘绮楼说诗》卷五，第217页。
② 同上。
③ 王闿运：《湘绮楼说诗》卷三，第179页。
④ 王闿运：《湘绮楼说诗》卷五，第171页。

体之作，各抒所怀。有正拟而寄意者，有反拟而取新者，反《骚》反《招隐》之所为作也。人之遭际，亨屯不同，世迫则招之出，时暇则招之人。当流风歇绝之时，名山之业，经纬冥冥，亦恃有人在焉，作反《招隐》。此反体。"① 不管是正拟寄怀也好，还是反拟取新也好，其基本的标准还是诗的原意，反拟也并不违背尊重题旨的原则。

在此基础上，笔者将从王闿运创作拟古诗的情景中，感知其拟古的动机，以及其追求"自适"的特点。从整体上看，王闿运拟古数量之多，拟古对象范围之大，且多为拟题拟篇。从拟古诗的功用来看，一是在尊重原题意义的基础上，选择情景相同或相似的拟古对象以托古寄意，在艺术上保证形神兼具，重在意而不在词；二是在娱乐自适的场景中，或拟古消遣自娱，或适当开拓拟题之语境，与古人一较高下，其中以宫体为多，重在词而不在意。

一　抒怀寄意的拟古

王闿运认为拟古诗是可以抒情的，且表达得更为委婉曲致，富于韵味。他实践自己的主张，在诗歌创作中，极力融入自己的情思。沟通情感与拟古对象的途径有两条：一是情境，二是情感。第一种，诗人在构思创作过程中会选取与自己情境相同的对象来拟作。这里的情境只是触动诗人情思的场景，而诗人所表达的情感可能会与拟作对象相似甚至相同，但也可能不一样。不管是相同还是相异，都寄托了诗人的情感。第二种，诗人选取与自己所欲表达情思相同的对象拟作。这里，诗人不直接流露自己的情绪而通过拟作来呈现，借古人之口来传达自己的所思所想。

《湘绮楼说诗》里记载了部分诗歌的创作场景，清晰地呈现了王闿运拟古时的想法。卷一载《拟杜子美岁晏行》的创作场景曰："甲寅冬客江汉，朔风告寒，零雨间洒，夜诵工部《岁晏行》，伤其时与今日若前后合符，拟为一篇，即同其韵，亦将以宣意达情，示之采风者。"② 据这段文字交代，杜甫的《岁晏行》触动了作者的情思，因为杜诗描写的场景与今日

① 《尊经书院初集》卷十、卷十一，光绪十一年尊经书局藏本。
② 王闿运：《湘绮楼说诗》卷一，第128页。

之现实有暗合之处，感触很深，故而使用其韵而拟作。现将两首诗列于
后，以便比较。

岁云暮矣多北风，潇湘洞庭白雪中。渔父天寒网罟冻，莫徭射雁
鸣桑弓。去年米贵阙军食，今年米贱大伤农。高马达官厌酒肉，此辈
杼轴茅茨空。楚人重鱼不重鸟，汝休枉杀南飞鸿。况闻处处鬻男女，
割慈忍爱还租庸。往日用钱捉私铸，今许铅锡和青铜。刻泥为之最易
得，好恶不合长相蒙。万国城头吹画角，此曲哀怨何时终。① （杜甫
《岁晏行》）

我行湘水一千里，荒村鼓角吹悲风。黄蒿连天白日晚，长吟坐叹
谁与同。鸮鸣绕树不敢怪，此地新血膏原红。危邦再陷苦搜掠，力战
不得回元工。五载军储夺农食，黄犊尽卖闾阎空。近闻元戎颇蹙额，
鞭挞罢病资军供。今年岁熟乃天意，宁知米贱徒伤农。利臣见小竞锥
末，改铸围法聊相蒙。官钱好恶不足问，但见铅锡和红铜。成之往往
杂沙土，此意将使富者穷。大官束手议调燮，仰屋私叹嗟皇穹。国家
成败在民命，盗贼何足伤神功。未知复有盛时策，况值强虏鸣雕弓。
此曲哀怨有深意，仰天长望南飞鸿。（王闿运《拟杜子美岁晏行》，卷
十五）

杜诗作于"安史之乱"后，诗人携家人出蜀经过岳阳，见洞庭渔民不
能捕鱼，以农耕、狩猎为主的莫徭族人以猎雁为生，由此触发了诗人一贯
关怀苍生的情怀。紧接着，诗人由现实场景转入对社会现实的描述，通过
几组对比，深刻的表现了乡村的凋敝。如大米去年歉收受困，然今年丰收
而益困；官家朱门酒肉臭，而百姓农织不兴，赋税沉重，甚至还要卖子还
赋。不仅如此，诗人还比较了战争前后控制铸钱的情况，战前控制严格，
而战后官家竟造假伤国。百姓困苦不堪，至今尚未有改善的迹象，诗人为
此忧虑不已。

---

① 杜甫著，仇兆鳌整辑：《杜诗详注》卷二十二，中华书局 1979 年版。

王闿运在阅读杜诗后,有感于杜诗所载情境与现实类同,而拟作之。此诗作于咸丰五年(1854年),正值太平天国运动。此前两年,太平天国军与湘军在长沙、岳阳发生了大规模的战争。本诗就是在战争惨烈的氛围中开始了对社会的描述。这一结构,与杜诗是相同的。但是在具体叙述过程中,王闿运的立意与杜甫是不同的。王闿运描述了官府种种"搜掠"行为,军夺民食,私造假币,等等,这些都已经伤及农民耕种之根本。王闿运担心的不仅仅是百姓的疾苦,更深层的忧虑是在官府的政策上。因此,在诗的结尾处,王诗比杜诗多出了两句议论:"国家成败在民命,盗贼何足伤神功。未知复有盛时策,况值强虏鸣雕弓。"而这两句才是王闿运真正想要表达的东西,就是先要固本,方能打赢战争。王诗中蕴含着对时局的看法和对现实的应对之策。就是这点,已经表现出了王诗拟古的个性。

当然,杜、王二诗仍存在众多相似之处,这是王氏拟古所致。如在诗歌结构上二者基本相似。在描述现实时的几个维度,也是相同的,军夺民粮,私铸钱币等。甚至部分诗句也是相似的,王诗之"官钱好恶不足问,但见铅锡和红铜"几句与杜诗所差无几。但是,将王诗置于现实战争背景下,并不会觉得不自然;对于笔下之场景,并不会让人质疑;至于其所思所虑,更是引人深思。

还有王氏拟作石崇之《思归引》。兹列于后。

> 思归引,归河阳。假余翼鸿鹤高飞翔。经芒阜,济河梁。望我旧馆心悦康。清渠激,鱼彷徨。雁惊溯波群相将,终日周览乐无方。登云阁,列姬姜。拊丝竹,叩宫商。宴华池,酌玉觞。[1](石崇《思归引》)
>
> 思归引,悲朔方,长风驱霜雁南翔。眷伦匹,怀江湘,假余翼,谁谓河无梁?天池横,万麟骧,群鱼煦沫劳相望。人生年,乐无方,何为多患自忧戕。声名来,先受庆,欢娱未毕生旁皇。游天衢,归故乡,思古贤人心泰康。洞房云阁临朝阳,左图书,右姬姜,鸣琴音,

---

[1] 石崇:《思归隐》,载郭茂倩《乐府诗集》卷五八,琴曲歌辞二,中华书局1979年版,第838页。

金石铿，怀芬华，味元庄。（王闿运《思归引》，卷六）

王诗诗序曰："同治三年冬，余从淮、沂将游于燕、赵，过桃园之镇，重访石崇旧河。朔风飞雪，僾焉而叹，停车徘徊，感念伊人，咏其《思归》之篇，悲所志之不遂。重寻自叙，喟然而悟。……归欤归欤，将居山水之间，理未达之业。出则以林树风月为事，入则有文史之娱。夫读妇织，以率诸子。何必金谷为别业，乃后肥遁哉！既息驽于清苑，闲居无营，因作诗一篇以明所怀，悼石生之空言，故仍题曰《思归引》。"① 在这段话里，王闿运交代了诗歌创作的缘由，是石崇《思归引》所表达之思归求乐与自己当时思归情绪契合。但是两诗的差别也已道明，即自己所欲表达的是序中所言之"吾生也有涯，而所待者难期"的无奈，故转而求得解脱，不为物役。

此诗作于同治三年（1864 年），时太平天国运动已经结束，王闿运失去了实现自己抱负的最佳机会。在求宦途中多有不顺，而其又感知了官场之险恶，生死之无常。在当时，他已经灰心仕途，故转而以庄子齐物论来化解自己心中的郁结，决定归隐山林，以享受读书、天伦之乐。此年，王闿运携家人迁往衡阳石门，开始了其十余年的隐居生活。王诗是求进不得后的选择，故其辞气多有幽怨之意。"人生年，乐无方，何为多患自忧戕。声名来，先受庆，欢娱未毕生旁皇。"就是这多出的一句，似在劝慰自己，又将自己心中的委屈显现无疑。

王闿运喜好游山玩水，于名山大川、江河大海间疏浚其心神，涤荡其情操。他多次游历，南至广州，北达京城，西抵川蜀，东到海上，各地胜景，一一在目。其游览诗的数量也十分可观。王闿运对谢灵运之山水诗用心颇深，一旦有与谢氏合迹之处，便不自觉的模拟起来。就拟作《游赤石进帆海》诗就有数首，如《从大孤入彭蠡望庐山》《帆江浦进沅至酉港》《青石洞望巫山》《泰山诗，孟冬朔日登山作》等。王闿运的拟作不是凭空创作的，而是在游览过程中发觉与谢诗情境相同之处后作的。这点王闿运

---

① 王闿运：《湘绮楼说诗》卷一，第 129—130 页。

早已言明。

> 入巫峡，鸟语泉流，有助灵赏。北风送帆，平泛安闲，入蜀水途，斯为最乐。帆上数矶，水皆急于冬时数倍。望巫山，作五言一篇，甚为称意。复是学赤石帆海之作，与《彭蠡望庐山》同一格调，而光景弥新，世人言摹仿者，可以息意于斫轮矣。①
>
> 暮泊藕荷池，询土人云：自西港至此五十里，沅水通江浦，为江所挟，沅反逆行，然水清自若。今晨入湖，景色壮秀，有舟行之乐，无风波之险，正宜谢公诗纪之。作《帆江浦进沅至西港》，诗曰："洞庭承江别，得地为都会。洄洑动千里，演漾荆、梁际。"此四句笨拙已极，何谢公之足比？②

不仅如此，在拟古谢氏山水诗的时候，王闿运还将自己的情感隐晦地放置其中。刘世楠先生在《清诗流派史》一书中就详细地分析了《泰山诗，孟冬朔日登山作》一诗，揭示了其中隐含的王氏"帝王师"的慨叹。

从上面的分析，可以看出，这类拟古诗与原作存在一定的联系，即诗人的情感。诗人在发觉了拟作对象与自己所欲表达的情思相契合，于是模拟原作。或者诗人感知现实场景与古人或古诗相近，于是选取其作为拟古对象以达意。这样，就要求诗人心中蓄积名篇。王氏借拟古以达情，情感的表达是第一义的。尽管是拟作，其情感仍是真切的，甚至是感人的。

二 虚拟情怀的拟古

在王闿运的拟古诗里，还有一类是模拟古人情境的，意虽在辞，然却不自觉地投入了自己的情感。如《拟鲍明远行路难》（卷三）：

> 今尊白玉盘，请君罢酒歌路难。欲令四坐分此苦，涕缘缨下摧心肝。孟尝昔闻雍门曲，眼前华屋生荆菅。丈夫意气不可料，安能独愁

---

① 王闿运：《湘绮楼说诗》卷四，第192页。
② 同上书，第214页。

复孤叹。

斑姬昔日承恩时，长门金屋百不知。年年月月少颜色，遥遥夜夜
悲别离。室中瑶琴见之叹，玉柱金徽满怀怨。共知恩重良易绝，翻恨
弦轻不能断。忆昔卷衣来玉床，何言旦夕变炎凉。昭阳新人夜念此，
危心息意待君王。君不见孤杨树上孤栖燕，失侣啁啾君不见。昔时朱
户文绮疏，古时歌吟今丘虚。豪华反复一俄顷，况我离别海上居。经
年双飞误还此，少年挟弹腰鹿卢。珠丸一出不可返，单雄碎翅沉泥
涂。正忆去年珠箔里，近人整翩徐且舒。华堂锦障苦为累，主人去我
庭阶芜。荒田野宿得自恣，宁作长流水中凫。

百尺桐生金井旁，玉作寒泉润根底。鹿卢一转一惆怅，使我憔悴
西风里。洛阳名工制作琴，徽以齐弦合宫徵。岂忆当年霜露时，同根
苦乐之相倚。美人误向井上弹，故根枯倒依井阑。深沉新故有如此，
急弦哀响为君叹。中庭桑树枝，叶叶复离离。别时与君手种此，此树
长成君未回。闺中独宿夜独织，采叶缲茧为君衣。不愿君身称长短，
愿得衣到人已归。忽闻邻妇中夜泣，使妾方寸无所裁。

南山黄柏中作琴，燕人揄袖成轻音。主人但知此曲乐，安能明我
中苦心。君不见柏梁铜台高会日，交戟离宫人辟易。至今樵采上丘
垅，斫树作薪人不惜。从来贵贱如转丸，眼前何用生波澜。高张急调
喻者少，请君南望北邙山。

长安陌头金贝鞍，健儿驰逐黄尘间。扬鞭一去万余里，少年不识
行路难。避仇怀刃向辽海，归来故里在新阡。吴姬白发羞不出，涕零
雨面思故欢。人生少壮不为乐，安能蹭蹬凋朱颜。

东飞伯劳西飞燕，旧宠新欢不相见。昔我初入深宫时，何悟朱颜
有衰变。倾心倚爱无所留，翠眉明珰独相羡。黄河千年犹一清，人事
崎岖不如愿。初疑一旦成山河，安知积渐如霜霰。匣中明镜绣作衣，
照我憔悴为我悲。不惜与君共弃置，贵欲知人年少时。

比较王诗与鲍照诗，不难发现其中的异同。王诗第一首起兴，言明主旨，即"眼前华屋生荆棘"所表达的世事无常，富贵不长久。这与鲍照诗是相同的。

王诗第二首化用了鲍照诗第二、第三两首的语言和情境。鲍照诗第二首写的是一个弃妇，第三首是贵妇倾诉丈夫出征后的孤苦，发出"宁做野种之双凫，不愿云间之别鹤"的感叹。这些都为王闿运继承。王诗此首写的是思妇待人不至的孤苦。先是赋咏斑姬的失宠之悲，又用失侣之燕以自怜，再忆昨日之富贵而今日之落魄，最终心中悲苦不得纾解，以致愿意"荒田野宿得自恣，宁作长流水中凫"。在表达心中悲苦的同时，也感叹了世事万变，美好事物终究难以长久。

王诗第三首拟作的是鲍照诗的第八首。鲍诗的主题是女子慨叹年华易逝。而王诗则写思妇盼归的心理。思妇以百尺桐和金井由同根相倚到古根枯倒的变化来感叹世事之升沉变故，以桑树成木而人不归来表达自己的相思。思妇抽丝织衣，以待人归，而邻家思妇的哭泣，则打乱了自己刚刚平静的思绪。这些细节都改造了鲍照诗"西家思妇见悲惋，零落沾衣抚心叹"的情景，在表达人物心理上显得更加细腻。此章在相思盼归的思绪中，又表达了世事变幻的主题。

第四首为王氏自作，但是主题仍是贵贱无常，但其中蕴含了新的内容。从总体上看，此章如"交戟离宫人辟易""从来富贵如转丸"等表达的还是富贵不长久的主题。此外还有一层意思，就是南山黄柏本是制作良琴的好材料，今却不被人知，而被樵夫视为柴薪，这又有怀才不遇、人不能尽其材的幽愤，而这种情绪是鲍照诗所没有的。

第五首拟作的是鲍照诗的第十三首。鲍诗本写征人乡思，在于表达求宦之艰辛。王诗延续了这一主题，但是抒情角度不再以第一人称口吻进行，而是游离在情景之外，采用了第三人称。不识行路难的曾经少年一无所得，而在闺中等待的思妇青春已逝，似有劝诫世人富贵不由人求、而应趁年少求乐的意思。

第六首化用了鲍照诗的第十六、第十八首。鲍照诗的主题仍是富贵不再，不必妄求，应及时行乐。而王诗站在思妇的角度总结自己的遭遇，得出的结论是"不惜与君共弃置，贵欲知人年少时"。思妇可惜的不是要与所待之人共度终生，却是期待在自己年少貌美时能为人所赏识，遗憾的是辜负自己的青春，而自己最珍惜的东西也是最希望为人赏识的。

王诗作于咸丰五年（1855年），其时年二十四岁。咸丰二年至三年，王闿运几次去往太平军战事频繁的江西，并与乐平令李伯元相契。王闿运初出茅庐，其学识就为人赏识，才能得以施展。李伯元战死后，王闿运返回湖南。咸丰四年，其曾多次上言曾国藩，发表自己对形势的看法，也得到了曾国藩的赞许。尽管如此，他最终却没能入军求得功名。咸丰五年，王闿运应好友邓辅纶之邀赴武冈教授邓家子弟，基本远离了建功扬名的机会。在这样的背景下，王闿运时常以拟作自娱，此年还有《拟傅玄历九秋篇一首》《拟王元长咏灯》等十余首拟古诗，但是，在自娱的过程中，其心态自觉不自觉地流露在拟作之中，《拟鲍照行路难》就是典型。在尊重原有主题的前提下，王闿运在拟作鲍照诗时悄然蕴含了自己的情感，在感叹世事无常的同时将期待为人赏识的心思传达了出来。

其实，王闿运集中类似表现期待获赏、所待无望后的失望等主题的拟古诗还有很多，如《拟明月皎皎光》《拟曹子建杂诗九首》《拟今日良宴会》等。这些拟古诗，只是其心境的一种反映。他在拟古自娱的过程中，静静体味着古人的遭际与其营造的古典氛围，于其中浸透着自己的情绪。

三 玩辞拓境的拟古

王闿运的拟古诗，除了寄托情感外，还有娱乐的功能，这主要表现在其拟古玩辞的态度上。与寄托情感的"以意为主"不同，这类诗"重辞而轻意"。在娱乐的过程中，玩味拟作对象的神理，感受其诗法，也是他的目的之一。

王闿运在《拟古十二首》的序言中说到了其拟古的动机，曰："闲览名篇，都忘其神理之微，不复潜思。盖二十余载，辄以暇日，比而兴之，得《拟古》十二首，意多于词，则今不及古者尔。"[①] 王闿运在这里交代的

---

① 王闿运：《湘绮楼说诗》卷一，第136页。

很明确，这组拟古诗的目的就是重新玩味古诗以自娱。而其言中所谓"意多于词"之"意"非表达情感之意，而是原作《古诗十九首》的本意。王闿运所拟十二首是拟作陆机的《拟古十九首》，而陆机所拟乃《古诗十九首》。他以《古诗十九首》为标准，对陆机的因与变，都先指明，并且在拟作过程中，又将陆机的变化予以矫正，还原本意。所以，这段话中有"意多于词"之说。

王闿运在每首拟作前就陆机与《古诗十九首》之异同作了交代，如下：

《西北有高楼》："绮窗、阿阁，严贵之居。而弹杞梁妻；且徘徊再三，以俟知音，此何人哉？陆拟之曰：玉容谁能顾？倾城在一弹。是《关雎》之义也。"

《东城高且长》："秦、晋、燕、赵，有择主之思。陆拟之曰'曷为牵世务。'反其义矣。又题曰'东城一何高'。篇中故有两一，何也？草绿燕巢，词意轻隽，故难于巧似。"

《行行重行行》："诀去之辞，重沓怨深，而拟者但为伤别。"

《涉江采芙蓉》："去京游梁之词，故追念故恩。藩国多材，则王室遗贤矣。进退有嫌，是以词不可多。陆曰'采采不盈掬'，非也。"

《青青河畔草》："本刺浮薄之大臣，而陆返之以贞信。"

《兰若生春阳》："念国之词。"

《庭中有奇树》："情在自媒，而陆言伤别。"

《迢迢牵牛星》："盖梁有阴谋，策其必败，而不可谏焉。"

《明月何皎皎》："始欲去梁，不能还汉，自疑之词也。陆云'游宦'，是矣。"

《今日良宴会》："齐心高言，欲据要路，党人谋去宦官之词也，故以飙尘自誓。而陆但以高谈为绮，宜同败矣。欲救其败，辄改其意。"

《青青陵上柏》："柏石斗酒，隐居之乐；冠盖极宴，贵游之方也。驾马游戏，岂不愧乎？陆生恃其门胄，故为方驾飞縠之词。"

《明月皎夜光》："虚名高举，处士窃位，东汉之诗也。而云孟冬促织，故托于国初耳。陆亦言岁暮凉风，知其指矣。"

由此可见，王闿运恢复《古诗十九首》原意的意图是十分明显的。再看诗的内容，这种动机体现得更加明显。现将《古诗十九首》之《西北有高楼》以及陆机、王闿运的拟作附后：

交疏结绮窗，阿阁三重阶。上有弦歌声，音响一何悲！谁能为此曲，无乃杞梁妻。清商随风发，中曲正徘徊。一弹再三叹，慷慨有余哀。不惜歌者苦，但伤知音稀。愿为双鸿鹄，奋翅起高飞。（《古诗十九首》之《西北有高楼》）

高楼一何峻，苕苕峻而安。绮窗出尘冥，飞阶蹑云端。佳人抚琴瑟，纤手清且闲。芳草随风结，哀响馥若兰。玉容谁能顾？倾城在一弹。伫立望日昃，踟蹰再三叹。不怨伫立久，但愿歌者欢。思驾归鸿羽，比翼双飞翰。（陆机《拟西北有高楼》）

琼宫明且深，八风通四窗。壁门镂青琐，飞陛互交龙。佳人临下道，朝日正曈曈。顾视世间人，街绝路无容。欲语未及言，浮云起尘蒙。既无独居理，又不下相从。鸣琴整清御，挥袂送飞鸿。青鸟安可托，徘徊待翔风。（王闿运《西北有高楼》）

后两首拟诗与原作的语言绝不相似，而重在拟意。陆机的拟作变汉人待赏之意为表贞洁，王闿运又将陆机之意变回。但不论何意，王闿运皆为游戏之作，并没有自己的生命体验。下面十一首皆如此类。

还有《拟四愁诗》（卷四）。"昔傅休奕论张平子《四愁诗》，以为体小而俗，七言类也。世或疑此二言，谓为难通。余尝寻张之序，自云仿《离骚》而作者，至其再三致意，信同灵均；局促成篇，又异楚骨。故比于《辩》《歌》则为小；偕于近世，则为俗。但可入七言之格，成一家之例。舟中多暇，因与吾友邓子拟而作焉，志则盉各，体无乖互，庶以歌行达其好诽。惜世无知音者引而和之，使明其义类也。"① 这首拟作的情景是与好友邓辅纶在旅途中闲暇无事时所作，一为消遣，二为发掘其意义，从而使人明白其义类。在语言和表意上，王闿运也与张衡《四愁诗》相似。于此，朱洪举已有分析，故不赘言。②

除了虚拟古意外，王闿运还有意开拓原诗意境，欲与古人对话。光绪四年十二月四日日记存创作《琴歌》篇背景："下风不能缆，泊界矶一日。偶谈司马长卿、卓文君事，念司马良史而载奔女，何以垂教？此乃史公欲为古今女子开一奇局，使皆能自拔耳，即传游侠之意。虽偏颇不中经要，非为奔骗者劝，自来无人发明，因拟李太白诗体作一篇。"③ 这首拟作是拟李白体而作。李白有《白头吟》吟咏司马长卿、卓文君事。王诗拟作，只为发明自己新意而已。

王闿运好拟作宫体，而在拟作中涤除了宫体诗的艳情，亦即其所谓的"俗"。他的拟作只是敷衍藻采，感受其抒发情性之法。如其拟作沈约之《六忆诗》（卷四）：

> 沈休文旧有《六忆诗》，亦宫体也。诗轶二忆，以意补之。凡聚会作诗，苦无寄托，老、庄既嫌数见，山水又必身经。聊引闺房，以敷词藻，既无实指，焉有邪淫？世之訾者，未知词理耳。

沈约《六忆诗》现存四章，为忆"来""坐""食""眠"时。王诗增加了忆"去""起"时二章。沈约诗与王诗皆描摹女子含娇带羞之貌，并表达了自己对其的欣赏。相较而言，王诗显得更加细腻，更为含蓄。沈诗："忆来时，的的上阶墀。勤勤叙离别，慊慊道相思。相看常不足，相见乃忘饥。"王诗："忆来时，袅袅玉堂边。众中常落后，独进更羞前。赖有香风度，知君逆见怜。"王诗揣度女子心思，"知君"句较沈之"相看""相见"句更含蓄。沈诗："忆坐时，点点罗帐前。或歌四五曲，或弄两三

---

① 王闿运：《湘绮楼诗文集·诗集》卷六，第104—105页。
② 朱洪举：《王湘绮诗学思想研究》，博士学位论文，华东师范大学，2007年，第63页。
③ 王闿运：《湘绮楼日记》，光绪四年十二月四日日记，岳麓书社1996年版。

弦。笑时应无比，嗔时更可怜。"王诗："忆坐时，盈盈故远人。相看如不避，相近转难亲。低鬟恨钗重，揽带惜衣新。"沈诗是在叙述女子之行为，而王诗则将女子之神态描摹了出来，"恨""惜"二字更写出了女子的心理活动，也写出了观者的感受。沈诗："忆食时，临盘动容色。欲坐复羞坐，欲食复羞食。含哺如不饥，擎瓯似无力。"王诗："忆食时，对案影参差。擎瓯劳玉指，传碗借唇脂。愿作雕胡饭，朝朝应慰饥。"沈、王二人同写女子拿盘的细节，沈诗则是站在男子角度直观描写自己的感觉，而王诗更细腻的传达女子拿盘的心理，这体现在"劳"字上。沈诗："忆眠时，人眠强未眠。解罗不待劝，就枕更须牵。复恐傍人见，娇羞在烛前。"王诗："忆眠时，先眠多引被。微笑暂回腰，含娇恒道起。灯前色转新，梦中情难拟。"沈诗与当时宫体诗一致，在结束了对女子形态描摹，势必引向床帏。而王诗则只描摹女子睡觉时的神态，没有互动。总的来说，沈诗重在描摹女子之形态，因此多白描。王诗则着力传达女子之神态，巧用字眼，生动地表现了女子的心理活动。同时，他的拟作也改变了宫体诗一贯的结尾方式，美而不俗。

再如其《九夏词》，也是如此。诗序曰："艳情之咏，夏景难工，齐、梁所传，简文《纳凉》一篇而已。《子夜四时》体小而俗。聊以长日，拟为九篇，题曰《九夏词》，不恃景物点缀，专取白描也。"①

王闿运对齐梁之宫体诗的认识不同于时人，在他看来，宫体诗和山水诗皆是兴体，为古诗之楷式。他说："山水雕绘，未若宫体，故宋后，散为有句五章之作，虽似极靡而实兴体，是古之式也。"② 因此，他如是评价南齐之诗：

> 齐以后诗，渐有画家超逸之意，多取远神，意淡而色胰。后人便以为齐梁艳体。盖徒见其脂粉等字，谓为"薄弱"。不知其不及古处，

---

① 王闿运：《九夏词》，《湘绮楼诗集》卷十，第187—188 页。另，王闿运同治十年四月廿八日日记也记载了这首诗歌的写作背景："夜坐念玉台诗，夏景绝少。余好为闺语，亦不叙夏日风物，乃补作《九夏词》，不特景物点缀，专取白描也。"

② 王闿运：《湘绮楼说诗》卷七，第290 页。

皆是过求新妙，取神遗迹，便入空悟一派。古人所以独绝者，无心求妙者也。后人至并齐梁妙处，亦不能知，何况魏晋。嗟乎！不知其妙，而言其不妙，何其有胆而无目者至于此也？①

王闿运所理解的齐梁体诗，虽脂粉气浓，但是有其独特之处，那就是追求新妙。古往今来，能领悟者甚少，而肆意谩骂者不绝。王闿运能独识其妙，极力拟作，所着力处在于齐梁体诗之妙法，感受其绮靡之词，而不事其脂粉气，也不以此寄托情怀。这就是王闿运大量拟作宫体诗的原因。

王闿运拟古也有逞才使气的时候，欲与古人一较高下。王瑶曾说："这种风气（案：指拟古风气）既盛，作者也想在同一题材上，尝试与前人一较短长，所以拟作的风气便越盛了。追踪张、班，左思有《三都赋》，张载有《拟四愁诗》。王粲、曹植、陶渊明集中皆有《咏三良》诗，都是这种风气的产物。"② 这是一种拟古者常有的心态，王闿运也不例外。如《湘绮楼说诗》卷二载："船窗清闲，望南康城在西庐山，隐于烟霄，益知禹贡东迤之说，为指鄱阳湖，郑说精确也。太史公登庐山而观禹疏九江，自禹以后，几人有此盛览？远公、谢客，未免小眉小眼。余今日所作诗方直接史公，一吐壮气也。"③ 王氏此种心态，正中自己常言的求好之病。

综上所言，王氏拟古诗的三种形态都充分体现了其拟古诗观。选择相关古诗而拟作以寄托自己情感。虚拟情怀，虽是自娱，但仍能将自己的情思投射其中，拟古人之意是为言己之情状。玩辞拓境，纯属娱乐，或感悟诗法，或玩赏俪词，进而欲与古人一较高下。这些就是王闿运拟古诗的特征。

---

① 夏敬观：《八代诗评》，《同声月刊》1942 年第 1 号第 6 期。
② 王瑶：《中古文学史论集》，上海古籍出版社 1982 年版，第 77 页。
③ 王闿运：《湘绮楼说诗》卷二，岳麓书社 1996 年版，第 146 页。

第二章　王闿运与汉魏六朝诗

王闿运标举汉魏六朝，遍拟汉魏六朝诸家诗，然于陶渊明、谢灵运两家尤为倾心。王氏不仅学习其诗艺，还在思想与品格上与之多有沟通，因此，拟作较多。本章拟从他对陶渊明、谢灵运两家诗的接受着眼，具体探讨其与汉魏六朝诗的关联。

第一节　王闿运对陶渊明的接受

王闿运对陶渊明的认识是随着心态和处境的变化而变化的。以太平天国运动结束为界，其对陶渊明的接受可分为前后两个时期。前期王氏积极入世，因此多关注陶渊明的入世情怀。但是，入世屡次受挫后，在后期则颇关注陶渊明的隐士身份及不随波逐流的高贵品行。不仅如此，在拟陶诗和征引陶氏故实的过程中，王氏还主动与陶渊明进行比照，借以完成对自己身份的认同。

笔者从《湘绮楼诗集》检出关涉陶渊明的诗歌 55 首，其中拟陶诗 29 首，引用陶渊明故实以及作品的有 26 首。这些诗歌创作时间从咸丰元年到民国四年，几乎贯穿了王氏诗歌生命的始终。

一　对陶渊明人格的接受

同治四年（1865 年）以前，王氏正值年轻，满怀施展才华、建立功业的雄心。太平天国运动的爆发正好给了他一次绝好的机会。此间，王闿运积极谋求入世的机会，先后通过多种方式把自己对时局的见解传达给曾国藩，以期获用。此外，他还入京参加会试，入肃顺幕；南下广州，入时任广东巡抚郭嵩焘幕。同治三年七月，清军攻破天国都城南京，太平天国运动结束。是年十月，王氏从广州回湘不久即赴江淮，于南京会见曾国藩，十一月便作《思归引》以表达归隐之愿。可以说，太平天国运动期间，王氏不存在认同陶渊明生活方式及思想的契机，他有的只是入世的激情和入世受挫的愤懑。

同治四年八月，王氏举家移居衡阳石门，开始了十二年的山居生活。从此生活方式发生了重大的变化，他隐居石门，编撰地方志、《湘军志》等，直至光绪五年（1879 年）入主尊经书院。光绪五年到十一年，王闿运应四川总督丁宝桢的邀请入川。当时丁宝桢有联合印度、缅甸以防止英、俄侵蚀中国的计划，王氏对此予以厚望。[①] 但还未待计划运作，丁宝桢便于光绪十一年病逝，此事也随之不了了之。在川期间，尽管王闿运与丁宝桢接触频繁，并多与其商讨政事，但他的主要职责是主讲尊经书院，培养人才，生活的中心是教书、著述。正如王氏在光绪九年八月十二日日记中所言："少时慕鲁连，今志于申屠蟠矣。"[②] 光绪十二年后，王氏先后主讲思贤讲舍、船山书院。期间虽与各地督抚疆吏往还，但王氏总以隐者自居，并为自己能做到"安贫乐道"而自豪不已。

同治四年以后，由于生存状态的变化，王氏对官场功名有了新的认识，加之他对《庄子》逍遥思想的接受，思想较前期显得更为豁达。就是在这样的心态下，王氏对陶渊明的接受较前期也有了很大的变化：由抵触陶到模仿陶，再到以隐者自居。

（一）"陶潜虽隐居，其气常纵横"

咸丰三年（1854 年），太平天国劲头甚盛，业已建都南京，占据武汉，再克南昌，并有席卷江南之势。是年，清廷为应对日益恶化的战局，命丁

---

① 王闿运在作于光绪六年庚辰的《览二邓拟陶诗，试效作一首》（第 18 卷）云："朝市多亲旧，田园但妻孥。自非沈冥子，石隐安足娱。穷年捐烈心，独往遂良图。……傥遇知音者，终能访粉榆。"可见当时王氏仍渴望获得施展纵横的机会，并为有这样的机会而感到高兴，这个机会就是丁氏的联印缅以防英的计划。这是同治四年以后仅有的几首表达入世情怀的拟陶诗之一。

② 王闿运：《湘绮楼日记》，光绪九年八月十二日日记，岳麓书社 1996 年版。

忧在家的礼部侍郎曾国藩办团练。曾国藩应朝命，积极筹备，并广开言路，招贤纳士，这给了王闿运展露才能的机会。《湘绮府君年谱》载："府君屡论事，曾公辄嘉纳之。"① 不唯如此，王氏还参与曾国藩军事谋划。当时，湘军将领彭玉麟、陈隽臣都力邀王氏从军，但是后来因冯树堂顾忌王氏新婚且为独子，进言曾国藩，致使从军未果。但王氏岂肯轻易放弃这个建功立业的机会。咸丰四年十月，于湘军攻占九江之时，上陈曾国藩"五利五害"之策，建议做好打持久战的准备，但是这个建议并没有被采纳。

就是在这样的情形下，王氏写下《秋兴十九首》（第 2 卷）以述怀。其中第十七、第十八、第十九首尤其能够表达他当时的心态：

> 有兔恒爰爰，有雉必罗罟。吴唐既先败，崇陶丽其凶。何必慕耿介，不得常从容。独有一道士，坐啸临清风。朝亦无所思，暮亦无所从。带甲常早眠，高枕听霜钟。吾欲访其术，自愧非乔松。（第17 首）

> 清晨荷锄出，艰难学田园。微风蔼林表，初日光东轩。被裘还解裙，单衣有余温。春气苏万物，已足慰劬勤。如何惰游士，荒时失天真。予生后巢由，不得齿农民。日暮行归来，感激悲中原。（第18 首）

这两首诗表达的主题是一致的，那就是入世无阶又不甘退隐的苦闷与忧郁。第 17 首，自己心怀耿介而不获用，心中抑郁而欲学道，坐啸临风，了无牵挂，并能沉浸于暮钟阵阵，置身世外。但末句"自愧非乔松"又将自己拉回凡世，认定自己并非学道之人。第 18 首，王氏艰难学习田园，微风拂林，阳气初生，十分惬意，但是日暮归来，心中所怀乃是中原故事。此处，王氏借用了陶渊明心怀故晋之事以明己之心迹。再看第 19 首：

> 陶潜虽隐居，其气常纵横。闲庭视草木，万感来峥嵘。晋代已陵

---

① 王代功：《湘绮府君年谱》，沈云龙主编《近代中国史料丛刊》，第 596 册，文海出版社癸亥秋七月，第 25 页。

替，卑官念无成。岁月坐憔悴，岂不伤其生。远松托孤怀，浊酒徒自倾。饥寒与醉饱，宁识达士情？

此诗可以充分反映王氏此期对陶渊明的认识。他认为陶渊明虽隐居，但并不安分，因为陶渊明心怀亡晋，欲有所为而不能，只能坐待岁月流逝，其借松抒怀，借酒消愁，根本没有达士应有的风度。

由上可见，王氏此时对陶渊明的认识是与他的心态紧密相关的。王氏当时极力寻求施展才华的机遇，积极入世，对陶渊明的关注自然是在其心气"纵横"之处。

直至太平天国运动结束，王氏都没有获得任何机会。咸丰五年到咸丰八年，王氏应好友邓辅纶之邀，往武冈教谕邓氏子弟。咸丰九年，赴京参加会试未中，留居法源寺。然因好友龙皞臣、李篁仙之关系，得以结识户部尚书肃顺，并为其激赏。后又接受友人不要急进以免遭祸的规劝，王氏便寻找一个借口辞别肃顺，来到山东巡抚文煜幕下任事。王氏再失良机，连友人也为他时运不济而叹息不已。① 咸丰十年八月，王闿运离开北京，路经祁门，拜访时任两江总督的曾国藩。此次会面，王氏也未获用，在军事上的建议亦不为曾国藩采纳。王氏在逗留三个月后，只留下"独惭携短剑，真为看山来"（《发祁门杂诗二十二首，寄曾总督国藩，兼呈同行诸君子》，第6卷）的遗憾离开祁门返回湖南。咸丰十一年七月，咸丰帝死于热河。十月，慈禧发动政变，杀死包括肃顺在内的"顾命八臣"，垂帘听政。王氏曾上书曾国藩，进言"宜亲贤并用，以辅幼主。恭亲王宜当国，曾宜自请入觐，申明祖制，庶母后不得临朝，则朝委裘而天下治。"曾国藩并不理会。王氏于此"太息痛恨其言之不用也"。② 同治三年，王氏南京再访曾国藩，仍是无果，随后便辗转返回湖南。而此时，轰轰烈烈的太平天国运动已基本平息。

---

① 《湘绮府君年谱》该年载："尹丈杏农耕云赠诗有云'行藏须早决，容易近中年'，盖叹府君之不遇也。"又见尹耕云《心白斋集》卷六《别诗五首》之"湘潭王闿运"，诗云："天未斯文丧，遗薪火自传。藏书蒐孔壁，坠日起虚渊。楚水三湘目，齐州九点烟。行藏应早决，容易近中年。"（沈云龙编《近代中国史料丛刊》，第411册）

② 王代功：《湘绮府君年谱》，第39页。

同治三年十一月，即王氏南京会面曾国藩后，写下《思归引》（卷六）。在该诗序文中，王氏交代了近年的心理轨迹，并表现出归隐山林的意愿。序文曰："颇妄自矜伐，喜谈远略，视今封疆大臣，窃谓过之。值圣朝辟门求贤，开荐举之路，白衣而登大僚盖数十人。余周旋其间，年望相等。虽不必至督抚，其次亦差得之矣。游半天下，未尝困厄，然皆无一岁之留，望望而辄去。……夫贤才有益于天下，天下诚有损于贤者。……吾生也有涯，而所待者难期。余尝游朱门，窥要津，亲见祸福之来、贵贱之情多矣，亦何取身登其阶，然后悔悟乎？……归欤归欤，将居于山水之间，理未达之业。出则以林树风月为事，入则有文史之娱。夫读妇织，以率诸子。何必金谷为别业，乃后肥遁哉！"王氏此序，情辞恳切，亦有一股悲壮气和无奈。王氏负大才而不见用，所待者难期，且亲见肃党覆灭，加之官场险恶，也只有归隐一途了。

同治四年，王氏借垂柳以明志："南中卑湿北尘沙，独有垂杨春意赊。莫道生来总离别，五株终老在陶家。"（《柳枝词》第7卷，第1首）是年八月，王氏迁家衡阳石门，开始了他的隐居生活。此后，他对陶渊明的关注也由"心气纵横"处转到了闲情真趣及隐士品格上。

（二）"闲情肯让陶彭泽"

同治四年八月，王氏迁居石门。同治五年，注《庄子》内篇，发明《庄子》本旨。此后几年，王氏先后编修《桂阳州志》《衡阳志》，注《易》《礼》，其主要精力皆付诸抄撰之业。

同治十年，王氏再次入京会试，九月返湘途中于徐州会见曾国藩，这是二人最后一次会面。此番会面，二人主要谈论经、史及修志之事。[①] 同治十一年二月，王氏闻曾国藩丧，六月参加曾氏丧礼，八月便题诗石门屋壁，以志终隐之愿。《凉秋还石门山居题壁》之一（第16卷）云："桂树香风生隐心，北山初别易追寻。一鞭细雨凉罗荐，八月青溪养绿阴。种柳

---

① 曾国藩此年作《酬王壬秋徐州见赠之作》一诗，诗云："群圣下窥瞰，忧喜相庆喑。尽抉诸子心，始知老儒贱。探箧出新编，照坐光如电。说易烛大幽，笺书祛众眩。旁及庄生旨，抵巇发英眄。"（参见《曾国藩诗文集·诗集》卷四，上海古籍出版社2005年版）对于当时二人谈论内容，可见一斑。另《湘绮府君年谱》此年亦有记载。

已看欺屋长，入门方觉琐云深。陶潜未去柴桑日，那识无弦自有琴。"

王氏选择终隐与曾国藩的辞世有直接关系。从前一部分的论述中，可以看出王氏对曾国藩一直寄予希望。他在日记里多次记载曾国藩的事情，也可以看出其对曾氏的感情。① 曾氏离世，王氏"纵横"希望破灭，这也进一步坚定了他归隐的决心。

在现实生活中，王氏还经常与陶渊明作比较。如王氏日记同治九年五月廿五日："为儿女理书，俱生不成诵矣。渊明五男不好纸笔，竟无闻于当世，余独何人哉?"② 同治九年八月未朔："早起问两儿'姑姊何人?'两儿皆不知姑为父姊妹。渊明儿子不识六七，比此，真神童也。"③ 他还用陶渊明草庐失火来比附自家的火灾，如《夜雪后集·周甲七夕词六十一绝句》之四十三："渊明六月见燔林，岂是西宫怨气深。"

王氏的现实体验，拉近了自己与陶渊明的距离。在诗歌创作中，关涉陶渊明的诗歌较前段大幅增加。此间，王氏关涉陶渊明的诗歌有 40 多首，占此类诗歌的百分之八十。不仅如此，此类诗的用意亦较丰富，且都表现出了一个共同的特征，即具有隐逸、平淡、闲适的指向性。这些表现在以下四个方面。

一是引用陶渊明故实及诗文来表现自己的生活状态，且皆表露出闲情雅致，勾勒出了一个安贫乐道的隐者形象。如：

借问渊明望松处，荆薪明烛夜吟难。(《丙子喜雪》之三，第 16 卷)
招屈酒醒应望远，和陶诗罢独敲床。(《五日忆夏芝岑招屈之会因寄奉讯》之一，第 16 卷)
自是仲华持节早，莫辞陶令闭门醒。且携丝竹东山去，别墅棋声

---

① 如同治十一年九月六日："去岁今日几焚于火，余不焚死，而涤公疾死，岂胜怅然。"光绪七年三月十七日："夜月，梦与曾涤丈论时事及家事，有悲切之音，颇近释书。即觉，念其不经，然生感悟。"光绪十八年二月朔日："梦曾涤丈，云收恤左孟辛之子，云已流落不刊。谈话分明，增人感创。"光绪三十二年八月十日："三更后睡，梦曾涤公谈笑甚欢，言今贼平无事，可以宴谈。余云不如且战且学仙别有风趣。涤公咨赏，甚以为然。"民国四年五月十二日："偶思曾侯，夜饭时检旧诗看之，至今六十年，如眼前也。"(皆见于王闿运《湘绮楼日记》)
② 王闿运：《湘绮楼日记》，同治九年五月廿五，岳麓书社 1996 年版。
③ 王闿运：《湘绮楼日记》，同治九年八月未朔，岳麓书社 1996 年版。

正好听。（《夜得李雨苍诗，雨、月通押，骇人闻见，戏作二首嘲之》，第19卷）

汉女双珠元自解，陶公三径更无佳。（《守风未开，四面皆秦声，作野菊诗》，第19卷）

顾笑陶彭泽，东篱无往还。（《九月偕衡府诸公斋集西禅寺》，未刻诗）

凭君莫作新亭例，且学渊明望八荒。（《十月九日天心阁宴集》之二，第19卷）

渊明老去抚孤松，未免人呼田舍公。（《题李韵园松鹤图》，第20卷）

闲情肯让陶彭泽，好士还同乔鹤侪。（《和二吴诗》之一，第19卷）

弦歌非昔年，文宴复今朝。渊明爱九日，时菊契贫交。（《登岳麓山，和陶韵》，第18卷）

直恐西尘劳庾扇，敢开三径引陶车。（《复樊诗》，第19卷）

水野释子持赠我，插伴五柳渊明庐。（《樱桃歌，和子玖》，第18卷）

垢面蓬头走复来，无怀真趣在婴孩。垂髫处处桃源景，生向陶家便不才。（《道中见儿童抃舞》，第20卷）

二是以陶诗关涉隐逸、闲趣的典故作为诗歌材料，吟咏性情。如《题陈伯皆仙岩十八景》（第18卷）中的三景：

绕屋树扶疏，渊明爱结庐。不知求解者，能读几多书。（《环翠读书》）

无功昔听笛，还忆采薇人。但有田家乐，何须学避秦。（《东皋牧笛》）

桃花源里客，夜夜宿仙家。日出闻鸡犬，方知归路赊。（《云中鸡犬》）

三是用陶渊明的故实比喻他人生活：

> 石林才子文章伯，暂学陶潜出彭泽。（《洞庭归舟酬叶损轩大庄吴中赠别诗，因及陈芸敏》，第 13 卷）
>
> 陶令腰频折，元龙气未除。谁知田舍里，犹自有长沮。（《春风日和龙高平秋日县居诗，访姚合体》之二，第 7 卷）
>
> 自有公田供禄米，何须五斗觅柴桑。（《谭常宁自衡阳就养东安，枉诗留别，因赋奉酬》，第 14 卷）

四是劝慰仕途受挫之人，或劝人归隐：

> 扁舟欲去且迟留，陶令休官已再休。（《还山吟送涂教授》，未刻诗）
>
> 误落尘网中，三年被驱遣。（《招隐诗寄谭公子 时推议长，劝其辞退》，未刻诗）

综上所论，可以看出，王闿运对陶渊明情性的认识是逐渐加深的，这个体认的过程也正好与他自身的生活状况和心态吻合。由此，我们亦可见王闿运淡泊的一面。

二 眉批陶渊明诗

王闿运对陶诗的接受表现在两个方面，一个是眉批《八代诗选》中选录的陶诗，一个是拟陶诗。王氏对陶诗的接受与对陶渊明人格的体认一样，是与其心态和生活状态对应的，具有鲜明的阶段特征。

咸丰九年，王闿运编选《八代诗选》并眉批八代诗。《湘绮府君年谱》咸丰九年载："选汉魏六朝诸家诗为《八代诗选》，与同人分写而自加评语焉。"[①] 后来，夏敬观辑录王氏眉批，发表在《同声月刊》1941 年第 1 卷

---

① 王代功：《湘绮府君年谱》，第 35 页。

第 2 至 6 号上。

《八代诗选》选录汉、魏、晋、宋、齐、梁、陈、北朝、隋八代诗人诗共 539 首，其中选录陶诗 114 首，即几乎所有的陶诗都被选录。不仅如此，在所选诗人中，也以陶诗数量为最多。① 在王氏看来，陶渊明当为八朝第一诗人。

在所选 114 首陶诗中，王氏眉批了 40 首，都集中于《同声月刊》第 1 卷第 5 号。就其眉批陶诗内容来看，王氏关涉陶渊明入世情怀的就有 13 处。兹列于后：

《和郭主簿》第二首："怀此真秀枝"四句清劲，露出悲壮。②

《赠羊长史》：以九州未同，感怀中原，故以"愚生三季后"作起。言今中原惟于古人书中见之而已，无限悲慨。

《咏三良》：此皆当时死节诸臣也。

《九日闲居》：缩生年不满百二句为一句，而以下句注解之，奇警非常。气象峥嵘。耻霤，言大臣当死也。寒花，言末路苟荣也。

《饮酒二十首》：此二十首，具见陶公峥嵘壮气。后人专以陶为冲凝，失之远矣。

《饮酒二十首》第三首：大学问、大性情。

《饮酒二十首》第六首：傲睨。

《饮酒二十首》第十五首：睹此则陶之恬退，只是自负。

《拟古》第一首：气劲语宽，亦奇作也，嫌乡曲未除，何等悲愤。

《拟古》第六首：言己身目睹易姓，谁谓无禾黍之悲也。

《拟古》第九首：末言己一县令，岂能雪国耻耶。

《述酒》：重离，即晋史所云淳耀之德。

《读山海经》第九首：言贤愚共尽，而烈士终有身后名。

---

① 参见孙海洋、黄世民《论王闿运〈八代诗选〉》，《湖南大学学报》（社会科学版）2009 年第 2 期。《八代诗选》所选诗歌数量较多的依次还有萧纲（112）、鲍照（99）、谢朓（93）、江淹（84）、阮籍（82）、庾肩吾（82）、庾信（81）、曹植（68）、谢灵运（67）等。

② 夏敬观：《八代诗评》，《同声月刊》1941 年第 1 卷第 5 号。

《读山海经》第十三首：沉痛。

从王闿运批点诗歌的篇目来看，前人多有论及。陈祚明《采菽堂古诗选》卷十三云："千秋以陶诗为闲适，乃不知其用意处，朱子亦仅谓《咏荆轲》一篇露本旨。自今观之，《饮酒》《拟古》《贫士》《读山海经》，何非此旨？但稍隐耳。"① 陈沆《诗比兴笺》指出世人读陶诗之弊有二："一则惟知《归园》《移居》及田间诗十数首，景物堪玩，意趣易明，至若《饮酒》《贫士》，便已罕寻，《拟古》《杂诗》，意更难测，徒以陶公为田舍之翁，闲适之祖，此一蔽也。二则闻渊明耻事二姓，高尚羲皇，遂乃逐景寻响，望文生义，稍涉长林之想，便谓'采薇'之吟。……至于《述酒》《述史》《读山海经》，本寄愤悲。"② 邓绎借用司马迁"发愤著书"论来阐述陶渊明的不平之气，曰："两汉文章自司马迁以来多渊源于《鲁论》《孟子》，亦犹苏、李、曹、陶、李、杜之为诗，皆出于《诗三百》篇、《离骚》，仁圣贤人发愤之所为作也。"嗣后又进一步解释其所发之愤乃为不仕二朝的忠义："渊明知晋室之将微，攸尔而去，不仕异代，盖有合于卷舒之道者，故特于《桃花源记》寓意焉。身为陶桓公后，与子房异世同符，其高蹈乃类于采芝之四皓。彼特假束带见督邮之，不可忍而去。不为五斗米折腰，一时之托词耳。"③ 稍后宋诗派巨子沈曾植、陈三立等也颇能感受陶渊明诗之沉郁处。陈三立《漫题豫章思四贤像拓本》之陶渊明曰："想见咏荆轲，了了漉巾湿。"④ 沈曾植对陶渊明的接受，是以诗评的形式呈现的。其评陶诗《荣木》以为"志气奋迅"；评《形影神》则以为"极沈鬱之思"，"顿挫怫鬱，力透纸背"；评《归园田居》则有"公旷达过人，忧患亦过人"的感慨；评《和刘柴桑》则曰："其辞果烈，朱子所以言隐者多是带性负气之人。"⑤ 进入民国后，陶渊明成为了清国遗老们寄托哀思、以求解脱的对象，最典型者莫过于郑文焯、金镜蓉。郑文焯每有郁

① 陈祚明：《采菽堂古诗选》，《续修四库全书》，第 1591 册，第 80 页。
② 陈沆：《诗比兴笺》，上海古籍出版社 1981 年版，第 76 页。
③ 邓绎：《藻川堂谭艺·比兴篇》，《藻川堂全集四种》。
④ 陈三立：《漫题豫章思四贤像拓本》，舒芜等《近代文论选》，第 396 页。
⑤ 沈曾植撰，钱仲联辑：《海日楼札丛》，中华书局 1962 年版，第 205—207 页。

结，便诵读陶诗亦自脱。他在手批《陶渊明诗集》跋中写道："余每值百感横膺，意有所郁结，不得通其道，辄沉坐孤啸，取陶诗而披诵，往复移时，顿觉天地晦暝为之豁然开朗，心骨空寒，独与卷中人精神往来。……盖其自高者固穷之节，而其隐切者故国之悲，惟忍于饥寒之苦，而后能存节义之间，危行言逊，可以深悲其志也。吾愿读者以贞苦哀之，勿徒以淡泊高之。"接着又阐发陶诗只题甲子之举，以寄托亡国之悲："其当宋武改元、永初受禅之年，而先生行年五十有六矣，自后有作，但题甲子，不著元号。旧国之感，异代同悲。患难余生，年纪以合。昔以风致自况者，今不幸而身世共之恨，无刘遗民辈相从于南村烟水间，一醉不知人间何世。"① 与郑文焯一样，金镜蓉也借渊明以抒愤，所不同者，他是以和陶诗的形式来进行的。金镜蓉有《和陶饮酒二十首》，其中有诗云："内衅既阅器，外虞斯丛毁。古来亡国人，奔利莫不尔。且饮酒无何，绚诗慕黄绮。"还有"梧桐有高柯，秋菊有精英。严霜讵不苦，改节良非情。财多世自足，旨酒我独倾。"② 王氏所评与时人对陶渊明诗歌的观点基本相同，都深刻的打上了时代的烙印。除此之外，他还特别指出："陶皆宽和，格调卑耳。有乞丐语，非廊庙人也。乡曲人自命圣贤，则易流入乞丐，不可不知。"③ 他对陶渊明的隐士情怀是持怀疑态度的。

从这些评点中不难发现，王氏关注的是陶渊明诗歌所表现的"其气纵横"处，并认为陶诗格调不高，这也符合王氏同治四年以前的心态。④

在整体上，王闿运表现出了抑陶的倾向。这与同属汉魏六朝诗派的高心夔、邓辅纶、邓绎之等人是有差异的，他们多扬陶。在评价陶诗的

---

① 转自周兴陆《上海图书馆藏郑文焯手批〈陶渊明全集〉》，《文献》2005 年第 5 期。

② 金镜蓉：《和陶饮酒二十首》，钱仲联：《近代诗钞》，江苏古籍出版社 2001 年版，第 1024 页。

③ 夏敬观：《八代诗评》，《同声月刊》1941 年第 1 卷第 5 号。

④ 对于王闿运对陶诗"格调不高"且有"乞丐语"的指责，夏敬观多有辩护。夏氏说："王氏此说，殊未能知陶。陶诗不附和当时格调，正是其格调高处，何卑之云。知陶之处境，本非廊庙，恰是田间人语，身份相合，何乞丐语之有。使廊庙人作陶语，则不合耳。然王氏选陶诗独多，几于全录，及观其逐条评语，则又非不知陶者矣。"对于王氏对陶诗"乡曲气未除"的观点，夏氏又以王氏不好宋诗辩解之。（具体皆参见《同声月刊》第 1 期第 5 号）但笔者以为，王氏此评一方面与其好绮语的审美趣味有关，更多还是受当时入世心态的影响。虽然如此，王氏仍认为陶渊明为八大家。

问题上，汉魏诗派的这种分化是由其诗学观念的差异造成的。二邓及高氏诗学重教化，而王闿运重审美。扬陶是因为有裨于世，抑陶者是因为不好其诗风。

高心夔有《陶堂志微录》四卷，傅怀祖在其诗集《序》中详述了其诗集名称的来由，由此可见高氏赞陶之原因。《序》曰：

> 志微录者，吾友东蠡高子名其所为诗也。录，史体也。其志微何？春秋之义。定哀之间多微辞，东蠡知夫言之不可著也，故曰志微录也。其为诗大氐本风雅之比兴，就晋宋之声度，其思深，其指远，骤而陈之，渊冥靡涯，绪而绎之，则古今得失之迹，理乱之林，参之见闻，味其忧闵，已为陶也。①

高诗旨在抒发自己之微旨。所谓微旨，即其参古今之得、忧世闵人之怀，这两点已暗合陶诗之旨。反言之，高氏心慕陶渊明，是其所怀相同所致，皆心有天下。

邓绎从陶诗的渊源着手，来认识陶诗的价值。其曰："《国风》者，汉诗之渊源也。《国风》一派，枚乘诸人承之，而以澹远为宗。……汉诗不亡于齐梁，有魏晋人以振之也。孟德、子建之雄逸，渊明、元晖之高雅，岂易及哉？"② 邓绎将陶诗归入儒家讽教传统，很明显是从教化的角度来评论的。夏敬观《抱碧斋集序》曾比较过邓辅纶与王闿运对陶诗的评价，他说："邓先生祖陶祢杜，王先生则沈潜汉魏，矫世风尚，论诗微抑陶。两先生颇异趣。"③ 由上面的分析可以看到，邓辅纶诗旨也在于教化。王闿运和邓辅纶的差异，如同与高心夔、邓绎的差异。

王闿运对陶渊明诗之精妙处亦有体会，如眉批《示周续之祖企谢景夷三郎》："真朴有趣。"眉批《与殷晋安别》："陶令与人交，皆有一种真挚之意，非真人不能隐，非情挚不能高也。"眉批《庚戌岁九月中于西田获

---

① 傅怀祖：《陶堂志微录序》，高心夔《陶堂志微录》，光绪年刻本，国家图书馆藏。
② 邓绎：《藻川堂谭艺·日月篇》，《藻川堂全集四种》。
③ 夏敬观：《抱碧斋集序》，载陈锐《抱碧斋集》。

早稻》："山中饶菊露"以下，陶公此等处，所谓前无古、后无今。眉批《饮酒二十首》第十九首："使人不敢轻视。古来真者，未有模棱人。"可是类似赞誉之辞实在不多，相反，对陶诗不满处比比皆是。如他总体评价陶诗云："陶皆宽和，格调卑耳。有乞丐语，非廊庙人也。乡曲人自命圣贤，则易流入乞丐，不可不知。"认为陶诗格调不高，乃乡曲人自命圣贤。王氏此论颇为怪诞。还有：

> 《游斜川》：有傲然自足、随遇而安之意。结六句竭。
>
> 《和刘柴桑》：有以弱女二句喻酒解饥者谬。
>
> 《归园田居》第一首：此篇格颇驳杂，少遒炼之致，复离深璞之美。
>
> 《乞食》：一起如翻鹤下云。
>
> 《癸卯岁始春怀古田舍》第一首：直说，意度无穷。然观此，则所谓夫耕妇耨，仍是虚辞。盖古今未有当年未践南亩，而中年能力作也。
>
> 《拟古》第七首：起则高矣，后八句俗。风华轻靡。
>
> 《杂言》第一首：质直一派。
>
> 《读山海经》第二首：以下亦咏史质直一派。①

王闿运不满陶渊明，于此可见一斑。

王闿运对陶诗的点评是从陶渊明之格调和诗歌艺术两个维度进行的。对其格调之不满，实际上是受到了他同治四年前急于谋求施展自己的机会但屡屡受挫而导致心情不平的影响，不免带有很强烈的主观色彩，还显得怪诞，这在上部分已经提及。至于诗艺，王闿运不好"质直"一派，在眉批《杂言》《读山海经》中明确指出来了。他说："诗涉情韵议论，空妙超远，究有神而无色，必得藻采发之，乃有鲜新之光。故专学陶、阮诗，必至枯澹。"② 他还说："诗之旨则以词掩意，如以意为重，便是陶渊明一派。钟嵘以为陶诗出于《百一》，不言出于《咏怀》者，陶语句更明白易晓也。

---

① 夏敬观：《八代诗评》第1卷第5号。

② 王闿运：《湘绮楼说诗》卷三，第168页。

学阮、陶只可处悲愤乱世，若富贵闲适便无诗。"① 王闿运论诗重绮靡，好绮语，强调以词掩意，故而不喜陶诗之枯澹。

从本质来说，在评价陶渊明的问题上，王闿运和二邓、高心夔的差异是由两种不同的诗学观念造成的。王闿运抑陶是由于其诗歌理念不合而致，当然也与其心态有关，应该说，更多是出于审美的目的。而二邓及高心夔倾慕陶诗，是由于想借陶以兴教化，带有强烈的现实目的。一主审美，一主致用，也如实地反映了汉魏诗派内部诗学选择的差异。

三　拟陶诗

王闿运与高心夔、邓辅纶等皆有拟陶诗。可三人关注点不一样，形态各异。钱仲联先生曾比较过王、邓、高三人的诗歌，并对三人诗歌特征做了总结，曰：

> 王、邓虽齐名，王名掩一时，但过于模仿，缺乏自得之趣，实不如邓。一时真能与邓抗手之人，只有江西高心夔。邓与高都能咀含八代菁华，不仅貌似而且神似。自辟町畦，而又不背于古。邓以高华渊茂胜，高以艰涩幽秀胜。工力之深，同时难求鼎足。二家有一相同之点，便是都受陶渊明诗影响，邓有和陶诗一卷，萧闲冲淡，神味天然近陶。高以陶自号其堂，《陶堂志微录》自序中，自称"尤好渊明，溯焉而上，游焉而下，不耻其不似也"。②

钱先生此论有抑王扬邓、高之意，以为王诗重模古而无自己面貌，而高诗艰涩幽秀，邓诗高华渊茂，各具面目。另外，钱先生还比较了邓、高二人的和陶诗，以为邓诗得陶之冲淡，而高诗不以不似为耻，而重阐发己意。钱先生对邓、高诗的把握无疑是深刻的，但是，对王闿运的评价就略显偏颇了。单就和陶诗而言，模拟之迹最重者则是邓辅纶，形态最丰富者则是王闿运，寄意最深者则为高心夔。

① 王闿运：《湘绮楼说诗》卷三，第 249 页。
② 钱仲联：《近代诗钞》，第 524—525 页。

《白香亭诗集》有和陶诗共 70 首，分别是和陶诗一卷共 62 首，其他卷目 8 首。王闿运弟子陈兆奎曾评论邓辅纶的和陶诗，云："储独得陶诗之骨，柳袭陶之丰采，宋苏子瞻和陶乃得其皮肤耳。唯白香亭（原注：邓辅纶）晚年学陶，颇见其精彩。而以今事拟古题，动辄掣肘，尚非大匹。"① 这段话是陈兆奎读其师《论唐诗诸家源流》所做的按语，亦能代表王氏之观点。此论虽赞誉邓辅纶和陶诗比前人的精彩，但仍指出了邓诗的不足，即"以今事拟古题"而"尚非大匹"。所谓"以今事拟古题"，确是邓诗之特征。任取一诗与陶诗比较，如《和还旧居》：

辞家五月余，恍如千里归。老仆望先穿，扶病泫欲悲。（原注：仆谓周元也，元纪纲吾家近三十年，仆奴中之最忠直者。余作诗为五月晦日，尚在舟中，及朔旦抵家，元已于前五日物故，家中，无老少皆痛惜之。）瘦妾发未沐，倚门尚疑非。家人各致问，童媪或忘遗。乳燕更营巢，小犬犹依依。我劳尚如此，余生安用推。自欲行花竹，复叹腰脚衰。养疴聊偃卧，粱肉或可挥。②

再看陶诗《还旧居》：

畴昔家上京，六载去还归。今日始复来，恻怆多所悲。阡陌不移旧，邑屋或时非。履历周故居，邻老罕复遗。步步寻往迹，有处特依依。流幻百年中，寒暑日相推。常恐大化尽，气力不及衰。拨置且莫念，一觞聊可挥。③

比较两首诗，不难发现二者形式上的相似。邓诗不仅次韵陶诗，在内容上，仍有相似处，即背景相同，皆为回家时作。另外，两首诗皆写归家前后的境况。就这两点来，邓诗可谓字模句拟。二者最大的不同点，则是

① 王闿运：《王志》，《湘绮楼诗文集》（二），岳麓书社 1996 年版，第 40 页。
② 邓辅纶：《白香亭诗集》（卷二），民国庚申本，国家图书馆藏。
③ 陶渊明著，龚斌校笺：《陶渊明校笺》，第 192 页。

诗情不同，艺术感染力也不同。陶诗沉痛，奔波仕途数年后归家，早已是物是人非。邓氏虽有丧仆之悲，但此悲与诗中所表达之归家后的天伦之乐格格不入，因此，造成诗情的不统一，在艺术感染力上自然远逊于陶。这就是陈兆奎所言"以今事拟古题"之弊。邓辅纶的其他和陶诗皆如这般，都是次韵陶诗，都能找到与所和对象的相似点，或创作背景，或诗情。如《和连雨独饮》，与陶相比，皆为雨天独饮所作，表现自己任真自然之性。

邓辅纶在选取和诗对象时，以自己的情感和生活为准，然后选取陶诗中与之相近者而为之。这从邓诗中表现友朋诗酒之乐主题的诗中可以证明，如《和刘柴桑，和谢刘希陶丈携酒见过》《和胡西漕示顾贼曹，留别杜茂才云秋》等。另外，邓诗中没有渊明的《咏荆轲》《读山海经》等情辞慷慨的诗歌，这是因为他晚年生活中缺乏此类情感体验。正如邓绎在《白香亭和陶诗序》中所言，邓辅纶的和陶诗是托陶以自适而已。序曰："吾兄少年豪酒，其诗磊砢雄杰，得陶之肆。中岁以后，闭关弦诵，不问当世事。杯斝罕御。……抑兄之吟啸于白香湖上也，既不以酒为名，如竹林之放达，是岂必以陶为名哉？而姑托于陶以自适，盖其心之所慕焉耳。视杜、储、王、韦、柳、苏之或拟或否，而貌异心同者，无以别也。"①

高心夔的和陶诗正如傅怀祖在《序》中所言，思深旨远。不仅如此，他不以求似为准的，只求达意。这样，其和陶诗就形成了与邓辅纶完全不同的面貌。如《团鱼墩田居三首》之一：

> 稻场禽语谨，百物劬口实。有营问胡亟，吾生多忧怵。耕馌会相及，贱贫去无术。锦雉步泽梁，谓将优罗毕。桑落悲年徂，春至酒湛溢。长思结空襟，偃废犹昨日。穷郊足风雨，形影蔼俦匹。赏音大海东，无琴致渠膝。②

高氏此诗有陶《归园田居》的影子，但全不似陶。无论诗情，还是意境。诗前半部分写田居悠然之景，之后诗笔一转而悲叹年华已逝，最后寄

① 邓绎：《白香亭诗集序》，邓辅纶《白香亭诗集》。
② 高心夔：《陶堂志微录》（卷三），光绪年刻本。

托己怀，乃是期待赏音。诗情表达的曲折而深沉。还有《移家五首》《形影盒》等，皆类同此。

王闿运的拟陶诗约有 24 首。这些拟陶诗都有着鲜明的时代特征，描绘出了王闿运心态流变的轨迹。

同治四年以前，王氏拟陶诗有 7 首，这些诗有如下特征：一是意在借用陶诗的外壳，如声韵和结构；二是不依循原诗的意旨，或取义相反，或另附他意；三是所表达内容不是入世受挫后的幽怨，就是对世事的关注。

如《拟陶诗二疏咏》（第 15 卷）："盛衰有定期，彼此更相居。借问持禄子，此身竟焉如？邈邈皇汉庭，辞荣有二疏。挂冠出国门，解佩对尘裾。父子一时去，高谊昔所无。群公美盛心，感泣倾京都。多谢游宦者，几人返乡闾？余金孰云多，酒食应时需。子孙复何求，为我各区区。技校升斗间，岂不愧本图？名言喻乡人，旷志游八虚。摆落穷达虑，长歌托归欤。"拿此诗与陶渊明《咏二疏》比较，二诗韵律、结构相同，所咏对象亦同，只是所要表达的意旨有异。二诗同为"u"韵，行诗结构也相同。陶诗意在表彰二疏功成身退、淡泊名利、放意余年的品行，亦借以表现自己辞仕彭泽之举亦与二疏同，就其中心意旨唯一"退"字。王诗前半诗意叙述二疏之举，与陶诗基本相同，然话锋一转，谈及当下，不仅游宦无人返乡，于财物名利还多斤斤计较，钩心斗角，最后悟出要摆脱穷达的忧虑。王诗貌似是"退"，实际为"进"，要摆脱穷达的功名心，是其入世无路境况下的无奈之举，与陶诗表现的"放意余年"的主动选择有本质区别，于此仍可见当时王氏心态。

还如《观获》。王氏此诗庚子本题作《拟陶令观获》，查陶诗并无题为"观获"之诗，但就王诗内容来看，此诗应为拟《庚戌岁九月中于西田获早稻》《丙辰岁八月中于下潠田舍获》二诗。王诗与陶诗同写获稻，但所达之意不同，最根本处在于二人获稻后，王氏感怀的是"王税亦多恩""军兴州郡疲"，陶诗则为躬耕后有所得的快乐。这里需要指出的是，王诗中村人获稻的场面，倒有桃花源之意。《登武冈城东高寺》由景生情，表达徘徊于"进退"之间的苦闷。还有《秋兴十九首》之十七、十八、十九三诗，因前已述，不再赘言。

　　同治四年以后的拟陶诗，除了延续前期借助陶诗外壳，从声韵和结构入手外，又有了些变化。此期的拟陶诗更侧重于意念上的模拟，如模拟陶诗淡远的风格。诗歌内容也多表达生活的闲趣和山林之乐。

　　如《阅东安水道志，忆前游，慕物外，颇有独往之志，作诗寄怀云》（第10卷）："山川寄物外，车马不能喧。偶有独往志，霞石横眼前。昔游如有神，今怀亦可欢。散发东山庐，沉吟永桂篇。岩虚午风静，松疏夏日寒。村舍远相望，樵牧方来言。岂伊慕灵契，离尘是为仙。闲庭虽自清，未若漱云烟。世事托妻子，将从性所便。"此诗借用陶诗《饮酒》之五"结庐在人境"诗韵及部分诗句，且诗歌流露出的情致是类同的。诗中所写的景是王氏意念中的景，可能是实在的，也可能是根据书中内容幻想的。但不管是虚是实，诗境的指向是同一的，都具有隐逸的特征。王诗还表现出了自己适性的性格特点。陶诗《饮酒》之五表现的是陶氏心游八寰、不为物滞的自由，了不关世，所得亦只在适性而已。相较陶诗，王诗加入了众多叙述成分。与王氏此诗类同的还有《春怀诗四十八首》之三十一、《前田川种荷，南池插菰作》等诗。

　　《乙亥山中度岁杂诗八首》（第13卷）也很典型。第一首仍借用"结庐在人境"诗韵，所传达的心境是欣喜，欣喜衣食无虞、幼稚长成、政治清和、百姓乐居。在此情景下，诗人有"谁谓适人适，咏归忘我言"的感慨。第二首、第四首所表达的意思差不多，其感情也是喜，喜欣逢好光景，自足嬉戏于新朋故友之间，感受真挚人情。第三、第五首写农作之乐。王氏虽不躬耕，但于诗中可以看出其"同此田夫怀"去关心春雨，关心农事。第六首是写与山农的交谈，主旨在于表达自己淡泊名利、退居山林的英明抉择，以退为进，游于世事。第七、第八二首，写山居生活，以饮酒、作诗自娱的生活状态。

　　此八首诗，多有陶渊明的影子，其与亲朋往还、农夫交谈，饮酒自娱，无不与渊明生活相契。唯不同处，陶诗显得孤寂，而王诗更为热闹，心情也较欣喜、满足，这也是与二人的性情和实际生活状态相关的。

　　王闿运是一个身怀"帝王之术"的纵横家，毕竟不是虔诚的隐者。他一直在寻找施展自己才华的机会，物色纵横的平台。但在他屡次受挫，屡次复出的间隙，仍能做到安贫乐道，纵情山水，享受山林之乐，亦能体会陶渊明的真趣并不时效仿之。当然，王氏的隐居有些是迫不得已，因为他没有合适的出仕机会，所以他选择退守，如同治四年的归隐；有些反映山林之乐的诗亦有刻意为之之嫌①，是因为全身需要。如上分析的《乙亥山中度岁杂诗八首》，全诗屡次强调时局的太平和政治的清明，便是如此。但是，从总体上看，我们仍能从王氏对陶渊明的接受上，看出他心态流变的轨迹，以及这种变化带来的对诗歌创作的影响。

第二节　王闿运与谢灵运的山水诗

王闿运的山水诗与谢灵运多有关联。无论诗法，还是情韵，王氏都多有继承。也正因如此，本节将从语言、诗法以及情韵等几个方面，考察王闿运山水诗对谢灵运诗的接受，以期印证其拟古的诗学观念，发掘其诗学路径的独特性。

在《八代诗选》中，王闿运选录了谢灵运诗共 67 首，数量位居八代诗人中的第 10 位。显然，王闿运是承认谢灵运的大家地位的。王闿运论诗最重五言古诗，认为其乃真兴体。王氏最欣赏谢灵运的五言诗，认为，谢诗从流派而言归属于李陵一派，出自阮籍，② 当属大家行列。

王闿运尤其重视谢灵运的山水诗。在所选 67 首诗中，山水诗就有 34 首。不仅如此，他还认为谢灵运的山水诗为八代诗人之冠。③ 他是在比较了鲍照、谢朓、江淹等人的山水诗后得出的结论。他总体评价鲍照诗曰：

---

① 《湘绮府君年谱》光绪二十四年载："杨锐、刘光第等入军机办理新政。二人皆府君弟子，又奉廷寄查问府君年岁、精神、步履，能否召用。"不久戊戌六君子被杀。此年春，王氏作《乙亥山中度岁杂诗八首》，不禁让人作此想。

② 王闿运认为谢灵运五言诗出自阮籍的认识，与前人有异。钟嵘《诗品》认为大谢诗"源出于陈思，杂有景阳（张协）之体。故尚巧似，而逸荡过之，颇以繁芜为累。"清人厉志《白华山人诗说》认为大谢诗出于陈思王曹植："读康乐诗，但学其整括，是从思王来也。"（郭绍虞编《清诗话续编》，上海古籍出版社 1983 年版，第 2286 页）而毛先舒《诗辩坻》则以为出于陆机："士衡、灵运才气略等，结撰同方。然灵运隽掩其雄，士衡雄掩其隽，故后之论者，遂无复云谢出于陆耳。"（参见《清诗话》，上海古籍出版社 1963 年版，第 40 页）

③ 此处所引数据参考黄世民《论王闿运〈八代诗选〉及其批注》（硕士学位论文，湖南大学，2007 年）一文第 24 页。王闿运选取山水诗较多者还有鲍照 27 首，谢朓 26 首，江淹 10 首。

"气急色浓，务追奇险，其品度卑矣。然自成格调，亦无流骋无归。无识者乃以为风韵独出颜、谢之上。是不知翰林之鹜，而以为丹山之凤也。"①在这里，王氏驳斥了鲍诗成就高于大谢的错误认识，并用点评具体诗篇来证明这种论断，如评《蒜山被始兴王命作》《登庐山》二诗曰："观此二篇方知颜、谢为不可及。"评《从庾中郎游园山石室》云："数首非不刻意学康乐，然但务琢句，不善追神。"他还将谢瞻、谢朓、江淹的诗与谢灵运诗作比较，同样表现出了颂扬的态度。他以为：谢瞻远逊康乐；谢朓《始出尚书省》诗"邑里"二句是从康乐"野旷""天高"二句生出，而《在都卧病呈沈尚书》全学康乐局度；江淹《谢临川灵运游山》甚乖谢氏之为，《秋至怀归》以下数首是学康乐然其调节不如谢响。既然谢灵运山水诗为八代之冠，王氏倾心于此，也当属自然。

一　追求谢诗绮丽的语言

追求绮丽的语言是王闿运接受谢灵运诗歌的重要表现之一。这具体落实在语言修饰上，如叠词和对偶的大量运用。不仅如此，王闿运还在诗中直接化用谢灵运诗句。这些典型的特点，都表现出了王闿运对大谢诗的悉心体味。

首先谈叠词的运用。《诗经》中就有大量用叠词来状写情貌的诗句。叠词的运用，不仅形象贴切地传达出了描写对象的神采，还有着很强的节奏感，极大地美化了诗歌的语言。这点，刘勰早有认识，在《文心雕龙·物色》中曰："写气图貌，既随物以宛转；属采附声，亦与心而徘徊。故'灼灼'状桃花之鲜，'依依'尽杨柳之貌，'杲杲'为日出之容，'漉漉'拟雨雪之状，'喈喈'逐黄鸟之声，'嘤嘤'学草虫之韵。皎日嘒星，一言穷理；参差沃若，两字连形。并以少总多，情貌无遗矣。"②《离骚》中也大量使用叠音词，如"时暖暖其将罢兮，结幽兰而延伫""扬云霓之晻蔼兮，鸣玉鸾之啾啾"等，或模日光，或写声音。这一传统为后世所继

---

① 夏敬观：《八代诗评》，《同声月刊》1941 年第 1 卷第 6 号。以下所引之王闿运的诗歌评点均出自该刊第 28 至 38 页。后不再另外注明。

② 刘勰著，范文澜注：《文心雕龙校注》，人民文学出版社 1958 年版，第 693 页。

承，尤其受到山水田园诗人的喜爱。陶渊明有"烨烨荣紫葵"（《和胡西曹示顾贼曹》）、"暧暧远人村，依依墟里烟"（《归园田居》）等，叠音词的运用都使得描摹对象神韵皆显。谢灵运也是如此。

谢灵运喜好运用叠词来摹写山水、刻画事物，表达情绪。不仅如此，谢灵运诗还以对偶的形式出现。如《九日从宋公戏马台集送孔令》之"凄凄阳卉腓，皎皎寒塘洁"。以"凄凄"营造秋日萧条氛围，百卉皆变黄凋谢，将诗人之伤感表现了出来。"皎皎"就是"洁"，以表现月色之明亮。良辰美景，却遭离散，诗人的忧愁渐生。《邻里相送至方山》之"析析就衰林，皎皎明月秋"，"析析"以形容诗人忧伤不舍的心情。《游南亭》之"戚戚感物叹，星星白发垂"，"戚戚"表现落寞的心情，"星星"以形容自己的白发。类似的还有：《登池上楼》之"祁祁伤豳歌，萋萋感楚吟"。《过白岸亭》之"交交止栩黄，呦呦食苹鹿"。《石门新营所住四面高山迥溪石濑茂林修竹》之"袅袅秋风过，萋萋春草繁"。《入东道路诗》之"鷕鷕雉方雊，纤纤麦垂苗"。《登石门最高顶》之"活活夕流驶，嗷嗷夜猿啼"。《石门山诗》之"苺苺兰渚急，藐藐苔领高"。《彭城宫中直感岁暮》之"草草眷物徂，契契矜岁殚"，等等。

王闿运也非常喜欢使用叠词，台湾吴明德曾言："湘绮诗无论古今体，不分五七言，均极喜用叠字，数量之多，几达篇篇为之的程度，而常以对偶形式表现。"① "篇篇为之"，虽言过之，但是大量的运用叠词确是王闿运诗歌语言的一大特征。这一特征在其山水诗中表现得尤为突出，不仅数量多，且运用巧妙，产生了不错的艺术效果。先举几例：

> 沉沉积石寒，暧暧残阳昏。（《登南天门宿上封寺》，卷一）
>
> 泠泠时散风，娟娟夜升堂。（《八月十五夜至二十夜月》，卷三）
>
> 绝壁风炭炭，寒岩石晶晶。（《历城龙洞》，卷五）
>
> 分槔激泠泠，飞雪增浙浙。（《钱塘》，卷五）
>
> 离离动远色，瑟瑟无停响。（《泛大明湖登历下亭至铁祠作一首》，

---

① 吴明德：《王闿运及其诗研究》，花木兰文化出版社 2007 年版，第 144 页。

卷五）

滔滔平野春，蘦蘦千嶂日。（《登岘首作》，卷五）

汤汤赴都会，洄洄转涛浪。（《泛江浦入沅始至酉港湖中作》，卷十一）

芊芊高下碧，蔼蔼晴烟花。（《登前山》，卷七）

秀野蒙蒙白，荒塍历历新。（《春风》，卷七）

漾漾夕阴动，娟娟新绿高。（《春雨》，卷七）

阴阴风动地，拍拍水欺城。（《三月上巳雨坐湘绮楼题记怀庭》，卷十）

初秋影无双，娟娟映北窗。孟冬光稍迟，遥遥在南阶。（《院中玩月》，卷十）

岩虚石莘莘，霄峻松修修。（《春日下峡重咏巫山》，卷十二）

王闿运笔下的叠词是很丰富的，刻画相同的事物，在不同的情境下使用不同的叠词，力争将景物刻画得传神逼真。以上写"风"的就有三个："泠泠"形容风的温和、清凉，且有时断时续的感觉，"岌岌"写山顶风之急劲，"阴阴"则是早春风的寒冷。刻画石头，有"晶晶"描摹色泽，"沉沉"描绘水下巨石，又以"莘莘"写石林。刻画不同的水流，则有"泠泠"以形容小河流水之清凉，"汤汤""洄洄"形容大江湖水之浩荡，"拍拍"则写出水流的急速。描绘光线，有"暖暖"描写光线之昏暗，"蘦蘦"描绘层层叠嶂之下的光影，"蒙蒙"则是朦胧不清的视觉感受等。用形容女子形态的"娟娟"来修饰"新绿"和"月光"，生动地表现出了新生草木的柔美、月光的柔和。还有"芳草看看绿，初花窈窈香"（《雨霁》，卷一）之"窈窈"，飘出了雨后新花的阵阵幽香。"暮雨疏疏过，清钟了了闻"（《暮雨》，卷二）之"了了"，传来了似无似有、断断续续的钟声，营造出了不同的雨景。

谢灵运诗多用对偶，尤其是在具体描摹景物时。如《过始宁墅》，全诗有 11 联，而对偶句就有 6 联。"缁磷谢清旷，疲薾惭贞坚。""剖竹守沧海，枉帆过旧山。山行穷登顿，水涉尽洄沿。岩峭岭稠叠，洲萦渚连绵。

白云抱幽石,绿筱媚清涟。茸宇临回江,筑观基曾巅。"《晚射西射堂》全诗8联,而对偶句就有6联。谢诗其他山水诗情况也大体相同。谢灵运大量使用对偶句入诗,打破了此前古诗的结构。此前古诗偶有一两联对偶句,而在谢诗中,竟以对偶成篇。因此,遭到了明人何景明的非议,认为古诗之法亡于谢。清人汪师韩在《诗学纂闻》中附和李氏之说,曰:"何仲默谓'古诗之法亡于谢',洵特识也。"他借王渔洋之口,批评谢诗"好重句叠字"之弊,"噂沓,了无生气。至其押韵之字,杂凑牵强,尤有不可为训者"。

尽管如此,汪氏又不得不承认谢诗对偶之工整者,曰:"'池塘、园柳'之篇,'白云、绿筱'之作,'云合、露泫'之词,披沙捡金,寥寥可数。"① 后有潘德舆附议,其在《养一斋诗话》中曰:"谢客诗芜累寡情处甚多,'池塘生春草'句,自谓有神助,非吾语,良然。盖其一生,作得此等自在之句,殊甚稀耳。汤惠休云'谢诗如芙蓉出水',彼安能尽然!"池塘生春草"句,则庶几矣。"②

虽如此,清人亦多有赞赏谢灵运诗句之工巧者,于其对偶句的使用评价亦高。毛先舒《诗辩坻》早就明确指出了大谢诗对偶的妙处,说:"平原骈整,时发隽思,一变而为康乐侯,遂辟一家蹊术。亡论对偶精切处,肇三谢之端,若'沈欢难克兴,心乱谁为理','无迹有所匿,寂寞声必沉','惊飙褰反信,归云难寄音',皆客儿佳处所自出也。"③ 民国时,黄节则直斥汪氏不懂谢诗,曰:"近世若汪师韩,不解谢诗,所著《诗学纂闻》,至以妙辞目为累句,世士惑焉。"④ 汪氏以后世格律诗之标准去评价古人,也未免苛责了。

王闿运也是赞同谢灵运使用对偶作诗的。他在点评鲍照《行乐至城东桥诗》说:"'怀金锦从利,抚剑远辞亲。争先万里途,各事百年身'四句,正以排句为宕。后人仿古,先戒对偶,由俗说久有六朝骈俪之禁,使

---

① 汪师韩:《诗学纂闻》,《清诗话》,第455—456页。
② 潘德舆:《养一斋诗话》,《清诗话续编》,第2027页。
③ 毛先舒:《诗辩坻》,《清诗话续编》,第39页。
④ 黄节:《谢康乐集题辞》,《汉魏六朝诗六种·谢康乐诗注》,人民文学出版社2008年版,第568页。

人锢聪明，废笔研，悲夫！"① 王闿运不满后世仿古戒用对偶的做法，相反，认为排句、对偶等手法的使用，使诗更加具有艺术感染力，这也符合他追求绮语的审美习惯。

王闿运对谢诗中对偶佳句的妙处是深有会心的，这可从其对谢诗的评点和拟句中看出。如下所示：

> 评《七里濑》云：高华，奇丽。余过严濑，方知"落日"句写景之妙。他手必不肯放过严光，此只一句了之。
>
> 评《登池上楼》云：深静、高亮，兼而有之。"春草"句，以当时思不属，忽得目前景，安放得地，故惬意耳。非谓一句工妙自然也。
>
> 评《游赤石进帆海》云："歇"字脆绝。"况乃"，犹旷如怳然也。若作虚字，便与上下文乖。海月作蚌释者，可笑。石华已不必为海族。况海月耶。若如此解。康乐自供为捕蚌蛤矣。
>
> 评《登江中孤屿》云：明季鲜莹，"正绝"是实字，以对"中川"。
>
> 评《初去郡》云：谢公非恬淡人。而诵其诗令人心迹寂寞。良由笔妙度舒也。"野旷"二句，脱离尘中，天地为爽，写得出去郡光景。"憩石"二句，写得出去郡心事。"曚肥"承上"落英"，"流停"承上"飞泉"。兴也。
>
> 评《过白岸亭诗》云："空翠难强名"与"秀色若可餐"均是妙语。缘净不可唾，则拙矣。
>
> 评《夜宿石门诗》云：起四句玲珑秀丽。"异音"二语，灵响满空。
>
> 评《庐陵王墓下作》云："平生"四句，排冪动荡，沈郁苍凉。愈推开，愈沉痛。

不仅如此，王闿运在诗中经常模拟化用谢诗中的这些经典对偶句。就谢灵运《登池上楼》"潜虬媚幽姿，飞鸿响远音"一句，王闿运就曾数拟

---

① 王闿运：《湘绮楼说诗》卷六，第244页。

之。如《元日泛珍珠泉，寄怀邓辛眉，兼示妇，四首。以除夕并梦，故有是赠》（卷五）之"潜虬俟春澜，翠翰弄和风"，《夜半渡浙》（卷五）之"余清媚菰蒲，素碧隐霜涟"，《淫豫石》（卷十）之"盘鹰骇飞波，潜虬乐回穴"，等等。《淫豫石》之"苍素交岚阴"，又化用了谢灵运《晚出栖射堂》之"夕曛岚气阴"句。还有《朱陵洞瀑》（卷一）之"朱陵竦孤厓，飞泉束崩流"，是从谢灵运《发归濑三瀑布望两溪》之"积石竦两溪，飞泉倒三山"中化出。《南城至贵溪，多曲径密林。冬树青青，时渡川涧，水纯，作铜碧色，清浅映底》（卷五）之"霜烟互蒸霭，林壑涵静动"有《石门精舍还湖中作》"林壑敛暝色，云霞收夕霏"的神韵。《月夜泛汉》（卷五）之"孤峰媚我舟，到影漾涟漪"又有谢诗《过始宁墅》"白云抱幽石，绿条媚清涟"的影子。山水诗不同于咏怀之作，非亲临其景不能摹其形貌。尽管如此，王闿运总能在山水之间发掘出与谢诗相同或相近之处，从而化用其警句，为己所用。

王闿运的山水诗中，对偶句在诗歌中也占有很大的篇幅。以《历城龙洞》（卷五）为例：

绝壁风发发，寒岩石晶晶。不因平原敞，岂见连嶂惊。扪天入灵洞，窥日出云扃。高幽造二奇，丹白绚重城。铿鍧百仞上，观听未敢宁。龙移土色枯，枫落洞气清。峻削无长栖，丧我石隐情。苍藓俟春润，蒸色傥愈明。暂来谁能淹，樵斧上青冥。

该诗为王氏游济南历城龙洞时所作，全诗以游踪为序，由洞外及洞内，从声音、光线、气流等角度描写洞内之景象。该诗共9联，对偶句就有6联。还有《夜半渡浙》（卷五）：

雪渚雁鸣风，夜江鸡唱寒。寂听动哀响，寥亮满江山。羁情苦飞越，凭虚苦超迁。余清媚菰蒲，素碧隐霜涟。晓色物暧暧，暮岁思绵绵。本知虚舟达，谁云舍筏贤。

此诗共6联，而对偶句就有4联。"雪渚、夜江"联交代了渡江的时间及环境，以"雁鸣风"对"鸡唱寒"，点明拂晓风大夜寒。"寂听、寥亮"联正反对举，触景生情，自己的孤独、哀思油然而生。"余清、素碧"联颇有谢诗《登池上楼》"潜虬媚幽姿，飞鸿响远音"句的神采，描写了晓色蒙蒙时的江景。身处其景，而又近岁末，一年又逝，诗人常年独自漂泊以求进身之阶而不果的疲惫、孤独，转化为绵绵乡思，"晓色、暮岁"句正是此意。由此可见，对偶句的使用，不仅逼真地描摹出了江景，而且也将自己的情感表现得婉转、细腻。而这些均是王闿运悉心体味谢诗语言所得。

二 探究谢诗之古法

王闿运在与邓辅纶谈论诗歌的信中，曾表明自己对谢灵运诗歌用力颇深。他在光绪六年二月十九日日记中记载："（邓辅纶）由杜而陶，所谓渐进自然。闿运至谢、阮便竭才尽气，无级可登，奈何！奈何！"[①] 此处虽有检讨自己诗艺止于阮、谢而不前，但这只是客套语，话语间不乏一种自负。王闿运对谢灵运山水诗的接受，不仅限于绮丽的语言，在实际创作过程中，还不时从谢诗入手，探寻古诗之法。《湘绮楼说诗》卷三有《论五言作法》，这篇文献是王氏作五言诗的体会，也是他学习谢诗诗法的体会。

王闿运《从大孤入彭蠡，望庐山作》（卷八）和《青石洞望巫山作》（卷十一）都是效仿谢灵运《游赤石进帆海》而作的。这在《湘绮楼说诗》卷四中有明确说明："入巫峡，鸟语泉流，有助灵赏。北风送帆，平泛安闲，入蜀水途，斯为最乐。帆上数矶，水皆急于冬时数倍。望巫山，作五言一篇，甚为称意。复是学赤石帆海之作，与《彭蠡望庐山》同一格调，而光景弥新，世人言摹仿者，可以息意于斫轮矣。"[②] 对于这两首诗，王闿运还是十分得意的。

为方便比较，现将谢灵运与王闿运诗一并列出：

> 首夏犹清和，芳草亦未歇。水宿淹晨暮，阴霞屡兴没。周览倦

---

① 王闿运：《湘绮楼日记》，光绪六年二月十九日日记，岳麓书社1996年版。
② 王闿运：《湘绮楼说诗》卷四，第192页。

瀛壖，况乃陵穷发。川后时安流，天吴静不发。扬帆采石华，挂席拾海月。溟涨无端倪，虚舟有超越。仲连轻齐组，子车眷魏阙。矜名道不足，适己物可忽。请附任公言，终然谢天伐。（谢灵运《游赤石进帆海》）

轻舟纵巨壑，独载神风高。孤行无四邻，窅然丧尘劳。晴日光皎皎，庐山不可招。扬帆挂浮云，拥楫玩波涛。昔人观九江，举目送深宵。浩荡开荆扬，漾漾听来潮。圣游岂能从，阳岛尚嶕峣。波灵戏桂旗，仙客叹金膏。委怀空明际，傲然歌且谣。（王闿运《从大孤入彭蠡，望庐山作》）

神山夙所经，未至已超夷。况兹澄波棹，翼彼祥风吹。真灵无定形，九面异圆亏。晴云穴内蒸，积石露嵌奇。江湖泂无声，浩荡复透迤。呼风凌紫烟，漱玉吸琼脂。赏心不期游，谁识道层累。若有人世情，暂来被尘羁。（王闿运《青石洞望巫山作》）

王闿运从谢灵运诗中所探寻之古法表现在两个方面。一个是以辞藻之色调剂情韵议论之神，从而达到神色兼采的目的，这主要表现在王闿运《青石洞望巫山作》诗上。一个是古诗用典、考据之法，这主要体现在《从大孤入彭蠡，望庐山作》诗上。

先看前者。王闿运交代："此与庐山诗皆学谢《赤石帆海》。光阴往来，神光离合，五言上乘也。谢诗以'溟涨无端倪，虚舟有超越'为警策，为其诗足状海，非为海赋诗也。一丘一壑，则有画工写景之法。五岳溟渎，非神力举之不足以称。'虚舟'一句所谓纳须弥于芥子。而所以有力者，乃在'海月'二句，以景运情，即所谓点景也。"在评论完谢诗写景之高妙后，紧接着，王氏总结了体悟到的古诗法及其在自己诗作中的运用情况，曰："诗涉情韵议论，空妙超远，究有神而无色，必得藻采发之，乃有鲜新之光。故专学陶、阮诗，必至枯澹。此诗'脂'韵、与上篇'膏'韵皆点景之句，而通首尽成烟云矣。"① 于此不难看出，王闿运对词

————————

① 王闿运：《湘绮楼说诗》卷三，第168页。

采的重视。在《湘绮楼说诗》卷六，他更加直白地表达了对诗歌词采的追
求，说："阮嗣宗稍后之，便高华变化，不可方物。而不为大家者，重意
不重词也。诗之旨则以词掩意，如以意为重，便是陶渊明一派，钟嵘以为
陶诗出于《百一》，不言出于《咏怀》者，陶语句更明白易晓也。学阮、
陶只可处悲愤乱世，若富贵闲适便无诗。"① 对于阮、陶之诗，王闿运以
"以意为重"概括之，并认为这种诗歌最大的弊端就是不适合富贵闲适时
作，因为富贵闲适时，并无悲愤抑郁之情可抒发。故而，他主张对诗歌艺
术的追求更应该体现在词采上。这里，似有一点需要说明，王闿运并没有
将词藻和情韵割裂开来，只是单纯追求词采而忽视情韵。归根结底，追求
词藻的最终目的，也是为了抒情。而所谓"以词掩意"，只不过是为了避
免情感的直白宣泄，而强调曲折、委婉的表达，使得诗歌更有韵味。

　　还有《泰山诗，孟冬朔日登山作》（卷十二）。王诗云："崇高极富贵，
岩壑见朝廷。盘道屯千乘，列柏栖万灵。伊来圣皇游，非余德敢升。良月
蠲吉朔，攀天叩明庭。时雨应泠风，开烟出丘陵。仙华润春丹，交树盖秋
青。肃肃洗神志，坦坦跻玄扃。翼如两障趋，纬彼四岳亭。将睹洸正，端
居心载宁。"关于此诗，王闿运说："余廿年与龙大、邓二登祝融，相角为
诗，弥之每出益奇，余心懑焉。其警句今了不记，但记'土石为天色'，
可谓一字千金矣。又卅年独游东岱，心未尝不忮弥之才笔，竭思凝神，忽
得升韵。喜曰：'吾压倒白香亭矣！'即升仙门旁，踞石写寄夸之，盖此乃
登岳诗，非游岳，更非游山也。从容包举，又焉用石破天惊为哉？其'秋
青'二句亦仍学谢。观此可悟学古变化法。"② 刘世楠在《清诗流派史》
中指出："他说的这两句学谢，是指学谢灵运的《相逢行》：'杨华与春渥，
阴柯长秋槁'，《登石门最高顶》：'心契九秋干，目玩三春荑。'两处都以
'春''秋'对举，而字面和句式并不相同。"③ 除此之外，刘先生还解读
了王闿运隐藏在诗中的"帝王师"思想。

　　再看《从大孤入彭蠡，望庐山作》。《湘绮楼说诗》卷二记载了庐山诗

---

① 王闿运：《湘绮楼说诗》卷六，第249页。
② 王闿运：《湘绮楼说诗》卷三，第167—168页。《湘绮楼说诗》所引该诗与诗集正文有出入。
③ 刘世楠：《清诗流派史》，第474页。

的写作背景,曰:"船窗清闲,望南康城在西庐山,隐于烟霄,益知禹贡东迤之说,为指鄱阳湖,郑说精确也。太史公登庐山而观禹疏九江,自禹以后,几人有此盛览?远公、谢客,未免小眉小眼。余今日所作诗方直接史公,一吐壮气也。"① 在创作过程中,王闿运就极其关注地理方位的考证。在具体论述诗法时,他也作了重点说明。他说:"俗人论诗,以为不可入经义训诂。此语发自梁简文、刘彦和。又云不可入议论,则明七子惩韩、苏、黄、陆之敝而有此说,是歧经史文词而裂之也。或不遵其言,又腐冗叫嚣,而不成章。余幼时守格律甚严,矩步绳趋,尺寸不敢失,及后贯彻,乃能屈刀为镜,点铁成金。如此篇'皋''潮'二韵是考据也。自秦以来说九江者,多误断以《史记》庐山观九江,而《禹贡》大明'江汉朝宗'之语,《毛诗传》谬说,而郑康成因之。宋儒好驳古人,独奉此为不刊之解,欲以戒强侯惩荆蛮,迂诞甚矣。舜、禹至圣,岂欲荆人奉朝贡,而预忧其不宗耶?且不颁为科条,而为隐语于报销册中,尤为可笑,故因以潮潫解之。江、汉盛涨,吴、越水乡,滔滔千里,海潮逆上,至于浔阳。言'孔殷''朝宗'者,告成功而防涌溃也。'阳雁攸居'亦不足记,圣帝圣相何取于鸿雁之知时?此亦儒生浅陋之见。故又释为'阳岛'。岛者水中之山,阳者水北之称,言江、汉安流,而江北山陵不复怀襄也。廿字中考证辩驳,从容有余。若不自注,谁知其迹。熔铸经史,此之谓也。"②

王闿运师法谢灵运的诗歌还有很多,通过仔细地比较,不难发现其拟化谢诗诗法的痕迹。《泛江浦入沅,始至酉港,湖中作》(卷十一)就是一例。王氏云:"暮泊藕荷池,询土人云:自酉港至此五十里,沅水通江浦,为江所挟,沅反逆行,然水清自若。今晨入湖,景色壮秀,有舟行之乐,无风波之险,正宜谢公诗纪之。作《帆江浦进沅至酉港》,诗曰:'洞庭承江别,得地为都会。洄洑动千里,演漾荆梁际。'此四句笨拙已极,何谢公之足比?后曳舟沙行,过马王滩、齐湖口。沅水湖盖所谓赤沙湖,杜子美从此路至长沙,故诗中用典故。北风帆行,改作前诗。"③ 上面所谓谢公

---

① 王闿运:《湘绮楼说诗》卷二,第146页。
② 王闿运:《湘绮楼说诗》卷三,第167页。
③ 王闿运:《湘绮楼说诗》卷四,第214页。

诗是指《入彭蠡湖口作》。从上面记载可以看出，王诗借鉴了谢诗的结构。谢诗开篇围绕"客游倦水宿，风潮难具论"展开叙述，"攀崖照石镜，牵叶入松门。三江事多往，九派理空存"四句，将诗人引入怀古抒情。王诗也基本沿用了此诗的结构。

还有《过梅花渡，山行作》有谢灵运《从斤竹涧越岭西行》的神韵。

由上可知，王闿运以学习谢诗之法来感悟古诗之法，并将所悟付诸创作实践中。

三　寄意于山水之间

王闿运对谢灵运的关注不仅停留在语言形式和古诗诗法的层面，对其心态、情感也颇有会心之处，这也是他接受谢诗的深层原因。细较二人之经历，不难发现存在一些相似的地方。二人皆怀大才，并且积极谋求进阶，却不能获得相应机会，内心郁愤处，只能寄意于山水了。

对于谢灵运之情，清人有两种截然相反的意见。一种以为谢诗是情景交融的，以王夫之为代表。他评《邻里相送至方山》曰："情景相入，涯际不分，振往古，尽来今，唯康乐能之。"评《田南树园激流植援》曰："亦理亦情亦趣，逶迤而下，多取象外，不失圜中。"评《登上戍石鼓山》曰："谢诗有极易入目者，而引之益无尽；有不易寻取者，而径遂正自显。然顾非其人，弗与察尔。言情则于往来动止缥缈有无之中，得灵响而执之有象；取景则于击目经心丝分缕合之际，貌固有而言之不欺。而且情不虚情，情皆可景；景非滞景，景总含情。神理流于两间，天地供其一目，大无外而细无垠，落笔之先，匠意之始，有不可知者存焉。岂徒兴会标举如沈约之所云哉？"[1] 在他看来，谢灵运当为情景交融的典范。另一种则以为谢诗情感不真。黄子云就是这么认为的，其《野鸿诗的》第四九则曰："诗无外乎情事景物，情事景物要不离乎真实无伪。一日有一日之情，有一日之景，作诗者若能随境兴怀，因题着句，则固景无不真，情无不诚矣；不真不诚，下笔安能变易而不穷？是故康乐无聊，惯裁理语。"[2] 而王

---

①　王夫之撰，张国兴点校：《古诗评选》卷五，文化艺术出版社1997年版。

②　黄子云：《野鸿诗的》，《清诗话》，第857页。

闿运是属王夫之阵营的。

王闿运很能理解谢灵运的孤愤，在评点其诗的时候，就多发掘谢诗深层的情感。

《从游京口北固应诏》：宽和。"皇心"二句轩敞。曾是，旧注以为在位之歇后语。言虽在官，而有旧山之想。

《永初三年七月十六日之郡初发都》：宽和。远度，指之郡。班璧，即分珪也，或曰谓连城也。

《过始宁墅》：宽和。

《富春渚》：清劲。

《游南亭》："情所止"，言甘心服药。若将终身。故叹衰老。

《登永嘉绿嶂山诗》：宽和。践夕，言一日游至夕也。故蔽翳处皆到。

《游岭门山诗》：宽和。

《初去郡》：谢公非恬淡人。而诵其诗令人心迹寂寞。

《登石门最高顶》：宽和。寄兴遥深，有傲世之志。

《于南山往北山经湖中瞻眺》：宽和。言"孤游非吾情"所叹，而赏心坐废，此理难通。

《南楼中望所迟客》：宽和。

《入东道路诗》：悲愤语，初看似高旷。

《发归濑三瀑布望两溪》：幽篁未能出林，以迍邅矣。然阳鸟尚掩，小者何足道。喻己之沈滞。以晋室不振故也。

除了上述诸山水诗外，还有抒怀诗。皆列于后。

《折杨柳行》："否桑"喻晋亡。"泰茅"言己爵已降。恐不复用。

《悲哉行》：宽和。改观言至春而荣也。观其荣已知其必落，故曰"终始在初生"。

《述祖德诗》：宽和，左思一派。

《斋中读书》：宽和。轻巂生脆。谢诗中别调。

《命学士讲书》：宽和。两诗皆谢公治郡之迹。观其胸次，似亦循吏，固异于俗吏也。

《庐陵王墓下作》："平生"四句，排纍动荡，沈鬱苍凉。愈推开，愈沉痛。

《拟魏太子邺中集诗八首》：此盖庐陵亡后，追感当时同游诸人所作。(《魏太子》)起二句强作帝王语。(《王粲》)词密气疏。(《徐干》)此首盖以自喻。

《临终诗》：沉痛超凡。

以上点评中出现之"宽和""清劲"，是王闿运对于诗歌总体风格之把握，其中也包含了诗歌所表现出的情感力度，气韵缓急。"宽和"即情感力度较小，气韵亦缓和，换言之，心理斗争也相对缓和。而"清劲"则反之。他在《论汉唐诗家流派答唐凤廷问》说："汉初有诗，即分两派：枚、苏宽和，李陵清劲。"① 他依此对谢诗作出点评，亦多感受其复杂的心理。从总体而言，谢诗以"宽和"为多，这也符合谢诗的真实情况。

谢灵运多在诗中表达由于选择进退而产生的情绪。一方面，他壮志满怀，期待知赏。如"人生谁云乐，贵不屈所志"，(《游岭门山》)"即是羲唐化，获我击壤情"，(《初去郡》)这些情志高昂。"惜无同怀客，共登青云梯。"(《登石门最高顶》)"美人竟不来，阳阿徒晞发。"(《石门岩上宿》)"孤游非情叹，赏废理谁通。"(《于南山往北山经湖中瞻眺》)而当高志不就，他就表现出了没有知音的孤独，故生归隐之意，放纵山水之间。如"挥手告乡曲，三载期归旋。且为树枌槚，无令孤愿言。"(《过始宁墅》)"宿心渐申写，万事俱零落。怀抱既昭旷，外物徒龙蠖。"(《富春渚》)"羁雌念旧侣，迷鸟怀故林"，"安排徒空言，幽独赖鸣琴"。(《晚出西射堂》)"持操岂独古，无闷徵在今。"(《登池上楼》)"望岭眷灵鹫，延心念净土。若乘四等观，永拔三界苦。"(《过瞿溪山饭僧》)"矜名道不足，适己物可忽。请附任

---

① 王闿运：《湘绮楼说诗》卷四，第208页。

公言，终然谢夭伐。"（《游赤石进帆海》）"虑澹物自轻，意惬理无违。"（《石壁精舍还湖中作》）也正因如此，清人宋大樽《茗香诗论》评论曰："康乐虽有冥会，顾身为车骑将军之孙，袭封爵，宋受禅复仕。则'倦世情之易挠'无之，已不及贞白之静；其不免于见法也，则'反无形于寂寞，长超乎尘埃'者无之，亦自贼其寿矣。"① 此评不无道理。

除了诗歌点评外，在现实生活中，王闿运也时常能感知谢灵运的处境心态。在光绪五年十月七日日记中，王闿运记录了给好友邓辅纶的书信，于信中表现出了对于谢灵运的理解："今岁院生高第者二十六人，皆为二景所搜而去，颇有空群之叹。尚有十余人未施檠括，奈思归甚切，又有校经之志，恐不能留。每诵谢康乐诗，至感深操不固，未尝不泫然也。"② 这里所谓"深操不固"的感慨，是有其身世之慨的。王闿运此前写下《思归隐》，已决意隐居，而经不起丁宝桢的屡次相邀，而复出主持尊经书院。而初来乍到，受人掣肘，拳脚不伸，后悔轻出，故有此慨。

还有王闿运的山水诗。咸丰八年十一月，王闿运结束武冈教学，往建昌会见曾国藩后，经浙江赴京会试。在入浙途中，王闿运创作了《南城至贵溪，多曲径密林。冬树青青，时渡川涧，水纯，作铜碧色，清浅映底》《雨宿江南步，始入浙江》《七里濑雪中瞻眺》等诗。王氏找寻谢灵运足迹，在诗作中亦多有追怀。

先看《南城至贵溪，多曲径密林。冬树青青，时渡川涧，水纯，作铜碧色，清浅映底》（卷五）诗。"旅人知久别，幽间愿归梦。陵晨路已湎，涉涧风犹送。"这四句叙写自己的乡思，且交代了自己是水行。"霜烟互蒸霭，林壑涵静动"，化用《石壁精舍还湖中》"林壑敛暝色，云霞收夕霏"句，"轻铜漾凝碧，遥石分青翁"有《入华子冈是麻源第三谷》"铜陵映碧涧，石磴泻红泉"的影子。这四句是对途中密林、涧水的描摹。诗后半部分抒发自己的情思："鉴波影逾独，登梯感谁共。遐想谢公迹，近瞩麻源洞。"通过倒影，巧妙地将自己的孤独引向了古今时空，引向了对谢灵运的追思。"委曲情屡移，优游道难用。劳形亮无适，孤芳讵堪弄。永作尘

---

① 宋大樽：《茗香诗论》，《清诗话》，第106页。
② 王闿运：《湘绮楼日记》，光绪五年十月七日，岳麓书社1996年版。

中游，将贻达者恸。”这几句可以说是王闿运自己的感悟，也可以说是对谢灵运的认识，还可视为与谢灵运的共通处。“劳形”而“无适”，追逐“尘游”无所获而令达者痛心。“一悟竟安遣，外物徒相控。”故而有追求外物乃是徒劳的领悟，而将烦恼化为无形，但又显得那般无奈。此句与《从斤竹涧越岭西行》之“观此遗物虑，一悟得所遣”句并无二样。这些都是谢灵运诗中经常咏叹的、纠结的而总是理不清的情思。而现在，这些也困扰着王闿运。

《七里濑雪中瞻眺》（卷五）也有与谢灵运对话的意思。[①] 诗云：

> 峭壁埽纤烟，微雪拂更碧。夹江波势汹，杳嶂天容隘。奔湍随岁晚，重云自古积。身依孤棹去，心愧垂钓客。遥遥竟千载，泛泛谁再历？隐见岂予心，贵从性所适。欲攀山阿竹，且拂涧边石。孤游非久要，意惬转成戚。
>
> 江涛积冬春，寒雪更昏昼。饥禽久无声，郢曲犹一奏。荒林似如昔，竦嶂遥相走。落石丽云锦，峰峦攒华秀。乘流逐岸转，溯飙苦寒骤。苦辛为谁故，屯邅未云负。谢公逐已夭，严子终颐寿。山泽愿虽同，名道讵两副。观此将凄其，虚舟庶能宥。

在此诗当中，王闿运有意与谢诗《七里濑》沟通。“奔湍随岁晚，重云自古积”，“遥遥竟千载，泛泛谁再历”，“荒林似如昔”等，在描写“浮云”“荒林”等景物时，都将现实引向了深邃的时空中。谢诗中有“哀禽相叫啸”之景，而王氏游历时则“饥禽久无声”，与谢诗有违。谢诗《七里濑》借游览以凭吊严子陵，从而表达与任公一般的隐士情怀，而小严子陵之志。还是清人吴淇看得明白：“康乐亦只是见得才到，其实连子陵亦做不来。岂知石勒不下光武，康乐不下子陵，俱是英雄欺人。”[②]

---

① 谢灵运《七里濑》云：“羁心积秋晨，晨积展游眺。孤客伤逝湍，徒旅苦奔峭。石浅水潺湲，日落山照曜。荒林纷沃若，哀禽相叫啸。遭物悼迁斥，存期得要妙。既秉上皇心，岂屑末代诮。目睹严子濑，想属任公钓。谁谓古今殊，异代可同调。”

② 吴淇著，汪俊、黄进德点校：《六朝选诗定论》卷十四，广陵书社2009年版，第355页。

虽然王闿运评论谢诗曰："用任公作陪。高洁非常，心目孤旷。"① 但是在诗中，他也感慨于谢灵运与严子陵不同的命运："谢公逐已夭，严子终颐寿。山泽愿虽同，名道讵两副？观此将凄其，虚舟庶能宥。"王氏的这种态度，也隐含了自己的生命意识。

王闿运对谢灵运诗歌的认识与时人存在些许差异。宋诗派的沈曾植在《与金蓉镜太守论诗书》一文中表达了其对于谢诗的理解，关注点在于谢诗中的"学"，即哲理。具体表现在谢诗浸透《论语》之理，且善用《易》语，实集山水老庄之大成，富含玄理。对于谢诗的这个特点，清人是有明确认识的，② 其中以方东树的表述最为典型。其在《昭昧瞻言》中直接给谢诗冠以"学者之诗"的称号，说谢诗精深华妙，无一字无来处。③ 这无疑表现出了诗学观点的差异，但也体现出了王闿运突出的艺术领悟力。

王闿运对谢灵运山水诗的接受体现了其拟古的诗学观念，师心与师法并重。其能深切体味谢诗语言、诗法的妙处，这是师法；还能在情感上与大谢沟通，这是师心。落实在诗歌创作上，则将二者融汇一体。于语言，则大量使用叠词和对偶；于诗法，则师法其结构及运景之法等；于情感，则能在现实生活与谢灵运沟通。这便是王闿运接受谢灵运山水诗的具体表现。

---

① 夏敬观：《八代诗评》，《同声月刊》第 1 卷第 6 号。

② 清人对谢灵运诗涉理语、发玄理的特点早有认识。黄子云《野鸿诗的》曰："康乐于汉魏外别开蹊径，舒情缀景，畅达理旨，三者兼长，洵堪睥睨一世。"（见《清诗话》，第 862 页）毛先舒《诗辩坻》曰："谢灵运语妙古今，然有不易学处。……'矜名道不足，适己物可忽。'斡旋发义，去学究也几希。唯其含吐宛隽，而体沿雅质，故不嫌耳。钝手为之，未有不流于议论者。作者此处极险，自非伯昏之射，未可以足垂二分也。"（参见《清诗话续编》，第 42 页）叶矫然《龙性堂诗话初集》曰："康乐造语隽拔，而时出经语、道学语。"（参见《清诗话续编》，第 963 页）阙名《静居绪言》曰："仆以谓天机道心，怋然冥会，时以《易》理见奇，予语成趣，深于自得而不踏前尘。"（参见《清诗话续编》，第 1632 页）民国时人黄节《谢康乐集题辞》中曰："康乐之诗，合诗易聘周骚辩迁释以成之，其所寄怀，每寓本事，说山水则苞名理。"（参见黄节《汉魏六朝诗六种·谢康乐诗注》，第 568 页）

③ 方东树：《昭昧詹言》，人民文学出版社 1962 年版，第 128 页。

第三章　王闿运与湖湘诗坛

　　王闿运被汪辟疆视为湖湘诗派的首领，与邓辅纶等人一道主盟湖湘诗坛多年。然王氏高寿，一生经历道光至民国，时代跨度很大。其又与湖南士绅名贵交厚，如湘军集团核心人物曾国藩、郭嵩焘、彭玉麟等，湖南地方官员朱克敬、陈宝箴等，学者曹耀湘等。湖南一时名流，皆为之揄扬，使得其文名愈盛。此外，王闿运在结束四川尊经书院的教学后回到湖南，嗣代讲思贤讲舍、主讲船山书院，引得湖南及周边学子竞相拜学。王氏的影响不限于此，就连方外之士也都为其倾倒，纷纷与之结交，谈诗论佛，如笠云、寄禅。

　　王闿运与同辈人的诗歌交往及相互影响，时人已多有论述。在这里，笔者选取了郭嵩焘作为代表。郭氏秉持理学，积极参与湘军集团事务，且在湘年久，在湖南士绅中具有极高的地位。不仅如此，其还与王闿运的交往十分密切。郭氏对王氏的态度是能代表湘军集团及湖南乡绅的。至于与其晚辈的交往，则选取了曾重伯和寄禅作为研究对象。

　　当然，在光宣之际，受王闿运影响的湖南后生远不止这些。除为人熟知的"三杨"外，还有众多后进。笔者据张翰仪《湘雅摭残》一书，将其中一些代表人物情况介绍如下，以佐证王氏在湖南的影响。

　　王龢：湘潭人，光绪乙酉解元，同年叶焕彬搜其遗稿，刊行《阙存斋诗词》各一卷。湘绮为记，谓其文笔诗歌皆不凡近，六法八体，并有逸趣。诗擅长七古。（卷十）

张绍龄：长沙人。光绪初元以诸生官浙中县令，所至有声。著有《芙蓉馆诗文钞》。诗评曰："格律遒上，不为唐以后语，故王湘绮谓其语必惊人，才气喷薄，有自辟门径之概云。"（卷十）

夏寿田：字午诒，与父夏时皆为湘绮弟子。光绪戊戌榜眼，反正后旅居京沪，改号直心居士，拜佛吟诗以自遣，有《直心道场诗稿》若干卷。诗评曰："午诒抱负不凡，躬历艰危，形诸吟咏，瑰丽清远，老笔独到，拟诸先唐作者，当无愧作。"（卷十）

陈锐：陈寿纶子伯弢，名锐。光绪癸巳举人，官江苏知县。工诗文，尤善小令慢曲，故有词人之名。著有《抱碧斋诗词集》。其诗古体长于近体，自以不工七言律，竟别为一卷。盖伯弢初从王湘绮游，专攻魏晋，后需次江南，与陈散原、郑叔问等唱和，又不能不为七律耳。（卷十二）

李登云：字孝笙，衡山诸生。尝游闽越，浮沉末吏。有《剑津》《东瓯》《西湖》诸集，合刊为《万山草堂诗集》。其诗工整，取径在明七子之间。集中称湘绮师，殆亦游学王门者。（卷十二）

程颂万：诗评曰："十发居士初刻之《楚望阁诗集》，系追溯六朝以迨温李昌黎山谷，犹不脱当时湘中诗人风尚，晚年续出之《鹿川田父集》，则生新雅健，非凡手所能袭貌也。"（卷十三）

夏绍笙：字伏雏，号均斋，晚号蠹园老人。能世其家学，从游湘潭王壬秋有年。熏陶既久，诗如所尚，亦追踪汉魏三唐，并以生平所著称为《绮秋阁集》，盖示不忘师承也。诗评曰："诸作词微旨远，自成高调。王壬秋评其诗如秋水芙蓉，自然灵秀；至气格苍老，则似虬松蟠于云端，别有一种飘翩之概。其推许可谓至矣。"（卷十三）

宁调元：字仙霞，号太一，有《太一遗著》。尝录选古近诗，至宋明而弗录。其持论曰："诗运降庚，爰兹历年几千，代有迁移。温厚以则，宋以前也；纤丽以淫，唐以后也。且五言际齐梁，犹七言之际晚唐，衰递以渐，学汉魏不能，或尤类唐；学宋明不能，将蔑所似也。"读此可知其诗之所诣焉。（卷十五）

孙举璜：孙姬瑞，名举璜，自署虫天室主，乃取蒙庄"惟虫能虫，惟虫能天"之意，为长沙孙鼎臣之孙。渊源家学，尤工于诗。诗评曰："皆

出王湘绮一派。"评其《立秋与客泛舟湘流月夜泊麓山下》曰："绵丽，托兴在二谢之间。"（卷十五）

雷飞彭：嘉和雷飞鹏，字筱秋，晚号艾叟。清末以孝廉宦游京师。鼎革归里，曾被选为省议员。少游王湘绮门，博治群经，工诗古文词，遗有《艾室诗文稿》。诗评曰："古雅高华，是承湘绮之教，追踪于魏晋初唐也。"（卷十五）

雷森：雷飞彭从子森，宝吾贡士，好辞章。少与桂阳陈兆奎、长沙袁绪钦等同为校经堂高才生。诗亦主复古，自订有《怡庐诗草》四卷。诗评曰："元音逸韵，的有魏晋风格。"（卷十五）

郑泽：长沙郑泽，字叔容，号萝庵。敏而好学，工诗古文词。历充秘书及新闻记者、国文教授，早卒。傅钝安（案：即傅熊湘）师为刻其遗稿。诗评曰："清旷丽绵，追踪鲍谢，故钝安师称其五言足与王湘绮抗也。"（卷十七）

释芳圃：芳圃号笠云，久居岳麓，工诗善书，名重东南。曾云游苏浙杭，人为营寺湖上，榜曰"留云"，谓欲留笠云于杭也。所著《听香禅室诗集》。王湘绮序谓其诗初学苏陆，律格高深，彻悟大乘，不滞言迹。近作大改格律，尤长五言。王逸梧祭酒题词，亦有"一编自拥江山气"之誉，其为当代所推崇如此。评其《雨霁集湘绮寄禅素蕉道香游园，还憩张雨珊居士东斋分韵》曰："此当为湘绮所称大改格律者，殆亦承湘绮之教而起也。"（卷十八）

另有黄维申、余世松二人与王闿运同时，也受其影响。

黄维申：著《报晖堂集》三十卷，其中有《王孝廉闿运来自衡山奉谒谈诗》一首。诗评曰："溯源汉魏，储精宋唐，骨韵苍然以坚，神味油然以厚也。"（卷九）

余世松：字佐卿，长沙人，与曾纪泽为连襟。年甫三十六。其诗初不出高青丘、陈卧子、屈翁山、王阮亭门径，及从王壬秋游，体则稍变，故其诗五言尤工。有《古砚香斋遗诗》四卷，为湘绮楼光绪丙午秋刊。（卷十）

第一节　王闿运与郭嵩焘

在《郭嵩焘日记》中，郭嵩焘详细记录了与王闿运的交往情况，也明确表达了对王氏的态度。纵观郭嵩焘一生，对王闿运的认识并未发生大的变化：即十分欣赏王氏之文才，而不认为其具备治世的能力。郭嵩焘的看法基本可代表湘军集团，这也是王氏不为湘军集团所用的直接原因。从深层之学术文化背景来看，二人存在着根本的区别。他们皆怀经世之志，但所持之本有异，郭氏以理学为本，而王氏主今文经学，一宋一汉，论学行事则难以调和。这种差异同样表现在诗学观念上。郭氏论诗坚持传统儒家诗教观，谨守诗歌兴观群怨之旨。而王闿运论诗则重抒发一己之情，且追求绮靡。一重功用，一重审美。虽如此，郭嵩焘仍十分欣赏王氏之诗才、文才。

郭嵩焘与王闿运交游的基础是文学，体现了郭氏对王闿运才气的欣赏。这表现在以下三个方面：一是郭氏从不吝啬对王闿运才学的赞赏；二是承认王闿运在湖南诗坛的地位；三是二人共同参加文学集会，诗歌酬唱不断。这种认同不仅超越了诗歌观念的界限，还延伸到了现实生活中。王闿运因《湘军志》一书犯怒湖南乡绅，举步维艰之际，郭氏仍以为其乃文人习气，力排众议，延请其主讲思贤讲舍。此举确实很好地保护了王氏，尽管王氏不领此情。但是对王氏文学的欣赏并不能掩盖他们在学术理念及治世之道的差异。在涉及立身、政事之处，矛盾便显现了出来。于此，郭氏则以离经叛道视之。

一　郭、王诗学思想的比较

在日记及所作诗文集序跋中，郭嵩焘从不掩饰对王闿运的赏识。其日记咸丰九年（1859 年）十一月廿三日云："适闻王壬秋馆星岩中丞处，即折谏邀之，纵谈至夜。自胶州与方鲁生畅谈后，始得壬秋一谈，而老壬识见益远矣。"[1] 咸丰十年庚申二月廿六日："闻王壬秋至，急诣一谈，颇多

---

[1]　郭嵩焘：《郭嵩焘日记》，咸丰九年十一月廿三日日记，湖南人民出版社 1980 年版。

新颖之论。"除了这种初步的感性认识外，郭嵩焘对王闿运的学术也是十分倾心的，如其评王氏所注《庄子》曰："一一纳之实用，所见多有过人者。"① 后又在正月廿一日、廿五日日记中提及王氏该作。"壬秋见示所注庄子，极有见解，看得庄子处处皆有实际，足与船山注相辅而行。""王壬秋注庄子用崔撰本，多标新义，而于庄子无端崖之言，一一引之于实，所见诚有过人者，因为手录一通。"郭氏将王著与王夫之的并列，实是对王氏最高之褒奖。另外，咸丰十一年八月十一日还记载了王闿运评罗研生所选七律流别集的情况，曰："王壬秋所签，驳正注释之误，多可取。"郭嵩焘对王闿运才学的赏识，于此可见。

至于王闿运在湖南诗坛的地位，郭嵩焘也予以承认，并认为他开启了湖南诗坛的风气。其曰："楚以南固多奇杰非常之材，而文学犹暗弗彰。自顷二十年，人文蔚兴，日新月异，实君（案：龙皞臣）与壬秋、弥之诸君发其端。"② 不仅如此，他对王闿运等人的复古实绩也是认同的。他在《谭荔仙〈四照堂诗集〉序》中说："今天下之诗，盖莫盛于湘潭，尤杰者曰王壬秋、蔡与循。其言诗取潘、陆、谢、鲍为准，则历诋韩、苏以降，以蕲复古。予以为诗之废兴，时也。……何景明上疑李、杜而王、蔡乃昌其教。诗之盛于潭也，固宜。"③

郭氏对王虽有好评，然诗学思想不尽相同。

以往论者，通常将郭嵩焘置于宋诗派门下，④ 可笔者以为未然。郭嵩焘奉崇程朱理学，但是这并不代表其诗就是宋诗。程朱理学虽有影响其诗学观念，但其诗学的核心是传统的儒家诗教观。具体而言，郭嵩焘论诗主张真性情，但是他的性情不是如王闿运所谓一己之"兴"，而是关涉诗教，关乎治世。至于情感的抒发，郭氏主张温柔敦厚，发乎情止乎义。而所谓"义"即传统儒家之礼义、程朱理学之道。他的情是受到儒家思想、程朱理学约束的。

---

① 郭嵩焘：《郭嵩焘日记》，同治十年正月十九日日记。
② 郭嵩焘：《龙皞丞〈坚白斋遗集〉序》，《郭嵩焘诗文集·文集》卷六，第71页。
③ 郭嵩焘：《谭荔仙〈四照堂诗集〉序》，《郭嵩焘诗文集·文集》卷六，第71页。
④ 肖晓阳：《湖湘诗派研究》（博士学位论文，苏州大学，2006年）即作此论。

郭嵩焘重视诗歌的教化功能，强化诗歌与政事的关系。其自序诗集曰："予三十六七以来，遂废诗文之业，盖谓今之为诗文者，徒玩具耳，无当于身心，无裨于世教，君子固不屑为也。"①其作诗的态度是严肃的，强调要有益身心、有裨世教，不苟作，不玩弄文字游戏，更不屑与时兴袁枚之"性灵说"者为伍。

郭嵩焘强调诗歌的经世作用，主要表现在以下几个方面：一是诗歌关乎治世，内发于情，外通政事；二是性情要合乎"道"，合乎礼。

诗歌关乎政事，郭氏于此强调尤甚。在《黄海华先生〈玩灵集〉遗诗序》中，郭氏就认为诗、政是一体的，曰："谓诗与政之有歧分焉，非知诗者也。"②因此，他溯及周朝，探源诗、政一体，找寻其合理性，并对近世诗教之旨渐失感到忧虑。他说：

> 诗内原于性情，外通于政事。情感物而机应焉，而文之以言辞；声成文而音生焉，而申之以咏叹。皇古以前文无传，传者独古歌谣，犹可推见其世以知其治。是以文字之原，肇始于诗。《周官》以乐德、乐语教国子，兴导讽诵，诗之节也。盖自周世文盛之时，莅身课政，以诗为衡，美恶贞淫，于是见焉，而因以为法戒，则诗者，为学始终条理之事也。由汉以来，学士大夫下至委巷草野，莫不能诗。世愈变，文愈焕，而辞愈滥，得乎性情之挚者盖少，通知古今治乱之原以措之事，抑又少焉。然则诗教愈昌，而所以名诗之旨，或将愈远而愈晦矣乎？③

郭氏以为：从皇古歌谣中可知当时之治；《周官》以乐德、乐语指导国人，并成为吟咏之规范；到周更是以所采之诗作为衡量臣工治世功绩的标准；汉朝时，也能上继周室。可是到近世，诗、政一体的格局打破了，诗、政愈加分离。针对这种状况，郭氏多次强调诗歌应关乎政事。

---

① 郭嵩焘：《诗集自序》。
② 郭嵩焘：《黄海华先生〈玩灵集〉遗诗序》，《郭嵩焘诗文集·文集》，卷五。
③ 同上。

他屡次发挥《诗经》的政治功用，在所著《毛诗余义》中大力发扬此说。该著自序曰："《传》曰：'诵《诗》三百，授之以政不达，使于四方，不能专对，虽多奚以为！'盖《诗》之用广矣，其于盛衰兴废得失之原，征人之事，准之世变，其词婉，其义深。夫人盖删而述之，以垂经世之大用。变雅诗人涵濡文武之教泽，感念时政之日非，推论本原，究知其情状，斟酌体要，情深而文明，悱恻而芬芳。君子读之，悲忧奋发，不能自已。"① 还有："孔子论诗，以达于政、专对四方为义。夫必古今之事变熟于中，而政以通焉；民物之情伪衷于要，而言以昌焉。唐宋以来，诗人之滥而诗教之微，为其貌强而词袭，不学而以戾于古也。"②

也正因如此，他标举杜甫、元、白，发挥其忠国爱民的情怀。他在《蛰存〈萝华山馆遗集〉序》中说："《诗》之义，上通于政教而下尽人事之变，酌其行之宜而劝惩立焉，极其言之文而情伪通焉，盖非徒敷文玩辞理性情而已。有唐诗人如杜甫、元结、白居易，用其忠国爱民之心，经纬物变，牢笼百态，犹有《诗》教之遗焉。"③ 不仅如此，他还在《毛西原〈杜诗心会〉序》中重点阐发了杜甫上悲国政、下伤小己的思想。他说："自古托物起兴，皆意有所鬱结，不得发摅而托之诗歌，以写其缠绵哀怨之旨。唐杜甫氏出，指事类情，推陈始末，天下利病得失，生民之休戚，亲故之离合，身世之荣悴悲忻，言之必达其志，虑之必穷其变。然历诗之蕴，乃旁推交通，曲尽而无遗。"④ 郭氏以为如此方符合杜诗之旨，而后世寻章摘句、累于笺注、取法音律者皆为末物，不得要领。

郭氏还着意于从诗、政一体的角度来评说时人诗集。其评说陈文泉的诗曰："观其生平，精气凝然，甚完以固，得一官效其志业，将有求表见于时，又进于所谓诗之为者。"⑤ 其评说彭晓航遗诗时也将道德、政事、诗歌视为一体，曰："余惟古之能文者，皆蓄道德，有治行、事业可纪述，

---

① 郭嵩焘：《〈毛诗余义〉自序》，《郭嵩焘诗文集·文集》，卷八。
② 郭嵩焘：《张小野〈梦因阁诗集〉序》，《郭嵩焘诗文集·文集》，卷四。
③ 郭嵩焘：《蛰存〈萝华山馆遗集〉序》，《郭嵩焘诗文集·文集》，卷五。
④ 郭嵩焘：《毛西原〈杜诗心会〉序》，《郭嵩焘诗文集·文集》，卷四。
⑤ 郭嵩焘：《陈文泉诗集序》，《郭嵩焘诗文集·文集》，卷四。

彼其蕴于中宏深杰特，其发之于文以自摅其所得，光气固不可淹没。"①

郭氏在重视诗歌政治功用的前提下，也很能感知诗人所抒发的情感，尤其是沉郁、悲愤之情，重视其艺术感染力。其在《〈小邓尉梅花园诗文集〉序》中曰："自周之衰，士大夫赋诗赠劳，以文辞相高。圣门学者，尤重言诗，自政事语言以至起居动作，一泽之诗，以为其意悱恻芬芳，而其言婉而多风，感人者尤深也。"② 郭氏亦尝言："思古诗人之作，尝发于伤时闵乱，悲忧怨郁，无聊不平，有所不通，一决于诗。"③ 其有《与邓上舍绎》诗曰："周诗盖三百，感愤寄所宣。阮公酒自污，繁章美清筵。子昂困小吏，乃有《感遇》篇。人生能几何？蹐屈天地间。杞人仰苍昊，危坐烦忧煎。蟾蜍食明月，里鼓声喧阗。诗流多古风，感激身迍邅。梁鸿歌《五噫》，班史录其贤。"④ 郭氏在此诗中表现出了对诗人愤慨、抑郁之情的特别关注，继承了司马迁"发愤著书"、韩愈"不平则鸣"等的传统。虽如此，郭氏仍用"温柔敦厚"来约束情感，以求得符合"哀而不怨"之旨。其《张小野〈梦因阁诗集〉序》则集中体现了这种思想，曰："吾友王太常之言曰：'凡人心感物而动，凝而为天地，渟而为事物，荡而为忧乐哀思，敛而为性情文章，议论有不能宣者，惟诗能通之。'其言伟矣。然非博览古今之事变，周知民物之情伪，以自理其性情，而纳之温厚和平，则诗之为道，人皆得托焉以宣其郁，而流极于泛滥淫泆，而风教以微。"⑤

郭嵩焘认为诗歌要修辞立诚，除了言辞修饰适当外，更包括情感的"诚"。而情之"诚"的标准则要符合理学的精神，符合圣人之道。他在《龙皞丞〈坚白斋遗集〉序》中说：

闻之《易》曰："修辞立其诚。"非特辞之修而应以诚也，忠信之积，立诚于先，而傅之辞以究其指归，校其分寸毫厘，以明人事之得

---

① 郭嵩焘：《彭晓航遗集序》，《郭嵩焘诗文集·文集》，卷四。
② 郭嵩焘：《〈小邓尉梅花园诗文集〉序》，《郭嵩焘诗文集·文集》，卷五。
③ 郭嵩焘：《陈文泉诗集序》，《郭嵩焘诗文集·文集》，卷四。
④ 郭嵩焘：《与邓上舍绎》，《郭嵩焘诗文集·诗集》，卷九。
⑤ 郭嵩焘：《张小野〈梦因阁诗集〉序》，《郭嵩焘诗文集·文集》，卷四。

失及古今制度损益、人才高下，准诸圣人之经，以求当于吾心所得之
理，循乎道之序，以应乎事之宜。古之云修辞，如是而已。①

所谓情之"诚"，则要究其辞之指归，要先积忠信，校其分寸，明乎
制度，准乎圣人之道，合乎自修之理。归言之，即是要先修身理性后，情
才能正。因此，他将船山所论情、理关系的文字抄于日记，奉为圭臬。②

郭嵩焘与王闿运的诗论存在极大的差异。《郭嵩焘日记》咸丰十年闰
三月十四日日记就记录了二人修身的差异：

> 笏山述及发端用工之苦，庶几坚忍能自刻厉者。因为予言，此归
> 可以安心读书，人须是多读书，乃能虚心，心必虚而后能大。又言，
> 壬秋尝以博览为劝，且曰，熟读谢、陆、虞、鲍之文，可以折矜心而
> 生愤悔。不知此特足长矜心而已。

对于易笏山和王闿运所言之修身方法，郭嵩焘评论曰：

> 人须是从道学切实入手用功夫，乃能自立。诚者，非自成己而已
> 也，所以成物也。圣贤只是以成物为心，所以能尽己性，即能尽人之
> 性。实觉得有一腔不忍人之心，日加积累填满去，此是圣人言仁之实
> 际。……笏山此种议论，为朋辈所难得。③

---

① 郭嵩焘：《龙皞丞〈坚白斋遗集〉序》，《郭嵩焘诗文集·文集》，卷六。
② 据《郭嵩焘日记》，郭嵩焘在同治元年四月中旬，接连几日抄录《船山诗广传》，内容
多讨论情、理关系。十三日："圣人达情以生文，君子修文以函情。治天下者，情为至，文次
之，法为下。君子之以节情者，文燕而已。文不足，而后有法。文以自尽，而尊天下；法以自
高，而卑天下。……秦汉而后，法日繁，文滋伪，而情荡然矣。"又有"诗言志，非言意也。诗
达情，非达欲也。君子辨者，故曰择理易，择情难。"四月十五日。"诗达情。达情者，无匿情
者也。情者，性之端也，故循情可以定性。""圣人之情，可以通天下之志。其裕于情者，裕于
理也。不裕于理，未有能通天下之志者也。""降其志以从康，降其情以从欲，均之乎降也。贞
士之去淫人，亦无几矣。"
③ 郭嵩焘：《郭嵩焘日记》，咸丰十年闰三月十四日日记。

易笏山所言修身之法，符合理学之义。以读书修身养性，以圣人之道求己之性，深得郭氏之心。然王闿运欲以文学消解功名心的做法，显然不得郭氏之意。王闿运以诗文陶冶性情，着手处乃是诗文的审美特性，以及诗文所表达的情感，注重诗歌的艺术感染力。而郭嵩焘则以为文学是无法修身的，只能从理学入手，如此情方雅正。从根本上言，则反映出了二人选择路径的差别。

对于郭氏极力主张的诗教说，王闿运抵制尤甚。《湘绮楼日记》光绪九年四月十七日载："'弹指人间五十春，巴蕉犹护雪中身。重劳玉女揽裙带，白发花阴忆紫宸。''仙骨虽存障已多，拈花随处惹多罗。星星私语雷音过，无那闻迟习惯何?'作纪梦两诗，闻善不服，筠仙所谓害诗教者，再作一绝正之。'自笑春蚕一络丝，弥天补地罾贪痴。从今付与鸳机织，请看文章五色奇。'"① 郭嵩焘所谓诗教，则是要诗歌关乎国事民生，有助风化。而这里，王闿运以戏谑的笔法调侃了郭氏所论之诗教观，作诗词采妍丽，且有宫体诗之余韵。王氏想要张扬的就是其所谓"兴"，即一己性情的抒发。记梦何关诗教，本旨在于表达自己内心感受，追求辞章之美。至于教化，并非王氏刻意追求的，在其看来，应是诗歌艺术感染力的结果。

综上所言，可见郭嵩焘的诗论继承了传统儒家关于诗歌与政事关系的认识，极力发扬诗教说。且其所言之"情"则是经过理学清洗的，是圣人之情、君子之情，也是关乎国政民事的"情"。郭氏将诗教置于第一义，情感次之，且"情"也是统摄于诗教之下的。这些都与王闿运重视诗歌审美特征的诗论格格不入的。

二　郭、王的诗歌酬唱

郭嵩焘对王闿运的赏识，是从漫漫数十年的交往中形成并强化的。郭嵩焘日记记录二人的活动，虽详略有别，但事无大小，皆一一在案。而他们交往多在游览、文宴，因此诗文酬唱自然不少。

---

① 王闿运:《湘绮楼日记》，光绪九年四月十七日日记，岳麓书社 1996 年版。

咸丰八年，郭嵩焘赴京供职翰林院，随后便调往天津协助僧格林沁办理海防。次年，郭氏被派往山东查办厘收。当时王闿运刚刚离开肃顺幕府，也在济南，居巡抚文煜公署。是年十一月廿三日，郭嵩焘得知王闿运行踪，便邀请会晤，纵谈至夜，相谈甚欢。在随后一段时间内，郭、王二人遍游济南胜景，诗作亦多。十一月廿五日："游大明湖，与壬秋骑马至鹊华桥上。……与壬秋谈至五鼓。"十一月廿六日："与壬秋肩舆出东城。十五里至华不注峰。"十一月廿九日："王石翘前辈招游趵突泉、吕祖殿。……陪游者王壬秋、何伯元、吴凤堂、王龙溪共六人。"十二月初一日："约壬秋留（游）千佛山。"① 十二月初三日："与壬秋出东门三十里，游龙洞山。"郭氏于十二月十四日返京。在这段时间内，王闿运有《泛大明湖，登历下亭，至铁祠，作一首》（卷五）、《奉陪郭大兄嵩焘登华不注山，兼和诗一首》（卷五）、《历城龙洞》（卷五）等作。

咸丰十年二月，王闿运回到京城。② 三月、闰三月，郭、王又数次宴集、游赏名胜。三月十八日："壬秋、景韩、筠生、弥之四人邀至时丰斋小酌，并邀尹杏农、许仙屏、龙翰臣、蔡与循、高碧湄共十人剧饮。数君皆一时名雅也。"三月廿八日："与云岩、翰臣、壬秋、碧湄、与循五人同为西山之游。"闰三月初六日："黄子襄、皞臣、芝生枉过。皞臣见示游山诗三首，极佳。因同诣弥之、壬秋，看壬秋游山各诗。"闰三月初七日："伯英、淳斋、碧湄、筠生过谈，见示皞臣、壬秋诸君游山之

---

① 该日日记还记载了二人考证千佛山的趣闻，亦可见当时二人相契、闲适的心境。具体内容如下："壬秋回书言：千佛山即历山，亦无确证，无可游者。引玉川子诗'花枯无女艳，鸟死沈歌声'，欲请以去就争之。予以书报之云：君固往游，而尼后游者，抑何私也？仆将访佛于岩，见舜于山，于女艳歌声何有哉。使胡致堂先生闻此语，以三寸之法绳之，则足下殆矣。吾后日欲游龙洞，龙洞，济南奇胜饿，子能从吾游乎？天下之人引领以觇足下之去就，其可无以一塞民望乎！壬秋得书大笑。"咸丰九年，王闿运会试不中，但深得肃顺赏识。然此时同乡严正基劝说王闿运离开肃顺以远祸端，于是他离京，暂居济南。故郭氏有"天下之人引领以觇足下之去就"之说。

② 王代功《湘绮府君年谱》咸丰十年载："三月复还京师。"此处有误，据《郭嵩焘日记》咸丰十年二月初八日载："接王壬秋书，言僧邸近有咨查一件，言鄙人福山取银二千，不知作何使用。又土货本无出，鄙人勒派之，四家各出银五百，以应所求云云。"咸丰九年，郭嵩焘赴山东查办厘金。王氏此信言及厘金之事，说明王氏当时可能还在山东巡抚文煜署中。咸丰十年二月廿六日日记："闻王壬秋至，急诣一谈，颇多新颖之论。"此时二人相见当在京师。如此可见，王氏回京时间当在二月八日至二十六日间，而非三月。

作。"游山赏诗，兴致甚高。此日日记还完整记载了王闿运所作《缘潭柘寺东涧至山亭》《潇碧房听石上流泉》《从戒坛寺下至可罗村》等诗。① 闰三月初八日，"晚为杏农招饮广和居，同席冯鲁川、许海秋、王霞举、李子恒、莫子偲、杨汀鹭、陈凝甫、黄翔云、龙翰臣、王壬秋、邓弥之，并一时名雅。"

咸丰十年四月十二日，郭嵩焘辞职离京返湘。王闿运也结束了北游，与郭氏同行至汉口。后郭氏因家人病急，先行返乡，而王闿运与邓辅纶同赴祁门，会曾国藩。于此方结束了这段郭、王交往史上最欢乐、清雅的时光。

同治元年（1862年）八月，郭嵩焘署广东巡抚。同治二年底，王闿运也到广东，并参与了郭嵩焘主持的教育活动。如同治三年二月初六日日记载："邀石芸斋、吴子登、管才叔、左孟辛、王壬秋校阅书院卷。"同治五年，郭嵩焘罢官归里。王闿运有《郭嵩焘、刘蓉两巡抚先后罢官，赠诗一首》（卷七），对郭氏等无端罢归表示同情与安慰，曰："华栌枉长材，云逶接倾轨。徒然损高节，未足荣一己。"又云："贵贱宁有终，早归能复几。应知逐推移，去此方脱屣。"此后数年，郭嵩焘专心著述讲学，直至光绪元年（1875年）授福建按察使任。而王氏自同治四年就隐居石门，也忙于修志、著述。二人见面聚会不多，据日记记载，较大的文学集会只有同治十三年的重九之会。同治十三年九月初九日日记载曰："张力臣约为登高之会，会饮洁园，与裴樾岑、邹谘山、王壬秋、黄翰仙、朱香苏公七人，以一年年觉惜重阳分韵，予分得阳字，随为一律付力臣。"虽如此，

---

① 《郭嵩焘日记》所载王闿运三诗与《湘绮楼诗集》（卷五）所载有很大的差别，殆为初稿，诗集所载应是在此基础上删改而成。郭氏所记《缘潭柘寺东涧至山亭》在诗集中为《入西山，从潭柘寺东涧至山亭》。差异如下：诗集"参差重阁外""灵泉度烟响，归人共鸦息"，日记分别为"参差五重阁"，"灵泉随他甘，宿鸟先人息"。诗集所载更为工整，亦更有余味。《潇碧房听石上流泉》变化较大，日记与诗集前四句相同，后面皆异。诗集为"微风又如何，历历一钟音。春心夜始寒，想象空山深。幽梦断复续，吾其观古今"。日记为"微风其如何，玉箫答瑶琴。历历钟磬外，空妙若无音。春星夜始寒，想象空山深。幽梦断复续，谁能知古今"。《从戒坛寺下至可罗村》变化亦大，日记载："坛空扣阴阳，仙色春更静。石阑暂回首，幽意复已永。尘游若无涯，清境殊未醒。娟花不出谷，独忆山露冷。芳香路初半，远近春水影。樵歌日暮去，残磬时一警。禅寂予已谙，微烟度斜岭。"

但是书信来往不断，讨论学术，也是他们交往的重要组成部分。同治十年，郭氏评述王氏庄子注。同治十三年四月，王闿运来信与郭氏讨论《诗经》，四月廿五日日记曰："接王壬秋、唐义臣二信。壬秋自述近撰《诗补笺》廿卷，而以角味子见询。"

光绪元年七月，郭嵩焘被任命为出使英国大臣，次年十月从上海启程赴英。王闿运有《郭筠仙侍郎出使海国，寄怀诗一首》（卷十），诗中对郭氏身处异乡表现出了殷殷关切之情。光绪五年，郭氏归国，随后归乡。而王闿运于光绪四年底，赴四川主尊经书院，直至光绪十一年。光绪十一年、十二年、十五年，王氏先后出游。虽如此，王氏每趁返湘之机，皆与郭氏集会，特别是光绪三年、十四年主讲郭嵩焘所创思贤讲舍后，交流更为顺畅。郭氏日记光绪十三年三月初三日载："陈伯严、涂次衡为碧湖修禊之会，会者三十人。所识王雁峰、王壬秋、龚云浦、陈程初二三老宿，……分韵赋诗，予分得条字韵。"三月初九日："涂稚衡见示碧浪湖禊集诗，并其弟稚淩一诗。予于此会分得条字韵，未及为也，适涂稚衡枉临，遂书与之云：'出郊便觉马蹄骄，胜景良辰许见招。唤雨鹧鸪啼木末，迎暄翡翠集兰苕。万殊趣舍从人悟，百感沉冥借酒消。未闻海棠花事过，尽输冶叶与倡条。'"此集王闿运有诗《三日北湖禊集，廿八人分韵，得司字》（卷十二）。六月初三日又集："王壬秋邀饮开福寺，同席张禹珊、陈伯严、胡子政、罗纯甫、曾重伯、王瑞徵及荔云、寄禅、自修、宝明、度修、道香诸僧，王吉来昆仲亦在座。"

《湘绮楼日记》亦载此次集会，光绪十三年六月三日曰："约客集碧湖，晨往，无舁夫，便步行，日中亦不甚热，至则大风凉。寄僧先在，雨珊继至，道、笠两僧、胡子正、罗君甫、筠仙、陈伯严、曾重伯先后来。更邀开福寺主持自修、知客常静及蜀王生，功、懿两儿同饮，僧则设粥。"六月四日："筠仙送诗来，长篇劲韵，犹似少年才思，文人固不老。"六月五日："晨起和筠诗，彼韩我白，不能争其奇景。"① 如此盛况，不逊咸丰十年。

三 郭、王矛盾的集结与化解

正是基于这份赏识，郭嵩焘对王闿运爱护有加。在《湘军志》事件中，郭嵩焘出于维护湘军集团的声名和利益，对王氏提出了严厉的批评，但是，批评之中也有保护。

郭氏相当关注《湘军志》，就在王闿运写作过程中，就与之有过交流，并提出了自己的意见。对于《湘军志》表现出的批评曾国藩的倾向，郭氏是不能接受的。光绪五年五月十五日日记曰："力臣论及壬秋所撰《楚军纪事》，惟于彭雪芹一人无违言，自余无不轻侮者，于曾文正亦讥刺之意为多。吾未见其全书，惟据裴樾岑见示所已刻就者二篇，一《曾军篇》第二，一《浙江篇》第七。……叙次太简，而颠倒年月，违失事实，尤指不胜屈。樾岑、香荪但服其笔墨之高，而不知其叙论无当也。"三天后，郭嵩焘就提出了对《楚军纪事》的批评意见，且言辞较为严厉，曰："就吾所见二篇中，恰无一可取处，不敢以其文笔之纵横，遂谓是非功过皆可倒行而逆施也。"① 意见大体有三条：一是体例失宜，二是记载失当，三是主持失统。郭氏在其中所欲表达的在后面两条，究其宗旨有二：一是维护湘军声誉，为《湘军志》所严厉批评的湘军种种伤民之举辩护；二是维护曾国藩在湘军集团的绝对核心地位。王闿运针对郭嵩焘等人意见，也作了相应的调整。其在光绪六年致邓辅纶的信中说道："志事已成，删改听之群议。"② 可是王闿运的调整侧重于文辞、结构，而于郭嵩焘所言之核心内容，似未引起重视，故致其大为愤慨。郭氏光绪七年四月廿六日日记曰："壬秋自命直笔，一切无所忌避，而颇信取委巷不根之言，流为偏蔽而不知。又其性喜立异，匹夫一节之长，表章不遗余力；其名愈显，持论愈苟，或并其事迹没之；其所不欢，往往发其阴私以取快。此其敝也。然亦未尝不服善。《曾军篇》，曾稍规正之，所改削已多。"

光绪七年十二月，王闿运携带《湘军志》刻版归湘。旋即拜访郭嵩焘，送阅书稿。因该书对湘军多有批评，此书一出，湖南哗然，顿时便形

---

① 郭嵩焘：《郭嵩焘日记》，光绪五年五月十八日日记。
② 王闿运：《湘绮楼日记》，光绪六年二月十九日日记，岳麓书社 1996 年版。

成了对王闿运的舆论围攻。郭氏光绪八年正月初七日日记曰："是日方谢客，而黄子寿、左锡九、余佐卿至，出示王壬秋（信），始知昨夕壬秋与张笠臣、余佐卿同诣曾沅浦宫保，语及《湘军志》一书，沅老盛气责之，壬秋不能对，乃以书自解。锡九、子寿相与筹商办法。吾谓沅老得此书，亦足稍平其心，然遽求化去其嫌怨，固不可得也，此仍需商之王壬秋，尽交出其案卷及《方略》诸书，并所刻板片及刷就之百部，全数清交，徐筹改刻之法。已而张笠臣、朱香荪并至，所见并同。香荪以为壬秋在湖南无可自立之势，宜及时出游，俟一二年后人言稍定，始可回湘。为此书贬斥过多，不免犯众怒而公愤也。"正月初八日曰："左锡九约同诣朱香荪，为曾沅浦宫保解说王壬秋事，方约周鼎泰清检来往各数，复书辞之。而朱香荪亦随遣人来邀，乃往一谈，语及壬秋困迫之状，相与怃然。"据郭氏所载，当时王闿运可谓犯了众怒，竟致在湘几无立足之地。迫于曾国荃及湘人的压力，王闿运最终烧书毁版。①

郭嵩焘延请王闿运主讲思贤讲舍一事也受到了《湘军志》的牵连。当时湘人皆反对郭氏举王闿运。郭氏光绪七年十二月初八日日记曰："笠臣语及王壬秋，约章皆不能行，外间议论，颇咎及鄙人之举壬秋为坏乱风俗。"十二月廿九日："余佐卿语及王壬秋思贤主讲一节，曾宫保力言其不可，又执意赞成此议，真使人旁皇难为计也。吾于此盖亦久费踌躇矣。"结果，郭嵩焘终因外部压力过大而放弃了自己的决定。他在正月廿一日的屈原祭祀集会上，就《湘军志》事件公开发表了自己的意见。郭氏曰：

初意思贤讲舍应得王壬秋主讲，为其学问文章，高出一世，又善开发人，使知向学之方。而其讥贬宋学、放溢礼法之外，亦恐足以贻误人心风俗。方谋与之约法，使从艰辛敛退用功，以冀其成就之广

---

①　王闿运《湘绮楼日记》记录了交版一事。光绪八年正月初七日日记载："以外间颇欲议论《湘军志》长短，与书佐卿，属告诸公烧之。"正月十七日，"锡九来，论《湘军志》版片宜送筠仙。"正月二十日，"早起遣送《湘军志》版及所刷书与筠仙，并书与之，言本宜交镜初，今从权办。"而对于曾国荃所给予的压力，王闿运在该年五月九日日记中写道："至午晴凉，甚可读书，乃心中殊不静，生平境遇以今为最恶。俗说年大将军守杭门，千总不下马，知己算尽。余见诋于沅浦，亦机之兆耶？丧病相寻，于理当不乐，然君子不忧不惧，余颇惧矣。"

大。自《湘军志》一书出，乡人皆为不平，其势不能定议。须知天下事，及之后知，履之后艰。各人成就一番功业，视之无甚奇也，而皆由安南磨炼，出生入死，几经阅历，而后成此功名。轻易谈论，尚不能尽其曲折，岂宜更污蔑之！道德文章，推及于圣贤境界，亦尽无穷。若恃其才气之优，偃然自足，遂以文字玩弄一切，是其倒乱是非，足使元黄异色，天下何赖有此。古人言史才须兼才、学、识三者。如此只是识不足也。吾湘近年尽知向学，所望于壬秋者甚巨，而终至此席不能相属，吾尤以疚于心。然要知此等气习，学者切须慎防之。正虑才与学皆不能逮，而先务为放言高论，睥睨一切，风俗人心，因之日益偷薄，亦可危惧。吾是以推论之，使各知所警惕。①

郭氏解释了最终王闿运不能主讲思贤讲舍的原因，② 主要有以下几点：一是不宗程朱之学，二是妄评湘军，犯了众怒。这两点皆为事实，也与郭嵩焘论学行事的原则相违。但是，值得注意的是，他开篇就言明了王闿运是有才学的，是能很好指导后辈治学的。此外，他还指出，王闿运之所以会犯众怒，不是故意诬陷，而是缺乏史学的眼光、玩弄文辞所致，归结之，就是文人习气。最后，郭氏也对于王闿运不能主讲思贤讲舍表示了无比的遗憾。此番言论，一方面安抚了湘人愤怒的情绪，另一方面也公开表明了自己对王闿运的赏识。这对王闿运起到了一定程度的保护作用。而王闿运似乎并不领郭嵩焘这份情，日记中，对其抱怨亦多。这也是人之常情。虽如此，二人的交往并没有因此而中断。

此后，郭嵩焘并没有彻底放弃延请王闿运的想法，每在王闿运返乡时，便主动相邀，可见其心之诚。光绪九年三月，王闿运再赴尊经书院，直至光绪十一年。其间王闿运仅于光绪十年回湘探望其妻病况，旋即返回四川。光绪十二年二月，王闿运结束了尊经书院的生活，回到湖南，安排

---

① 郭嵩焘：《郭嵩焘日记》，光绪八年正月廿一日日记。
② 王闿运最终没有主讲思贤讲舍，到底是郭嵩焘放弃了，还是王闿运没有接受邀请，二人日记皆未明言。从光绪十二年、十三年郭嵩焘屡次真诚相邀王闿运主讲来看，王闿运没有接受邀请的可能性较大。

妾莫六云的丧事，六月方回长沙。七月，郭嵩焘再请王氏主讲思贤讲舍，王氏借故推辞。九月便北游，直至光绪十三年二月底才返湘。这年，郭嵩焘三请王闿运。《湘绮楼日记》言之甚详。五月十五日："筠仙书询代馆时刻，约以午初，如时往，已先待于讲舍。五年三聘不敢就，今言代，故可试来也。"七月五日："黄耀墅来送关聘，即与书辞之。"七月七日："筠仙复送聘来，词愈支吾，不可礼说，故置之。"七月廿四日："筠仙来谈，其爱憎又甚于黄，余皆唯唯而已。"八月六日："筠仙送修金节礼来。……且退关聘，不遇而返。"八月七日："不得尽辞，但退关书。"① 其实，当时仍还有人质疑郭嵩焘之举，但郭氏皆为王氏辩解之。② 不管郭氏怎样相邀，王氏坚辞不就，只是代为主讲。但是，郭氏的诚意则是毋庸置疑的。也正是如此，化解了郭、王二人因《湘军志》事件所产生的积怨，方有光绪十三年三月三日、六月初三的诗文大聚会。光绪十四年二月，郭嵩焘属王闿运检校《续编沅湘耆旧集》；六月，王闿运居所失火，郭氏则为之谋修屋之资；九月，祭祀王船山，属王闿运主祭。

光绪十七年，郭嵩焘辞世。于此，方结束了和王闿运近四十年的交情。王闿运挽联曰："悲悯圣人心，孟子见迂阔，而公见乖戾，若论名实当时笑。才华翰林伯，同年居要津，而退归田里，毕竟文章误我多。"③ 第二年，王氏又作《暮云篇，追伤郭兵左嵩焘》，追述郭氏生平，叙及二人交谊，情辞悲切。

综观郭、王二人的交往，郭嵩焘对王闿运才学的认同是一贯的。但是，这份相契掩盖不了二人思想上的分歧。郭氏尊奉程朱理学，尤推乡贤王夫之。在日记中，郭氏抄录王夫之性理之言颇多，奉为修身治世之准则。而王闿运则于王夫之之言抵牾尤甚，其在同治九年十月十三日日记中曰："筠仙言：'船山书精华在《读性理大全》。'吾闻之一惊，惊其一语道破，诚非通王学，熟读全书者，不能道此语。然《性理大全》，《兔园册》

---

① 王闿运：《湘绮楼日记》，光绪十三年五月十五日日记，七月五日、七日、廿四日日记，八月六日、七日日记，岳麓书社 1996 年版。

② 光绪十三年七月初七日："卞诵生中丞过谈，深以讲舍界之壬秋为非宜，颇为力辩之。"对于外界的质疑和无端诽谤，郭嵩焘皆为之辩解。

③ 王闿运：《湘绮楼诗文集》（五），岳麓书社 1996 年版，第 59 页。

也。此与黎先生笺注《千家诗》同科，观其书名，知其浅陋，而筠仙力推船山，真可怪也。船山生陋时，宜服膺《大全》。筠仙生今世，亲见通人，而犹曰《大全》，《大全》不重可哀耶？要之，论船山者，必于《大全》推之，然后为知船山，片言居要，吾推筠老。"①郭氏也于王闿运行事违于义理有很明确的认识。其在咸丰十一年九月初九日："孟子之黜乡愿，以为同乎流俗，合乎污世。君子之所以异乎人者，惟超出乎流俗而已。流俗之所奔趋，而君子远之。流俗所据为毁誉而一哄无异辞者，君子一揆之以义，而察其本末，辨其异同，无敢徇焉。流俗据目前之见以议论天下事，君子尝达观远识，运天下古今于一心，而衡之以理。未尝求异于人，而已偏然远矣。何贞老、王壬秋力图见异于人，吾恐悖理而伤义者，必已多也。"郭嵩焘根据自己理解之"乡愿"，认为王闿运求异邀名，违于义理，不合君子之为。在与易笏山信中，郭嵩焘讲得更为直白。信曰：

> 往在京师，尝以壬秋学识过人语言之足下，意不谓然也。以壬秋之才学，与之往返谈论，为益甚多，其有偏颇处，择而从焉，非为害也。至于军旅大事，当择老成谙练、深悉机宜者，就而求益。而足下之于壬秋，论学则远之，论事则反亲而信之。称此而求，则吾弟所以取法于人，与其所以庸人者，吾虑其背道而驰也。君子之学，必远乎流俗，而必不可远道。壬秋力求绝俗，而无一不与道忤，往往有甘同流俗之见以畔道者。是足下但论文章，友之可也，至于辨人才之优绌，语事理之是非，其言一入，如饮狂药，将使天下迷方，玄黄异色，颠沛蹉失而不可追悔，独奈何反用其言以求迷乱哉！②

郭氏在信中明确说了，王闿运才学甚高，与之论学有益，而绝不可论事。

郭嵩焘对王闿运的认识与曾国藩、胡林翼等湘军集团核心人物是一致的。郭氏同治元年闰八月初五日日记记载了胡林翼的态度，曰："文忠一

---

① 王闿运：《湘绮楼日记》，同治九年十月十三日日记，岳麓书社 1996 年版。
② 郭嵩焘：《再与笏山》，《郭嵩焘诗文集·文集》，卷九。

见王壬秋曰：是其心苗发动处已是不正。"曾国藩也以为王闿运不可理事。郭氏任广东巡抚其间，王闿运曾入其幕。而王氏行为却遭到了郭氏同僚的非议。郭氏同治三年五月廿一日日记载："左孟辛以王壬秋为寄帅所诃斥，令速回楚，以书为之申辩。两君文才可爱，而无如其心境卒不可测何也？孟辛美才，为壬秋所误，寄帅尤惜之，吾亦云然。"所为何事，郭嵩焘日记也未述及。同治四年，曾国藩也评论此事，曰："渠言云（筠）仙抚粤名望之坏，多误于左孟辛、王壬秋二人。"① 王闿运多次干谒曾国藩，曾氏皆不委任。

这样的认识，也决定了王闿运不可能在湘军集团谋得进阶。

第二节　王闿运与曾广钧

王闿运是晚清汉魏六朝诗派的旗帜，也是湖南诗坛最富影响力的诗人。其早年与曾国藩私交甚好，虽多次干谒未果，但并不妨碍他对曾氏的感情。曾广钧，又名重伯，为曾国藩之孙，幼时便有诗名，享誉湘中。曾广钧颇好王诗，与王氏诗学交流也很频繁。在十数年的交往中，曾广钧的诗歌也带有了王诗之特征。这是他主动学习王诗的结果。曾广钧诗虽为晚唐体，然而也能从王诗中汲取营养。王闿运诗歌拟古的方法、绮靡的文辞，都为他所学。

一　交游关系：亦师亦友

王闿运与曾广钧交游的背景是很特别的。光绪七年（1881 年）十二月，王闿运从四川返回长沙，随即便因《湘军志》遭到湘人的非议、讨伐。光绪八年正月，王氏还为此受到了曾广钧叔祖曾沅浦的当面呵斥。最终王氏迫于压力，将《湘军志》刻版交于郭嵩焘焚毁。这已在上节详述。在这样的背景下，曾广钧却主动向王闿运求教学诗。

从《湘绮楼日记》记载来看，王闿运、曾广钧的交往是十分相契的，

---

① 曾国藩：《曾国藩日记》，同治四年十一月廿五日，岳麓书社 1987 年版。

谈诗论学是他们活动的重点。光绪七年十二月廿九日："曾栗诚之子广钧前来，未见，复以书来，索观撰著，文词颇复斐然，与书勉之，并以《湘军志》及《诗笺》、少作诗借之。"光绪八年正月三日："佐卿来，言曾郎重伯欲来谈。遣约登楼，坐一时许，博涉多闻，较余幼时为知门径，语亦不放荡，美材也。惜生华膴，誉之者多，恐因而长骄耳。"光绪八年四月六日："过午登楼，曾重郎来取《春秋笺》及《独行谣》去。"光绪八年六月十八日："晨得重郎书，借《书》《礼笺》及少作诗，且报张力臣被杀。"光绪八年七月二日："重伯送诗来。"四日，王氏作和曾诗，即《苦热，和曾公孙登楼之作》（第十五卷）。光绪八年七月廿五日："夜过曾郎，谈立身处世势利进取之道。"光绪八年九月十六日："曾郎、陈伯涛均赋诗见示，意在索和。"光绪八年十月十二日："申至重伯家，陪松生，守愚、伯涛、子政、验郎、筠孙、笠僧俱集，初更散。席间皆谈诗体例。"光绪八年十月十六日："曾郎送诗，共看赏之，以为今神童也。"光绪八年十二月廿三日："复过曾郎，谈文及《诗经》句法用典之例。"从以上记录不难看出，曾广钧问学之勤，王氏也是倾囊相授。

但是，曾广钧并不一味接受王闿运诗，对于不称己意者，也提出来，与王氏商量。如光绪八年九月十一日日记就记载了二人商讨诗歌的情况，曰："曾郎来，言余所作《湖亭诗》尚有不尽纯者，颇中利病。因思'僧雏'字，改作'僧童'则可矣，而'词客'二字无以易之。十月三日夜五更改'词'字为'酒'。"对于曾广钧提出的问题，王闿运虚心接受。然于曾广钧诗歌的弊病，王闿运也予以言明。王氏弟子杨钧在《草堂之灵》中就有相关记载："湘绮先生谓重伯诗有凑杂之弊，譬诸讲话，一句京腔，一句苏白，不成体也。此论与余谓今人字为混合体同一意义。"①

曾广钧是曾国藩之孙，因其特殊的家庭背景，且富文才，受到了湘人的特别关注。在《湘军志》事件的背景下，其竟然公开与王闿运交往，还主动向其问道求学，这招致了湘人的不满。王氏光绪九年二月十五日日记曰："过罗梦子饮，成赞君、王君豫、二罗先在，多谈曾重伯。余言今人

---

① 杨钧：《草堂之灵》卷八，《说混合》则。

耻于服善，有高才者，众所不能及，则视其所善者而讥笑之，云非某人不能制也。如是以离两家之交，愈长一人之傲。余今闻人言，重伯唯服我，则惕然不喜。诚使能其材而益其善，虽自诎以推之，亦何靳哉。"王闿运并没有却步于时人的非议，对离间二人关系的言行表示了愤慨。而曾广钧也不理会这些，甚至公然称王氏为师。王氏光绪九年三月二十日日记曰："重伯能记吾诗，见称以师，殊可佩服，以时人方激间之也。"

曾广钧私淑王闿运，毫不顾忌湘人的态度，表现出了非凡的勇气。这种公然支持王闿运的举动，比郭嵩焘更加直接，在当时可谓惊世骇俗，给四面楚歌的王氏以莫大的安慰。这也奠定了二人深厚的交谊，无论是师徒关系，抑或是诗友关系。

光绪十三年，王闿运结束北游返湘。曾广钧又能与王闿运谈诗论道。是年六月初三，王闿运组织开福寺集会。此集是王氏返湘后组织的一次大的集会，郭嵩焘、寄禅、陈三立、曾广钧等皆有参加，均有诗。曾广钧作《拟东城高且长同湘绮、伯严诸公开福寺作，呈玉池老人》。

光绪十五年，曾广钧会试高第。王闿运获讯以诗相贺，作《曾公孙广钧选入翰林，感寄二首》（第十二卷）。诗中对曾氏期许甚高，以冀能继其祖曾国藩之道德文章，曰："祖德留江介，訏谟在讲筵。绪余方略展，经术小心传。文苑终修业，荷囊莫倚年。五云深处静，清切念承先。"是年王闿运游玩天津后辗转到江苏，曾广钧作《赠送王壬秋丈之吴》诗。

随后数年，曾广钧旅居北京、武汉、南京、广西等地，与王闿运见面机会不多，文学活动也随之减少。而曾广钧的思想也随着时代而发生了一些变化。光绪二十年，曾广钧与康有为、梁启超结交，受到维新思想的影响很深。光绪二十二年，其与维新派组织南学社研讨新学。随后又积极投身实业，办矿场。曾广钧的这种变化，在《湘绮楼日记》里面都有反应。光绪二十四年四月八日日记载："（曾广钧）说四始五际，兼及新学，取《论语》去。"曾广钧与维新诸子交游，不仅思想上受到了他们的影响，诗歌上也具有了新诗的某些特征，比如一些新名词、新概念进入诗歌，且时常有佛典充斥其间，以致黄遵宪也视其为同道。虽然曾广钧与维新派接触频繁，诗歌创作上也与王氏发生偏离，却无意间加强了他对今文经学的了解。曾广钧有《读公羊绝句》十一首，大抵反映出了其对公羊学的认识。

进入民国，曾广钧在上海、北京均与王闿运有集，可是其主要的文学活动对象则是与陈三立、陈衍、易顺鼎、樊增祥等人组成的超社，与王氏之诗趣已相去甚远了。

二　诗学联系：拟古与绮靡

曾广钧学习王闿运诗最勤时是在光绪八年前后。中期，曾广钧受到维新派影响颇深。进入民国，则又与唐诗派、宋诗派诸子游。因此，曾广钧的诗歌表现出了丰富的形态。黄遵宪《酬曾重伯编修》其二曰："废君一月官书力，读我连篇新派诗。风雅不亡由善作，光丰之后益矜奇。文章巨蟹横行日，事变群龙见首时。手撷芙蓉策虬驷，出门惘惘更寻谁？"[①] 引曾氏为同道人。而宋诗派陈衍则在其《近代诗钞》中评论曾氏曰："重伯阅书多，取材富，近体时溢出为排比铺张，不徒高言复古。句如：'酒入愁肠惟化泪，诗多讥刺不须删。''已悲落拓闲清昼，更著思量移夕晖。''宅临巴水怜才子，村赴荆门产羡人。'又作宋人语矣。"[②] 俨然又将曾重伯部分诗列为宋派。就连王闿运也承认其有以学运诗的特点。

尽管如此，曾广钧受到王闿运的影响，却是不争的事实。这主要表现在以下两个方面：就其古体诗而言，曾氏拟作六朝诗，并且拟作闺怨诗以抒己意，皆有王闿运的影子；就其七律而言，曾氏宗法晚唐李商隐，虽受其家学影响，但在形态上，又与王闿运相近。

王闿运认为曾氏诗"酝酿六朝三唐"。其在曾氏《环天室诗集》序中曰："重伯圣童，多才多艺，交接三十余年，但以为天才绝伦，非关学也。今观诗集，蕴酿六朝三唐，兼博采典籍，如蜂酿蜜，非沈浸精专者不能，异哉！其学养之深乎，湖外数千年唯邓弥之得成一家。重伯与骖而博大过之，名世无疑。"[③] 王闿运概括了曾氏诗歌的特点，一是其诗不出六朝三唐，二是学养深厚，博综兼采而能自成一家。王闿运将曾氏与邓辅纶并

---

① 黄遵宪著，钱仲联笺注：《人境庐诗草笺注》卷八，上海古籍出版社1981年版。
② 陈衍：《近代诗钞》，商务印书馆1933年版（民国二十二年），第1136页。
③ 王闿运：《〈环天室诗集〉序》，曾广钧《环天室诗集》，宣统元年刻本。

列，评价非常高。吴宓《空轩诗话》也赞同王说："《环天室诗》学六朝及晚唐，以典丽华赡、温柔旖旎胜。"①

《环天室诗集》卷一收录了五古诗 26 首，其中多有学六朝诗的痕迹。《古意赠韩兵部》以宫体题材抒愤，借"妾"由受宠到遭嫉以致最终被弃的遭遇，来表达对韩兵部不遇的同情。《庚辰正月十四对月》是闺怨题材，通过想象嫦娥月夜久待知音而不至的场景，来传达诗人内心的情思。而知音是谁，其实诗中并不明确。这两首诗歌皆契合古乐府之旨。而《循昭山至暮云》《石廪东一峰诗芙蓉最高顶》《阻雪万岁湖》《次韵胡子瑞游望乡亭》等诗，游山玩水，记录游踪，无论诗之结构，还是炼字选句，都似大谢诗。"云物变气候，阡陌交人烟"则直接化大谢诗句而来。《拟谢客从游京口登北固望蒜山》则模拟大谢诗。还有《拟招隐》是拟作左思诗，《拟东城高且长同湘绮、伯严诸公开福寺作呈玉池老人》则拟《古诗十九首》之意，写王闿运寻求施展才华机会之不易，并予以安慰，实次韵王诗。这些拟作，无疑是从王闿运处来。据《湘绮楼日记》载，王闿运将自己早年诗歌借与曾氏览阅，而曾氏竟熟悉到了能背诵的程度。而王氏早年诗多有拟作，曾氏能有这些作品，也在情理之中。

曾广钧古体诗受到了六朝影响，而七律则学晚唐，于李商隐诗颇有会心处。前人则颇纠结于曾广钧学晚唐诗是受家学影响还是王闿运的启发。持受家学影响有汪辟疆，其在《光宣诗坛点将录》中说："奥缓逛莹称此词，涪翁原本玉溪诗。君家自有连城璧，后起应怜圣小儿。环天室诗多沈博绝丽之作，比拟之工，使事之博，虞山而后，此其嗣音。太傅、惠敏，并致力玉溪，至重伯则所造尤邃，可谓克绍家风矣。"② 汪氏将曾国藩对李商隐诗"奥缓""渺绵"特点的认识放置到曾广钧诗上，并具体表述为"比拟之工，使事之博"。而"使事之博"则有以学问为诗的意思，具

---

① 吴宓：《空轩诗话》，《民国诗话丛编》（六），第 44 页。
② 汪辟疆：《光宣诗坛点将录》，《汪辟疆说近代诗》，第 89—90 页。汪氏借用了曾国藩《读李义山诗集》诗意，曾诗曰："渺绵出声响，奥缓生光莹。太息涪翁去，无人会此情。"（《曾国藩诗文集·诗集》，上海古籍出版社 2005 年版，第 40 页）

备宋诗的特点。这点倒与王闿运的认识接近。他又在《近代诗派与地域》中说："曾重伯则承其家学，始终为义山，沈博绝丽，在牧斋、梅村之间。"① 而钱仲联先生则表示异议，认为曾广钧学习李商隐的路数与曾国藩、曾劼刚不同，并不是受家学影响。他说："曾重伯为求阙斋主人之孙，早慧，王湘绮目为圣童。诗承求阙崇尚玉溪之论，而不学韩、黄，惊才绝艳，犹是楚骚本色"② 钱钟书先生也支持该说。③ 具体而论，曾广钧学习李商隐的诗歌在于其词艳、律细，而不是像曾国藩那般，着力发掘李诗与韩愈、黄庭坚等的相似处，侧重于发掘李诗与宋派诗的相通处。

《环天室诗集》中模拟李商隐诗者颇多，拟《无题》者就有《和郑蕉龙无题》《无题》，而最为世人称道者则是《庚子落叶词同李亦元王聘三作》。《桐城吴先生日记》辛丑年（1901 年）十月廿四日记曰："曾重伯来，并示所作《无题》七律十章。珍妃去年死于井，今遣人取出，尸不坏，面如生，重伯感赋此诗，甚得玉溪生风调。"④ 此评甚是。现选取前三首列于后。

甄官一夕沦秦玺，疏勒千年出汉泉。凤尾檀槽陪玉椀，龙香璎珞殉金钿。文鸾去日红为泪，轻燕仙时紫作烟。十月帝城飞木叶，更于何处听哀蝉。

赤阑回合翠瀟瀟，帝子精诚化鸟归。重璧招魂伤穆满，渐台持节召贞妃。清明寒食年年忆，城郭人民事事非。湘瑟流哀弹别鹤，寒鱼衰雁尽惊飞。

银床玉露冷金铺，碧化长虹转鹿卢。姑恶声声啼苦竹，子规夜夜叫苍梧。破家巨耐云昭训，殉国争怜李宝符。料得珮环归月下，满身星斗泣红蕖。

---

① 汪辟疆：《近代诗派与地域》，《汪辟疆说近代诗》，上海古籍出版社 2001 年版，第 22 页。
② 钱仲联：《近百年诗坛点将录》，《当代学者自选文库：钱仲联卷》，安徽教育出版社 1999 年版，第 679 页。
③ 李肖聃《星庐笔记》云："钱中书常詧其（曾广钧）不师文正，而师闿运。"（岳麓书社 1983 年版，第 2 页）由此可见钱氏态度。
④ 吴汝纶著，吴闿生编：《桐城吴先生日记》，辛丑年十月廿四日记。

此诗为感珍妃之死而作，用事隐晦，意境凄冷，用词绮靡，颇似李商隐诗。且诗中意象如红泪、紫烟、哀蝉、苦竹、子规等皆为李诗常用意象。

曾广钧诗终是唐诗，这点与曾国藩是不同的。但是，他的七律又与王闿运不尽相同。王闿运七律同样不落宋诗，相较曾广钧诗而言，少了几分凝重，而多了几分趣味，因为王诗七律少有寄托抒怀之意。虽如此，二人在学李商隐诗仍存在共同点，那就是用词绮靡。

王闿运对李商隐七律是颇为肯定的。他说："七律亦出于齐、梁，而变化转动反局促而不能骋。唯李义山颇开町畦，驰骋自如，乘车于鼠穴，亦自可乐，殊不足登大雅之堂也。"① 王闿运认为唐诗七律源自六朝，而格局太小，成就不及七古。但是，他仍认为仅有李商隐能纵横自如，较他人技高一筹。王闿运《唐诗选》选李商隐七律13题，共20首，② 仅次于王维的22首。他手批了其中5题，共8首。批《圣女祠》曰："义山诗专取音调字面，自成一家。"批《隋宫》曰："'口角''天涯'对滞。"批《潭州》曰："起句非'潭州'不称，不可移'咸阳'。"批《碧城》曰：（之一）"'海韵'未知何意。'星沉''雨过'亦不可解。"（之三）"讥其招摇狼藉也。"（之四）"言与己约而无信，但樵已不能为力。"批《无题》（之三）曰："能令雷妍艳，故是异事。"③ 从以上批语可以看出，王闿运并不关注诗的内容，也没有在内容的解读上费过工夫，兴奋点皆在音调字面。

王闿运所选李商隐七律诗的类型主要有三种，一是咏古抒怀之作，如《圣女祠》《潭州》《隋宫》等；二是咏物诗，如《野菊》《蜂》等；三是主要表现自己心理的，如《无题诗》《锦瑟》等。不管何种题材，李商隐诗皆词采妍丽，寄意深沉。这些皆符合王闿运"以词掩意"的观点，也合乎其崇尚俪词华彩的审美趣味。

① 王闿运：《湘绮楼说诗》卷四，第208页。
② 具体篇目为：《圣女祠》《隋宫》《筹笔驿》《潭州》《重过圣女祠》《野菊》《蜂》《碧城》《对雪》《锦瑟》《楚宫》《春雨》《无题》。
③ 王闿运：《王闿运手批〈唐诗选〉》卷十二。

王氏《杜若集》中不乏与李商隐诗风格相近者，但是这种相似仅限于词采。王氏七律不尚用典，较李诗显得更为自然。以咏物诗为例。王闿运的咏物诗不似李商隐的以寄意为目的，而追求一种趣味性。但是在用词妍丽上，二者是一致的。李商隐《野菊》："苦竹园南椒坞边，微香冉冉泪涓涓。已悲节物同寒雁，忍委芳心与暮蝉？细路独来当此夕，清尊相伴省他年。紫云新苑移花处，不取霜栽近御筵。"①

此诗为托物寄兴之作，名为野菊，却无一句写菊，皆写己怀，直指内心。其《蝉》也是如此。再看王闿运的《柳花》（卷十六）："澧浦晴波怅望时，日光烟影共参差。芊茸别树刚成朵，点絮随风偶上枝。魏殿衔春犹有恨，谢家看雪最相思。浩园墙角无人到，扑地漫天欲问谁？"②该诗着力点则在于传达出柳絮漫天飞舞之情状，无甚深意。王闿运的其他咏物诗皆如此类。王闿运虽不好李商隐的古体诗，③但是此诗末句确有李诗五古咏物《柳》《蝉》末句的韵味，前者如"倾国宜通体，谁来读赏梅"，后者如"本以高难饱，徒劳恨费声"。

由上面的分析可以看出，曾广钧诗学李商隐，在路数上介于曾国藩与王闿运之间，有自己的特点。然所谓到底是受家学影响还是受王闿运影响的争论也是没有必要的。探寻二人之诗学关系，既感知了王闿运对湘中后学的影响，又发掘光宣时期汉魏六朝诗派与晚唐诗派的交流沟通。这样的交流沟通则体现出了光宣时期诗学发展走向融合的趋向。

第三节　王闿运与寄禅

孙海洋《八指头陀诗风初探》一文将寄禅的诗歌创作分为三个阶段：从二十岁至三十四岁为早期，初入诗坛，遍游吴越；三十五岁至五十一岁

---

① 李商隐著，冯浩笺注：《玉谿生诗集笺注》卷二，上海古籍出版社1998年版。

② 王闿运：《湘绮楼诗集》卷十六，第380页。

③ 王闿运并不欣赏李商隐的古体诗，说："李商隐之流又嫌晦涩，其中如叙事抒情诸篇，不免辞费，犹不及元、白自然也。"（《湘绮楼说诗》卷三，第165页）但是，王氏又发现吴梅村诗源自李诗，其在《湘绮楼日记》廿一年四月十四日记载曰："卧看玉溪诗，始知吴梅村古体所自，然李无丑态，又非吴比。"

为中期，主持湘中六寺，与王闿运等交往，参与碧湖诗社活动；五十二岁至六十二岁为晚期，充四明、天童寺住持，与东南名士交游。① 其论是符合实际的。在这三个阶段，寄禅不仅交往对象发生了变化，诗歌风格和作诗方法也发生了很大的变化。

寄禅在湖南期间，也就是孙氏所言的第二个阶段，与王闿运等人交游唱和，成为湖湘诗派的重要一员。寄禅向王氏学诗，并深受其影响。其此间的诗歌，也深深地烙上了王闿运的印记。

一　王与寄禅的交游唱和

光绪十一年（1885 年），寄禅离开浙江，回到了湖南。不久便与曾重伯、陈三立、陈锐等王闿运的故人有雅集。次年二月，王闿运从四川返湘，于六月十五日组织碧湖诗社，并邀请寄禅参加。于此，二人交往的序幕拉开了，直至光绪二十八年寄禅赴浙江主持天童寺。在这十数年里，寄禅与王闿运交往密切，诗文雅集、谈诗学艺频繁。于此，《湘绮楼日记》也载之甚详。②

寄禅好诗，这可从他的诗句中看出。"一瓶一钵一诗囊"，③ "山僧好诗如好禅"，④ "生来傲骨不低眉，每到求人为写诗""得句曾鸣夜半钟，一生心血在诗中"等，⑤ 这些都真实地反映出了寄禅对诗的痴迷。为了提高诗艺，寄禅多次与王闿运深谈。《湘绮楼日记》光绪十四年八月十一日日记载："八指僧自衡山来。"八月十五日："八指来，问马先生，以题诗示之。"光绪十七年五月廿三日："秦子和偕寄禅来，谈半日去。"七月十八日："寄禅及其徒来。"十七年八月十二日："寄禅又来索书。"光绪十九年四月二日："郑少耶来，云寄禅约之，坐良久乃去。夕欲睡矣，寄禅来。"

---

① 孙海洋：《八指头陀诗风初探》，《船山学刊》1998 年第 1 期。

② 《湘绮楼日记》缺失光绪十年十一月卅日至光绪十三年四月日记，日记最早记录与寄禅交往的时间是光绪十三年五月六日。

③ 释敬安：《暑月访龙潭山寄禅上人》，《八指头陀诗文集》同治十三年诗，岳麓书社 1984 年版。

④ 释敬安：《偶吟》，《八指头陀诗文集》光绪元年诗。

⑤ 释敬安：《感怀二首》，《八指头陀诗文集》光绪六年诗。

三日："寄禅又来，谈久之。"

寄禅读书之勤，谈诗入迷，以致被王闿运冠以"诗魔"之称。王氏光绪十八年十二月廿九日日记曰："寄禅来，改诗，云衡州无人商量，此僧定诗魔矣。"光绪十九年二月廿五日："朝食后赴西禅寺斋，单衫犹热。至则寄禅谈诗入魔。"

寄禅向王闿运问诗，不限于私下交流，还有集会时的唱和。现将几次主要的雅集列于后。

光绪十二年六月十五日，王闿运组织碧湖诗社。寄禅有《六月十五碧浪湖看月遇雨，用王壬秋社长韵》诗。

光绪十三年三月初三日，陈伯严等组织碧湖禊集，王闿运、寄禅均参与。寄禅有诗《丁亥三日，陈伯严、涂稚衡禊集碧湖》。《郭嵩焘日记》亦载此事。此年四月十六日，陪王闿运游碧湖，有《四月十六日，陪茗香翁湘绮先生泛舟碧湖》。此后借刘希陶还湘，在浩园还有一集，寄禅、王氏均有诗送刘希陶。

光绪二十年正月朔日，笠云组织浩园斋集。王氏携数家人参与，有《笠上人浩园斋集》诗。日记亦载此事。二月四日，笠云组织集会浩园。次日日记曰："寄禅来，倾之，笠云约游浩园，即留午斋，道、素两僧皆在，将散，遇张雨珊，要至其寓。"寄禅有《二月初四新霁，与诸道人陪湘绮先生游浩园，还憩张狷叟东寮作》，王氏亦有诗。二月十五日，王闿运约游碧湖，[①] 寄禅有《花朝日，湘绮翁集道俗八人觞于碧湖，听雨赋诗》。

光绪二十一年十一月十六日，王氏约游浩园，寄禅、易顺鼎等同行，寄禅有《浩园夜集，次湘绮翁韵呈龙阳方伯遁叟易公》。

除了以上和王闿运的直接对话外，寄禅还向邓辅纶问学，与王氏弟子诗歌往还，还与当时倾慕王氏诗歌者如曾重伯、陈锐等雅集，途径很多。从实质上来说，寄禅的文学活动多是在王闿运诗学影响下进行的。寄禅这

---

① 《湘绮楼日记》光绪二十年二月十五日："约陆廉夫、曾士虎为碧湖之游，兼斋五僧，筏喻不至，曾亦旋去。……廉夫于紫微堂楼作画，李小坪将作字，寄禅作诗，道香借纸，素蕉和墨，笠云看画，至夕乃散。住持性华同集，前未识之。"二月十七日："素蕉来送画，工笔佳品也。……寄禅来送诗。"二月廿一日："廉夫画《碧浪图》，清卿题之，云军书旁午，不暇诗也。"此次碧湖游亦为一次文学艺术的集会。

段时间与诸人诗酒酬唱，过得十分舒心，多次在诗歌和与友人书信中提及，即便在赴浙江主持天童寺后，仍念念不忘。

寄禅在与《致郭菊荪先生书》中记叙了自己首次参加碧湖诗社后的感受，曰："去岁六月，与湘绮翁、玉池老人诸公，开碧湖吟社，会者数十人，宾主酬唱，一时文人之胜。……敬安因从诸公游，诗思颇进，特录数首，寄呈训正。"①在与《致陈伯严书》《复陈伯严、罗顺循书》两书中皆探讨诗艺，交流心得。②光绪二十六年，其作《碧浪湖感旧诗》，追念旧游，感慨时光已逝，伤感不已。诗曰："湛湛湖中水，葰葰湖上亭。昔余恣幽讨，每偕道俗经。弭棹掇芳黄，披烟憩寒汀。俄惊须鬓改，始觉岁月更。陵谷一迁变，兰蕙继凋零。重寻迷术阡，往迹翳荒荆。积皋蔽远观，枯鱼喧干萍。潜龙既失势，坏龟今成形。逝川无回波，浮云靡停征。衰草竞秋绿，寒山犹旧青。感故生新悲，观空有余情。"离湘后，寄禅亦时常回忆旧游故人。"十五年前碧浪湖，展重阳会记还无？侍郎白发曾携酒，野寺黄花共饭菰。"③"沧海愁生青鬓雪，碧湖冷侵白鸥魂。（原注：往在长沙，与君父子开碧湖诗社，酬唱甚乐）"④"紫微山上碧湖庵，佳节同游三月三。集鲫已曾成妙语，听鸡且共佐清谈。"⑤"六十老僧头雪白，相邀回忆碧湖旁。"⑥

由此可见，这十数年与王闿运等湖湘诗派的交往，在寄禅身上留下了诸多印记。这种印记不仅表现在与诸人的友谊，更表现在其诗歌创作上。

二　王对寄禅诗歌创作的影响

寄禅返湘前后，诗歌创作有很大的变化，这是其主动向王闿运等湖湘

---

①　释敬安：《致郭菊荪先生书》，《八指头陀诗文集》，第451页。

②　《致陈伯严书》曰："近作《山行》一首，颇能生独往之怀，第以不胜石门道人之作为愧耳。"《复陈伯严、罗顺循书》曰："接读惠书并五古二首，青妙幽蓬，使人意远，感洳靡已。贫道因此自勉，颇有独老烟霞之志。"二书交流写诗心得，分见《八指头陀诗文集》第452、457页。

③　释敬安：《挽文芸阁学士三首》，诗有注曰："丙戌秋，郭筠仙侍郎于长沙碧浪湖作展重阳会，一时英耆俱集，公与余均与斯会。"参见《八指头陀诗文集》光绪三十年诗。

④　释敬安：《闻陈师曾由日本返金陵，再次前韵逢寄》，《八指头陀诗文集》光绪三十一年诗。

⑤　释敬安：《涂茨衡太守由奉省罢官还湘，为庵男韵见怀，次韵奉寄》，《八指头陀诗文集》光绪三十四年诗。

⑥　释敬安：《沪上晤陈伯严吏部，喜赠》，《八指头陀诗文集》宣统元年诗。

诗人学习的结果。这可从王闿运给其诗集所作的两篇序中窥知。

第一篇作于光绪十三年，曰：

> （寄禅）初不识字，忽有慧悟，通晓经论，有逾宿腊。然颇癖于诗，自然高澹，五律绝似贾岛、姚合，比之寒山为工，湖外朴俭。①

这段文字基本可以概括寄禅返湘前的诗歌创作状况。大致有三，一是寄禅作诗靠慧悟，得诸佛理甚多；二是风格自然高澹，这与其通晓佛理是相关的；三是作诗方法为贾岛、姚合之苦吟。王闿运的这段文字是符合实际的，有寄禅《〈诗集〉自述》为证。寄禅自述曰："以读书少，用力尤苦。或一字未惬，如负重累，至忘寝食。有一诗至数年始成者。念生死事切，时以禅定为正业。"② 寄禅读书甚少，常读之书为《唐诗三百首》，然其好诗，乃苦吟至此。寄禅诗歌高澹自然，有佛家空灵之意。但是在王闿运看来，寄禅诗是没有家法，不讲诗法的。

一年之后，王氏再序寄禅诗集时，观点则有很大的变化，曰：

> 自晋以来文胜；至唐诗胜；赵宋理胜，而释家均随世有拔萃之秀。就诗论之，唐僧诗不能颉颃王、李，六朝僧诗无愧陆、谢，唐后益靡矣。盖法显、支公，兼文理以为诗，齐己诸人，徒事吟咏故也。……余初序之，引贾岛以比，意以为不过唐诗僧之诗耳。既隔一年，复有续作，乃骎骎欲过惠休。寄禅得慧而能兼文理以为诗，可谓希有。③

对于王氏此评，钱仲联先生认为"肯定中带有贬义"，理由是："从贾岛到惠休，则是从唐向前推至六朝，这以王闿运的标准来衡量，虽说也是一个进步，但是惠休仍不过是'诗僧之诗耳'。钟嵘《诗品》就曾把惠休

---

① 王闿运：《〈诗集〉王序》，《八指头陀诗文集》附录，第 534 页。
② 释敬安：《〈诗集〉自序》，《八指头陀诗文集》，第 453—454 页。
③ 王闿运：《〈诗集〉王重序》，《八指头陀诗文集》附录，第 534—535 页。

列人下品。况且，王闿运说寄禅是'骎骎乎欲过惠休'，而不是已过，可见王闿运对其诗所持的态度。"① 诚然，钱先生之言不管是褒是贬，王氏此评至少反映了一个事实，就是寄禅的诗歌创作发生了变化，有了六朝风韵，有了家法诗法。于此，叶德辉也有说明："寄师盛年，从武冈邓白香、吾邑王湘绮两先生游。其诗宗法六朝，卑者亦似中、晚唐人之作。"② 这也说明了寄禅的诗学追求和向王氏学诗的成绩。

这个阶段，寄禅主动学习汉魏六朝诗，具体表现在以下几个方面：一是五言古体诗数量激增；二是诗歌多有模拟痕迹，且有部分拟作；三是山水诗多学谢灵运；四是诗歌多化用陶诗意境和诗句。③ 第一、第二两点是从寄禅诗歌的形态上予以把握，皆与王闿运相似。第三、第四两点是从其诗具体师法对象而言的，也有王氏风韵。寄禅诗歌如此，无怪乎汪辟疆批评寄禅诗少己面目，与王闿运诗过分相似，曰："八指头陀以释子工诗，所作理致清远，妙造自然，早年作诗，自谓得之顿悟，又时时就湘绮老人，老人亦多为窜易，别出手眼，读者罔觉为湘绮笔墨耳。"④ 王闿运的诗后被陈衍、胡适等人批评为缺少自己面目，而此评又被汪氏置于寄禅头上。

五言古体诗数量的增加，是寄禅诗学汉魏六朝的一个重要表现特征。在王闿运看来，五言古体诗蕴含诗法，学诗当先学此，然后方能推及七言。他说："作诗必先学五言，五言必读汉诗。而汉诗甚少，题目种类亦少，无可揣摩处，故必学魏、晋也。诗法备于魏、晋，宋、齐但扩充之，陈、隋则开新派矣。"⑤ 因此，五言古体诗是王闿运等汉魏六朝诗派的重要特征之一。考察寄禅的五言古体诗创作，也基于此。

现将寄禅光绪十二年到十五年诗中的五言古体诗数量及题材分布以图表形式呈现如下：

---

① 钱仲联：《近代诗钞》，第 797 页。
② 叶德辉：《〈诗集〉叶序》，《八指头陀诗文集》附录，第 535 页。
③ 寄禅对陶、谢诗的关注，孙海洋在《八指头陀诗风初探》一文中已有提及。
④ 汪辟疆：《光宣诗坛点将录》，《汪辟疆文集》，第 119 页。
⑤ 王闿运：《湘绮楼说诗》卷四，第 208 页。

光绪十二至十五年古体诗题材及数量分布

	十二年诗	十三年诗	十四年诗	十五年诗	总数
诗歌总数量	31	79	57	33	200
五言古体诗	4	32	33	14	88
山水诗	0	14	6	10	30
寄怀诗	0	8	11	0	19
赠酬诗	1	8	4	4	17
拟古诗	3	2	9	0	14
其他	0	0	3	0	3

从上表可以看出，这四年所作五言古体诗数量比重占到了诗歌总量的44%。而同治十二年至光绪十一年间，寄禅诗集中五言古体诗仅有7首，[①]绝大部分为五言、七言近体。这个明显的变化，客观地展现出了寄禅诗歌创作向古体诗的转移。其中17首赠酬诗也多是与湖湘派诗人交流的产物，这也直观地反映了其参与该派活动的情况。

寄禅还有拟古诗14首。而这些拟古诗的拟古范围是比较广泛的，既有宫体诗，又有汉乐府，还有陶、谢的诗，都是寄禅学习汉魏古体诗的具体表现。寄禅受到王闿运的影响，主动采用拟作的方法。王闿运有拟古诗百余首，且认为"诗必法古"。寄禅此前作诗多依慧根，故而空灵，但无技法。而此时，他采用拟古之法作诗，为自己的诗歌创作开辟了新的路径，提供了新的创作方法。

寄禅的拟古诗多为拟意之作，少有现实指向。这具体表现在其拟宫体诗和汉乐府上。如其《宫体拟齐梁体二首》（光绪十三年诗），就是纯粹的拟意之作。僧人写宫体，忌讳处多。寄禅并没有一般宫体诗对女子之形体、肤色等作细腻的描绘，也没有将女子作为审美的、刻画的对象，而是采用写意的手法，直入其心，传达出女子的寂寞和孤独，少了尘世的凡人心，多了几分人文的关怀。虽如此，诗歌用词仍是十分妍丽、工整。"杨枝学腰舞，柳叶画眉匀。芳筵沸瑶瑟，画栋落珠尘。"以"杨枝""柳叶"来赋写女子形态，将其形态和娇柔之状显现出来，而后两句采用对比的方

---

① 寄禅7首古体诗具体分布为：光绪元年、二年、三年、七年诗各1首，光绪六年3首。

法，将女子的寂寞表现出来。这是宫体诗常表达的主题，可是寄禅并没有对女子的形态进行描摹，只是通过场景的描写就达到了表达的目的。

寄禅还有拟乐府诗多首，情况也大致相同。如《叹逝诗》（光绪十四年诗）："西方有佳人，灼灼桃李姿。言论吐清芬，顾盼生光仪。良辰恣游宴，不惜千金资。驰车马陵道，豪贵相追随。自矜常美好，欢会无穷时。一朝随物化，万事徒伤悲。神识尚未泯，高坟已累累。念此屋内热，涕下如绠縻。"寄禅此诗并不是很美，情感也不能动人，倒更像是读《汉乐府》后的感受。诗的主题就是展现佳人不惜美好年华而最终一事无成，徒自悲伤，然后从中悟出一个道理，这些倒不是这首诗的意义所在。此诗的真正意义在于佳人不惜年华的主题。乐府诗中表达这一主题的诗歌不在少数，其中也有直接描写所谓游荡子的诗。寄禅此诗，就是模拟此类诗。还有光绪二十四年的几首拟乐府，《弃妇吟》《从军曲》《前征夫怨》《后征夫怨》等。

在汉魏六朝诗人中，寄禅颇倾心于陶、谢诗，因为他与二人的思想存在沟通的基础。陶渊明归隐田园，独立世外；谢灵运寄情山水，且深谙佛学。另外，寄禅亦好山水，所作山水诗甚多，这也紧密了与谢灵运的联系。其与陶渊明则是精神追求的一致，是价值的认同。

寄禅的五言古体山水诗集中于光绪十三年至十五年间，有30首，而其总数为39首。①

在这些山水诗中，寄禅多效法谢灵运。这主要体现在以下几个方面：一是在诗歌结构上，采用了谢诗叙述或者叙由到写景再到抒情或者议理的经典结构模式；二是注重语言的修饰、对偶的工整。如《六月二十八日，出小吴门沿溪行至龙潭，宿李真人庙，书寄陈伯严、罗顺循》（光绪十三年诗）："城居苦炎郁，出郭忽超旷。云霞焕明辉，山水发清尚。搴条息绿阴，援萝陟青嶂。麋峰远峥嵘，龙潭晴荡漾。仙馆栖百灵，崇台越诸障。吹万理自齐，得一神乃王。心迹贵沉冥，世情任欺诳。松乔去已遥，余怀谁与亮？"首句叙述，交代了出游的缘由和去向。紧接四联对偶句，描摹

---

① 另外9首的分布为：光绪十六年4首，光绪元年、光绪十九年、二十二年、二十五年、二十九年各1首。

了沿途风光。后三联皆为议理抒情，"得一""沉冥"，都是其感悟。寄禅此诗的结构与谢诗无异。且其对偶句用字也是很讲究，有刻意炼字的味道，"焕""息""陟""晴"字，都有动感，将云霞、枝条、青罗、湖光等的形态勾勒的很传神。

还有《小孤山》（光绪十五年诗），真似谢诗，曰："众流汇巨壑，孤岫削中川。猿鸟坠绝碧，宫阙基层颠。苍翠自成媚，丹霞不能鲜。翔仙契幽岛，潜虬玩神渊。朝云气蔼蔼，夕月影娟娟。既惬方外趣，弥薄区中缘。莫咏涉江操，当知舍筏贤。"此诗用词更是绮靡，对偶之工整，将小孤山描摹得颇具仙气。这样的笔法，在此前的山水诗中是少见的。《二月朔日舟次桐溪精舍，夹岸桃花，迥非人境》（光绪十四年诗）对偶也很精工。寄禅此前描摹山水，用字皆较自然，少人工斧凿的痕迹。如其《登天姥峰》（光绪八年诗）之"鸟随红叶下，人与白云齐。怪石立如鬼，巉岩陡如梯"，《登华顶峰》（光绪八年诗）之"群峰尽如蚁，片石欲撑天"，用词皆较为自然，比喻亦为常见之物。

寄禅对谢灵运的关注不仅表现在山水诗上，还有佛性。寄禅在光绪十四年，就有《拟谢康乐维摩经十譬赞八首》，皆为参悟佛理之作。此外，在其《秋日病中漫兴，次洪纯伯明经见赠原韵二首》（二十八年诗诗）中也说道"灵运多才后成佛"。

在汉魏六朝诗人中，寄禅对陶渊明也甚为关注。其在诗中多次提及陶渊明，且化用陶氏作品及典故。寄禅与陶渊明的关联处就是"隐"与"自然"，追求自适，这从寄禅涉及陶渊明的诗歌中看出。现一并列于后：

《题桃园岭》："笑问桃源客，何年此避秦？"（光绪二年）

《将之跨塘禅院，留别秦鹿笙明府》："安得渊明辞五斗，共从林下避红尘。"（光绪五年）

《归来吟》："闲时倚杖东篱下，喜见黄花晚节香。"（光绪五年）

《赠渔者》："桃源如再入，慎勿恋尘寰。"（光绪六年）

《春江图》："神仙只在桃源里，无奈时人向外求。"（光绪六年）

《暮春过金驭仙茂才居》："五柳先生宅，孤山处士家。"（光绪

八年）

《次裘渠蓉茂才韵》："他日桃源寻洞府，好从渔父问津来。"（光绪八年）

《送郑衡阳襄三首》之一："惟怜彭泽江边柳，犹是陶潜醉里春。"（光绪十八年）

《秋怀》："远公社里莲将落，陶令篱边菊未花。"（光绪二十五年）

《长沙黄仲苏、龙砚仙俱以知县需次江南，久别不见，各作绝句四章寄之》："惟于陶令偏相思，曾作莲花社里人。"（光绪二十六年）

《题郑湛侯明府停云十二图》："渊明昔有《停云》作，湛老今为话雨诗。"（光绪二十七年）

《武陵春传奇书后》："含凄向渔父，休更说桃源。"（光绪二十七年）

《山居，兼怀陆太史、黄司马，七、八叠韵》："山中听罢莲花漏，苦忆陶潜解印贤。"（光绪二十九年）

《涂茨衡太守由奉省罢官还湘，为庵男诗韵见怀，次韵奉寄》："喜闻彭泽官休早，不恋邯郸梦正酣。"（光绪三十四年）

寄禅对陶渊明的关注，与前期喜爱林和靖的原因是相同的，都是由于思想上有共同之处。其在《过孤山寺》（光绪二年诗）中说："逃禅处士归何处？零落梅花月满湖。"《题孤山林处士墓庐》（光绪二年诗）："湖上常留处士风，千秋高洁有谁同。道通天地阴阳外，魂在梅花香雪中。"《咏梅》（光绪五年诗）："误识林和靖，而今恨未忘。谁知风雪里，冷淡自生香。"《次邱云章茂才韵二首》（光绪七年诗）："寄言处士林和靖，人本梅花不用修。"

找到了思想上的共通点，寄禅对陶渊明的诗歌模拟亦多。其光绪八年《还山作》就有陶渊明不为世俗所牵累而逍遥自适的意味："绳床不盈尺，茅屋才数椽。乞食纵不饱，喜无尘事牵。游兴忽已至，拄杖追飞鸢。所历既已疲，还就树下眠。逍遥随所适，孤云与之然。"还有《拟陶》（光绪十二年诗）、《观田家春耕晚归》（光绪十七年诗）更是直接模拟陶诗诗意。

《拟陶》曰："庄生解齐物，老氏贵葆真。人生一世间，渺若陌上尘。放旷聊自适，怀抱日已新。茅屋四五间，取足蔽吾身。飞沉有定理，焉用劳心神？不知养生术，徒咽华池津。"这首诗与《归园田居》诗意相近。《观田家春耕晚归》曰："诗文小道耳，壮夫所不为。而我酷好之，岂非大愚痴？倘随大化灭，荣名复何知？辛苦一生内，欧血诚可悲。不如田舍翁，终日百无思。所思在陇亩，风雨无怨期。草稀稻苗秀，眼前绿参差。入秋望有成，聊得遂其私。但取衣食足，过此非所须。善哉渊明言，力耕不吾欺。"此诗则有《癸卯岁始春怀古田舍三首》的韵味。

总而言之，寄禅在回湘后，与王闿运等湖湘派诗人交游，诗歌往还之间，自觉接受了该派的影响。其种种表现，已如上言。当然，寄禅诗虽涉汉魏六朝，而为世人称道者乃在近体，自然澹远，更有自己的个性。但是，不能因此而忽视王闿运对其创作的影响，这也是本节宗旨所在。

第四章　王闿运与光宣诗学

王闿运与光宣诗坛各诗派均有着十分紧密的联系。作为汉魏六朝诗派的代表人物，王闿运的诗学和作品多被时人拟为标尺，与之比较，或批评，或接受。本章拟从其与汉魏六朝诗派、宋诗派以及中晚唐诗派诗学观念的比较，更加明确其诗学的特点，同时，也明确了其与光宣诗坛的关联。

第一节　王闿运与汉魏六朝诗派的诗学

晚清汉魏六朝诗派是逆宋诗潮流而起的，汪辟疆称之为旧派。然其卓然自立，别树一帜，令时人侧目，这得力于以王闿运为首的汉魏六朝诗派诸家诗作实绩，让人不复以拟古为病。嗣后，章太炎力主汉魏六朝诗，并为王氏诗歌倾倒，从某种意义上说，有上接王闿运所开诗统之意。两股力量，前赴后继，进而在民国时期得以汇流，共同构建了汉魏六朝诗派的主体。王闿运、章太炎也因其诗歌创作和现实影响力，成为了汉魏六朝诗派的两代代表人物。可是，王、章二人的诗论不尽相同，代表了晚清汉魏六朝诗派诗学发展的两种不同趋向：王闿运注重诗歌的审美艺术性，章太炎崇尚诗歌的现实功用性。本节拟就二人诗学之分合，兼及同时期其他汉魏六朝诗人的诗论，来探讨该诗派诗学的两种类型及其形成的原因，这样也可窥得该诗派衍变的轨迹。

一 同宗汉魏

考察王闿运、章太炎的交往，发现二人曾有谋面的机缘，却没有会面的记载。王氏长章氏三十七岁，与章氏业师俞樾是旧识。《湘绮楼日记》光绪元年（1875 年）六月八日、光绪九年六月二十四日有读俞樾书的记载。并且在光绪十五年八月间，王氏于苏州三次访问俞樾。光绪三十三年二月，俞樾临终时也有给王氏的辞行信。可见，二人交情还算笃厚。光绪十六年，章氏求学诂经精舍，拜入俞门。章氏宗古文经学，于王氏弟子廖平、再传弟子康有为的经学观点多有驳难。章氏求学期间，师门切磋，也有提及王氏经学。光绪三十二年起，王闿运有多篇论文刊发在《国粹学报》上，如第十八期《湘绮楼论唐诗》、二十二期《为陈完夫论歌行》、二十三期《湘绮楼论诗文体法》、三十八期《论文体》。同年，章氏出狱赴日，主持《民报》，同时也成为《国粹学报》的主要撰稿人。章氏较全面接触王氏诗学观念当在此时。随后，章太炎便在《与刘师培书》中说："王壬秋文学深湛，近世鲜其俦类，仆亦以为第二人也。"[1] 宣统元年，他又在《与人论文书》中称赞王氏道："并世所见，王闿运能尽雅。"[2] 在《与邓实书》中再次强调："近世文士王壬秋可谓游于其藩。"[3] 章太炎对王闿运的推崇，于此可见一斑了。民国四年，王氏入主国史馆。此时，章氏为袁世凯软禁。二人同在北京，却无缘得见。虽如此，章氏还曾改王氏"总统"一联入诗，讥讽袁世凯。[4] 王氏没后，章氏在多次学术演讲中仍不改先前对王氏的态度。可以说，章氏对王氏文学服膺终生，亦是罕事。

至于章太炎推崇王闿运的缘由，前人的论述多集中在他们论诗同宗汉魏六朝上。如汪辟疆在《近代诗派与地域》中说："当湘绮昌言复古之时，湘楚诗人，闻风兴起。其湖外诗人之力追汉、魏、六朝、三唐与王氏作桴

---

① 章太炎：《与刘师培书》，马勇编《章太炎书信集》，河北人民出版社 2003 年版，第 77 页。

② 章太炎：《与人论文书》，《章太炎全集·太炎文录初编》，上海人民出版社 1986 年版，第 168 页。

③ 章太炎：《与邓实书》，《章太炎全集·太炎文录初编》，第 170 页。

④ 刘成禺：《洪宪纪事诗本事薄注》卷二《太炎先生改游仙诗》曾载此事。

鼓之应者，亦不乏人。而湖口高心夔氏为尤著。稍后则文廷式、李瑞清、章炳麟、刘师培诸家，虽不出于王氏，然其卓然自立，心橅手追于六朝三唐之间，又所谓越世高谈自辟户牖者也。……（余杭章氏）诗则出其余事，心仪晋宋，朴茂渊懿，足称雅音，今人不能有也。"① 钱基博在《现代中国文学史》中也有相同的理解，曰："（章炳麟）所学与闿运违异，致以为闿运能尽雅者，则以闿运文萧散似魏、晋，而炳麟衡文右魏、晋，有同契也。"② 二人所论甚是。

王、章所处之世，诗坛影响最大者，莫过于宋诗派。陈衍《石遗室诗话》云："道、咸以来，何子贞（绍基）、祁春圃（寯藻）、魏默深（源）、曾涤生（国藩）、欧阳磵东（辂）、郑子尹（珍）、莫子偲（友芝）诸老，始喜言宋诗。何、郑、莫皆出程春海侍郎门下。湘乡诗文字，皆私淑江西，洞庭以南言声韵之学者，稍改故步，而王壬秋（闿运）则为《骚》《选》、盛唐如故。"③ 另有徐世昌云："自曾文正公提倡文学，海内靡然从风。经学尊乾嘉，诗派法西江，文章宗桐城。"④ 此处所言甚确，王氏时，宋诗经曾国藩振臂高呼，众人响应，盛极一时。至章氏时，又有同光体诗人上继道咸，如陈三立、陈衍、沈曾植、郑孝胥等，影响甚巨。

然二人不随时流，易帜别张，先后高举汉魏六朝诗，流风所及，影响也蔚然可观。徐世昌说："壬秋后起，别树一帜。……诗拟六代，兼涉初唐。湘蜀之士多宗之，壁垒几为一变。"⑤ 王氏不好宋诗，章氏亦如此。章氏在《诗辨》中说道："曾国藩自以为功，诵法江西诸家，矜其奇诡，天下骛逐，古诗多诘诎不可诵，近体及与杯珓谶辞相等，江湖之士艳而称之，以为至美，盖自商颂以来，歌诗失纪，未有如今日者也。"⑥ 他心仪汉魏，与王氏桴鼓相应。

二人不好宋诗，不认同宋诗以文为诗、以议论为诗、以学问为诗的理

① 汪辟疆：《近代诗派与地域》，《汪辟疆说近代诗》，上海古籍出版社2001年版，第23页。
② 钱基博：《现代中国文学史》，第60—61页。
③ 陈衍：《石遗室诗话》，《民国诗话丛编》（一），第1页。
④ 徐世昌：《晚晴簃诗汇》卷一百五十五，第523页。
⑤ 同上。
⑥ 章太炎：《诗辨》，《国故论衡》，上海古籍出版社2003年版，第90页。

路，而崇尚诗歌抒情本质。王氏在《论诗文体式答陈复心问》中说："诗缘情而绮靡。诗，承也，持也，承人心性而持之。"① 在《论七言歌行流品答完夫问》中，他的这个观点表述得更加明白：

> 然人不能无哀乐，哀乐不能无偏激感宕。故五言兴而即有七言。而乐府琴曲希以赠答，至唐而大盛。凡四言五言所施，皆有以七言代之者，而体制殊焉。初唐犹沿六朝，多宫观闺情之作，未久而用以赠答送别，分题或拈一物一事为兴，篇末乃致其意。高、岑、王维诸篇，其式也。李白始为叙情长篇，杜甫丞称之，而更扩之，然犹不入议论。韩愈入议论矣。苦无才思，不足运动，又往往凑韵，取妍钓奇。其品益卑，骎骎乎苏、黄矣。②

王氏认为人是有哀乐之情的，六朝时人用四言、五言、七言达情，虽体制有别，但不入议论，只为抒情。至韩愈时，方以议论入诗，不本性情，开启宋诗，因此诗格不高。可见，王氏对宋诗是厌恶的。

章太炎论诗也本《文赋》，极称陆机缘情之说。③ 在《诗辨》中，章太炎认为："本情性、限辞语，则诗盛；远情性、憙杂书，则诗衰。"④ 他把本情性视为诗歌兴盛的根本因素之一，亦与王氏所论暗合。

在承认诗歌抒情本质的基础上，二人依此评骘历代诗歌，都认为汉魏六朝诗是至情之诗，为诗歌复古之楷式。王闿运在《论汉唐诗家流派答唐凤廷问》中说："上古之诗，即《喜起》《麦秀》之篇，具有章法，唯见枚、苏，皆在汉武之世。则学古必学汉也。……唐人初不能为五言，杜子美无论矣，所称陈子昂、张子寿、李太白，才刘公干之一体耳，何足尽五言之妙？故曰唐无五言。学五言者，汉、魏、晋、宋尽之。"⑤ 他在《论诗示黄缪》中进一步指出："作诗必先学五言，五言必读汉诗。而汉诗甚少，

---

① 王闿运：《湘绮楼说诗》卷四，第 208 页。
② 同上书，第 165 页。
③ 参见章太炎《国学略说》，上海文艺出版社 1998 年版，第 219 页。
④ 章太炎：《诗辨》，《国故论衡》，第 88—89 页。
⑤ 王闿运：《湘绮楼说诗》卷四，第 207—208 页。

题目种类亦少，无可揣摩处，故必学魏、晋也。诗法备于魏、晋，宋、齐但扩充之，陈、隋则开新派矣。"① 章太炎在《诗辨》中表示："今宜取近体一切断之。古诗断自简文以上，唐有陈、张、李、杜之徒，稍稍删取其要，足以继风雅，尽正辨。"② 二人所宗皆为魏晋古诗。王氏虽诗涉三唐，不以时代为畛域，但是宗旨在于考辨六朝诗歌在唐之流变，换言之，对三唐古诗的肯定，则是为证明六朝诗歌的正宗地位。章氏对陈、张、李、杜等的肯定，意亦在此。

不唯如此，在骈散文之争的问题上，章氏对王氏骈散合一的态度表示赞赏，他在《国学讲演录》说："骈散合一之说，汪容甫倡之，李申耆和之。然晋人为文，如天马行空，绝无依傍，随笔写去，使人难分段落。今观容甫之文，句句锻炼，何尝有天马行空之致？容甫讥呵望溪，而湘绮并诮汪、方。……若论骈散合一，汪、李尚非其至，湘绮乃成就耳。"③ 另外，章太炎认为王氏懂得小学，于论文造字，能达雅驯。

章氏诗论推崇汉魏，与王氏合流，这使得汉魏六朝派在清民之际得以进一步延续传承，并得以壮大。章氏弟子黄侃的诗歌，好友刘师培、弟子鲁迅等对魏晋六朝文学的研究，都扩大了魏晋文学在民国的影响。新文学运动明确提出打倒"桐城谬种、选学妖孽"，就其实际情况来看，"桐城谬种"遭到猛烈抨击，而"选学妖孽"竟因钱玄同等人与章氏的师生关系，得以幸免。

二　"兴"与"风"传统的不同体认

王、章对诗歌的抒情本质有相同的认识，但是二人对"情性"内涵的理解各有偏重：王氏重"兴"，强调个人性情的抒发；章氏重"风"，侧重个人与社会的联系。

对"情"之理解，历代都有论述。汉代的"情性"是群体意识之情，

---

① 王闿运：《湘绮楼说诗》卷六，第 248—249 页。
② 章太炎：《诗辨》，《国故论衡》，第 90 页。
③ 章太炎：《文学略说》，《国学讲演录》，凤凰出版传媒，江苏文艺出版社 2007 年版，第 201 页。

带有普遍社会性。它侧重于百姓传达自己的心声,目的在于讽上,具备史的功能。当时,诗的功能多在讽上化下的说教,沿袭了孔子"兴观群怨"之论。至魏晋六朝,文学自觉意识萌发,文学所达"情性"逐步脱离社会性,而重个人心性的抒发。唐人承接魏晋对"情性"的理解,坚持阐发个人情怀的路线。至宋代,理学盛行,宋人对"情性"的理解在于"意"和"理",多侧重人之先天禀性,将其纳入了理学范畴。宋诗亦别"情性"而重"意"趣。① 后世论诗或宗唐或宗宋,抑或上溯汉魏六朝,对"情性"的理解大致如此。

王氏对情性的理解,接受了魏晋六朝抒发个人性情的传统。他认为诗歌有古诗和今诗之分,在此基础上,重视诗歌"兴"的传统。

王氏在《答唐风廷问论诗法》中阐述了古诗、今诗之辨:

> 古之诗以正得失,今之诗以养性情。虽仍诗名,其用异矣。故余尝以汉后至今,诗即乐也,亦足感人动地,而其本不同。古以教谏为本,专为人作;今以托兴为本,乃为己作。史迁论诗,以为贤人君子不得志之所为,即汉后诗矣。②

由此可以看出,古诗为人,今诗为己。为人之诗,其用在正得失,以教谏为本;为己之作,意旨在吟咏情性,以托兴为本。从时代上来说,以汉为界,以前为古诗,以后是今诗。王氏看来,今诗有一个重要特征就是以"托兴为本"。究竟何为"兴"呢?在《论作诗之法》中,他如是说:

> 诗有六义,其四为兴。兴者,因事发端,托物寓意,随时成咏。始于虞廷《喜起》及《琴操》诸篇,四、五、七言无定,而不分篇章,异于《风》《雅》,亦以自发情形,与人无干。虽足讽上化下,而非为人作,或亦写情赋景,要取自适,与《风》《雅》绝异,与《骚》、

---

① 此处论述参见李春青《"吟咏情性"与"以意为主"》,《文学评论》1999年第2期。
② 王闿运:《湘绮楼说诗》卷七,第290页。

赋同名。明以来论诗者，动称《三百篇》，非其类也。①

王氏严格地区分了"兴"与"风""雅""颂"的区别，其主要特征在于"因事发端，托物寓意，随时成咏"，还特别强调"自发情性，与人无干"，"写情赋景，要取自适"。综言之，即感事而发，将所感之情寄意于物，通过外物来传达。不仅如此，所抒发的感情是为己而作，贵在自适。虽然自适之情也有风上化下的功能，但只是它产生的影响，而不是创作的目的和重点，这也是区别"兴"与"风""雅""颂"的重要指标。

王闿运继承"兴"体，并发扬其说，实际上是对汉魏六朝诗歌张扬个性、抒发己怀特性的认识与坚持。在《论汉唐诗家流派答唐凤廷问》中，他明确表示汉魏古诗就是"兴"体的典型代表：

> 今之诗歌，六义之兴也，与风、雅、颂异体，论者动言法《三百篇》，亦可法荀、宋赋乎？上古之诗，即《喜起》《麦秀》之篇，具有章法，唯见枚、苏，皆在汉武之世。则学古必学汉也。②

接着又说：

> 盖四言诗者，兴家之偶寄，初无多法，不足用功，五、七言诗乃有门径。唐人初不能为五言，杜子美无论矣，所称陈子昂、张子寿、李太白，才刘公干之一体耳，何足尽五言之妙？故日唐无五言。学五言者，汉、魏、晋、宋尽之。③

因此，学古当学汉，学诗当学五古。

在崇尚"兴"体的前提下，王闿运重新评价齐梁山水、宫体、闺怨等情辞绮靡之作。他在《论诗文体式答陈复心问》中说：

① 王闿运：《湘绮楼说诗》卷七，第288页。
② 王闿运：《湘绮楼说诗》卷四，第207—208页。
③ 同上书，第208页。

自周以降，分为五七言，皆贤人君子不得意之作。晋浮靡，用为谈资，故入以玄理，宋、齐、梁游宴，藻绘山川，梁、陈巧思，寓言闺闼，皆言情之作。情不可放，言不可肆，婉而多思，寓情于文，虽理不充周，犹可讽诵。唐人好变，以骚为雅，直指时事，多在歌行，览之无余，文犹足艳。韩、白不达，放弛其词。下逮宋人，遂成俳曲。近代儒生，深讳绮靡，乃区分奇偶，轻诋六朝，不解缘情之言，疑为淫哇之语。其原出毛、郑，其后成于里巷，故风雅之道息焉。①

历代论者皆视六朝文学为"绮靡""淫哇之语"，尤其是宫体诗，饱受诟病。而王氏力辩之。他在坚持尚情的原则下，认为六朝之作也是言情的，玄言诗、游宴诗如此，宫体诗也是如此，反倒是唐宋诗歌情韵显得不足。

综观上言，王闿运强调"兴"体，重视个人性情的表达，并且有意识地区别"兴"与儒家正统诗教观。在对待六朝文学上，他别于时人，有意规避从儒家道德层面评价齐梁宫体诗，并从抒发情性角度盛赞六朝诗。他对诗歌抒情本质及其文学性的认识，在当时来说，无疑是深刻的、进步的。②

即便如此，王闿运对"情"的理解并没有得到汉魏六朝诗派其他重要成员的认同，如邓辅纶、高心夔和邓绎。夏敬观在《褰碧斋集序》中辨析了邓辅纶和王闿运诗的差别："邓先生祖陶祢杜，王先生则沈潜汉魏，矫世风尚，论诗微抑陶。两先生颇异趣。"③王闿运在《论同人诗八绝句》中又明确表述了自己和高心夔的差别："高伯足诗少拟陆、谢，长句在王、杜之间。中乃思树帜，自忌湘吟，尤忌余讲论，矜求新古。"④诚如刘诚先生所言，"祖陶祢杜"和"矜求新古"就是要求诗歌具有强烈的现实意义且要雅淡古朴，富有新变。⑤

邓绎与其兄邓辅纶论诗同宗杜甫，他在《藻川堂谭艺》中论道："杜

---

① 王闿运：《湘绮楼说诗》卷四，第 208 页。

② 对于王闿运文学自觉意识意义的阐发，景献力《王闿运的复古思想与自觉》［《安徽师范大学学报》（人文社会科学版）2008 年第 1 期］一文已有所论述。

③ 夏敬观：《褰碧斋集序》，陈锐：《褰碧斋集》，1929 年排印本。

④ 王闿运：《湘绮楼诗集》卷十七，第 419 页。

⑤ 参见刘诚《从湖湘派的兴衰看王闿运的诗坛地位》，《文学遗产》1999 年第 5 期。

子美论诗云'前辈飞腾入，余波绮丽为'。文章诸家，上者飞腾，次犹绮丽。魏诗曰'高文一何绮，小儒安足为'。建安以来，所谓高文者，绮而已矣，其能飞腾者绝少。采乏风骨，则雉窜文囿。"紧接着有说到自李白、杜甫后，后世"不复有飞腾而入者，盖由采乏风骨，少得于六艺渊源，而求之于机杼，甚至乃拟议形似而为之，其卑弱不可道矣。"① 邓绎以杜甫所论"飞腾"为宗，否定建安以来所谓"绮丽"的高文，明确反对王氏所标举之绮靡。而所谓"飞腾"，实为"风骨"，即诗歌内在的情感力量。因此，他对后世以拟古为宗，追求形式而不得其神的做法大为不满。

　　章太炎如同二邓、高心夔，并没有接受王闿运论诗重"兴"的传统，而是回归到了儒家正统的诗教论上，论诗重"风"。当然，这与当时的社会形势有关，也与他的学术宗尚紧密联系着。他在《诗辨》中说：

　　　　风与雅、颂、赋所以异者，三义皆因缘经术，旁涉典籍。……独风有异，愤懑而不得舒，其辞从之，一通之书，数言之训。及其流风所扇，极乎王粲、曹植、阮籍、左思、刘琨、郭璞诸家其气可以抗浮云，其诚可以比金石，终之上念国政，下悲小己，与十五国风同流。②

　　这段话有两个意思，一是区分"风"与"雅""颂""赋"；二是推出"风"的楷模，汉魏古诗，其中尤重建安诗。章氏的话语方式显然与王氏相似，他区别"风"与"雅""颂""赋"，认为"风"可以抒发个人愤懑之情，并且具备"上念国政，下悲小己"的特征。所谓"上念国政，下悲小己"，就是肯定魏晋诗歌既有经世之抱负，又有身世之感叹，因而慷慨激昂。章氏在《国学概论》中说："三国以前的诗，都从真性情流出，我们不能指出某句某字是佳，他们的好处，是无句不佳无字不佳的。曹氏父子而后，就不能如此了。"③ 可见他对以曹氏父子为代表的建安诗的喜好。由此不难看出，章太炎也重视诗人情性的抒发，但是更加重视不得不发的

---

① 邓绎：《藻川堂谭艺·唐虞篇》，《藻川堂全集四种》。
② 章太炎：《诗辨》，《国故论衡》，第88—89页。
③ 章炳麟：《国学概论》，上海古籍出版社1997年版，第61页。

愤懑之情。而与王氏重视诗人一己之兴相比，更加注重诗情与社会的联系。为此，他还进一步表示："诗不系国风，无以增怀古之念。"① 嗣后进一步论说道："古者陈诗以观民风，《诗》亡而后《春秋》作，次《春秋》而有《史记》。《史记》者，通史也。于屈、贾、相如诸传，独存辞赋。……辞赋本于性情，其芳臭气泽之所被，足以观世质文，见人心风俗得失。"② 不仅如此，他认为诗教不兴，导致士风浮靡："晚世之士，日趋于放僻邪侈而不反者，非徒风俗浇薄使然，实由诗教衰息。"③ 因此，提倡"风"教，也有矫正士风的意旨。

正是由于章、王对"情性"的不同理解，致使二人产生了对"风""兴"传统的不同追溯，进而有宗尚汉魏风骨与崇尚六朝山水诗、宫体诗等寄兴之辞的差别。

不仅如此，王、章二人对诗歌抒情方式也有分歧，这集中表现在对"绮靡"的理解上。王氏所论如下：

> 诗缘情而绮靡。……故贵以词掩意，托物起兴，使吾志曲隐而自达，闻者激昂而思赴。其所不及设施，而可见施行，幽窈旷朗，抗心远俗之致，亦于是达焉。非可快意骋词，自状其偏颇，以人之喜怒也。④

> 诗者，持也。持其志，无暴其气；掩其情，无露其词。直抒己意，始于唐人，宋贤继之，遂成倾泻。⑤

所谓"绮靡"，在王氏看来有两个内容，一个是要以词掩意，托物起兴；一个是诗情要曲折表达。以词掩意的目的就是为了婉转、曲折地传达诗情，感动人心。落实在诗歌作品上，就是要讲求华彩，重修饰。正因如此，他不喜阮籍、陶渊明以意为主、不重语言修辞的诗风，也不喜曹子建

---

① 章太炎：《与王鹤鸣书》，《章太炎全集·太炎文录初编·文录卷二》，第 152 页。
② 章太炎：《菿汉微言》，参见虞云国整理《菿汉三言》，辽宁人民出版社 2000 年版，第 47 页。
③ 存萃学社编集：《章炳麟传记汇编》，大东图书公司 1978 年版，第 295 页。
④ 王闿运：《湘绮楼说诗》卷四，第 208 页。
⑤ 王闿运：《湘绮楼说诗》卷七，第 290 页。

诗无佳句，认为"自来推曹子建为大家，无一灵妙句。阮嗣宗稍后之，便高华变化，不可方物。而不为大家者，重意不重词也。诗之旨则以词掩意，如以意为重，便是陶渊明一派"①。

章氏也认为诗情应该委婉表达，与王氏同调。他说："缘情者，咏歌依违，不可直言，故曰绮靡。"② 诗歌所以绮靡，是因为情感不可直言。至于如何避免直言，章氏并没有明说，更没有如王氏那样明确提出以词掩意。章氏强调文辞要雅驯，对俪词华彩多有不满，他甚至认为追求华辞就是诗歌衰敝的重要原因。

显然，王氏论诗崇尚文辞，着力诗歌语言艺术，而章氏只强调抒情本质，重视诗歌的内容。王氏不好以意为主的文风，但这正是章氏所追求的。

这在他们的诗歌中得到具体体现。

以岳麓书社《湘绮楼诗集》为准，王闿运存诗 1800 余首，诗体兼备，犹以五古为宗，题材兼涉山水、抒怀、纪事、宴集、咏物、闺怨等。相较而言，章太炎存诗不多，有百余首。其中刊于《太炎文录初编》《续编》的有 73 首，其他散见于当时报刊上。据汤志均先生编《章太炎年谱长编》，可见的未收入集中的诗有 25 首。章诗也以五古为宗，绝少近体，题材范围较王诗为隘，多寄怀之作。

就诗风而言，二人风貌迥异，这在当时就引起了人们的关注。黄秋岳在《花随人圣庵摭忆》中就说："湘绮词气渊婉，与章不同。大抵章湛精训诂，言种族大政，文章浸淫秦汉，而短于韵。世言先生不解山水趣，然则所憾，不止不信甲骨文一端也。"③ 这段话有两层意思，一是总结出了王诗"渊婉"的风格，并明确点出与章氏风格不同；二是分析了章诗与王诗风格不同的原因，即在于章氏言种族革命，并且性情与王氏不同，不好山水。黄氏所言甚确，所憾未能道出章氏诗风。

---

① 王闿运：《湘绮楼说诗》卷六，第 248—249 页。

② 章太炎：《文学略说》，《国学讲演录》，凤凰出版传媒，江苏文艺出版社 2007 年版，第 215 页。另，1903 年，章太炎为宣传革命思想所需，一度在《革命军序》中对自己文辞蕴藉做出反省，提倡"跳踉搏跃言之""震以雷霆之声"。

③ 黄濬：《花随人圣庵摭忆》，上海古籍出版社 1983 年版，第 395 页。

王、章二人之诗，皆注重情感之抒发，不同之处在于所抒发情感的内在力度。王闿运诗所抒之情多为怀才不遇的幽怨，表达婉转，但大抵仍不出儒家温柔敦厚之旨，显得婉而多怨。章太炎诗所达之情皆为其寻求信念并为之斗争过程中的喜怒哀乐，整体呈现出了不畏艰险的英雄气概，有很强烈的主体生命意识，显得慷慨悲凉。

王闿运为表达其怀才不遇之幽怨，选取不同题材予以表现，或直抒其怀，如《秋兴十九首》之十七（卷二）、《将之济南留别京邑诸同好》（卷五）等；或借景抒情，如《月夜渡江》（卷五）、《湘妃庙》（卷六）等；或寄托于闺怨，如《摘蔷薇》（卷三）等。

《秋兴十九首》之十七："有兔恒爰爰，有雉必罗罝。吴唐既先败，崇陶丽其凶。何必慕耿介，不得常从容。独有一道士，坐啸临清风。朝亦无所思，暮亦无所从。带甲常早眠，高枕听霜钟。吾欲访其术，自愧非乔松。"自己心怀耿介而不获用，心中抑郁而欲学道，坐啸临风，了无牵挂，并能沉浸于暮钟阵阵，置身世外。但末句"自愧非乔松"又将自己拉回凡世，并认定自己非学道之人。诗人回环往复，欲退而不能，把自己入世之志表达得婉转而又坚定。《将之济南留别京邑诸同好》之二更是明确地表达了不被获用的无奈："但恨处卑位，所愿不获彰。不睹鹰隼击，肃杀志高翔。远望长风起，始觉天地霜。思彼燕市豪，抚剑观八方。纵心复何求，朝夕醉一觞。"情辞亦悲。

王闿运为寻求施展抱负之机，多次游历未果。他在游历途中所作之诗境，亦多凄苦。如《月夜渡江》："自从钱塘来，久绝浩渺观。今为扬子渡，旷若溟渤宽。挂帆便清风，鼓枻陵远天。苍茫烟波际，仰见孤月圆。迥望已悲壮，安用凭波澜。空明千余里，始觉天地寒。灵境不可居，静夜想无端。太息濯尘缨，归与殊未闲。"此诗作于咸丰九年，时王氏赴浙江建德，干谒曾国藩未果，后渡长江至江苏途中作。诗人夜渡长江，烟波浩渺，孤月正圆。宏阔的背景下，诗人孑然一身，犹显得寂苦不堪。

自己不被人赏识，因此王氏十分期待并欣赏知遇，而最容易表达知赏的题材莫过于闺情。《摘蔷薇》便是其中之一，诗曰："摘花无所寄，红艳委罗襟。忍见手中悴，难为别后心。三叹泣香影，送之还旧林。虽言离故叶，贵得是同岑。野径空荣落，君当忆赏音。"诗拟女子口吻而作，女子采花送人果而不忍见其枯萎，欲送之归林。离叶固悲，然能被人赏识，也好过野径独自荣枯。女子心思在花，怜花即怜己，婉转绮靡。这样的诗未能跳出传统的以女子自比、以君子为其知赏者的模式，王氏亦以女子自况，以期获赏也。《湘妃庙》也很典型地反映了王氏的心思。诗人着力描述湘妃知遇，以表达自己对知遇的渴望。

由上分析可以看出，王诗在表达自己情感时，注重以词掩意，表达方式委婉曲折，且情含幽怨，故而显得婉而多怨。

王氏诗少有慷慨之作，情感激昂者如《雄剑篇，赠别李伯元》（卷二）："请君直斩长鲸背，洗剑秋河明月寒。"还如《临江节士歌》（卷三）："剑兮剑兮知我心，尔能随我渡辽河。不斩长鲸头，何颜报君子！"情感亦显慷慨，但其力度远不及章诗。

章太炎在《韵文集自序》云："余生残清之季，逃窜东隅，躬执大象，幸而有功，余烈未殄，复遭姗议，险阻艰难，备尝之矣！既壹郁无与语，时叚声均以寄悲愤，躬自迻录，不敢比于古人，采之夜诵，抑可以见世盛衰。"[①] 这里有两点需要注意，一是章氏强调自己的经历与诗歌的关系，即诗歌就是表达自己在追求并捍卫信念过程中产生的情感；二是情感皆为"壹郁"之词，情感悲愤。章诗即如己言。

《艾如张》作于光绪二十四年。时章太炎被张之洞劝退，不再担任《正学报》的编撰工作。诗曰：

> 泰风号长杨，白日忽西匿。南山不可居，啾啾鸣大特。狂走上城隅，城隅无栖翼。中原竟赤地，幽人求未得。昔我行东冶，道至安溪穷。酾酒思共和，共和在海东。谁令诵诗礼，发冢成奇功。今我行江汉，候骑盈山丘。借问仗节谁？云是刘荆州。绝甘厉朝贤，木瓜为尔酬。至竟盘盂书，文采欢田侯。去去不复顾，迷阳当我路，河图日已远，枭鸱日以怒。安得起槁骨，掺袪共驰步？驰步不可东，驰步不可

---

① 章太炎：《韵文集自序》《章太炎全集·太炎文录初编》，第 223 页。

西，驰步不可南，驰步不可北。皇穹鉴黎庶，均平无九服。顾我齐州产，宁能忘禹域？击磬一微秩，志屈逃海滨。商容冯马徒，誓将除受辛。怀哉殷周世，大泽宁无人？①

诗歌的前半段表达出章太炎的失望。章太炎满怀救世之心，走出书斋，想有所作为，可事与愿违，屡屡碰壁。因与康门弟子不合，他被迫离开《时务报》；上书李鸿章以陈己见，亦石沉大海；此次，本寄予厚望的张之洞，竟也是一伪变法者。此时他又因自己表达了对《劝学篇》的不满而被辞《正学报》。当返乡的火轮启动时，章太炎想到自己的种种努力皆付诸东流，又怎能不感慨万千？在诗中揭露了张之洞假维新的面孔："绝甘厉朝贤，木瓜为尔酬。至竟盘盂书，文采欢田候。"认为张之洞所写《劝学篇》实与汉代田蚡炮制《盘盂》无异，皆为取悦统治者而作，可谓深刻犀利。在诗的后半段，章太炎将自己心里的苦闷宣泄无遗。面对当前的形势，章氏满怀忧虑。恶人当道，英雄已逝，自己又将何去何从？可是章氏情绪并不幽怨，他把希望寄托于能有英雄出世，推翻暴政。据诗序交代，该诗写完后，曾将诗稿交给孙宝瑄和宋恕评阅，二人皆不敢评论，因为章氏此诗充满了反抗和斗争的精神，在时人看来，实为"大逆不道"。此诗虽有惆怅，但情调并不低沉，相反，其内在强烈的斗争精神，显得慷慨激昂。类似的诗歌还有《台湾旅馆书怀寄呈南海先生》《西归留别中东诸君子》等。1903—1906 年，章太炎因"《苏报》案"被捕入狱。期间所作《狱中赠邹容》《狱中闻沈禹希见杀》二诗被鲁迅视为战斗的作品。"临命须掺手，乾坤只两头。"②（《狱中赠邹容》）"中阴应待我，南北几新坟！"③（《狱中闻沈禹希见杀》）情辞慷慨，二诗将其斗争精神表现得更为充分。

综上所论，王诗追求诗歌语言的表现力，不论情感还是技巧，都显得更为细腻。而章诗讲究情感的感染力，以期待能激起更多人的觉醒。从本

---

① 章太炎：《章太炎全集·太炎文录初编》，第 241 页。
② 汤志均编：《章太炎政论选集》，中华书局 1977 年版，第 236 页。
③ 同上。

质上讲，王诗重视审美效果，而章诗在致用，表现在诗歌上，就产生了如此大的差异。

三　拟古与尊体的复古方法之别

王闿运与章太炎都强调师古汉魏六朝诗，但是如何师古？二人也存在差异。王氏重视模古以求自化，而章氏路径较宽，只求尊崇诗之体要，即"本性情"。

王闿运在《论作诗之法》里说：

> 乐必依声，诗必法古，自然之理也。欲己有作，必先蓄有名篇佳制，手披口吟，非沉浸于中必能炳著于外。故余遇学诗人从不劝进，以其功苦也。古人之诗，尽美尽善矣。典型不远，又何加焉？[①]

这里，王氏解释了师古的原因，即古人之诗尽善尽美，是为典型。另外，他也指出，写诗先须心中蓄存名篇，并沉浸其中。沉浸古诗古人之中，是为了求得古人之微心：

> 情动于中而形于言，无所感则无诗，有所感而不能微妙，则不成诗。生今之时，习今之俗，自非学道有得，超然尘埃，焉能发而中、感而神哉？就其近似求之，观古人所以入微，吾心之所契合，优游涵咏，积久有会，则诗乃可言也。[②]

长期浸心古诗，察得古人之诗心。结果又当如何呢？"于全篇模拟中能自运一两句，久之可一两联，又久之可一两行，则自成家数矣。"[③]

王氏论学古强调家数，认为学古人诗，可选取与自己性情相近者反复模拟，以免杂芜。因此，他警戒初学者不可学自己和元遗山的诗，云：

---

① 王闿运：《湘绮楼说诗》卷七，第290页。
② 同上书，第290—291页。
③ 王闿运：《湘绮楼说诗》卷四，第208页。

"必不可学，元遗山及湘绮楼。遗山初无功力而成大家，取古人之词意而杂糅之，不古、不唐、不宋、不元，学之必乱。余则尽法古人之美，一一而仿之，熔铸而出之。功成未至而谬拟之，必弱必杂，则不能成章矣。"①

王闿运拟古追求相似。他以优孟来比附师古之求似："优孟舍己从人，全无本色，衣冠散后，乃后知之。当其登场，俨然孙叔也。此如魏武之学周公，谢监之慕子牟，内外有殊，而形声无异。古今有几优孟哉！"②他欣赏优孟舍己以再现所演绎之人，所演愈肖，愈为称职。依此，王闿运认为标举文必两汉、诗必盛唐的明前七子"虽欲为优孟，中实无有，不足惜也"。又说："明人号为复古，全无古色。即退之之文亦岂有一句似子长、扬雄耶？故知学古当渐渍于古……取古人成作，处处临摹，如仿书然，一字一句必求其似。"③他认为，七子之失即在于复古不肖，并且诗举盛唐，而不及汉魏六朝古诗，诗格亦不高。④

虽然王闿运不满明七子，但陈衍、林庚白仍然把他的复古与七子相提并论。⑤章太炎也指出王氏之复古路径与七子相同，他在《国学讲演录》中讲道：

> 湘绮虽不明言依附七子，其路径实与七子相同，其所为诗，宛然七子作也。惟明人见小欲速，文章之士，不讲其他学问。昌黎云：作文宜略识字。七子不能，故虽高谈秦汉，终不能逮。湘绮可谓识字者矣，故其文优于七子也。

---

① 王闿运：《湘绮楼说诗》卷七，第 290 页。
② 王闿运：《湘绮老人论诗册子》，第 329 页。
③ 同上。
④ 王闿运《何大复、李空同》曰："何李工夫在七言，却依汉魏傍高门。"即言七子诗格不高。参见《论诗绝句》《湘绮楼诗集》卷二十，第 534 页。
⑤ 陈衍在《近代诗钞》评价王闿运说："湘绮五言沈酣于汉魏六朝者至深，杂之古人集中，直莫能辨。……盖其墨守古法，不随时代风气为转移，虽明之前后七子，无以过之也。"（参见陈衍《近代诗钞》，商务印书馆民国二十二年版，第 322 页）又有林庚白《丽白楼诗话》（上编）："后人喜为汉魏六朝之诗，有辞无意，触目皆是。此以古人之情感与意境为情感意境，其本已拨，纵令为之而尽工，亦不外魏晋人之于《三百篇》；又其次，则如四灵、七子之学唐；下焉者，直是晚近诗人之学宋者流，可一笑也。王闿运五言律学杜陵，古体诗学魏晋六朝，亦坐此病。"（见张寅彭师编《民国诗话丛编》第六册，第 132 页）

湘绮之文，才高于汪，取法魏晋，兼宗两汉。盖深知明七子之弊，专学西汉，有所不逮；但取晋宋，又不甘心。故其文上取东汉，下取魏晋，而自成湘绮之文也。①

这两段话，章太炎分别指出了王氏诗文取径与七子相同。就诗歌而言，章氏认为王诗宛然如七子所作。然而，章氏对七子诗歌评价并不高，王氏与七子诗类同，但是却独尊王氏，岂不矛盾？章氏随后便作出解释，认为七子诗歌不优，在于不懂小学，最终在效法汉、唐时，难以做到雅驯，达不到相应的水准。这正如《菿汉微言答记》所说："诗人当通小学，明时七子，宗法盛唐，徒欲学其风骨，不知温醇尔雅之风，断非通俗常言所能刻画。"② 章氏的这层意思，在《文学论略》里表述得更为明晰：

七子之弊，不在宗唐而祧宋也，亦不在效法秦汉也，在其不解文义，而以吞剥为能，不辨雅俗，而以工拙为准。吾则不然，先求训诂，句分字析，而后敢造词也，先辨体裁，引绳切墨，而后敢放言也。此所以异于明七子也。③

曾有人认为章氏此论与七子相同。章氏在作出回应时，就谈到了七子弊病的症结不在师法对象，也不是王氏所论之诗格不高，而是他们一味追求语言、声韵的工整，不解文义。这样，七子就违背了章氏论文的一个重要原则，即先辨雅俗和文辞雅驯。章氏所谓诗歌之"雅"就是诗本性情，七子复古重视文辞技巧，显然就偏离了诗歌之体要。

章氏所论之"雅俗"，实是他论述一切文体的基本准则。而"所谓雅者，谓其文能合格"④。这里，文能合格即行文依据体裁，合乎该体裁的文

---

① 章太炎：《文学略说》，《国学讲演录》，凤凰出版传媒，江苏文艺出版社 2007 年版，第 206、201 页。
② 但焘：《菿汉微言答记》，存萃学社编集《章炳麟传记汇编》，大东图书公司印行 1978 年版。
③ 章太炎：《文学论略》，《章太炎的白话文·附录》，贵州教育出版社 2001 年版，第 149—150 页。
④ 同上书，第 149 页。

体规范的意思。① 而诗歌之体要就是"诗本性情",而非讲求俪词。

在师古方法上,章氏不像王闿运那样过分强调诗法、技法,讲求形神兼似,以求得似古人,而只是强调坚守诗歌的抒情本质。汪辟疆说:"诗虽同宗汉魏,亦不类王氏之字橅句拟,非学术深醇学古而不为古所囿者欤!"② 汪氏把二者师古之差别视为章氏学术淳古的结果,似乎尚不能完全解释这种差异。实际上,这种差异的本身与二人所处之世的社会政治环境有莫大关系。近代,社会危机空前加强,人们让文学承载了太多的社会责任,文学的致用功能被逐渐放大,甚至成了改造社会的利器。占据文坛统治地位二百余年的桐城派也出现了新的变化。曾国藩继承并改造了方苞"义理、考据、文章"的作文准则,添置"经济"一条,并将其置于首位,以应对现实。之后,维新派提倡革新传统诗文、小说,宗旨在于以各种文体为载体,来承载其政治理念。他们夸大文学的社会功用,尤其是小说、戏剧两种,而忽视其美学价值。

章太炎的文学观念也深深地打上了时代的烙印。除了应对西学压迫和民族危机外,他还要同维新派和保守派势力斗争。他同样选择了文学作为斗争的武器,在实际论战过程中,逐渐认识到了魏晋古文的好处。他在自定年谱光绪二十八年记载道:"初为文辞,刻意追蹑秦汉,然正得唐文意度。虽精治《通典》,以所录议礼之文为至,然未能学也。及是,知东京文学不可薄,而崔寔、仲长统尤善。既复综核名理,乃悟三国两晋间文诚有秦汉所未逮者,于是文章渐变。"③ 可见,章太炎也是重视文学致用功能的。与保守派以及康、梁相较,章太炎让文学承载之"道"是革命之道,而对文学致用功能的认识是相同的。

其后,"五四"新文学对文学致用功能的认识亦莫能外。"五四新文学反对'载道'的封建文学,但显然是认同并极想好好利用文学的'载道'功能的,即将能够载道的文学服务于别一种政治与伦理秩序的建构。"④

---

① 请参看拙文《章太炎的"文各体要"论》,《山东大学学报》(社会哲学版) 2010 年第 4 期。
② 汪辟疆:《近代诗派与地域》,《汪辟疆说近代诗》,上海古籍出版社 2001 年版,第 23 页。
③ 汤志钧:《章太炎年谱长编》,中华书局 1979 年版,第 128 页。
④ 庄锡华:《五四新文学的文化渊源与学理反思》,《文学评论》2006 年第 2 期。

　　就是在这种浓郁的致用氛围中，同宗汉魏的王闿运、章太炎的诗学发生了巨大的变化。王闿运经历了短暂的"同治中兴"，生活相对平静，加之他并没有卷入社会政治的中心，与当时社会主流保持着一定的距离。平静的生活状态和闲适的生活方式，给他成就自己的诗学理想提供了合适的外部环境。让他能在传统诗学内部，随己之所好，有所继承，有所针砭。而到章太炎时，西方列强接二连三地发动对中国的侵略战争，加剧了清王朝的社会矛盾。较王氏而言，章氏面临更大的社会危机。章氏置身时代洪流，历经维新并投身革命，积极参与社会活动，并屡受牢狱之苦。这些也决定了他不可能沉浸于一己之吟哦。他注重与社会的关联，在诗学上崇尚"上悲国政，下悲小己"的建安文学，也就合乎情理了。在同宗汉魏六朝的前提下，二人出现诗学选择的差异，也是正常的。

　　由此，不难看出，王氏摹古之宗旨，彰显的是一种娱乐精神，这与他崇尚"兴"的传统是一致的。他的摹古和在诗歌技法上的追求，都只是为了抒发一己之性情，而无关他物，这一点可从他的拟古诗中看出。① 而章太炎论诗只强调诗歌的抒情本质，注重诗之文体特征，而不及其他。他在1910年4月《与钱玄同》中说：

　　　　文辞与学术异者，在得其节奏高下，故非循诵无效，然亦常须拟作（原注：拟作不必刻意求似，但须调不随俗，辞皆雅训，则得之矣），拟作与临摹碑版相似，终虽转化自由，其始则不能出其检柙，百工制器皆然，非独文辞也。若慕孤行己意之虚言，豫求奇肆，即终无成就矣。梁启超辈若不自矜才调，循其少小所为，当不溺恶至此。季平生于史太疏，文辞则患不工，盖素治小学者，自知避忌，必无昌披猎跋之辞，但略得声势，斯足矣。②

　　章太炎也不排斥王氏所讲之从拟作以求得自化，但是他又反对偏离抒

---

　　① 刘世楠先生《论王闿运的模拟》一文曾指出，"王闿运的拟古，只是学习汉魏至南朝诗的诗法，纯为艺术形式的模拟。"参见《江西师范大学学报》（哲学社会版）1994年第3期。
　　② 章太炎：《与钱玄同》，载马勇编《章太炎书信集》，第110页。

情的逞才、求奇等技术层面的追求。这样旨在澄清当时文坛混淆之局面，收拾如梁启超的报章文、林译小说等所带来的文体失范的后果，提供给初学诗者一种正确的途径。另外，章太炎所论之诗情即为其标举之建安风骨，讲求与社会的联系，彰显的是"致用"的精神。

王、章虽同宗汉魏六朝，但是他们诗学观念的差异也是明显的。大致有二，第一，二人对诗歌所抒之"情"的理解有异：王氏重兴，重个人性情的抒发，而章氏重风，讲求诗人一己之情与社会的联系。这样不仅导致二人诗学选择的差异：王氏重六朝宫体、山水诗等绮靡之作，而章氏则重建安风骨，还影响了二人诗歌语言修饰的态度：王氏重华彩，章氏重质实。第二，二人师古方法的差异：王闿运重拟古，章氏重尊体。他们诗学观念的差异也明显地体现在诗歌创作上：王氏诗风婉而多怨，章氏诗风慷慨悲凉。总之，章氏别于王氏而另辟他途，成了汉魏六朝诗派的另一种类型。

第二节　王闿运与同光体的诗学

陈衍曰："同光体者，余与苏堪戏目同光以来诗人不专宗盛唐者也。"[1]究其实际，则是同光以来，诗宗宋派，以区别专宗汉魏六朝及盛唐诗者。同光体诗人上接道、咸以来的宋诗派，如程恩泽、莫友芝、郑珍等，在近代诗坛形成了一股推宗宋诗的潮流。其代表人物为陈三立、沈曾植、郑孝胥、陈衍等。王闿运则不受此影响，而为《骚》《选》、盛唐如故，因此也成为同光体诸子批评的对象。

一　与同光体诗人的交往倡和

王闿运与同光体代表人物陈三立、沈曾植等人交厚。

陈三立因其父陈宝箴在湘为官，与王闿运的交往最为频繁。在光绪八年（1882 年）至三十年（1904 年）间，《湘绮楼日记》中与陈氏交往的记录就有近 40 处。陈氏与王闿运问诗谈文，宴集亦多，诗歌也受其影响颇

---

① 陈衍：《石遗事诗话》卷一，《民国诗话丛编》（一），第 1 页。

深。王氏日记光绪八年五月十二日载："陈伯严来谈文。"光绪十三年六月三日，王闿运约客集碧湖，陈三立亦参与此集。此集规模甚大，与会者郭嵩焘、曾广钧、寄禅等人皆有诗，陈三立也有《六月三日湘绮翁招集碧湖消夏作呈同游》。光绪十五年二月，王闿运受李鸿章的邀请，出游天津。陈三立同程入京，途中有《己丑岁二月入京阻风于洞庭作示同游王院长闿运瞿学士鸿禨孔庶常宪教》。在这二十余年间，陈三立与王闿运为代表的湖湘诗派诗人交往，其诗歌也受到了他们的影响。汪辟疆在《近代诗派与地域》中就指出："散原早年习闻湘绮诗说，心窃慕之。颇欲力争汉魏，归于鲍、谢，惟自揣所制，不及湘绮，乃改辙以事韩、黄。"① 今人陈正宏先生《新发现的陈三立早年诗稿及黄遵宪手书批语》一文据新发现的陈三立早期诗稿，也明确指出陈三立与王闿运诗歌的关系，曰："诗稿卷二载有三首相关之作，即《六月三日湘绮翁招集碧湖消夏作呈同游》《王先生闿运招集碧湖诗社以弟丧未与补赋应教一首》《己丑岁二月入京阻风于洞庭作示同游王院长闿运瞿学士鸿禨孔庶常宪教》，三诗分别作于光绪十三、十四、十五年。其中光绪十三年所撰《六月三日湘绮翁招集碧湖消夏作呈同游》云：'火云六月烧天赤，坐据匡床转愁疾。侵晨忽作碧湖游，野水闲山旧相识。平堤桑拓阴摇寺，……年年岁岁徒纷纷，何如卧看碧湖水。'这样的诗，和《湘绮楼诗集》里光绪十二年前后的作品，无论风神抑或遣词造句方式，都是颇为相似的。"②

王闿运与沈曾植的交往主要有三个机缘，一是光绪廿九年，时王闿运主持江西大学堂；二是宣统元年，王闿运受端方之邀东游，沈曾植专程迎接至安庆；三是民国二年，王氏赴上海探望旧友，并参与沈曾植、陈三立等人的诗歌活动。

王、沈始交于光绪廿九年，时王闿运受弟子江西巡抚夏时之邀，到南昌主持江西大学堂。是年十一月廿三日、廿五日，沈曾植皆陪同王闿运，或久聊，或宴会，且作《湖楼公讌奉呈湘绮》一诗送王氏③。廿七日，沈

---

① 汪辟疆：《近代诗派与地域》，《汪辟疆说近代诗》，上海古籍出版社 2001 年版，第 27 页。
② 陈正宏：《新发现的陈三立早年诗稿及黄遵宪手书批语》，《文学遗产》2007 年第 2 期。
③ 参见钱仲联校注《沈曾植集校注》卷三。

曾植陪同王闿运游娱园。此游后，王氏有《沈南昌招集郡斋，即五十四年居停地。时将祈雪、浚东湖，即事有作》（卷十四）送沈曾植。次年四月，王氏继续到南昌主持书院。四月十日、廿六日，五月九日，沈曾植均与王氏相谈。光绪三十四年七月七日，王氏追念此游，作诗寄沈子培。曰："数别娱园又五年，离心来往皖江边。鹓鸿得侣霄分路，乌雀横桥月正弦。瓜果空庭山悄悄，蘼芜千里思绵绵。遥知拄笏清吟罢，怅望银河定不眠。"①

宣统元年，王闿运受端方的邀请游江南。王氏此行受到了端方、樊增祥、沈曾植、陈三立等人的热情接待。六月，王氏返湘途中经过安庆，沈曾植又派专人将其接到城中游玩。《湘绮楼日记》于此记载甚详。六月二日："子培遣舁夫来迎，上岸小雨。"四日："子培送赆，却之，引樊为例，仍送来，不能辞也。……子培自出钱。"② 返湘后，王氏作《东游宴集诗十首》，其中有《皖藩沈子培天主楼宴集》（湘绮楼未刻诗）送沈氏，并以"僚属见益亲，知子政均和。尚想远猷意，盱衡定英俄"等语，称赞沈氏治皖之功。

进入民国，沈曾植、陈三立、樊增祥等大批诗人以晚清遗老自居，寄居上海。他们的生存状况引起了王闿运的高度关注。③ 于是，王闿运在民国元年十二月亲赴上海看望往日旧友，不想，此行受到了遗老们的盛情欢迎，并成就了一诗歌盛会，④ 从十二月十日到次年正月十一日，诗酒宴集，竟无虚日。沈曾植、陈三立等皆陪游王氏，诗歌唱酬不断。此间，沈曾植有《喜湘绮至沪四首》《闻湘绮有行期病阻未出作诗询之四首》。陈三立也有《湘绮丈莅沪越旦为东坡生日亲旧遂迎集愚园张譔纪以此诗》《送别湘绮丈还山》。王氏亦有《乱后至上海沈子培招饮愚园》作答曰："共叹京尘

---

① 参见《湘绮楼日记》，光绪三十四年七月七日日记，岳麓书社 1996 年版。

② 《湘绮楼日记》，宣统元年六月二日、四日日记，岳麓书社 1996 年版。

③ 《湘绮楼日记》民国元年六月二日："欲作书问讯避地诸子，似甚多而又嫌其少，且姑列之：樊云门、金殿臣、李梅安、沈子培、陈小石、瞿子玖、俞廎仙、余寿平、左子异、赵渭卿、秦子质、陈伯严、易实甫、曹东瀛、李仲仙、岑尧阶、袁海观、沈幼岚。"沈曾植、陈三立等均在其列。

④ 此间，诸人赠送王闿运的诗歌及其回赠之作，详见胡晓明、李瑞明编《近代上海诗学系年初编》民国元年、二年诗（上海教育出版社 2003 年版）。

污，方喜兹游独。欢怨随所遇，坚白焉能黩。持谢同心人，流芳愿相勖。"
可以看出其当时与沈氏等遗老们相同的心态。

二　诗学之别：不同的诗歌之学与学古路径

（一）不同的诗歌之"学"

王闿运与宋诗派诗学的差异是明显的，对诗歌之"学"的认识便是其
一。汉魏及盛唐诗以抒发情志为本，注重诗歌的情感特质；宋诗则有理
趣，以议论入诗，以学问为诗。这是两种完全不同的审美宗尚。此后数
朝，宗唐还是宗宋的争论就一直没有停歇过。有清一朝，也不例外。

在唐宋诗之争的背景下，宗汉魏及盛唐者立论皆以严羽《沧浪诗话》
为本。严羽曰：

> 夫学诗者以识为主：入门须正，立志须高；以汉、魏、晋、盛唐
> 为师，不作开元、天宝以下人物。若自退屈，即有下劣诗魔入其肺腑
> 之间；由立志之不高也。行有未至，可加工力；路头一差，愈骛愈
> 远；由入门之不正也。
>
> 夫诗有别材，非关书也；诗有别趣，非关理也。然非多读书、多
> 穷理，则不能极其至，所谓不涉理路、不落言筌者，上也。诗者，吟
> 咏情性也。盛唐诸人惟在兴趣，羚羊挂角，无迹可求。故其妙处，透
> 彻玲珑，不可凑泊，如空中之音，相中之色，水中之月，镜中之像，
> 言有尽而意无穷。近代诸公，乃作奇特解会，遂以文字为诗，以才学
> 为诗，以议论为诗。夫岂不工？终非古人之诗也。①

严氏所论有二：一则标举汉魏六朝及盛唐诗，坚守诗歌的抒情特性；
二则否定宋诗以学问为诗、以议论为诗的理数。但终归结为一点，即否定
宋诗。

对于严羽所论，王闿运是十分认同的。他论诗也坚持诗无关学问的立

---

① 严羽：《沧浪诗话》，《历代诗话》，第 686、688 页。

场，作诗不好用典，也不好以考据入诗。他偶用典故，则要明确说明出处和使用缘由。其时有以考据入诗者，则为表现诗才，终不过是炫才而已。如《泛江浦入沅，始至酉港，湖中作》（卷十一），此诗用了杜甫路经长沙的典故，故在日记中予以说明："过马王滩、齐湖口。沅水湖盖所谓赤沙湖，杜子美从此路至长沙，故诗中用典故。北风帆行，改作前诗。"① 至于其所谓考据，实质上均是将所经河流山川的实际情况与《水经注》记载相比较，然后将不合记载处以诗的形式予以表达。如《湘绮楼日记》光绪七年十一月四日日记载："案《水经注》：绵、雒即今内江、青衣，沫水即今汶江，蒙、洩、大渡、绳、泸、孙、淹、若，皆沫水所受诸川之名。金沙江乃真江原正流，熊耳峡则今乌尤、陵云二山。……《水经》涪水与今涪州地界县绝，今江乃《水经》湔水，都江堰谓之湔堋，因作一诗正其误，述其景，庶几所谓山川能说者。山湔口泛沫至宜宾江口作：'（诗略）'。"② 王闿运之所以如此关注江河水流，是因为其修志的需要。尤其是在修《湘军志》期间，他为了明确湘军足迹，熟读《水经注》，此后路经一处，便不自觉的要与书中所载比较一番。由此看来，王诗中有考据并非兴趣所致。又光绪二十年八月六日日记载："还见双燕，顿忆少时与龙、邓衡山之游，光景如昨，而弥之《燕诗》殊不合时，秋飞者多雏燕，不得开口便赋辛苦也，因作一首正之：'新燕每随舟，身轻喜及秋。碧波澄倒影，朱幔飐凉钩。春思从人说，泥痕认母留。翔嬉方得意，诗客误言愁。'如我所作，便来不得杜诗，乃知考据有妨词章，故是此等处。"③ 此处方见其对考据入诗的意见。王闿运作这类诗还有一个目的就是逞才，展示其能以考据入诗，不做非不能作，而不屑为也。如《湘绮楼日记》光绪十年三月六日日记载："作律诗一首：'枝江回澧复通沅，二浦重湖自吐吞。积水浮天春更远，青云拥月昼难昏。滇黔乱后间征逻，今古潮回叠浪痕。唯有汀州渺无际，年年依旧长兰荪。'如此考据，想亦不让袁子才性灵之作也。"④ 如此，

① 王闿运：《湘绮楼日记》，光绪七年十一月卅日日记，岳麓书社1996年版。
② 王闿运：《湘绮楼日记》，光绪七年十一月四日日记，岳麓书社1996年版。
③ 王闿运：《湘绮楼日记》，光绪二十年八月六日日记，岳麓书社1996年版。
④ 王闿运：《湘绮楼日记》，光绪十年三月六日日记，岳麓书社1996年版。

可见王闿运是不赞同以学问入诗的。

宋诗派诗学代表陈衍则不同。他批评严氏之说，在《李审言诗叙》中强调要多读书，讲学问，曰：

余屡言诗之为道，易能而难工。工也者，必有以异乎众人之为，则读书不读书之辨也。诗莫盛于唐，唐之诗莫盛于杜子美。子美曰："读书破万卷，下笔如有神。"子美之言信，则严沧浪有别材非关学之言误矣。然非沧浪之误也，钟记室之言曰："清晨登陇首"，羌无故实；"明月照积雪"，钜出经典；"思君若流水"，即是即目；"高台多悲风"，亦唯所见。持此术也，一人传作，不越一二篇，一篇传诵，不越一二句……故沧浪又曰非多读书多穷理，则不能极其至。故"别材不关学"者，言其始事，多读书云云，言其终事，沧浪固未误也。①

陈氏将诗之"工"与读书联系起来，以为读书越多，作诗越工。"作者固宜求工，然过事苦吟，未免自寻苦恼。盖作诗不徒于诗上讨生活，学问足，虽求工亦不至于苦也。"② 因此他以为严羽所谓诗有别才、非关学问的观点是错的。其实严羽还是强调学问的，但宗旨与内容是不一样的。严羽欣赏的是盛唐意境空灵、清妙的诗歌，强调"学"的宗旨在于诗中无"学"，以求得兴象玲珑之境界，并不是要将学问入诗，或以学问入诗。其诗学之内容则为诗歌之学。显然，陈衍所言之"学"与严氏之"学"是完全不一样的。陈氏之"学"包括经史百家、佛经、地理等，范围十分的广泛。这从他对近世诗人的评价中可以看出。

张铁君侍郎（亨嘉）素不以诗名，然偶为之必惨淡经营，一字不苟，所谓学人之诗也。《苇湾泛舟》："（诗略）"，《游积水潭》："（诗略）"，二诗不过数百字，凡用经史十许处，几于字字皆有来历。③

---

① 陈衍：《李审言诗叙》，《陈石遗集》，福建人民出版社 2001 年版，第 681 页。
② 黄曾樾：《陈石遗先生谈艺录》，《民国诗话丛编》（一），第 702 页。
③ 陈衍：《石遗室诗话》卷六，第 95 页。

祁文端为道咸间钜公工诗者，素讲朴学，故根抵深厚，非徒事吟咏者所能骤及。常与倡和者，唯程春海侍郎，盖劲敌也。①

郑莫并称，而子偲学人之诗，长于考证，与子尹有迥不相同者。如《芦酒诗后记》一二千言，《遵乱纪事》廿余首，《哭杜杏东》亦有记千百言附后皆有注，可称诗史。②

还有，在《沈乙盦诗叙》中，他极力称赞沈曾植之学广博曰："乙盦博极群书，熟辽、金、元史学舆地。"后又自叙以学问为诗的状况，"耽考据"，"学问皆是诗料"。③ 而对于诗作中考证未确者，也是一一予以指明，其中亦不乏名家。如评程春海诗："用典亦间有误，如云'袖易瓠本称宋初'（原注：是日携宋椠单疏本《周易》），然孤本乃葫芦中《汉书》也。亦有过喜用典者，如'却笑雍通梨粟后，但能弃得竹萌车'，竹萌，见《说文》谓渊明儿子篮舆也。然真笋岂可作舆弁哉。"④ 还有李慈铭的。⑤

其实，近代以来，不仅宋诗派注重学问，其他诸派诗人也是如此，特别是以王闿运为代表的汉魏六朝诗派。这点汪辟疆早有论述，曰："近代诗家，承乾嘉学术鼎盛之后，流风未泯，师承所在，学贵专门，偶出绪余，从事吟咏，莫不熔铸经史，贯穿百家。故淹通经学，则有巢经、默深；精研许书，则有谷曼谷九、匹园；擅长史地，则有春海、寐叟；通达治理，则有湘乡、南皮；殚精薄录，则有邵亭、东洲。"后又曰："其专为骚选盛唐，如湘绮、陶堂、白香、越缦、南海、余杭诸家，亦皆学术湛深，牢笼百氏，诗虽与宋殊途，要足与学相俪，则又两宋诸诗家所未逮也。"⑥

虽如此，对于如何处理学问和诗歌的关系，宋诗派和汉魏六朝派诗人是有根本区别的。王闿运作诗也讲究学，而其"学"的内容则是追溯诗歌

---

① 陈衍：《石遗室诗话》卷十一，第 165 页。
② 陈衍：《石遗室诗话》卷二十八，第 381 页。
③ 陈衍：《沈乙盦诗叙》，《陈石遗集》，第 507 页。
④ 陈衍：《石遗室诗话》卷十一，第 167 页。
⑤ 同上书，第 161 页。
⑥ 汪辟疆：《近代诗派与地域》，《汪辟疆说近代诗》，上海古籍出版社 2001 年版，第 14 页。

源流，区分诗歌流派，体会诗法技法，而这些都是诗歌本身之学。王闿运的学问之道也是以诗歌为基点，由诗通道。其曰："余平生志趣学问皆由诗入，则天性所近，工夫自然，初亦不料其通于大道，有如是效验也。孔子称夔不习于礼，则神于乐者，尚有不达，斯古人之异与！"①

陈衍将学问视为作诗的必备条件，将一切学问视为诗料，鄙薄只以诗文为学的做法。他说："求诗文于诗文中，末矣。必当深于经史百家以厚其基，然尤必其人高妙，而后其诗能高妙。否则虽工不到什么地步去。"②又言："作诗第一求免俗，次则意足。是自己言。前后不自雷同。此则根于立身有本末。多阅历、多读书、不徒于诗求之者矣。"③ 对于王氏所言，陈氏不无针砭之意。

王闿运和宋诗派的这种差异，通过他们对谢灵运诗不同的评价看得更为清楚。宋诗派对谢灵运评价最为典型的是沈曾植，其在《与金蓉镜太守论诗书》一文中曰：

康乐总山水庄老之大成，开其先支道林。此秘密平生未尝为人道，为公激发，不觉忍俊不禁，勿为外人道，又添多少公案也。尤须时时玩味《论语》皇疏（原注：与紫阳注止是时代之异耳）。乃能运用康乐，乃亦能运用颜光禄。记癸丑年同人修禊赋诗，都出五古一章，樊山五体投地，谓此真晋、宋诗，湘绮毕生，何曾梦见。虽谬赞，却惬鄙怀。其实止用皇疏川上章义，引而申之。湘绮虽语妙天下，湘中《选》体，镂金错采，玄理固无人能会些子也。其实两晋玄言，两宋理学，看得牛皮穿时，亦只是时节因缘之异，名文身句之异，世间法异，以出世法观之，良无一异也。就色而言，亦不能无决择，李何不用唐后书，何尝非一法门，（原注：观刘后村集，可反证。）无如目前境事，无唐以前人智理名句运用之，打发不开；真与俗不融，理与事相隔，遂被人呼伪体。其实非伪，只是呆六朝，非活

---

① 王闿运：《湘绮楼说诗》卷七，第290页。
② 黄曾樾：《陈石遗先生谈艺录》，第702页。
③ 陈衍：《书沈甥墨藻诗卷端》，《陈石遗集》，第636页。

六朝耳。凡诸学古不成者，诸病皆可以呆字统之。在今日学人，当寻杜、韩树骨之本，当尽心于康乐、光禄二家（原注：所谓字重光坚者），康乐善用《易》，光禄长于《诗》（自注：兼经纬），经训菑畬，才大者尽容稭获。韩子因文见道，诗独不可为见道因乎？（原注：欧文公有得于《诗》）①

沈曾植的关注点在于谢诗中的"学"，即哲理。这具体表现在谢诗浸透《论语》之理，且善用《易》语，实集山水老庄之大成，富含玄理。对于谢诗的这个特点，清人是有明确认识的，其中以方东树的表述最为典型。其在《昭昧瞻言》中直接给谢诗冠以"学者之诗"的称号，曰："谢公，乃是学者之诗，可谓精深华妙。"又曰："康乐乃是学者之诗，无一字无来处，率意自撰也，所谓精深，但多正用，则为陈言。"② 但是，王闿运对谢诗的兴奋点并不在此，他着力于诗法、字法、句法的模拟参悟，而不涉此径。对谢诗的把握在于其风格之高华、文辞之华丽。沈氏讥笑王氏诗没有玄理，实际上是由二人诗学路数的差异造成的，由此亦可见二人在以学入诗、以理入诗上的差别。

尽管如此，当陈衍用"学"的标准打量王氏诗时，也能发现王诗中存有学问为诗的。如"（王氏）有《祁门》五言律二十首之一最工，云：'已作三年客，愁登万里台。异乡惊落叶，斜日过空槐。雾湿旌旗敛，烟昏鼓吹开。独惭携短剑，真为看山来。'首二句将少陵'万里悲秋常作客，百年多病独登台'调换言之耳；携短剑而作客三年，亦濡滞矣，而托言为看山来，末韵不可谓不冷隽。然世有尹士，又将有微词矣"③。这样认识的出现，是陈氏诗学不自觉的反应。

（二）不同的学古路径

王闿运与同光体诗学的差异不仅表现在以"学问入诗"的认识上，还

---

① 沈曾植：《与金蓉镜太守论诗书》，郭绍虞主编《中国历代文论选》（四），上海古籍出版社 1998 年版，第 291—292 页。

② 方东树：《昭昧瞻言》卷五，第 128 页。

③ 陈衍：《石遗事诗话》卷十七，第 246 页。

表现在如何师古上。他们都有着各自的诗歌传统，有着各自的师法对象。但是，在面对各自的师法对象时，他们的表现是有很大差异的，王闿运主张模拟，而同光体诸子一方面要求学古，一方面又强调要有自己的个性，以期将二者有效地融合。

王闿运主张汉魏六朝诗，兼及三唐，不观唐后之书，不涉唐后语。而同光诸子则唐宋兼采，如陈衍之"三元"说，提倡开元、元和、元祐时诗。更有甚者，将诗统追溯至汉魏，如沈曾植之"三关"说，提倡打通元嘉、元和、元祐。虽如此，陈氏关注之开元诗、沈氏提倡之元嘉诗与王闿运所关注的重点是不同的。陈、沈二人是循着宋诗特征上溯至开元、元嘉，所关注者在"以文为诗"的源流，是以学问为诗的传统，其最终的落脚点是在宋诗。而王闿运则是从汉魏六朝诗下及三唐，认为三唐诗是从汉魏六朝发轫的，追寻的是诗缘情的传统，其宗旨是确立汉魏六朝诗的正宗地位。

陈衍在《石遗室诗话》中追溯了同光体二派的诗歌渊源，曰：

> 前清诗学，道光以来，一大关捩，略别两派：一派为清苍幽峭，自《古诗十九首》、苏、李、陶、谢、王、孟、韦、柳以下，逮贾岛、姚合，宋之陈师道、陈与义、陈傅良、赵师秀、徐照、徐玑、翁卷、严羽，元之范梈、揭傒斯，明之钟惺、谭元春之伦，洗炼而镕铸之，体会渊微，出以精思健笔。蕲水陈太初《简学斋诗存》四卷、《白石山馆手稿》一卷，字皆人人能识之字，句皆人人能造之句，及积字成句，积句成韵，积韵成章，遂无前人已言之意、已写之景，又皆后人欲言之意、欲写之景，当时嗣响，颇乏其人。魏默深（源）之《清夜斋稿》稍足羽翼，而才气所溢，时出入于他派。此一派近日以郑海藏为魁垒，其源合也。而五言佐以东野，七言佐以宛陵、荆公、遗山，斯其异矣。后来之秀，效海藏者，直效海藏，未必效海藏所自出也。
>
> 其一派生涩奥衍，自《急就章》《鼓吹词》《铙歌十八曲》，以下逮韩愈、孟郊、樊宗师、卢仝、李贺、黄庭坚、薛季宣、谢翱、杨维

桢、倪元璐、黄道周之伦，皆所取法，语必惊人，字忌习见。郑子尹（珍）之《巢经巢诗钞》为其弁冕，莫子偲足羽翼之。近日沈乙庵、陈散原，实其流派。而散原奇字，乙庵益以僻典，又少异焉，其全诗亦不尽然也。①

从上面的文字不难看出，陈衍以"清苍幽峭""生涩奥衍"两种风格为标准，上溯其源头，其中虽有及汉魏六朝及唐者，可是终究与王氏角度不同。

面对各自的诗法对象，王闿运与同光诸子的表现是不一样的。王氏曰："乐必依声，诗必法古，自然之理也。欲己有作，必先蓄有名篇佳制，手披口吟，非沉浸于中必不能炳著于外。"② 王氏认为，学诗就应该法古，并且需要先蓄名篇于心中，然后才能作出"形神兼备"之诗。而所谓"形神"就要求诗歌即能有古人之神韵，而又能在技法、字法上形似古诗。而自己的性情就掩藏在古人之情中，也就是其"以词掩意"。

王氏的拟古说将自己的个性消融在古人之中，将自己的面目溶解于古人之中，追求的是诗歌古典的技法和诗情。这样的拟古显然是不符合同光体诸子要求的。陈衍对此的批评就很严厉，曰："湘绮五言沈酣于汉魏六朝者至深，杂之古人集中，直莫能辨。正惟其莫能辨，不必其为湘绮之诗矣。七言古体必歌行，五言律必杜陵秦州诸作，七言绝句则以为本应五句，故不作，其存者不足为训。盖其墨守古法，不随时代风气为转移，虽明之前后七子，无以过之也。"③ 陈衍并未否定汉魏六朝诗的成就，而只是反对学汉魏者字模句拟，缺乏自己的面目。黄曾樾《陈石遗先生谈艺录》记载曰："师云：夫汉、魏、六朝诗岂不佳，但依样画葫芦，终落空套。作诗当求真是自己语，中晚唐以逮宋人，力去空套，宋诗中如杨诚斋，非仅笔透纸背也。言时折其衣襟，既向里折，又反而向表折。"④

---

① 陈衍：《石遗室诗话》卷三，第47—48页。
② 王闿运：《湘绮楼说诗》卷七，第290页。
③ 陈衍：《近代诗钞》，商务印书馆1933年版（民国二十二年），第322页。
④ 黄曾樾：《陈石遗先生谈艺录》，第702页。

陈氏之"不俗"论，用意也在反对模拟，提倡个性。其曰："诗最患浅俗。何为浅？人人能道语是也。何为俗，人人所喜语是也。"① 陈氏以此为标准评价竟陵派诗歌，发现竟陵派之幽峭可治浅俗，于是，着意为其翻案。陈氏曰："竟陵诗派冷僻则有之。斥之不留余地者，钱牧斋之言也，竹垞和之，至以为亡国之音。今观《隐秀轩集》中，如《上巳雨登雨花台》……亦不过中、晚唐之诗而已，何至大惊小怪，如诸君所云云者。（中间略）是竟陵之诗，窘于边幅则有之，而冷隽可观，非模拟剽窃者可比，固不能以一二人之言，掩天下人之目也。"② 为此，陈氏将清人驳斥钱、朱二人之评语一一列出，以支持自己的判断。如引《竟陵诗话》曰："阅虞山集中，有粗俗语，至于不可耐、不可医者凡百余条。复看锺谭诗，洗刷殆尽，解衣浴此无垢人，非虞山身蒙不洁者可比。"又引《格斋诗话》云："孙月溪先生曰：'《诗归》一书颇为谈诗者所訾，然极可医庸俗之病。'"不仅如此，他还挑选出清人欣赏竟陵诗歌的评语，以资佐证，如《耳提录》《鹄山文略》《随园诗话》，并总结说道："此皆前人之不贬锺谭者也。余特表而出之者，以锺谭好处，在可医庸俗之病。若谓其究心经、史，或未敢信。近日号称能诗者，多半效锺谭，有贾岛之苦僻，无孟郊之坚苍，上焉者为武功、永嘉、'江湖'。其甚者则南宋词家语，为之不已，诗道不穷，无复之成马一角之残山剩水乎？"③ 陈衍以幽峭治浅俗之弊，肯定竟陵诗之价值，就是强调诗应有自己的个性。

郑孝胥有诗歌"为人为己"的辨析，其宗旨也是在于强调诗歌的个性。其曰："为学之道二，曰为己为人而已。至于诗亦然。其为己者，抒胸臆，寄兴托，期以自娱，若其词之工拙，所弗计也。其为人者，矜格调，务藻饰，期以得名，若其情之当否，亦所弗计也。为己者专于内而或兼得于外，为人者务于外而或转丧其内，其理易明，彼世之分驰者，殆由禀天性而不能自克，此固无可如何者也。"④ 郑氏此论，将"为人""为

①　陈衍：《石遗室诗话》卷二十三，第 317 页。
②　陈衍：《石遗室诗话》卷六，第 90—91 页。
③　同上书，第 91 页。
④　郑孝胥撰，劳祖德整理：《郑孝胥日记》，光绪二十年六月廿二日日记，中华书局 1993 年版。

己"之诗歌分析得比较细致。与王氏所论相较，所同在于，为己之诗是抒发情志，是为自娱的。不同的是，郑氏认为，为己之诗并不应注重辞采的华丽和矜求格律的，若如此，就是"为人"之作了。这点与王闿运所论相差甚远，甚至是对立的。如上所论，王氏认为，正因为今诗是为己而作，畅发情性，就应该讲求格律，需要修辞以传达人之微妙感受。这种差异固然与各自的诗论有关，究其实质，王氏是崇尚修饰，讲究技法，追求的是诗歌的审美艺术；而郑氏则有借王氏之外壳以破其说的意味，宗旨在于提倡诗歌要有自己的个性。下面一段说得更为明白："为己为人之歧趣，其征盖本于性情矣。性情之不似，虽貌合神犹离也。夫性情受之于天，胡可强为似者，苟能自得其性情，则吾貌可神，未尝不可以不似，似则为己之学也。世之学者慕之，斯貌之；貌似矣，曰异在神；神似矣，曰异在性情。嗟乎，虽性情毕似，其失己不益大欤？吾终恶其为佞而已矣。……不能自得其性情，而希得古人之得，尽为人者也。"① 郑氏区分诗歌之"为人为己"，实乃为强调诗应该有自己之个性，反对模拟，与王氏有本质的不同。

在遵循求新原则的前提下，同光体诸子也是重视学古的。陈氏在总结同光体两派时就指明了诸人的诗法对象，如郑孝胥"五言佐以东野，七言佐以宛陵、荆公、遗山"，而陈三立、沈曾植则师法韩、黄等，而益之奇字、僻典。至于陈衍，则"初服膺宛陵、山谷，戛戛独造，迥不犹人。晚年返回，乃亟推香山，诚斋，渐趋平淡"②。而在学古的方法上不是王闿运的形神兼备，而是特别强调有自己的特点。

陈三立弟子袁思亮在《沧江诗集序》中记录陈氏学古之法，曰："古之大家，其存至今不废者，必各有其精神气体，以与后人相接，后之人亦各因其才与性之所近，从而致力焉，由其途以溯其源，究其同异而穷其变，然后可即于成。沾沾然画一境以自封，以为合于此则可，违于此则否，问学之道，不若是之隘也。夫违其才与性，以揣摩剿袭为能，虽学于古人，犹将病焉，而遂谓古人不可学，岂理也哉？"③ 此处，陈三立认为，

———————————

① 转引自陈衍《石遗室诗话》卷一第三十则，第 34 页。
② 汪辟疆：《近代诗派与地域》，《汪辟疆说近代诗》，上海古籍出版社 2001 年版，第 27 页。
③ 袁思亮：《沧江诗集序》，参见《散原精舍诗文集》，第 1269 页。

学古当求与古人之才与性所近者学之，这点与王氏相同。所不同者在于，陈氏要求沿途溯源，然后还要究其同异，求其变化，这样才能出新。对古人之诗，有因有创，才能有自己的个性，绝不能仅限于求似的阶段，这才是真正的学古。

三　诗学趋同：诗教观念的沟通与对审美艺术性的追求

（一）诗教观念的沟通

同光体诗人继承了传统的诗教观，遵循着诗歌应有济于世的理念。这是时代的召唤，也是同光体诗人关注社会的品性使然。晚清以来，传统学术受到了强势西学的有力冲击，国人危机感加强。张之洞主张"中学为体，西学为用"；章太炎呼吁保护"国粹"；即便是新文化运动的领导者们，如胡适辈也参与了传统文化的整理。在这样的背景下，同光体诸子也承担起了其时代责任，用诗歌反映时代之变换，保存国史之传承。陈氏在《辽金元诗纪事总叙》中极力强调"以诗存史"的意义，亦可见其文化之担当，曰："诗纪事之体，专采一代有本事之诗，殆古人所谓诗史也。国可亡，史不可亡，即诗不可亡。有事之诗，尤不可亡。然或以为异族而主中国，则其国之诗可听其亡，于是宋之计有功氏，清之厉鹗氏、陈田氏，有《唐诗纪事》《宋诗纪事》《明诗纪事》，而辽、金、元阙如。"①

也正是因为这份责任感，陈衍在否定王闿运诗歌重模拟之后，又承认其文学有关乎史者。"王湘绮除《湘军志》外，诗文皆无可取。诗除一二可备他日史乘资料外，余皆落套。"又曰："《湘军志》诚是佳构，善学《史记》《通鉴》。其多微辞，尤冷隽可喜。湘绮楼他文不称是，莫明其故。"② 不仅如此，陈氏在《近代诗钞》中也于王氏关涉时事者关注颇多，评曰："其所作，于时事有关系者甚多。兹录其长篇钜制，一时共传者数首，则其余或鳞爪之而耳。"③ 陈衍《近代诗钞》选王诗12题，共62首。其中《独行谣三十章示邓辅纶》《圆明园词》《登祁门杂诗二十首寄曾总督

---

① 钱仲联编校：《陈衍诗论合集》，第1131页。
② 黄曾樾：《陈石遗先生谈艺录》，《民国诗话丛编》（一），第703页。
③ 陈衍：《近代诗钞》，商务印书馆1933年版（民国二十二年），第322页。

国藩兼呈同行诸子》等诗皆是有关时事的诗歌。

陈衍论诗倡导"变风""变雅",在实质上,就是强调诗人的社会责任,以其涤荡时人的心灵。他在《山与楼诗叙》中说:"余生丁末造,论诗主变风变雅,以为诗者,人心哀乐所由写宣。有真性情者,哀乐必过人。时而齑咨涕洟,若创巨痛深之在体也;时而忘忧忘食,履决踵,襟见肘,而歌声出金石,动天地也。其在文字,无以名之,名之曰挚,曰横。知此可与言今日之为诗。"① 陈氏此处强调将社会的变迁带给人之悲欢离合表现于诗中,将诗情与社会紧密地联系在一起,以期通过诗歌反映社会。这点在《蜕庵诗存叙》中表现得更为明确,曰:"记曰太师陈诗以观民风,此讽喻之道也。自封建易为郡县。方百里、方数百里之地,其百姓之疾痛琦养,罔不系于牧令。陈诗之典久废,绣衣持斧使者,间数岁十数岁一出。奉行故事,举劾一二贤不肖之尤者而已。至设为常职,尤养尊处优,初未尝巡行郊野,鳃鳃然问民之疾苦为也。此唐诗人感切时事。《舂陵行》《石壕吏》《于蒍于》之类所由作欤。然而元结、韦应物、白居易、欧阳修、苏轼、黄庭坚之伦,类以诗人为循吏,与其民有家人父子之情,非必敝精焦神,蹙额疾首,举一切游观文酒而尽废之也。"② 陈氏十分重视诗歌的诗教功能,以为诗歌之"兴观群怨"在治世效果上是优于设立专门之官员管理的。因此,他欣赏陈诗制度,欣赏诗之讽喻功能,也认同以诗存史的精神。

陈衍的倡导也得到了宋诗派诸子的有力支持。陈三立也十分关注社会,其诗中饱含离黍之忧。他在《俞觚庵诗集序》中说:"余尝以为辛亥之乱兴,绝羲纽,沸禹域,天维人际寖以坏灭,兼兵战连岁不断,劫杀焚烧荡烈于率兽。农废于野,贾辍于市,骸骨崇郑山,流血成江河,寡妻孤子酸呻号泣之声,达万里,其稍稍获其偿而荷其赐者,独有海滨流人遗老,成就赋诗数卷耳。穷无所复之,举冤苦烦毒愤痛毕宣于诗,固宜弥工而寖盛。"③

---

① 陈衍:《山与楼诗叙》,《陈石遗集》,第690页。
② 同上书,第686页。
③ 陈三立:《俞觚庵诗集序》,《散原精舍诗文集》,第943页。

陈衍对变风变雅的诉求，也影响到了他诗歌情感的表达方式。《小草堂诗集叙》："诗至晚清同光以来，承道咸诸老蕲向杜韩，为变风变雅之后，益复变本加厉。言情感事，往往以突兀凌厉之笔，抒哀痛逼切之辞。甚且嬉笑怒骂，无所于恤。矫之者则为钩章棘句，僻涩聱牙，以至于志微噍杀，使读者悄然而不怡。然皆豪杰贤知之子乃能之，而非愚不肖者所及之也。道咸以前，则慑于文字之祸，吟咏所寄，大半模山范水，流连光景。即有感触，绝不敢显然露其愤懑，间借咏物咏史，以附于比兴之体，盖先辈之矩镬类然也。自今日视之，则以为古处之衣冠而已。"① 陈衍有意识地将社会因素与诗歌风格联系起来。他比较了道咸以前和同光以后的诗，以为：道咸以前的诗因为惧怕文字狱而不敢大胆表达自己的情绪，而借言山水，以致有优孟衣冠之嫌；而道咸以后诗或突兀凌厉，或僻涩聱牙，增加了诗歌的理解难度，以致表意不明。陈衍此番表述，实际上有提倡诗歌表意方式由含蓄变为直白平易的意思，从而使得诗意得到更好地传达，使得诗歌之哀痛能动人以情。而陈氏的这般表述与章太炎、梁启超等人对诗歌语言要求通俗异曲同工。

（二）对审美艺术性的追求

王闿运与同光体诸子在诗学上的差异是明显的，在以学为诗和师古方法上的对立甚至是不可调和的。但是，他们都高度重视诗歌审美艺术性。这表现在以下几点：一是诗歌为己的观念，二是对诗歌语言艺术的重视。

诗歌为己的内涵是丰富的。诗歌是为表达自己性情而作，因此应该是真性情，也就应该涤除名利观念。

王闿运在《答唐风廷问论诗法》中明辨古诗、今诗的差别，曰："古之诗以正得失，今之诗以养性情。虽仍诗名，其用异矣。故余尝以汉后至今，诗即乐也，亦足感人动地，而其本不同。古以教谏为本，专为人作；今以托兴为本，乃为己作。史迁论诗，以为贤人君子不得志之所为，即汉后诗矣。主性情必有格律，不容驰骋放肆。雕饰更无论矣。情动于中而形于言，无所感则无诗，有所感而不能微妙，则不成诗。"② 王氏以为古诗是

---

① 陈衍：《小草堂诗集叙》，《陈石遗集》，第684页。
② 王闿运：《湘绮楼说诗》卷七，第290页。

为教谏为主，而今诗是涵养性情的，以抒发自己情性为主。因为本旨不同，所以艺术要求亦不同。今诗托兴而作，要有格律，需要修饰，目的就是要将感情表达得微妙。

诗歌既为表达性情而作，而非争诗名、求功利，这就要求诗人修身养性。王氏说："诗者，持也。持其所得，而谨其易失，其功无可懈者。虽七十从心，仍如十五志学，故为治心之要。自齐、梁以来，鲜能如此，其为诗不过欲得名耳。杜子美诗圣，乃其宗旨在以死惊人，岂诗义哉！要之问道犹易，成文甚难。必道理充周，则诗文自古。此又似易而愈难，非人生易言之境。"① 在王氏看来，诗歌是为"治心"而作的。这点也可从他劝说郭嵩焘等以诗歌来修性得到证明。

陈衍也反对诗歌求名，其诗歌之"不俗"论，即有此意。其在《陈仁先诗叙》曰："余以为，诗者荒寒之路，羌无当礼禄乎……盖鄂诗人之衰亦久矣，然之数人者，诗与其人各不同，而负异与众，不屑流俗之嗜好，则同也。② 在《何心与诗叙》中又曰："故吾尝谓诗者荒寒之路，无当乎利禄，肯与周旋，必其人之贤者也，既而知其不尽然。犹是诗也，一人而不为，虽为而不常，其为之也，惟恐不悦于人。其悦之也，惟恐不竞于人，其需人也众矣。内摇心气，外集诟病，此何为者？一景一情也，人不及觉者，已独觉之，人如是观，彼不如是观也，人犹是言，彼不犹是言也，则喧寂之故也。清而有味，寒而有神，瘦而有筋力，己所自得，求助于人者得之乎？"③ 陈氏强调诗歌乃荒寒之径，要祛除功名利禄之心，与王闿运之论是相同的。而郑孝胥所论"为己"之诗的标准就是矜求格调以期待获取诗名，而忽视情之是否恰当，实质上，也是针砭以诗获名的心态。

王闿运和同光体诸子都十分重视诗歌的语言艺术，尽管指向不同，但最终的目标都是求新。同光体诗人于诗歌语言用心最深者莫若陈三立，"论诗最恶俗、恶熟"，④ 诗歌走向了生涩奥衍的路子。而王闿运论诗讲究

① 王闿运：《湘绮楼说诗》卷五，第208页。
② 陈衍：《陈仁先诗叙》，《陈石遗集》，第513页。
③ 陈衍：《何心与诗叙》，《陈石遗集》，第519页。
④ 陈衍：《石遗室诗话》卷一，第27页。

"以词掩意"，崇尚俪词华彩。陈三立与王闿运的修饰方向虽然不同，但是于诗歌语言皆避免"俗"。这点民国时人早有论述，蒋抱玄辑《民权素诗话》曰："近人惟王湘绮、陈散原古体诗歌为不俗，若陈石遗、易实甫，亦以长篇自鸣于世，非哑钟则莲花落耳。"①

　　综上而言，陈衍依据诗歌风格，将同光体诗人分作两派。一派是以郑孝胥为代表的清苍幽峭派，另一派是以陈三立、沈曾植为代表的生涩奥衍派。这两派渊源有自，对某些具体的诗人诗歌的看法存在一定的差异，同时对王闿运的评价和看法也有不同。② 虽如此，诸人在宗宋这个根本问题上是相通的，与王闿运的汉魏六朝诗派分属两个不同的阵营。

　　二者根本的差别表现在这样几个问题上，一是关于诗歌是否关乎学问，二是如何学古的问题，三是如何看待诗教的问题。正是因为在这些问题上的根本差异，导致了他们对某些具体诗人和诗歌流派评价的差异，如谢灵运、明前后七子、竟陵派等。但是，王闿运与同光体诗学主张并不是完全对立的，其中也存在着某些交叉的地方，譬如在诗歌语言上求新避俗，这又表现了其对诗歌艺术性的共同追求。

第三节　王闿运与中晚唐诗派的诗学

　　光宣诗坛，流派众多。王闿运不满有清以来诗坛宋诗日盛的局面，而标举汉魏六朝诗。而陈三立、沈曾植、陈衍等辈却延续宋诗诗统，上溯至同治诗坛，而自命"同光体"。张之洞则不以唐宋为限，主张唐宋兼采，以宋意入唐格。李慈铭论诗又不名一家，不以一代为限，主张诗法百家。而以樊增祥、易顺鼎为代表的中晚唐诗派区别王派，另寻新径，师法中晚

---

　　① 蒋抱玄辑：《民权素诗话》，《民国诗话丛编》（五），第 227 页。
　　② 胡晓明、赵厚均《王闿运与同光体的诗学取向》一文认为陈衍、沈曾植、陈三立等人对王闿运的态度皆不相同。陈衍对汉魏六朝诗不甚重视，且在审美取向和诗学目的上与王闿运有很大的分歧，于王闿运坚守六朝攻击甚力，立论过于矫激。沈曾植倡"三关说"，由唐宋上溯至六朝，看重晋宋诗包孕的佛学和玄学的精深义理，与王闿运所欣赏的缘情绮靡异趣。陈三立早岁从王闿运游，于汉魏六朝诗曾深入涵咏，后虽历三唐而入宋，仍较推崇王闿运。具体参见《浙江大学学报》（人文社会科学版）2008 年第 2 期。

唐诗，又绝不入宋派。

樊增祥、易顺鼎皆为荆楚人士。斯时斯地，以王闿运为代表的汉魏六朝诗风盛行。然二子才大，不愿与王派诸子同行，而觅别径。虽如此，汪辟疆在《近代诗派与地域》中仍视二子为湖湘别派，说明了其与王派的关联和差异，曰：

> 若夫樊易二家，在湖湘为别派，顾诗名反在湖湘诸家之上。盖以专学汉、魏、六朝、三唐，至诸家已尽，不得不别辟蹊径，为安身立命之所；转益多师，声光并茂，则二家别有过人者矣。实甫才高而累变其体，初为温李，继为杜韩，为皮陆，为元白，晚乃为任华，横放恣肆，至以诗为戏，要不肯为宋派。……樊山胸有智珠，工于隶事，巧于对裁，清新博丽，至老弗衰，迹其所诣，乃在香山、义山、放翁、梅村之间，惟喜撩僻书，旁及稗史，刻画工而性情少，才藻富而真意漓，千章一律，为世诟病。斯又贤智之过也。晚年与易实甫并角两雄。余尝戏拟实甫为黑旋风，樊山为风流双枪将，颇自谓不易云。①

二人皆为楚人，习染楚风，善叙欢情，精晓音律，且皆与王闿运交厚。此外，其以诗自娱的态度，也与王闿运有相通处。然他们主张诗法百家，转益多师，且皆诗法中晚唐诗，与王氏在诗法和诗歌宗尚上的差异是明显的。

一 与樊、易二子的诗歌倡和

王闿运十分欣赏樊、易二人的诗才。王氏在听闻张之洞对樊增祥的褒奖后，又担心后生因此自满而不能成才，爱才之心切如此。其在光绪五年（1879 年）正月九日日记中曰："耀庭来谈，言樊镇子名增祥，已选庶吉士，字云门，颇能骈文及词调。此湖北新有闻者，亦不满于黄莘渔，云孝达过誉反害之。凡诱进后学最难，抑之使自肥，推之使自满，古人所以贵

---

① 汪辟疆：《汪辟疆说近代诗》，第 22 页。

育才。"他又曾称易顺鼎为"仙童",光绪十八年十月十六日日记曰:"易与曾重伯皆仙童也,余生平所仅见,而不能安顿,有傪焉之势,托契于余,无以规之,颇称负负。"

王氏与易顺鼎之父易佩绅(案:字笏山)是旧友,交往颇为频繁,且有诗歌往还。于王氏而言,易顺鼎为老友之子,一直视为晚辈。樊增祥的情况略有不同。樊氏师从张之洞、李慈铭,谨守师门,与王闿运的交往颇晚。不仅如此,二人的交往是纯粹的诗友。

易顺鼎差点就成了王闿运的门生。据王氏光绪十年八月十日日记载,易佩绅有意将子送于自己门下就学,但是其妻则不好自己"放荡",恐殃及小儿,故作罢。为此,王氏还心有不平,在当日日记中曰:"笏云本欲遣子就学,其妻云从我则习放荡,故不可也。弥之议论亦复如此,所谓东家丘者耶?诸君皆可谓有义芳者,故其子无恶不作,习闻此等论故也。"易顺鼎虽未能正式拜入王门,但是其父与王氏多有交流,也应熟悉王氏之学术文章。王氏日记可以证明。光绪十八年八月十三日:"得易硕甫书。"八月十四日:"看易氏父子书诗。"十月十六日:"看易中硕诗,如与对面。"光绪廿一年十一月廿一日:"作长歌答笏山,亦劝世文也。此为《诗经》,不是诗史。"十一月廿三日:"还得易诗,果因述蜀事惹出牢骚,以仙童在此,未便与辩。"十二月四日:"笏山送《诗义折衷》来,亦以一本《补笺》答之。"光绪廿二年二月朔:"易硕甫送诗来。"二月二日:"硕甫来谈诗。与晚年诗浑漫与,尚不及少作,试拟昔作杂诗,诗思甚窘。"

易顺鼎与王闿运也有直接交往,与王氏的赠答诗也有 10 题共 17 首。从时间分布来看,大致可以分为四段,一是光绪十年在成都尊经书院时期,有诗 2 首;二是光绪廿年、廿一年在长沙,有诗 5 首;三是光绪廿八年底王氏赴上海,有诗 6 首;四是民国二年,王氏再赴上海,有诗 4 首。易诗的分布也直观地反映出了其与王闿运的交往情况。第一段,易顺鼎随父在川,与王氏初识,作有《发成都舟中连句寄谢廖平张祥龄范榕刘子雄并简壬秋院长先生星潭兵备丈》(《琴志楼诗集》卷六)、《峨眉山中怀壬父王丈》(卷六)。第二段,易顺鼎随父亲参加王氏在长沙组织的诗歌聚会,于王氏诗多有唱和,因此诗也有王诗特点。王氏于光绪廿一年十一月十六日有浩园之会，约游寄禅、易顺鼎；十二月六日又约易氏父子至浩园看梅。廿二年二月五日，借陈三立父子之宴，王氏邀请易氏父子同往；二月八日，王氏组织碧浪湖之会。易顺鼎在这些聚会过程中，广泛参与诗文酬唱。于王氏便有《侍家大人陪湘绮丈道俗诸君于曾太傅祠浩园看月》（卷十）、《敬和湘绮丈与家大人浩园看月长句》（卷十）等诗。不仅如此，易顺鼎还主动向王氏学诗。王氏日记光绪廿二年五月十五日日记载："为仙童评阅南岳诗，便复书劝其莫哭。"易顺鼎正是因为参加这些活动，耳濡目染，近距离感受王闿运的诗风，不自觉间，自己的部分诗作也带上了王诗的色彩，如其《涟口寄怀王湘绮丈二十四韵》①。此诗无论是用词，还是着意，皆有王氏风采。诗中运用"滟滟""湛湛""蔼蔼""淫淫"等叠词以摹物之情貌，使用"避秦""陶潜"等形象，以及《楚辞》中"薜罗""兰蕙"等意象。不仅如此，诗中还流露出一种幽怨情绪，也具有一定的感染力。这些都与王诗相近。当然，该诗在赋写王氏境遇时，铺叙排比，极尽能事，有自己面目。易顺鼎与王氏交往的第三、第四两段，皆在上海。王氏在沪期间，易顺鼎几全程陪同，赋诗也多。

樊增祥与王闿运的交往比易顺鼎晚，正式建交已经是光绪三十一年。樊增祥赠酬王闿运的诗共有 24 题，31 首。与王氏结交前有诗 6 题，均为读王氏诗文集后所作；正式结交后，光绪三十一年王氏游秦时 3 题，随后诗歌酬唱不断，异地索和，也达 7 题之多；民国三年，王氏游沪，樊氏有诗 8 题。

二人建交虽晚，但是樊氏慕名王闿运已久。同治十年（1871 年）樊增祥在京师会试，且常伴张之洞左右。而当时张氏与王闿运交往甚密，樊增

---

① 《涟口寄怀王湘绮丈二十四韵》曰："滟滟桃花水，湛湛枫树林。避秦人不见，哀郢意何深。芳草飞胡蝶，柔桑降鵁鶄。清和非夏首，漂泊是春心。物外陶潜宅，江边宋玉岑。朝云方蔼蔼，时雨更淫淫。岣嵝迷青嶂，涓连隔碧浔。薜罗如在眼，兰蕙惜盈襟。彪炳三都赋，鲸铿九牧箴。有才过贾谊，无主类陈琳。早夺卿轲席，高谈周卫铜。寂寥黄耳使，凄怆白头吟。上相惜縻爵，诸侯愧却金。新营石门住，合向穀城寻。君子龙鸾德，仙家鸡犬音。阻修悭负剑，幽独想鸣琴。薄劣惭扬马，疏狂慕向琴。前期五岳在，多病二毛侵。西母灵旗接，东皇翠盖临。乾坤迥北斗，日月问南鍼。访謇踪聊寄，浮湘思岂任。非惟思窈窕，直欲扫氛祲。曩哲怀沟纳，今时且陆沉。愿将故射雪，移作传岩霖。"（易顺鼎著，王飚校点：《琴志楼诗集》卷十一，上海古籍出版社 2004 年版，第 655 页）

祥应有机会接触王氏之诗。不仅如此，樊增祥当时准备去拜会王氏，但是没有成行，其《四题湘绮楼集》"往年交臂春明路"即言此事。① 此外，樊增祥在阅读王氏诗文后，曾有诗六首题于诗后，光绪二十一年之《读王壬秋采芬女子墓志题后》（第二六卷），以及光绪二十八年之五次题诗《湘绮楼集》后。樊氏诸诗中透露着对王氏学术、文章以及教化一方的敬仰。如论其学术曰"沈潜学海独探骊""范围后学一京师"（《读湘绮楼诗奉题一首》）；赞其文章曰"儒林中有汉高皇，漫骂文章极老苍。史笔几人婴斧钺，词扬万古扫秕糠"（《再题湘绮楼集》）；赞其教学教化一方曰"蜀洛早融门户见，马班无复异同文"（《四题湘绮楼集》），还有"祠堂欲并蜀诸葛（原注：先生主尊经书院，蜀才皆出其门），礼乐长存鲁两生"，"请看沧海横流日，惟有湘潭彻底清（原注：康梁构逆，先生门下无一附和者）"（《五题湘绮楼集》）。不仅如此，对于王氏一生怀才不遇，樊增祥也表示出了极度的同情。即便是在"贵人岁暮输金币，天子深宫画草堂"（《再题湘绮楼集》）的情势下，王氏亦不得用武之地。"乾坤漭荡孰知音，并世猱牙未易寻"（《三题湘绮楼集》），更是对王氏命运的咏叹。②

光绪廿九年，樊增祥赴陕西渭南任藩台。随后其好友，也是王氏弟子夏午诒调任陕西。于是二人共邀王氏游览华山，王氏也应邀于光绪三十一年十月底抵达陕西。于此，樊增祥便与王氏正式建交。

在赴陕前后，王闿运翻阅了樊氏诗文。其光绪廿九年五月十七日记曰："卧看樊词。"三十一年七月十八日曰："看樊诗。"七月十九日曰："看樊批判。"九月十七日曰："作樊云门寿叙成，比吴文为自在，比鹿文则不可同年语矣，樊颇知六朝文故也。"同年十月晦日，王闿运抵达咸阳，樊增祥携带当地官员一齐出郊迎接，规格不可谓不高。王氏日记详细记载了当时的情状。十月晦日："咸阳令易遣迎，云藩台自出郊。……午诒弟兄自出至东关，抚、藩、警员、易令均相待，入见少坐，入城至夏宅，与樊谈至二更。"十一月朔日："云门催客，云叔公已坐一日，不能再挨。驰往已初更，又畅谈，二更散。"十一月三日："云门俄来，久坐，喫两点乃

---

① 樊增祥：《樊樊山诗集》续集卷十八，上海古籍出版社 2004 年版，第 1064 页。
② 这五首诗见于《樊樊山诗集》续集第十八卷，第 1063—1064 页。

饭，去时过午矣。"四日："还过云门，留晚饭。"五日："云门送诗来，未遑属和。……夕复过云门饭，……二更散。复谈至子初。"六日："将行，云门更留一日，约来谈，复不至，又送诗。并要午、戟同至藩署晚饭，至子正散。"七日："云门来送，……樊、程、钟、易送至八仙庵。……樊仍前送至霸桥。"十二日："二更后云门专马来送启并词，限一日到，果依期至。复书写成已三更，遂寝。"从以上记录不难看出，樊增祥接待王闿运甚为贴心周到，且二人相谈甚欢。王闿运在游秦结束后，有《结交诗，贻陕藩樊承宣增祥》《霸上别樊山》等诗送樊增祥，表达了自己对新友樊氏的欣赏和感谢。收到王氏赠诗，樊增祥十分开心，有《湘绮先生游秦喜赠》《湘绮先生小住五日意将登华山而归赋诗惜别》等诗回赠，又和作《次韵湘翁仲冬九日宿华阴岳祠》（续集第二十四卷）。王氏归湘后，樊氏又有二诗寄达。

也正是这份情缘，得以让王闿运于次年尽力调和樊增祥与陕督升允的矛盾。樊、升二人的矛盾始末，邵镜人《同光风云录》载之甚详。① 对于二人之争执，王闿运的态度在下面这首诗中表现得很明确，曰："可怪封疆第一人，荐贤无望厄贤真。也知白考难修怨，争奈红丹又反唇。表奏纷纭似浮宠，亲交凶隙惜张陈。臣争直恐卑公室，西望秦云独怆神。"② 王闿运甚感二人相互攻讦于国事不利，但究其本源，则颇有祖护樊增祥之意，而责怪升允肚量太小。于是，王闿运极力为之周旋，写信向端方求助，以救樊氏之困。③ 樊增祥终因此而罢官，然王氏之情谊，应是明了的。随后

---

① 邵镜人《同光风云录》载曰："陕甘总督升允，满洲人也。论调能文之县令到督署司文案，例由藩台指调，樊山乃复拒之，略谓：'诸令俱陕省干令，均在任所，依界方殷，不能更调。至若文章之事，则本司虽老，犹日试万言，倚马客待。……'升允阅及不悦，曰：'吾令僚属，无梗命理，且云门于我，岂能称老？'自此即有芥蒂。旋以某案，又生龃龉，樊山竟专折奏，军机大臣惊曰：'樊增祥居然敢奏上官！'遂留中不发。升允闻之大怒，终因盐官贪污案，奏劾樊山，果革职，交四川总督锡良查办，遂狼狈离陕矣。后经张之洞特保，始开复原官，授江苏布政使。"（具体参见《樊樊山诗集》附录，第 2057 页）

② 王闿运：《湘绮楼日记》，光绪三十二年十二月十六日日记，岳麓书社 1996 年版。

③ 王闿运：《湘绮楼日记》，光绪三十三年三月十日日记录了其写给端方的信，曰："孟浩然以浅率出官，秦中遂无生趣，升公封疆第一，乃不能容一狂士。窃计两司并无其比，要当阔略小节，仍与周旋，解铃系铃，在乎反手，且胜之不武，人才实难。闿运妄欲上书，劝以弘恕，因未尝睹面，莫测可否。公既皆相交好，当与调停，察野人芹献之非私，知两贤相厄之无谓，十部从事，岂有意乎？"

几年，二人也是书信不断，阐叙友情；诗歌往还，自得其乐。① 辛亥革命爆发后，王氏亦多次去书安慰樊增祥。

民国元年底，王闿运抵达上海，看望诸多避难老友。王氏到沪后，受到了留沪旧朝"遗民"们的热烈欢迎，当时情状，已在前一节交代，故不赘言。当时樊增祥也在上海，王氏到沪后，与陈三立、沈子培、易顺鼎等人一道盛情相待，宴集无虚日。此间樊增祥有9首诗相赠。

二 诗学主张的差异

王闿运与樊、易在诗学上的差异是明显的，主要表现在以下几个方面：一是在诗学宗尚上，王宗汉魏六朝，樊、易则主宗中晚唐；二是在学古方法上，王氏重拟古，而樊、易重创新，强调要有自己的面目。

樊、易诗学推崇中晚唐，前人已有论述。陈衍于《近代诗钞》中评论易顺鼎曰："实甫则屡变其面目，为大小谢，为长庆体，为皮、陆，为李贺，为卢仝，而风流自赏，近于温、李者居多。虽放言自恣，不免为世所訾謷，然亦未易才也。"② 其在《石遗室诗话》中又曰："庚寅在上海，从袁叔瑜绪钦处始见易实甫所刻《丁戊行卷》，及《出都》《吴蓬》《樊山沌水》《蜀船》《巴山》《锦里》《峨眉》《青城》《林屋》《游梁》《摩围阁》各诗卷，学谢、学杜、学韩、学元白，无所不学，无所不似，而以学晚唐者为最佳。"③ 从陈氏论述不难看出，易顺鼎诗风多变，但是最得意者，仍在学中晚唐。至于樊山诗，袁昶在《渐西村人日记》光绪二十年十二月初三日日记载：

> 李慈铭《樊山集题词》：云门诗得力于信阳，而尽取北地。其七

---

① 王氏光绪三十四年五月十八日日记："与书樊山，叙友情。"十二月六日："作诗四律，寄樊云门索和。"九日："道台送诗来，夜和二首，寄樊云门索和。"宣统元年三月四日："得樊云门书。"十一月廿五日："得云门十日书，寄示诗词。"十二月廿六日："仿樊山体，赋一诗。"宣统二年七月四日："得樊山及陈仲恂寄诗。"五日："晨复樊诗：'老懒还山百不如，转因逃暑得闲居。芰荷早已传秋信，鱼鸟真疑畏简书。直恐西尘劳庚扇，敢开三径引陶车。侯门今日存仁义，且寻蘧庐作寓庐。'"宣统三年五月四："得樊云门书。"

② 陈衍：《近代诗钞》，商务印书馆1933年版（民国二十二年），第664页。

③ 陈衍：《石遗室诗话》卷一，《民国诗话丛编》（一），第25页。

律足追踪唐之东川、义山，而古体胜之。

> 阅《云门集》竟。唐人言：太白仙才绝，昌谷鬼才绝，香山人才绝。云门颇出入于昌谷、香山、飞卿、玉溪间。①

袁昶与樊增祥同师李慈铭，日记中记录了其师对樊氏诗评。李慈铭认为樊山七律取之于李颀、李商隐，侧重于评其俪词。而袁昶则直言樊氏出入于李贺、白居易还有温庭筠、李商隐等中晚唐诗人间。

王闿运以为中晚唐诸家之七古是远不及盛唐的。其在《论七言歌行流品答完夫问》中评论中晚唐诗家说："张籍、王建因元、白讽谏之意而述民风。卢仝、李贺去韩之粗犷而加恢诡。郑嵎、陆龟蒙等为之，而木讷纤俗。李商隐之流又嫌晦涩，其中如叙事抒情诸篇，不免辞费，犹不及元、白自然也。"② 然于近体，王闿运还是给予了积极评价的，尤其是对李商隐，认为其七律能纵横自如，不似时人缺少变化。也正因如此，他在《唐诗选》中选录李商隐七律共 20 首，数量仅次于王维。王闿运晚年编选《唐诗选》，对中晚唐有了更深的体会，评价也有所改变。如《湘绮楼日记》光绪廿七年二月廿八日日记曰："夜看中唐五律，别有门径，真苦人吟语，如八家文也。"特别是对孟郊、李贺诗，其留意更多，如光绪廿七年三月廿一日日记："孟郊诗前选太少，更钞十许首，备一体，看来尚不及张正旸，盖小派，愈开愈新也。"三月廿二日："钞孟诗六页，又看中唐后诸家诗，同李贺者不少，盖风气自开此一派。"三月廿三日："孟诗钞毕，更补李贺诗半页，唐五言称无遗珠矣。"王闿运对中晚唐诗的认识，是与樊、易诗歌交流的基础之一。

王闿运与樊、易除了诗学宗尚外，在学古上，也存在不同。樊增祥学古兼宗并采，不名一家，主张诗法百家而又能存己之面貌；易顺鼎则着意于诗歌形式的突破。

易顺鼎论诗特别讲究创新，认为作诗就应该有自己的性情，保存自己面貌。其在《读樊山〈后数斗血〉作后歌》中曰"无真性情者不能读我

---

① 袁昶：《渐西村人日记》，参见《樊樊山诗集》附录，第 2095 页。
② 王闿运：《湘绮楼说诗》卷四，第 165 页。

诗""我诗皆我之面目，我诗皆我之歌哭"，① 以强调其对真性情的追求。还有《丁戊之间行卷自叙》，曰："其所作，皆抒写己意，初不敢依附汉、魏、六朝、唐、宋之格调以为格调，亦不敢牵合三百篇之性情以为性情。"②

易顺鼎不仅重视真性情，还在诗歌形式上多有突破。一方面，他的七律一味追求工整巧对；另一方面，七古又刻意打破诗歌传统的韵律，以俚语入诗，以文为诗。同一首诗中，一句短则三字，长则近二十字。这两种倾向皆受到了友人的非议，于此，易顺鼎皆作出了回应。于前者，其曰："余所刻《四魂集》，誉之者满天下，毁之者亦满天下。湘绮、樊山，皆极口毁之者也。然'文章千古事，得失寸心知'，余自信此集为空前绝后，少二寡双之作。盖毁余者皆以好用巧对为病，即张文襄亦屡言之。不知以对属为工，乃诗之正宗。凡开国盛时之诗，无不讲对属者，如唐之初、盛，宋之西昆，明之高、刘皆然。自作诗者不讲对属而诗衰，诗衰而其世亦衰矣。杜诗亦讲巧对，……自有诗家以来，要自余始独开此一派矣。"③其于后者则曰："我诗虽恶人难学，似我者病学我死，强我者必至俚俗而后已。"④ 易顺鼎着意于诗歌形式上的突破，面对友人的质疑，他坚持己见，并极力申诉，认为这就是自己的诗，不是俚俗。在他看来，只有学他且失去自己面目者才能称作"俚俗"。

樊增祥论诗也着意创新，但是他的做法与易顺鼎在形式上谋求变化不同，而是追求融通百家之诗，接近于其师李慈铭。他批评时人墨守一家之说而不能旁及诸家，眼光狭隘，曰："向来诗家，率墨守一先生之集，其他皆束阁不观，如学韩、杜者必轻长庆，学黄、陈者即屏西昆，讲性灵者则明以前之事不知，尊选体者则唐以后之书不读。"其认为诗歌能传世，皆有其特点，故应该转益多师；并且人所处境地因时因地而异，心境也会

---

① 易顺鼎：《读樊山〈后数斗血〉作后歌》，《琴志楼诗集》卷十八，上海古籍出版社2004年版，第1283页。
② 易顺鼎：《丁戊之间行卷自叙》，《琴志楼诗集》附录，第1481页。
③ 易顺鼎：《琴志楼摘句诗话》，《琴志楼诗集》，第1151页。
④ 易顺鼎：《读樊山〈后数斗血〉作后歌》，《琴志楼诗集》卷十八，上海古籍出版社2004年版，第1283页。

随之不同，因此也需兼采不同风格之诗歌，曰："人所处之境，有台阁，有山林，有愉乐，有忧愤，古人千百家之作，浓淡平奇，洪纤华朴，庄谐敛肆，夷险巧拙，一一兼收并蓄，以待天地人物、形形色色之相需相感，吾即因以付之，此所谓八面受敌，人不足而我有余也。所蓄既富，加以虚衷求益，句锻季炼，而又行路多，更事多，见名人长德多，经历世变多。"其最终之目的就是要"合千百古人之诗以成吾一家之诗"①。他在《与笏卿论诗》中也表达了相同的意思，认为诗人成家之根本在于"独"，即有自己的面目。那如何才能做到呢？樊氏则以百花酿酒、百药成丹来说明诗歌应当兼宗百家。后又以五味入口取甘、五色入目取鲜、五声入耳取和、貌不独取妍丽来说明应兼取众长。具体到诗家，则曰"取之杜苏根底坚，取之白陆户庭宽。取之温李藻思繁，取之黄陈奥窔穿。"② 大有破除唐、宋分界的意味。

由上分析可以看出，王闿运醉心于汉魏六朝诗，不观唐以后书，且诗尚拟古。而樊、易二子崇尚中晚唐诸家，且分别从诗法对象和诗歌形式上突破时兴观念，注重创新，追求自己面目。二派诗学观念终究相违。

三　对诗歌审美艺术性的共同追求

虽然王闿运与樊、易在诗学主张上多有相违，但有一点是相同的：三人皆恃其才华，以诗自娱，重视诗歌的艺术性，张扬诗歌的审美功能。具体言之，王闿运表现在拟古及尚绮的文学观念，易顺鼎在极力追求诗歌对偶的工巧，而樊增祥则在其艳体及大量的叠韵诗。他们注重自己性情的阐发，自娱自适。

樊、易二人诗才横溢，以才性为诗，恣肆狂放。黄曾樾《陈石遗先生谈艺录》载陈衍评樊山诗曰："樊山诗真所谓作诗矣。生平少山水登临之乐，而闭门索句，能成诗数千首；无歌舞酒色之娱，能成艳体诗千百首，亦奇矣。"③ 汪辟疆兼论樊、易二子诗才曰："（樊、易）转益多师，声光

---

① 见王逸塘《今传是楼诗话》，《民国诗话丛编》（三），第346页。
② 同上书，第345页。
③ 黄曾樾：《陈石遗先生谈艺录》，《民国诗话丛编》（一），第765页。

并茂，则二家别有过人者矣。实甫才高而累变其体，初为温李，继为杜韩，为皮陆，为元白，晚乃为任华，横放恣肆，至以诗为戏，要不肯为宋派。……樊山胸有智珠，工于隶事，巧于对裁，清新博丽，至老弗衰，迹其所诣，乃在香山、义山、放翁、梅村之间，惟喜撦僻书，旁及稗史，刻画工而性情少，才藻富而真意漓，千章一律，为世诟病。斯又贤智之过也。"① 陈衍、汪辟疆皆对樊、易之诗才惊叹不已。汪氏之评虽持宋诗派"才学"论诗的标准，仍不掩樊、易之才性，于其诗径之广、工于巧对、语词妍丽等特点，也予以承认。钱仲联则以为"樊山诗从随园、瓯北入，上及梅村，取径不高"②，指明了樊山诗与袁枚、赵翼等性灵派诗学的联系。

　　樊、易二子任气使才，竟致"以诗为戏"，以诗自娱。这表现在易顺鼎的身上就是追求诗句的对偶工巧。在独开新派的思想指导下，他不顾时人的批评，将此作为突破口，并尽力为之正名。其《琴志楼摘句诗话》重点推介《四魂集》，也意在此。他认为"以对属为工，乃诗之正宗"，并以为自己的诗句属对皆工，且皆有来历、不用僻典，浑然天成。这表现在以下几个方面：一是用古人名，对偶不工者不用；二是在对偶的同时，讲求精切的使事、奇丽的色彩、新颖的意象；最后还有诗句可以入画者。如此种种，皆是易顺鼎有意讲究诗歌的艺术性而为之，表现出的是对诗歌审美特性的认同。

　　于樊增祥而言，以诗自娱则表现在专注于艳体诗的创作。樊增祥诗好温李之艳体，创作亦丰。其艳体诗专集，早年有《染香集》，后有《十忆集》，民国时又辑《樊山七言艳诗钞》。樊山之艳才，陈衍早有评述，曰："樊山诗才华富有，欢娱能工，不为愁苦之易好。……尤自负其艳体之作，谓可方驾冬郎，《疑雨集》不足道也。尝见其案头诗稿，用薄竹纸订一厚本，百余页，细字密圈，极少点窜，不数月又易一本矣。余缉有《师友诗录》，以君诗美且多，难于选择，拟于往来赠答诸作外，专选艳体诗，使后人见之，疑为若何翩翩年少，岂知其清癯一叟，旁无姬侍，且素不作狎

---

① 汪辟疆：《近代诗派与地域》，《汪辟疆说近代诗》，上海古籍出版社 2001 年版，第 22 页。
② 钱仲联：《近百年诗坛点将录》，《当代学者文库：钱仲联卷》，第 679 页。

斜游者耶!"① 樊增祥也不避讳自己对艳诗的特殊癖好,在《樊山续集自叙》中曰:"自丁巳讫乙巳,积诗数千百首,大半小仓、瓯北体,余则香奁诗也。……余三十以前,颇嗜温李,下逮西昆,即《疑雨集》《香草笺》亦所不薄,闲情绮语,传唱旗亭。化身亿千,寓言什九,别为一册,如古人外集之例,附于诸集之后,曰《染香集》殿焉。"②

樊增祥创作艳诗的心态和动机,在《十忆集》的几篇诗序中已经言明。一是喜好绮靡之词;二是欲与前人比诗才,这一点则与王闿运拟古诗之玩辞拓境类同。但不管如何,都是自娱自乐。《十忆集》共有诗200首,是樊增祥拟和六朝李元膺的《十忆诗》而作。其在《戏和宋人李元膺十忆诗序》中表达了自己拟作的原因,曰:"宋王金玉作《十忆》诗,李元膺和之。今王诗不可见,元膺所作,率多平直。……(案:《忆行》《忆饮》《忆鬟》)皆顺题平写,无屈曲要眇之致。(案:《忆歌》《忆妆》)则更是拙笔矣。仆性耽绮语,虚空楼阁,弹指花严,而密喻闺情,曲传瑶想。性灵含吐,往往移人。"③樊增祥因好艳体,又不满李元膺之作,故又再和,而达要眇之境。其又作《再和李元膺十忆诗》四十首,以展诗才。诗序曰:"昨和宋人《十忆诗》,以原作思窘而语平,意单而词复,展为四十首,以存宫闺面目。而灵犀触拨,绮语蝉嫣,更取十题,各为六解,并前所作,恰得百篇。曹唐《游仙》,王建《宫词》皆其类也。录示知己,亦以自娱。"④虽如此,樊氏余兴未尽,以为诗境仍有拓展的空间,故又作《广李元膺十忆诗》。

除《十忆集》外,还有类似的诗篇。如其《无题八首》,诗序曰:"因思前人宫闺体,因寄所托,不必皆缘丽情。沪寓乏书,惟有李义山诗及韩致尧翰林《香奁》两集,偶一展阅,见猎而喜,聊复效之。本非枯禅,何嫌绮语,昔张丞相作草书,自亦不识何字,余此诗越宿自视,亦当不知所谓也。"⑤民国五年,上海广益书局辑有《樊山七言艳诗钞》十卷。录诗范

---

① 陈衍:《石遗室诗话》卷一,《民国诗话丛编》(一),第29页。
② 樊增祥:《樊山续集自叙》,《樊樊山诗集》,第653—656页。
③ 樊增祥:《樊樊山诗集》,第1465页。
④ 同上书,第1476页。
⑤ 同上书,第1853页。

围则有扩大，同门周容曰："《樊山七言艳诗钞》不但收录了男女情感、夫妻情事等传统的艳诗内容，更将描绘花草树木、风花雪月之作，只要涉及女子风情，尽情阑入。其标准正如《诗钞》例言所云：'此钞各诗，有字皆香，无语不艳。丽而有则，乐无不淫。'体现了民国初年对艳诗内容的认识。"① 由是可见樊增祥创作艳诗的娱乐精神。

当然，樊增祥也有借艳诗寄托己怀的，《染香集》则是如此。其曰："余学诗自香奁入，《染香》一集，流播人间，什九寓言，比于漆吏。良以僻耽佳句，动触闲情，不希庑下之豚，自吐怀中之凤。少工侧艳，老尚童心。往往撰叙丽情，微之、义山勉然可至。"② 还有其《前彩云曲》《后彩云曲》，更是借艳体以抒家国之恨。

樊增祥好绮靡之词，广作艳诗，而王闿运亦好绮靡。二人交厚，与诗学上这一共同点有直接的关系。虽如此，王闿运却不甚欣赏樊增祥之艳诗，曰："看樊山艳诗，大要为小旦作，故无情致，邪思亦有品限。"③ 王氏以为樊诗没有情致，因其无品。何谓有品？《湘绮楼说诗》卷一有曰："'白马金鞍从武皇，旌旗十万宿长杨。楼头小妇鸣筝坐，遥见飞尘入建章。'（作者按：此诗为王昌龄《青楼曲》）此即事写景，与太白'白马骄行'篇同。彼云：'美人一笑褰珠箔，遥指红楼是妾家。'（作者按：李白《陌上赠美人》前两句'白马骄行踏落花，垂鞭直拂五云车'）则不及鸣筝者之娇贵也。故诗须有品，艳体尤需名贵。"④ 由此可见，王闿运所言之"品"为品位、品行，具体到艳体诗，则是不落低俗。

王闿运与樊、易交厚，在诗学上虽宗尚不同，但是在追求诗歌艺术性、娱乐性上是相同的，这也真实地反映出了两派之间诗学的交流、借鉴和融通。

---

① 周容：《论李慈铭及樊增祥的诗歌理论及其创作》，博士学位论文，上海大学，2009 年，第 98 页。

② 樊增祥：《樊樊山诗集》，第 1476 页。

③ 王闿运：《湘绮楼日记》，光绪三十二年正月廿三日日记，岳麓书社 1996 年版。

④ 王闿运：《湘绮楼说诗》卷一，第 119 页。

第五章　王闿运与张之洞、李慈铭的诗学

民国期间，关于光宣诗坛旧头领归属的问题就一直存在争议。这大体有三种观点：陈衍举张之洞，汪辟疆举王闿运，钱仲联则举李慈铭。三家持论理由各异，角度各有不同。

汪辟疆因湘绮为湖湘派首领，与晚辈诸家交谊甚好，影响甚巨，故在《光宣诗坛点将录》中以托塔天王晁盖拟之。又因汪氏以陈三立为尊，而陈氏诗学又是从汉魏六朝走向宋派的，举王闿运实为引出陈三立。其具体评价曰："陶堂老去弥之死，晚主诗盟一世雄。得有斯人力复古，公然高咏启宗风。"又曰："湘绮老人，近代诗坛老宿，举世所推为湖湘派领袖也。享名六十余年，入民国，尚蒲轮入京，出长国史。……其诗致力于汉魏八代至深，初唐以后，若不堪措意者。学赡才高，一时无偶。门生遍湘蜀，而传其诗者甚寡。迄同光体兴，风斯微矣。"① 亦言之有据。

陈衍以张之洞身处高位，诗文俱佳，且幕僚多为当世名家，故推举其为诗坛盟主。陈氏曰："（香涛）相国生平文字以奏议及古今体诗为第一。古体诗才力雄富，今体诗士马精妍，以发挥其名论特识，在南北宋诸大老中，兼有安阳、广陵、眉山、半山、简斋、止斋、石湖之胜。古今诗家用事切当者，前推东坡，后有亭林。公诗如《焦山观宝竹坡侍郎留带》云：'我有倾河注海泪，顽山无语送寒流。'用放翁《祭朱子文》语。《悲怀》云：'霜筠雪竹踵山老，洒涕空吟一日归。'用荆公悼亡诗语。《挽彭刚直

---

① 汪辟疆：《光宣诗坛点将录》，《汪辟疆说近代诗》，第50—51页。

公》云：'天降江神尊，气吞海若倍。'用清河公事及东坡咏钱武肃事。《发金陵至牛渚》云：'东来温峤曾无效，西上陶桓抑可知。'《赠日本长冈子爵》云：'尔雅东方号太平。'又'齐国多艰感晏婴'云云。又《八旗馆露台登高》《秋日同宾客登黄鹄山曾胡祠望远》诸诗，用事精切，皆可以方驾坡公、亭林。"①

然钱仲联不满二家之论，在《近百年诗坛点将录》中推举李慈铭为旧头领。其曰："近百年诗坛，足当梁山旧头领者，汪国垣以属王闿运，陈衍不谓然，以为当属张之洞。余意俱不敢附和。王仅能为湖湘诗派之首领，而张则官高而初非旧派诗人多奔走其门者。托塔天王其人，李慈铭庶足当之。李自夸其诗'精深华妙，八面受敌而为大家'。樊增祥谓'国朝二百年诗家坛席，先生专之'。盖能兼综汉、魏以来，下迄明七子、清渔洋、樊榭、复初斋各派之长，而不能自创新面目者。樊为李门人，推重其师，固无足怪。'同光体'之魁杰沈曾植亦'亟称其工'。李氏博学雅才，望倾朝野，晚清名士，群推祭尊，良非浪得名也。"②

本章意不在评论三家诗歌之高低，也不在争辩孰为光宣诗坛之头领，而在比较王闿运与张、李二家诗歌、诗学之异同，以突出王氏之特色，以便从整体上把握光宣诗坛之概貌。

第一节　王闿运与李慈铭的诗学

王闿运与李慈铭皆被人视为光宣诗坛旧头领，但二人诗学观念大有不同。本节拟从以下几个角度展开论述，一是对杜甫的评价，二是对明诗的评价，三是对闺怨诗及拟作的态度。王、李二人在这些方面的差异实际上是由他们的诗学观念决定的，最主要的一点就是他们的诗学宗尚：王闿运以汉魏六朝诗歌为宗，而李慈铭则不专一代，唐宋兼采，因此诗径也较王氏为宽。虽如此，二人对于诗歌的艺术特性还是存在某些共同的认识的，

---

① 陈衍：《近代诗钞》，商务印书馆 1933 年版（民国二十二年），第 475 页。
② 钱仲联《近百年诗坛点将录》初本以天寿星混江龙李俊拟之，后自定本始以托塔天王晁盖拟之。

如对于七绝的文体特征等。

一 李慈铭评王闿运

李慈铭与王闿运并没有深厚的交情。据记载，二人也仅有数面之缘。同治十年（1870 年）五月，潘伯寅、张之洞等组织龙树寺会饮，二人均受邀参加。《湘绮楼日记》于此记载甚详，曰："伯寅来，旋约饮龙树寺，与香涛同为主人。四方之士集者十七人。……皓庭、莼客皆曾相见。"① 王闿运还将集会者姓名一一列出，李慈铭、孙诒让、董研樵等皆在其中。此次集会，潘伯寅还特意准备了纸墨，因此多人有诗。其中，王闿运有诗二首分赠潘、张②。李慈铭则作《潘伯寅侍郎张孝达编修招集龙树寺分纪以诗》③。王闿运晚年又有《王凤阳及同郡寓公设酒法政堂》（未刻诗卷）一诗追忆此集。

李氏与王氏虽有此缘，但是对其印象不佳，非议颇多。《越缦堂日记》同治十一年四月十一日载曰：

> 前日香涛言，近日称诗家，楚南王壬秋之幽奥，与予之明秀，一时殆无伦比。然"明秀"二字岂足尽予诗乎？盖予近与诸君倡和之作，皆仅取达意，不求高深。而香涛又未尝见予集，故有是言也。若王君之诗，予见其数首，则粗有腔拍，古人糟魄，尚未尽得者。其人予两晤之，喜妄言，盖一江湖唇吻之士，而以与予并论，则予之诗，亦可知矣！香涛又尝言，壬秋之学六朝，不及徐青藤。夫六朝既非幽奥，青藤亦不学六朝，则其视予诗，亦并不如青藤矣。以二君之相爱，京师之才，亦无如二君者，香涛尤一时杰出，而尚为此言，真赏不逢，斯文将坠。予之录录，不可以休乎？逸山尝言："以王壬秋拟李㠁伯，

① 王闿运：《湘绮楼日记》，同治十年五月庚寅朔日日记，岳麓书社 1996 年版。

② 王闿运后编诗集时，诗题为《五月朔日，潘伯寅侍郎南房下直，同张香涛编修招陪耆彦十六人，宴集龙树寺。酒罢，赋赠潘、张各一篇。张新从湖北提学满归，故有良史之称》，诗见《湘绮楼诗集》卷八。

③ 诗见李慈铭著，刘再华校点《越缦堂诗文集·白华绛跗阁诗壬集》，第 202 页。

予终不服。"都中知己，惟此君矣。此段议论，当持与晓湖语之。①

　　李氏对王氏的批评缘起于张之洞的一段评论。张之洞分别以"幽奥""明秀"属王、李二人，且认为二人之诗一时难有人能媲美。张之洞给他们的评价不可谓不高，却不得李氏之意，因为李氏实不屑与王氏相提并论。于是他批评王氏诗"粗有腔拍"、尚未得古人糟粕等，进而诋毁其为人。不仅如此，他以为自己诗歌非"明秀"所能概括，且张之洞所评论诗皆非自己得意之作，因此又感慨知音难觅。此外，李慈铭在光绪五年十二月初二日记曰：

　　　　阅《邹叔绩文集》，……遗书前刻楚人王闿运所为传，意求奇崛，而事迹全不分明，支离芜杂，亦多费解。此人盛窃时誉，唇吻激扬，好持长短，虽较赵之谦稍知读书，诗文亦较通顺，而大言诡行，轻险自炫，亦近日江湖傀客一辈中物也。日出冰消，终归朽腐，姑记吾言，以验后来而已。②

　　李氏不仅对王氏的诗歌多有不满，于其文也是批评尤厉。数年过后，李氏仍不改对王氏"唇吻"之士的印象，且断言王氏终将朽腐。可事实却有违李氏意愿了。

　　对于李氏的非议，王闿运并未作正回应面，只是在《王凤阳及同郡寓公设酒法政堂》一诗中提及李氏故实。诗曰："昔我京莘游，龙树会群英。黄岩应公车，赵、李正相倾。潘徐并兼爱，张李谬铨衡。（原注：浙人赵撝叔、李莼客，内外兄弟也。游京互相诋，宾客能往来两人间者，唯潘伯寅、徐寿衡及余。而张孝达独善李）"③王闿运在晚年旧事重提，且于李氏旧事载之甚详，亦当有意。"余无门户畦，唇舌慕君卿。以此骋訾间，欢然无妒争。"王氏注解曰："李日记存四十本，其中雌黄万端。于同人并有

_____

① 李慈铭：《越缦堂日记》，同治十一年四月十一日日记。
② 李慈铭：《越缦堂日记》，光绪五年己卯十二月初二日日记。
③ 王闿运：《湘绮楼说诗》卷三，第178页。

词例，上等称字，次等名，下者某，所不喜者加以绰号。目赵曰'天水狂兽'。潘、徐与伶人朱均称字，余与孝达名，子裳盖谁某例也。"这当可视为他对李氏诋毁的一种态度了，即不与之争辩。

对于李、王之间的争论，外人评论不一。支持李氏所论者，如文廷式，曰："莼客秉性狷狭，故终身要无大失。视舞文无行之王闿运，要远过之。"① 为王闿运辩护者，如近人张舜徽先生，曰："（李慈铭）以愤懑发为言谈，无往而非讥斥矣。考其平生持论，大抵依附乾嘉诸儒，不敢越尺寸，而不知湖湘先正之学，本与江浙异趣，大率以义理植其体，以经济明其用。使李氏厕诸其间，只合为吟诗品古伎俩耳。孰为重轻，不待智者而自知。乃自困于寻行数墨之役而不见天地之大，遂谓湖南人不知学问，其偏狭亦已甚矣。"② 而徐一士则委婉批评李慈铭之气量狭小，未免文人相轻之意，曰："王闿运与慈铭，并时噪誉文坛，而慈铭之于诗，深不然之，羞与为伍，盖途辄有异，其未免文人相轻之见也。……闿运之所自负，亦大有目无余子之概。若慈铭者殆非所愿齿及云。范当世在诗家中，亦一时之隽。慈铭与言謇博手札，有云：'所携视诗，其姓名是否范当世？当世素不知其人，观其诗，甚有才气，然细按之，多未了语，此质美未学之病也。'亦不甚许可，特视论闿运者差胜耳。"③ 外人多批评李慈铭的气量、性格，张之洞也不例外，曰："读李越缦诗，清俊博赡，洗伐功深，然趣含卞急，令人长傲兀之气。"④ 虽事实如此，但是，二人诗学观念的差异，也是导致李氏诋毁王氏的重要原因。

二　王、李对拟古的评价

王闿运以汉魏六朝诗为宗，而李慈铭则是不专一家、不限一代，然尤倾心杜甫。不仅如此，李氏之论，在于打破当时诗坛之模拟之风，有创新之意。

李慈铭的这种观点集中表现在同治十一年四月初六日日记中，曰：

---

① 文廷式：《闻尘偶记》，转自徐一士《一士类稿·李慈铭与王闿运》，辽宁教育出版社1997年版，第30页。

② 张舜徽：《清人笔记条辨》，《张舜徽集》，华中师范大学出版社2004年版，第343页。

③ 徐一士：《一士类稿·李慈铭与王闿运》，辽宁教育出版社1997年版，第30页。

④ 张之洞：《小沤巢日记五则》，《张之洞诗文集》附录，第539页。

"学诗之道，必不能专一家，限一代，凡规规模拟者，必其才力薄弱，中无真诣，循墙摸壁，不可尺寸离也。……作诗者当汰其繁芜，取其深蕴，随物赋形，悉为我有。"学诗之道，就应该广诗径，不限朝代。李氏之言意在打破专尚汉魏六朝诗，还有唐宋诗之争。然后，对于诗歌诸体式皆开列出了一份长长的名单，涵盖了汉魏六朝至明清的诗人。紧接着，李慈铭就针对诗坛的以时代为限、以某人为尊的现象作出了批判，曰：

> 盖今之言诗者，必穷纸垒幅，千篇一律。缀比重坠之字，则曰此汉、魏也；依仿空旷之语，则曰此陶、韦也。风云月露，堆砌虚实，则以为六朝；天地乾坤，佯狂痛哭，则以为老杜；杂填险字，生凑硬语，则以为韩、孟。作者惟知勦袭剽窃以为家数，观者惟知影响比附以为评目。振奇之士，大言之徒，又务尊六朝而薄三唐，托汉、魏以抵李、杜，狂谵瀼语，陷于一无所知。故自道光以来五十余年，惟潘四农之五古，差有真意，而七古佇弱，诸体皆不称。鲁通甫笔力才气皆可取，而工夫太浅，格体不完。其余不乏雅音，概无实际。欲救乾嘉诸家之俳谐卑弱，而才力转复不逮，此风会所以日下，而国朝之诗遂远不如前代也。道光以后名士，动拟杜韩，槎牙率硬，而诗日坏。咸丰以后名士，动拟汉魏，肤浮填砌，而诗益坏。道光名士苦于不读书而骛虚名，咸丰名士病在读杂书而喜妄言。①

这段文字，李慈铭有两个意思，一是批判模拟者，即其所谓抄袭剽窃为家数、影响比附为评目者，具体言之，即宗汉魏及宋诗派者；另一方面就是揭示产生这种现象的原因，即"不读书而骛虚名""读书杂而喜妄言"，皆为不善读书。

此外，李慈铭还说：

> 若仆，则颇以五七律为诸子所推，然自问诸体皆有佳处，亦皆有

---

① 李慈铭：《越缦堂日记》，同治十一年四月初六日日记。

恶处。意欲笼罩一切，而涉猎驰骤与诸大家，皆排其户，闯其藩，而卒不能入其室，是则所自知者也。……吾辈近来好为高论，五古必称《十九首》，称陶，次则称三谢；七古必称杜。余始亦不免此，颇描摹萧《选》、盛唐。今颇自悟。盖凡事必陶冶古人，自成面目。尝言唐之白，宋之苏，到底是诗家本色，而诸君颇不然之。余谓吾辈眼力意境，皆出明以来诗人上，而究之不能大越寻常者，资质有限，读书不多，气太盛，心太狠，出句必求工，取法必争上故也。①

对于自己的诗作，他也有清醒的认识，即是欲涵盖一切名家，而最终不能入其门径。这也是对其不专一家、不限一代观念实践的总结。在这段文字的后半段，他还总结了当世诗家的弊病，以时代为高，取法必争乎上，而忽视要有自家的面目。最为重要的一点就是，他注重探究诗歌源流，探寻诗家的正宗。其所列诸大家，皆是一脉相承的。这也是李慈铭能充分肯定明诗价值的重要原因。

基于这样的认识，李慈铭对专事绮语者以及以拟古为尚者提出了批评。其评绮语艳情之作曰：

作书致砚樵，极言作诗甘苦。以砚樵题予诗，谓"初学温、李，继规沈、宋"。予平生实未尝读此四家诗也。义山七律有逼似少陵者，七绝尤为晚唐以后第一人，五律亦工，古体则全无骨力。飞卿亦有佳处，七绝尤警秀。惟其大旨在揉弄金粉，取悦闺襜，荡子艳词，胡为相拟？至于沈、宋，唐之罪人耳，倾邪侧媚，附体金壬。心术既殊，语言何择？故其为诗，大率沿靡六朝，依托四杰，浮华襞积，略无真诣，间有一二雕琢巧语而已。云卿尚有"卢家少妇"一律，粗成章法。"近乡人更怯"十字，微见性情。延清奸险尤甚，诗直一无可取。盖不肖之徒，虽或有才华，皆是小惠，必不能舒扬理奥，托兴风雅。其辞枝而不理，其气促而不举，纵有巧丽之句，必无完善之篇。砚樵

---

① 李慈铭：《越缦堂诗话》，《越缦堂诗文集》，第 1524 页。

溺志三唐，专务工语，故以此相品藻。予二十年前，已薄视淫靡丽制，惟谓此事，当以魄力气体补其性情，幽远清微传其哀乐。又必本之以经籍，密之以律法，不名一家，不专一代。疵此浮媕，二陆三潘亦所弃也；赏其情悟，梅村、樊榭亦所取也。至于感愤切挚之作，登临闲适之篇，集中所存，自谓虽苏、李复生，陶、谢可作，不能过也。砚樵之评，实深思之而不可解。以诗而论，世无仲尼，不当在弟子之列，而谓学温岐，规沈、宋乎？①

李慈铭在回应董研樵的题诗时发表了对绮语艳情之作的看法。他用"真诣""性情""托兴风雅"的标准，否定了温、李、沈、宋等的"揉弄金粉""荡子艳词"，又明确地表明不好绮语，并强调本经籍，密律法，广诗径，以补救之。

从前面的论述，也不难发现李慈铭对拟作攻击尤甚。于拟作，其亦偶为之，但非以此为法，而限于交流诗艺。其咸丰七年四月十四日日记载：

　　夜饭后偕周氏昆季、子九、莲士约作诗课题，以一人作主考命题，评定甲乙，序齿轮看。遂以明日始子九主课，命题拟陶徵君《田居》五首、《苔花》七律，限后明日辰时，齐至艾臣家缴卷。②

还有评论评阅学海堂课卷时的拟作，实为学子而作。如光绪十年闰五月二十五日拟范石湖《田园杂兴诗》，七月初五日拟老杜《诸将诗》，九月初三日拟萧大圜《言志平海铙歌》十章，十一月初四日拟陶渊明《庚戌九月中于西田获早稻诗》，拟王渔洋《秋柳》七律四首。③

三　王、李评杜甫

也正是是由于两人诗学形态的差异，在追溯诗学源流时，对具体作家、

---

① 李慈铭：《越缦堂日记》，同治十一年四月初六日日记。
② 李慈铭：《越缦堂日记》，咸丰七年四月十四日日记。
③ 具体见张寅彭师、周容编《越缦堂日记说诗全编》，第105—106页。

具体朝代的诗歌的评价产生了很大的差异，如对杜甫、明代诗歌的评价。

李慈铭对杜甫推崇备至，这主要表现在以下几个方面。一是明确说明自己诗歌学杜；二是以杜甫诗歌为诸体诗之正宗；三是注重杜甫诗歌艺术的鉴赏。

李慈铭多次向世人交代自己的学诗路径，皆坦白学杜。其咸丰十年（1861年）闰三月二十三日日记自述三十二岁以前学诗经历曰："予自甲辰岁刻意为古诗歌，间亦抚拟老杜。尝作《观皇太后七旬万寿灯》七律，其中虚字全学少陵《西蜀樱桃》也。《自江》一首以呈先君子，弗善也。"① 接着又说："（壬子年）落解后，洊臻忧患，一切感事伤时之作，近体颇骎骎日上。高者逼杜陵，次亦不失为中唐，而古诗终无所悟。癸丑，交子九，旋交叔子兄弟，结言社相切劘，为汉、魏、三谢、杜、韩之学。而诸子皆推予善学杜，遂悉致其学于古近体。腔拍太熟，真伪杂出，几为李于鳞、郑善夫追步后尘。然五古渐老成，七古亦大方，较往时远矣。"② 这是李氏早年学杜时的情况。几年后，李氏又在《白华绛跗阁诗初集自序》中曰："所得意莫如诗。其为诗也，溯汉迄今数千百家源流正变，奇耦真伪，无不贯于胸中，而无不最其长而学之。而所致力莫如杜。"③ 而对其学杜的成绩，好友周星誉也予以承认。其评李慈铭《纪梦》诗曰："学杜至此，炼意、炼气、炼格，醇乎醇矣。纯客诗体凡三变，始造此境。甘苦唯仆知之最真，故工拙亦唯仆辨之最的，不足为局外人道也。（原注：沤公。）"④

李慈铭还将杜甫七古视为正宗，确立其在诗史上的地位。其曰：

> 高廷礼《唐诗品汇》言七古以李太白为正宗，杜子美为大家，王摩诘、高达夫、李东川为名家。王阮亭非之，而以王摩诘、高达夫、李东川为正宗，李杜为大家，岑嘉州以下为名家。然高以太白为正

---

① 李慈铭：《越缦堂日记》，咸丰十年闰三月二十三日日记。
② 同上。
③ 李慈铭：《白华绛跗阁诗初集自序》，《越缦堂诗文集》，第788页。
④ 李慈铭：《越缦堂日记》，同治元年正月十九日日记。此处周星誉评语为眉批。

宗，固非，王以三家当之，亦不然。三家自不过名家耳，此事总当推杜陵为正宗，太白为大家。阮亭平生嗜好稍偏。其于七古，才力亦所不逮，故集中无一佳篇也。①

在这里，李慈铭力排高启、王士禛之论，认为七古之正宗当推杜甫，而将李白列为大家，王维、高适、李颀三家为名家。这样的认识与王闿运是有很大差别的。

对于杜甫七古实绩，王闿运还是承认的，只是评价不如李慈铭那般高。王氏有曰："杜甫歌行自称鲍、谢，加以时事，大作波澜，咫尺万里，非虚夸矣。五言惟《北征》学蔡女，足称雄杰。他盖平平，无异时贤。韩愈并推李、杜，而实专于杜，但袭粗迹，故成枯犷。"②

王氏以为，杜甫歌行成功的条件有二，一是师法鲍、谢，二是辅以时事。然而他的赞美却不是很干脆。其评杜甫《同诸公登慈恩寺塔》曰："杜五言天骨开张，自然雄厚，然胸次时有叹老嗟卑之意，故专入时事，正其短处。如此登临诗而思及稻粱，何堪叫尧舜耶?"③ 紧接着，他又说韩愈七古粗犷之过，乃是专学杜甫所致。且王氏又曰杜甫五言仅有《北征》一首堪称杰作，是因为此诗学蔡女体。杜甫其他诸体，乃与众贤相同，并无过人之处。这就是王闿运对杜甫的总体评价。从这些评论中，不难发现王氏一贯的重视师法汉魏、重视学古的诗学观念。

王闿运还舍杜甫而推举李颀诗为七古之正宗。其在《论七言歌行流品答完夫问》中纵论唐代七言歌行，曰：

> 五言兴，而即有七言。而乐府琴曲希以赠答，至唐而大盛。凡四言五言所施，皆有以七言代之者，而体制殊焉。初唐犹沿六朝，多宫观闺情之作，未久而用以赠答送别，分题或拈一物一事为兴，篇末乃致其意。高、岑、王维诸篇，其式也。李白始为叙情长篇，杜甫丞称

---

① 李慈铭：《越缦堂日记》，同治三年十月十九日日记。
② 王闿运：《湘绮楼说诗》卷一，第124页。
③ 王闿运：《王闿运手批唐诗选》卷一，第117页。

之，而更扩之，然犹不入议论。韩愈入议论矣。苦无才思，不足运动，又往往凑韵，取妍钓奇。其品益卑，骎骎乎苏、黄矣。元、白歌行全是弹词，微之颇能开合，乐天不如也。今有一壮夫，击缶喧呼，口言忠孝。有一盲女，调弦曼声，搬演传奇。人将喜喧叫而屏弦索耶？抑姑退壮夫而进盲女也？韩、白之分，亦犹此矣。张籍、王建因元、白讽谏之意而述民风。卢仝、李贺去韩之粗犷，而加恢诡。郑嵎、陆龟蒙等为之，而木讷纤俗。李商隐之流又嫌晦涩，其中如叙事抒情诸篇，不免辞费，犹不及元、白自然也。李东川诗歌十数篇，实兼诸家之长，而无其短，参之以高、岑、李之泽，运之以杜、元之意。则几之矣。元次山又自一派，亦小而雅。①

王闿运以为，在七古诗的发展过程中，杜甫在抒情长篇方面有着推波助澜的作用。然而，李颀的七古则兼有诸人之长，而无其短，堪称完美，有高适、岑参、李白等形式上的优点，又有杜甫、元稹等人关乎民生、时事的内容。王闿运给予了李颀七古诗至高的评价。他还说：“七言开合动荡，无所不有。始扩于鲍照、王筠诸人，直通元、白、卢仝、刘叉、温、李、皮、陆，而李东川兼有其妙。”②“七言之兴，在汉则乐府，在后为歌行。乐府亦可以文法行之，亦可以弹词代之。如卢仝、顾况，是骚赋之流。居易、仲初，则焦（原注：仲卿妻）冯（原注：羽林郎）之体。并李、杜分三派。而李东川能兼之。”③

王闿运最欣赏的七古诗是李颀的《杂兴诗》。他以此诗为例子，对其结构和创新点详加评点，成为众弟子学诗的典范，也是自己拟作的对象。其曰：

沉沉牛渚矶，旧说多灵怪。行人夜秉生犀烛，洞照洪深辟滂湃。乘车驾马往复旋，赤绂朱冠何伟然。波惊海若潜幽石，龙抱胡髯卧黑

① 王闿运：《湘绮楼说诗》卷三，第165页。
② 王闿运：《湘绮楼说诗》卷四，第208页。
③ 王闿运：《湘绮楼说诗》卷六，第248页。

泉。水濒丈人曾有语，物或恶之当害汝。武昌妖梦果为灾，百代英威埋鬼府。（原注：以上平叙，咏史常例。）青青兰艾本殊香，（原注：入正意却用兰、艾，与题无干。此作者之意，以喻小人不可极之耳。然于文势极突兀，有辟易万人之概。盛唐以后无此接法，专恐人不知耳，便无诗意。）察见泉鱼固不祥。（原注：挽入本意，引古语作证，此亦善用典。）济水自清河自浊，周公大圣接舆狂。（原注：小时见元微之举此两句，以为古今诗人不能复下语，心窃疑之。及后尽学三唐及六朝歌行，乃知此二句神力，所谓千里黄河与泥沙俱下，只是将不相干语从容说来，恰合题分也。前乎此者，如《古剑篇》"正逢天下无风尘"四句，《春江花月夜》"此时相望不相闻"四句。后乎此者，《远别离》"海水直下万里深"二句，《白头吟》"此时阿娇"一句，《江夏赠韦冰》"头陀云水"四句，皆是此法门。若杜诗此等处尤多，然不免拉扯形迹，由其天分不及故耳。若韩退之以后则乱道矣。卢仝、刘叉亦时得之。而微之《望云骓》诗专摸此意，亦自纵横开合，不可方物。要归于清谈挥麈，无一毫作态，乃为佳耳。然微之称此二句，本意则是取其说理，又使其不拘检，与己意合，非知此诗之境也。何以知之？以其五言知之。盖五言亦有此一境，而元、白全未梦及之也。以其知此二句之妙，故歌行颇跌宕舒卷。）千年魑魅逢华表，九日茱萸作佩囊。（原注：再足两句挽入本意，亦不可少。）善恶生死齐一贯，只应斗酒任苍苍。此李东川《杂兴诗》，歌行之极轨也。其余各篇了然易见，唯此不易知也。余生平数四拟之，唯《回马岭柏树歌》稍似，附录于后，"（诗略）"。杜诗"宫中圣人奏云门，天下朋友皆胶漆"。钟伯敬以为孔硕肆好之音，"心""琴"二韵可以相比，亦东川别派也。①

王闿运具体分析李颀《杂体诗》，几乎一句一评。其明确指出该诗对七古诗的继承与开创之功，言之确确，亦为可信。如此，他将杜甫视为李

---

① 王闿运：《湘绮楼说诗》卷三，第165—167页。

顾之别派，也有其依据。

李慈铭尊杜还有一个特点，就是注重杜诗的艺术特色。李氏赏杜与他人不同，不为其爱国纪实之诗史观，也不在其诗有出处，而在于其诗有深细处。这种深细处不仅表现在诗艺上，如声律、用字等，更为难得的是对生活的细腻感悟。其曰："杜律，世皆以雄阔博大赏之。于是填砌乾坤天地、万里千秋、死生歌哭、家国干戈等十余字，以为学杜嫡派。尘庸芜恶，令人呕秽。岂知此老本领，自在沉着细密处。元微之称其'风调清深，属对律切'，真知言也。仆所取多不谬于此旨，其中沉着细密者，往往十而七八，皆标举之，以示后人。非从此问津，则皆航绝断港矣。"① 他还辑录前辈姚范之言，以资佐证："姚姜坞曰，少陵诗毋论工拙，其居游酬赠，以及欢娱愁寂，凡平生性情，处处流露。千载下如与公晤对，此当合全集而读之，知人论世之事也。若核其诗而规其至，必取其精神气格，音响兴会，意义并著者，乃为赏音。世人一概诵习，云吾知公性情。夫作诗者孰谓无性情哉！"② 由此可见，李慈铭对杜诗艺术的感悟。

不仅如此，李慈铭还大量点评杜甫诗，挖掘具体诗作的韵味。其咸丰九年十一月十八日日记曰：

> 与叔子夜谈少陵诗，悟入微至，有非语言所能尽者，今略举一二。《哀王孙》起四语云："长安城头头白乌，夜飞延秋门上呼。又向人家啄大屋，屋底达官走避胡。"上两语皆知为乐府语也，不知其下二语之妙，乃真乐府滴髓，看似笨拙可省，然正是质实独到处。"又向人家啄大屋"七字，真千钧笔力，上两语人尽能之，此两语不可到也。《丹青引》云："将军魏武之子孙，于今为庶为清门。"真是古文叙记笔法，而却渊源《雅》《骚》，非昌黎之以文为诗者比。"为庶""为清门"，两"为"字，朴老绝伦。《舞剑器行》，此题若入作家手，无不用排场起步，而直起云："昔有佳人公孙氏"，便觉有百尺无枝气

---

① 张寅彭师、周容编：《越缦堂日记说诗全编》，凤凰出版社 2010 年版，第 1030 页。
② 同上书，第 1098 页。

象。《北征》中"山果多琐细，罗生杂橡栗。或红如丹砂，或黑如点漆"，此两语忽赋一小物景状，极似无谓，而下即接云："雨露之所濡，甘苦齐结实。"乃觉数语真有无数关系，全篇血脉俱动，此所谓神笔也。即其他累句，如《古柏行》云："万牛回首邱山重。"又云："异时剪伐谁能送。"《洗兵马》云："尚书气与秋天杳。"又云："奇祥异瑞争来送。"《诸将》云"曾闪朱旗北斗殷"等语，语意尽拙，然不能累其气力。……至何大复谓古诗亡于杜，此真大而无当之言。人徒见杜诗之浑厚雄直，刻挚沉着，而不知其精深华妙，空灵高远，多上追《三百》，下包六代。如《丽人行》乃深得乐府艳歌之遗，《新安吏》《石壕吏》《新昏别》《垂老别》诸诗，何减《十九首》？其律诗如"花妥莺捎蝶，溪喧獭趁鱼""飞星过水白，落月动沙虚""细雨鱼儿出，微风燕子斜""远鸥浮水静，轻燕受风斜"等语，何尝不细腻独步耶？予于杜诗虽瓣香所在，顾仅得其大意，不求甚解，故鲜全首能背诵者。举其命脉气息，即觉了了目前，奥窔深微，暗合无间，少陵复起，亦不以为妄语耳。①

李慈铭不仅能感知杜甫浑厚雄直处，亦能把握其精神华妙处。除了诗歌艺术，李氏还能感受到杜诗中的生活体验，并有意识地转化到自己的诗歌中。其同治十三年七月初六日日记载："向爱杜工部'白沙翠竹江村暮，相送柴门月色新'二语，为深得村居往还之乐，前日属梅卿画之高丽扇上。画作南塘一带，其地似湖桑埭，亦似湖塘之三家村，二者皆予卜居处也。今日因题一绝句云：'水偏门外南塘路，竹树村村间白沙。难得故人营粉本，长湖头尾是吾家。'"②

李慈铭也批评杜甫不甚称意的作品，但是面对别人的批评，又不禁为杜甫辩护起来，并提出了"取其真诣，略其小疵"的原则。而这种矛盾，皆为其爱杜之深造成的。他说："《饮中八仙歌》《前后苦寒行》，皆下劣之作，虽脍炙人口，不值一哂。《同谷七歌》及《八哀诗》亦非高唱。《秋

---

① 李慈铭：《越缦堂日记》，咸丰九年十一月十八日日记。
② 李慈铭：《越缦堂日记》，同治十三年七月初六日。

兴》八首，瑕多于瑜，内惟'闻道长安似弈棋'及'蓬莱宫阙对南山'两首，可称完美。'昆明池水汉时功'上半首格韵俱高，下半未免不称，且此诗命意，亦终不可解。其余若'丛菊'一联，'信宿'一联，及'请看石上藤萝月，已映洲前芦荻花'，皆轻滑不似大家语。'香稻'一联，浅识者以为语妙，实则毫无意境，徒见其丑拙耳。《咏怀古迹》第五首：'诸葛大名垂宇宙'一律，字字笨滞，中四语尤入魔障。《万丈潭》云：'孤云到来深，飞鸟不在外。'《题画枫》起语云：'堂上不合生枫树。'皆此老心思极拙处也。"①

李慈铭自己也明确指出了杜甫《八哀诗》非高唱之作，但是面对宋人的质疑，又出面辩解。曰：

> 宋人叶石林极诋此八诗，谓《李邕》《苏源明》两首累句尤多。国朝王渔洋、姚姜坞皆摘其疵，所言诚然。然读诗当观其大体，读杜诗尤当取其真诣，略其小疵。此八诗是杜公忧伤国事，兼述平生素怀、交友大略，非但思逝感旧，观《诗序》数语可见。其篇中虽多率句，亦间伤冗漫，而忠愤之气，溢于言外。神采奇发，自是高作，不得执一字一句绳之。正如长江大河，沙石杂下，虽不如寒潭清涧，莹澈可爱，而得不推为伟观？后人以颜光禄、张燕公《五君咏》为比，以彼简贵而此芜粗，非其伦矣。若杨升庵力驳诗史之说，谓"诗言性情，非道政事，以诗当史，为宋人腐语"。则吾不得而知之矣。夫孟子不曰"诗亡然后春秋作"乎？后之学诗者，才力俭薄，则当效颜、张，毋效杜公所谓"抗鼎绝膑"也。石林谓"尝痛删《李》《苏》二章，仅取其半"，不知所删若何，恐必失其旨趣。余故略注其率语，使后人不必学，而论之如此。②

不管是批评，还是辩护，都体现了李慈铭对杜甫诗艺术特征的感受。

---

① 李慈铭：《越缦堂日记》，咸丰九年十一月十八日日记。
② 张寅彭师、周容编：《越缦堂日记说诗全编》，凤凰出版社 2010 年版，第 1031 页。

四　王、李论明诗

王氏以为明诗仅限于盛唐，而未能上溯至汉魏，因此诗格不高，无甚可观。然而，李慈铭则以为明诗上承唐诗，延续了唐诗风貌，在评价时，显得更为理性和细致，以为明诗多有可采处。

王闿运也注重诗史的流别，在论及明诗时，以为诗法既穷，于是明人专事模拟、模仿唐诗。但是，明人模拟的成绩如何？"明人拟古，但律诗可乱真，古体则开口便觉。诗亦自有朝代，唐以前诗不能伪为，宋以后诗大都易拟。此又先辨朝代，后论家数也。近人卤莽，谬许明七子为优孟，以杨诚斋、陆务观配苏、黄，不知七子之全不能《文选》，杨、陆之未足成家数也。"① 王氏以为，明诗仅律诗可采，而其古体诗则不肖。更为重要的是，明七子诗不学《文选》，仅止于盛唐，非其所爱。明诗拟古本无可厚非，让王氏非议者，在于其不及汉魏六朝。他的这种认识在评价好友邓辛眉时也可明见，曰："自明后，论诗率戒模仿，辛眉独谓七子格调雅正。由急于得名，未极思耳。自学唐而进之，至于魏晋，风骨即树，文采弥彰。及后大成，遂令当世不敢以拟古为病。逸气高华格韵超，绛云舒卷在重霄。当时何李无才思，强学鹦歌集凤条。"② 王闿运同意邓辛眉对七子格调雅正的说法，但仍以为当自唐而上及汉魏诗。这一褒一贬，将自己诗崇汉魏六朝的观念表现得相当清晰。王氏评论明诗的基本格调，也在于此。

王闿运《论诗绝句》（第二十卷）论及元明清三朝诗人，其中对有明诸家的评价也并不高。俱列于后：

> 《刘青田、高青邱》：青田跌宕有齐气，季迪风流近六朝。开国元音分两派，古琴天籁始萧萧。
>
> 《何大复、李空同》：何李工夫在七言，却依汉魏傍高门。能回坡谷粗豪气，岂识苏梅体格尊。
>
> 《李茶陵》：李杜中兴宋派亡，翰林终是忆欧阳。西涯乐府成何

---

① 王闿运：《湘绮楼说诗》卷七，第248页。
② 王闿运：《湘绮楼诗集》卷十七，第420页。

调，琴里筝声枉擅场。

《王元美、李于麟》：七子重将古调弹，潜挽唐宋合苏韩。诗家酿蜜非容易，恐被知音冷眼看。

《袁中郎》：青藤市语亦成篇，便作公安小乘禅。雅咏何堪浇背冷，桂枝准许乞人传。

《钟竟陵、谭江夏》：摘字拈新截众流，只将生涩换雕镂。若从鼠穴寻官道，犹胜斋宫兔棘猴。

王闿运的评论侧重于诸人的过失：刘伯温、高棅后，古音不再；何、李不识体格之尊卑；李东阳乐府终是应酬；王、李诗合唐宋，格亦不高；公安派以俚语入诗，不雅；竟陵派则摘字拈句，生涩奥衍，诗径过窄。而对于诸家的优点，则有意忽略不言。一并言之，皆不措意。

李慈铭对明诗的评价与王闿运大相径庭。虽然二人皆认识到明诗与唐诗的关系，但是评价则完全相反。李慈铭着意提升明诗的地位，主要表现为：一是认为明诗上承唐诗，成绩优于宋、元；二是重新评价有明诗家诗派。

李慈铭从朱彝尊《明诗综》中渐识唐诗之正格，也对于唐诗、明诗有了全新的认识。其曰："至壬子，阅朱竹垞《明诗综》一书，渐识气格之正。嗣为五七律，颇有合作。古诗则描画四皇甫，薛考功、徐迪功诸家。冀以上追陈拾遗、张曲江，而其中实无见解。声体或肖，皆得糟粕而遗神明。盖皇甫诸公尚不免面目太重，予穷力拟之，于唐人婉约空灵之旨，杳未窥其境界，故所作遂尽成伪体。"① 从看明诗而悟得唐诗气格正体，这是李慈铭的独特之处。

李慈铭论诗不限一代，不专一家，而明诗是其诗史链条中的重要环节，在论及各种体式时，皆有明诗的位置。其同治十一年四月十一日日记载曰：

五古自枚叔、苏李、子建、仲宣、嗣宗、太冲、景纯、渊明、康

---

① 李慈铭：《越缦堂日记》，咸丰十年闰三月二十三日日记。

乐、延年、明远、玄晖、仲言、休文、文通、子寿、襄阳、摩诘、嘉州、常尉、太祝、太白、子美、苏州、退之、子厚，以及宋之子瞻，元之雁门、道园，明之青田、君采、空同、大复，国朝之樊榭，皆独具精诣，卓绝千秋。

七古子美一人，足为正宗。退之、子瞻、山谷、务观、遗山、青邱、空同、大复，可称八俊。梅村别调，具足风流。此外无可学也。

七律取骨于杜，所以导扬忠爱，结正风骚，而趣悟所昭，体会所及，上自东川、摩诘，下至公安、松圆，皆微妙可参，取材不废。其唐之文房、义山，元之遗山，明之大复、沧溟、弇洲、独漉，国朝之渔洋、樊榭，诣各不同，尤为杰出。

七绝则江宁、右丞、太白、君虞、义山、飞卿、致尧、东坡、放翁、雁门、沧溟、子相、松圆、渔洋、樊榭，十五家皆绝调也。而晚唐北宋，多堪取法，不能悉指。我朝之王、厉，尤风雅替人，瓣香可奉。①

由此不难看出明诗在李慈铭心中的位置。

与宋、元诗相比，李慈铭认为，明诗是优于二者的，这也体现了他为提高明诗诗史地位的努力。他以为明诗胜过宋诗，在同治三年十月十九日日记曰：

> 谢在杭谓明诗远胜于宋。又谓宋人尚实学，而明人多剽窃，故究竟不及宋，语固矛盾，然予谓明诗实过于宋。季迪惜不永年，倘逞其所至，岂仅及东坡哉？中叶之空同、大复，末季之大樽、松圆，皆宋人所未有。宋人自苏、黄、陆三家外，绝无能自立者。明人若青田、西涯、子业、君采、昌谷、子安、子循、沧溟、弇州、梦山、茂秦、子相、石仓、牧斋，皆卓然成家。即孟载之风华，亦高于昆体；中郎之隽趣，尚永于江湖。后代平情，无难取断。贵远贱近，徒以自欺。

---

① 李慈铭：《越缦堂日记》，同治十一年四月十一日日记。

　　至于国朝，实尠作者。渔洋七绝，直掩唐人。此体之余，仅为宋役。愚山五律，迦陵歌行，皆足名家，亦专一技。三君而外，则推竹垞、初白、太鸿耳。然竹垞瑜不胜瑕，初白雅不胜俗，太鸿颇多隽语，苦乏名篇。余子纷纷，概无足数。文章有待，风会相因。方驾古人，或在来哲。昭代文至刘海峰、朱梅崖，诗至沈归愚、袁子才，可谓恶劣下魔矣！而近日文更有桐城末派如陈用光、梅曾亮者，则以归、唐之藉苴，为其一唱三叹也。诗更有西汀下流，如张际亮、朱琦者，则以王、李之臭腐为其三牲五鼎也。而大臣之好文，名士之能诗者，震矜以张门庭，依附以窃声价。于是文人则有某某，以为由桐城溯史、班，而一字不通矣。诗人则有某某，以为由西江溯杜、韩，而一语不成矣。书种既绝，名家益多，外此者则又自居□□，非复人类。耳目所及，指决鼻烟。车马所趋，军机西老。（原注：都人呼山西人为西老。老者尊称，以其多金钱也。）虽国有颜子，不复知矣！①

　　在这段文字里，李慈铭比较了明诗与宋诗、清诗的成就，总体上以为明诗的成绩是优于宋诗的。至于清诗，李慈铭仅仅对诗歌宗唐的王渔洋、施愚山、陈维崧、朱彝尊等人予以肯定，而就诗风、文风近宋者，如桐城派等皆予以否定和抨击。总言之，清诗也是不如明诗的。在李慈铭看来，明诗上继唐诗传统，而宋诗远逊唐诗。其评宋人绝句曰："东坡、石翁、放翁、白石四家，尤清远逼唐人。然仅到刘文房、韩君平止耳。求如龙标、太白、李十郎者，竟不可得。即晚唐许丁卯之隽咏，李玉溪之幽鍊，韩冬郎之浓至，亦皆不及。此固时为之耶？元人此体苦气格靡耳，其新秀却胜宋人。予最爱贡师太一绝，云：'涌金门外柳如金，三日不来成绿荫。我折一枝入城去，教人知道已春深。'空灵超妙，东坡亦当低首矣。"② 宋诗绝句之空灵超妙，不仅远不及唐诗，甚至连元诗皆不能相比。其同治十一年日记十二月初五日日记还曰：

---

　　① 李慈铭：《越缦堂日记》，同治三年十月十九日日记。
　　② 李慈铭：《越缦堂日记》，同治三年十一月初一日日记。

阅萨雁门诗。雁门五七言律，非宋人所能及也。七古亦俊爽，不独穠艳可取，七绝亦有高作。昔人有言元诗优于宋者，固非无见。予谓元诗优于南宋，元文则远过于南宋，而明诗又胜于元。明文则远不及元。①

元诗优于宋诗，而元诗又不及明诗，如此，明诗的成就就仅次于唐诗了。换言之，明诗与唐诗是同质的。

李慈铭还具体对明代诗人作了评析。他不似王闓运，别开公安派之轻佻纤俗，而赏其"静细之思，幽隽之语"。其咸丰十一年九月初七日日记曰：

公安之派，笑齿已冷，皆谓轻佻纤俗之习，创自石公。今观其全诗，俚恶者固不免，如唐人"小婢偷红纸，娇儿弄白髭"之类。迁流愈下，几同谐谑，然佳处亦自不乏。静细之思，幽隽之语，触目皆是。中郎一门风雅，出处可观，其得盛名，良非无故，后人固不可专学此种。……集中打油、钉铰之作甚夥，几有同于戏剧科诨，不成文字者，竟可焚弃。朱氏《明诗综》亦谓其才情烂漫，无复持择，颇录取其佳者。而所登太狭，遗落甚多。后人有读予是编者，可以想其闲静高淡之概，亦烦俗中一服清凉散也。②

他评论竟陵派诗，也能认识其诗歌的奥衍僻涩，但是更能欣赏其山水之趣，诗之幽致。李氏曰：

竟陵之派，笑齿已冷。秀水朱氏，至比之泗鼎将沈，魅彪并出，为明社将屋之征。予幼时见坊本有选友夏游记数首者，窃赏其得山水之趣。及阅所评《水经注》，标新嚆奇，时有解悟。前年在京师，见所选《诗归》，虽识堕小慧，而趣绝恒蹊，意想所营，颇多创得。因

① 李慈铭：《越缦堂日记》，同治十年十二月初五日日记。
② 李慈铭：《越缦堂日记》，咸丰十一年九月初七日日记。

谓盛名之致，必非无因。……今日阅其《全集》，总其大凡，诗则格囿卑寒，意邻浅直。故为不了之语，每涉鬼趣之言。而情性所赙，时有名理。山水所发，亦见清思。惟才小气粗，体轻腹陋，俚俗之弊，流为俳谐。故或词组可称，全篇戡取，披沙汰石，得不偿劳。见斥艺林，盖非无故。……其以蔡清宪为师，锺退谷为友，皆有古人之风。亮节直言，庶乎无愧。洁情远韵，亦自足多。世人平心观之，可矣。①

李慈铭能破除有清一代对明诗的偏见，在批评的同时，理解其用心之处，亦可谓独到。

对于明诗，李慈铭最为倾心的还是前后七子的七古。清人评前后七子，有批判其专事模仿而无自己面目者，有批评其有形无神者，还有批评其无性情者。然而，李慈铭对前后七子的七古诗情有独钟，并着力重塑七子形象，以为他们得到杜甫正传。

前面所举其同治十一年四月十一日日记中不难发现，各体诗的代表皆有明前后七子。五古有空同、大复，七律则有大复、沧溟、弇洲，七绝则沧溟、子相。不仅如此，李慈铭还多次具体评价了前后七子诗。其曰：

予尝见李、吴二家《全集》，固嫌芜累，然佳处自不乏。即陈忠裕《皇明诗选》一编观之，沧溟七言律绝，本领卓然；宗、吴亦尽存名什。竹垞至讥明卿为不知诗，抑何言之过欤？②

沧溟诸君可厌者，拟古乐府耳，五古亦鲜真诣。七古高亮华美之作，自为可爱，惟不宜多取。至于七律、七绝，则虚实开合，非仅浮声为贵，胡可非也。如谓其用字多同，格调若一，则又不尽然。观其随物赋形，古泽可掬，何尝不典且丽。至诗中常用好字，本字不多，陶、谢、韦、杜、王、孟诸公，何独不然？且明高、薛、边、徐、二皇甫，专长五古，比而观之，多有雷同，较其真际，亦不数见。③

---

① 李慈铭：《越缦堂日记》，同治四年九月初二十三日日记。
② 李慈铭：《越缦堂日记》，咸丰十年十一月二十八日日记。
③ 李慈铭：《越缦堂日记》，同治十一年五月二十七日日记。

录王弇州《袁江流》《尚书乐》《太保歌》乐府三首。弇州才大，实明代第一。观《袁江流》一篇，洋洋诗史，立言用事，色泽音节，无不入妙，自唐以后无此作也。予手录之凡三度矣。①

李氏的态度，由云龙概括说："明代李空同、程松圆辈，佳句极多，徒以貌袭唐人，遂贻优孟衣冠之诮。而吴修龄、伍既庭、李越缦诸君，未尝不赏其佳处，正不得一笔抹杀也。"又曰："李越缦论诗，极推崇大复、空同，而于公安、竟陵、松圆、子相亦多节取，非尽如吴修龄辈一概抹却也。"②

李慈铭还对朱彝尊《明诗综》所选前后七子诗过少且批评过甚表示相当的不满，曰："（竹垞）于后七子贬斥太甚。沧溟仅选十八首，其七律、七绝高作，多置不录。子相仅十七首，亦多遗珠之恨。子与、明卿，律绝俱佳，而竹垞尤峻诋之。徐取二首，吴取四首，弥为失平。其稍许可者，弇州一人，亦多所刊落。"③

对于明前后七子的创作，李慈铭以为七古诗最佳。李慈铭七古以杜甫为宗，将李梦阳、何景明的七古与韩愈、苏、黄等大家并举。究其实质，则是因为李、何二人七古得之于杜，称赞二人与宗杜是一致的。他的这种思维在对梅村体的评价上面也得到了充分体现。李慈铭十分欣赏吴伟业之长篇七古曰："梅邨擅场，自在七古。秾纤得中，哀婉赴拍，虽云取法长庆，实已上掩元、白。五古松软，七律填砌，而佳者自不可掩。"④ 他也视梅村体为七古之正宗，"梅村长歌古今独绝，制兼赋体，法合史裁，诚风雅之适传，非风雅之变调。而世人不学，皮傅唐人，辄藉口杜、韩，哆言正变。岂知铺陈终始，正杜陵之擅场；蚍蜉毁伤，入昌黎之雅谑。嗟兹聋瞀，难言精微。世有知音，必契斯恉。"⑤ 又曰："古今可称诗史者，少陵以后，金之遗山，元之梧溪，明之梅村为最。"⑥

---

① 李慈铭：《越缦堂日记》，同治十一年十二月十一日日记。

② 由云龙：《定庵诗话》，《民国诗话丛编》（三），第580、600页。

③ 李慈铭：《越缦堂日记》，同治十一年五月二十七日日记。

④ 张寅彭师、周容编：《越缦堂日记说诗全编》，第1034页。

⑤ 李慈铭：《越缦堂日记》，同治十年十月二十六日日记。

⑥ 李慈铭：《越缦堂日记》，光绪十六年正月十一日日记。

李慈铭自言七古第一，这种自信即来源于自己七古学杜。友人张之洞也是如此看待。同治十一年四月十九日日记记载："作书致香涛，示以昨诗（案：《再为砚樵题秦宜亭所画太华冲雪第二图》）。得香涛复，言予诗雄秀二字，皆造其极，真少陵适派，其火候在竹垞、阮亭之间。竹垞、阮亭七古，皆学杜也。此语殊误。阮亭七古，平弱已极，无一完篇，岂足语少陵宗恉？竹垞亦仅规东坡耳。若予此诗拟之空同、大复，则殆庶乎？"①张之洞评价李氏为雄秀，且认为其承少陵正宗。李氏对于张之洞评其学杜欣然接受，然将自己与竹垞、阮亭并提则不很满意。其实，李氏心中称意的评价应该与何、李并列。

王闿运、李慈铭由于诗学观念的差异，导致了他们在众多方面意见的不统一。但是，二人也并非全不相同。在由云龙看来，至少二人的七绝就有相似的艺术特征。具体表述如下，并以此作结，曰：

> 七言绝句，唐人工者极多。太白、龙标、牧之、义山、飞卿诸家，尤为擅长。宋人则玉局、双井、荆公、放翁佳制甚夥。元明则雁门、沧溟、子相、松圆外，可采较稀。清初则渔洋、樊榭极工此体。自当以绵邈超逸为贵。……

> 李越缦举元遗山《出都》一首云："春闺斜月晓闻莺，信马都门半醉醒。官柳青青莫回首，短长亭是断肠亭。"又举元王子宣、萨天锡《宫词》各一首。王云："南风吹断采莲歌，夜雨新添太液波。水殿云房三十六，不知何处月明多。"萨云："清夜宫车出上央，紫衣小队两三行。石阑干外银灯过，照见芙蓉叶上霜。"以为不减唐人风调。又举明张灵一首云："隐隐江城玉漏催，劝君且尽掌中杯。高楼明月清歌夜，知是人生第几回。"以为深情恻恻，有尽而不尽之意。又张灵《春尽送人》一首云："三月正当三十日，一琴一鹤一孤身。马蹄乱踏杨花去，半送行人半送春。"亦佳。元撒举《送郭祐之》云："南口青山北口云，天涯何地又逢君。陌头杨柳西行马，画角三声不忍

---

① 李慈铭：《越缦堂日记》，同治十一年四月十九日日记。

闻。"施愚山诗话录石刻《灞桥诗》二首，以为不减唐人。其一云："渭水东流不见人，摩挲高冢石麒麟。千秋万岁功名骨，尽化咸阳原上尘。""汉苑秦宫尽夕阳，几家墟落野花香。灞桥斫尽青青柳，不是行人也断肠。"王子予（绶）送《常熟李瑞卿》云："柳暗花明风雨天，鹁鸠声裹一归船。重逢已是十年后，为问人生几十年。"潘高（孟升）《绝句》云："黄鸦谷谷雨疏疏，燕麦风轻上觜鱼。记得去年寒食节，全家上冢泊船初。"葛一龙《八月十五夜盘龙寺》云："历历三年看月愁，燕山楚水白门楼。不知何处明年夜，更忆盘龙寺裹秋。"

王壬秋《彭城怀古》云："烟锁彭城暮色秋，绕城无复旧河流。惟余节度东楼月，照尽行人照尽愁。"又《过衡岳下》云："岳色寒云淡似烟，交流中沚故依然。沧洲渔子头应白，记买霜鳊卅二年。"渔洋《真州绝句》云："江干多是钓人居，柳陌菱塘一路疏。最好日斜风定后，半江红树卖鲈鱼。"《蛴矶夫人庙》云："霸气江东久寂寥，永安宫殿莽萧萧。都将家国无穷恨，分付浔阳上下潮。"以上所举各诗，情韵兼到，无事时偶一讽咏咀嚼，令人怅触不已，愿与同调者共赏之。①

第二节　王闿运与张之洞的诗学

王闿运与张之洞（以下简称"王、张"）皆为晚清诗坛巨擘，允为光宣诗坛头领。不仅如此，二人交往四十余年，彼此情谊十分深厚。但君子和而不同，在诗学、经学、政治等方面，王、张都存在着很大的差异。张之洞，无论学术还是政事，都秉承雅正的宗旨，诗学也准依于此；王闿运，尊奉今文经学，诗学主张抒发情性。张的雅正诗观统摄于正统儒家诗教观念下，与王闿运强调一己之"兴"有很大的不同；张之洞兼采唐宋，又以宋意入唐格，也与王闿运标举汉魏六朝诗学迥异。正是诗学宗尚上的

---

① 由云龙：《定庵诗话》，《民国诗话丛编》（三），第565—566页。

这种差异，导致了二人对杜甫评价的不同。尽管如此，但张仍很欣赏王的七古诗；这或是因为王的七古取法乎唐，且其哀婉幽怨的风格为其所赏。

王、张为光宣诗坛之典型，比较其异同，明确汉魏六朝诗派、唐宋调和派之特征，有其特别意义，即考察光宣诗坛流派发展的需要。在实际交游过程中，两派的诗学观念得以交流，对当时诗人产生了很大的影响。樊增祥、易顺鼎、顾印愚、杨锐等诗人皆受二人之影响。① 正本溯源，不得不论。

一 王、张相互的评价

王闿运与张之洞的交往长达近四十余年，自同治十年（1871年）北京结交至宣统元年（1909年）张之洞离世。关于这近四十余年的交情，王闿运在《湘绮楼日记》里记载甚详。相互唱和之作，也是他们友情的证明。然而，二人相互的评价是不对等的。总的来说，张之洞欣赏王闿运之诗才，而王氏则在诗歌、学术以及政事诸多方面对张之洞提出批评。

王闿运和张之洞建交于同治十年。是年三月，王闿运赴京参加会试，而此时张之洞湖北学政任满，返回京城。王氏在京约五个月，这段时间内，与张之洞诗酒文宴不断，且纵论学术、时事。

其实，王闿运在赴京之前，就已经从友人处得到了张之洞在湖北学政任上建立书院、延请名师、以兴实学的信息，对张氏印象颇好。② 到北京后，王氏便迅速与张之洞结识并建交。三月廿日："敖金甫、香涛来谈。"三月廿八日："赴天宁寺，香涛招饮。"四月十六日："出访张香涛。"

在随后的两个半月内，王闿运与张之洞等人聚饮数次。五月朔日、七月十三日均有龙树寺集，七月七日有周寿昌（案：字荇农）斋集，七月十四日，张之洞斋集。其中以两次龙树寺集会影响最大。五月朔日与会诸子均为当世名流，如李慈铭、孙诒让等，且多有诗。此集王闿运有

---

① 樊、易二人皆以师称张，但与王诗歌交流频繁，亦受其影响。顾印愚、杨锐出自王、张二人门下。

② 《湘绮楼日记》同治十年二月十三日日记："黄冈林职方铺同年之从子字午山来访……谈久之，言张香涛视学湖北，立经心书院，以兴实学，曾聘莫子偲为院长。子偲不就，今为薛介伯，亦知名士。"

《五月朔日，潘伯寅侍郎南房下直，同张香涛编修招陪耆彦十六人，宴集龙树寺。酒罢，赋赠潘、张各一篇。张新从湖北提学满归，故有良使之称》（卷八）诗赠送张之洞，张氏亦有《和王壬秋五月一日龙树寺集诗一首》（卷二）诗回赠。七月十三日集会，王氏作《董二兵备同年文涣饯集龙树寺，温编修忠翰作兼葭送别图，张岳州德容、周学士寿昌、徐侍郎树铭、张编修之洞及主人皆有赋赠，辄成长句赠董，兼别诸公》（卷八）记之。七月十四日，张之洞设宴为王氏饯行，作《送王壬秋归湘潭》（卷二）。

张、王之间的文学活动不限于此，在诗酒之余，亦相互交流。《湘绮楼日记》同治十年五月九日日记载："雨中行将廿里，甚倦，因过香涛谈，观其《宴集诗》。"五月十八日："香涛赠诗，兼送银廿两，复书暂存彼处。"六月十三日："作《圆明园诗》成。……香涛和食瓜诗甚佳。"六月十五日："香涛亦遣信来，索《哀江南赋》稿，并还余所注书。"从这些记录中不难看出，王闿运与张之洞赏析着对方的诗作，探究诗艺。

对于这番京城之旅，王闿运印象深刻。此后，其又在《对芍药，忆张孝达》（卷十）一诗中追念此游以及二人之情谊。诗序曰："十年春在京师，与孝达访丰台芍药，花农列畦植花，开则尽剪之。以十金留半日，然无亭馆置酒之处，不足留赏也。孝达今方督学四川，感别欢春，因题奉寄，亦使后之人知丰台故事尔。圆明园芍药尤多，故有末句。"诗曰："旧约丰台去，匆匆惜玉珂。断香邀价重，回枕掷春多。湘阁文犹绮，江津锦自波。不知乘传日，何似望銮坡。"此诗追忆丰台游园，并感慨人事之变迁，真切自然。

于是，王闿运、张之洞都给对方留下了美好的印象。王闿运称颂张之洞在任湖北学政期间的功绩曰："良使宏儒宗，流风被湖介。众鳞归云龙，潜虬感清唳。拊翼天衢旁，嘉期耦相对。陆荀无凡言，襟契存倾盖。优贤意无终，依仁得所爱。"①

---

① 王闿运：《五月朔日，潘伯寅侍郎南房下直，同张香涛编修招陪耆彦十六人，宴集龙树寺。酒罢，赋赠潘、张各一篇。张新从湖北提学满归，故有良使之称》，《湘绮楼诗集》卷八，第189页。

张之洞也毫不掩饰对王闿运文学才华的赞赏。其在《致潘伯寅》的信中曰:"壬秋之诗则信精美矣。"① 又在《和王壬秋五月一日龙树寺集诗一首》中曰:"四学并甄综,六笔咸宏博。报罢意无闷,雅尚在述作。……高文如清风,俯仰成寄托。太息金门下,杨雄独寂寞。"② 王闿运将返回湘潭时,张之洞叹嗟其命运多舛,对其才大而不能获用表示了深切的同情,曰:"情怀难遣游梁人,声价犹同入洛日。机云入洛正青春,屣履公卿竞到门。东宫绝艳徐陵体,江左哀思庾信文。……君去江干兰自芳,君诗荡气更回肠。欲从无奈湘潭水,我亦金门执戟郎。"③ 张之洞将王闿运的命运入京与二陆入洛比较,以叹其老;将其文学拟之徐陵、庾信,以叹其高才。诗歌的结尾更是为之感叹。张之洞的这种情绪在该诗诗序中表现得更加明确:"王壬秋才调冠时,善谈经济。《哀江南》一赋,海内知名。遍历诸侯,朝贵折节。其始来上计,在咸丰末年,江海扰攘之时。其重入国门,在同治十年钟虚奠安之后。旧游雨坠,尺波不留,既被礼部驳放,盘桓无遇,浩然思归。盖是时,朝野熙然,方谓中兴之业,而壬甫亦将老矣。将道金陵,谒湘乡幕府,溯大江,望衡岳而归。水阁宴集,言送将归,四坐亲知,或有篇咏。余感虞卿之著书,□马援之慷慨,抚山川之今昔,悲秋气之沉寥。命篇叙意,不知感慨之无涯也。"④

至于学术,二人的差异在当时就表现了出来。在这段时间内,除了诗酒活动,张、王二人亦谈经论道,讨论学术。《湘绮楼日记》同治十年五月十九日载:"食时香涛来谈经,云常州有许子辛注禹贡多心得。"六月十九日:"过叔鸿、香涛处,皆久谈。香涛处食瓜,谈《易》。又言旧祭天地日月,皆别有乐器。夷人入京,日坛器毁,所司不能制作,乃假月坛器用之,垂帘兆也。太常工人不知制度,竟未能制。……香涛自云喜高邮王氏之说,新而中理。"六月廿三日:"香涛来,相见甚喜,客中破闷,致可乐也。谈《易》'大壮'当为'大戕','戕',伤也。"对于张之洞的这些见

---

① 张之洞:《张文襄公文札·致潘伯寅》,《续修四库全书》,第 1561 册,第 428 页。
② 张之洞:《和王壬秋五月一日龙树寺集诗一首》,庞坚点校《张之洞诗文集》,上海古籍出版社 2008 年版,第 52 页。
③ 张之洞:《送王壬秋归湘潭》,《张之洞诗文集》,第 53 页。
④ 张之洞:《送王壬秋归湘潭序》《张之洞诗文集》,第 349 页。

解，王闿运是认同的，因此也详细地记载了下来。但是，其七月三日日记，已经将二人的学术的不同表达了出来，曰："香涛欲余习《左氏》，学韩诗，仆病未能也。"经过数次交流，以及翻阅王闿运的经传，张之洞已经感觉到了与王氏在学术上非同路人。王氏经学宗公羊学，属今文经学派；而张之洞则归属于古文经学派，当然主张学习《左传》。在诗学上，张之洞还建议王闿运学韩诗，弃绝汉魏六朝，因为韩诗秉承正统儒家诗学。张氏的这个建议与郭嵩焘的是一样的。当初，王闿运拒绝了郭嵩焘，此时，他也当然拒绝张之洞。正是在经学上的差异，导致了后来王闿运对张之洞的政事以及学术的批评。

可以说，这个阶段的交往奠定了二人友情的基础。二人的相互评价和影响，也基本形成。王闿运对张之洞的评论也皆本诸此。

此后，张之洞官运亨通，先后任四川学政、山西巡抚、两广总督、湖广总督、两江总督等职，声望日高。而王闿运则终身布衣，以教学著述为生，文章学术，亦名满天下。虽然现实致使二人社会地位悬殊，然这并未成为二人交往的障碍。① 二人关系正如王闿运光绪二十年十二月八日日记体现的那般真诚笃厚，曰："彭楚汉来，新署水师提督，陆用朱洪章，亦惬人心，为之欢喜。余欲并招彭来谈，孝达不肯。余出早饭，告以'今日不能爱，亦不必回拜。曾文正不回拜则不赴食，君不回拜，招食必来。平辈不闲简，前辈不可傲。'"② "平辈不闲简，前辈不可傲"，这就是王闿运的处世之道。换言之，王闿运并不会因为张氏之少礼而负气，只缘于其视张氏为同辈。

张之洞对王闿运敬重有加，而王闿运依然故我，多次评点张氏政事。王氏日记对此也多有记载，列之于后：

---

① 光绪五年，王闿运在川掌尊经书院，张之洞则在京任职。当时，王闿运托旧友敖金甫做媒，欲与张之洞结为儿女亲家。事虽未成，亦见王闿运对张之洞的态度。《致敖郎中》曰："闻孝达有次子出后其兄者，年近舞勺，饶有父风。闿运有第四女生于戊辰，性稍聪敏，授以经义，粗能理会。伏冀仁兄近加访察，为我相攸。若许相当，便烦掌片半，复书来日，再可问名。缘此，未通函孝达，希留意，幸甚，幸甚！"［参见《湘绮楼诗文集》（一），岳麓书社1996年版，第61页。］
② 王闿运：《湘绮楼日记》，光绪二十年十二月八日日记，岳麓书社1996年版。

光绪九年十二月十八日：顾生至自京师，……询豫、秦事，未甚通晓，唯言三晋枯焦，笏山鬱鬱不得志，孝达芒芒不得闲。

光绪十年二月六日：张孝达踊跃捐轮，然指厘金以助京俸，非经久之规矣。

光绪廿五年十二月廿九日：得《京报》，用吴可读旧议，别封皇嗣，私忖久之，未知礼意，想孝达亦当悔其前奏。

光绪廿六年八月二日：陈清泉来诉冤，余告以教案将反，保护又有罪矣。汉口教堂亦毁，张真张也。

光绪廿六年八月五日：来人即少瑚族子，言天津事，始得真消息。八月六日：李傅相之余恩犹在天津，比桧贼故胜，孝达晚出，乃遗笑柄。

光绪廿六年八月十七日：久不见五彝，与论国事，乃云西行的实，拳勇护驾，故可出也。颇言张孝达顾全大局，余言非疆臣之义，且亦不中情事，假令不保护，亦无事也。

光绪廿九年二月四日：步访常霖生，云夏得鄂抚，张专练兵矣。朝廷以百熙文于之洞，故熙学而洞军。与潘世恩文优阮元前后合符。

光绪三十三年七月廿七：谭生来，示张孝达立学奏议，全无精神，不及学部驳议也。

从以上记录可以看出，王闿运对于张之洞所为重大政事，皆留心关注，其涉及范围亦较广泛。王闿运于此，或褒或贬，亦体现出了二人政见的异同。王闿运总以"不学"讥笑张之洞，如：

光绪廿五年八月廿日：得俞中丞书。孝达以"中丞"为不典，昨看《晋书》，（自注：《职官志》云："中丞，外督部刺史。"正今行省台衔。）乃知甚典，孝达不学故也。

光绪廿六年七月朔：始开课点名，殊有城阙之感。论读书致用，不读书如张之洞，陷篡杀而不自知，犹自以为读书多如王伟也。

光绪廿七年正月廿五：讲《左传》"荆尸""追蓑"，皆无他证。士会诔楚，即今诔西学所本，宜张之洞之喜《左传》，惜不能设伏敎前耳。

宣统二年正月十七：看钱塘梁履绳《左通》，张孝达所师也，凡不通可笑之说皆引为典据矣。

以上诸例，王闿运有对张之洞学术的调侃，也有对其政事的批评。于此，王氏弟子杨钧《草堂之灵》有曰："湘绮云：'张文襄是看书人，不是读书人；曾文正是读书人。'此语至精。所谓读书人者，能通经以致用，看书人者，书是书，人是人，了不相涉，即所谓记问之学，博杂无归者。"① 还有一则曰："张文襄谓王湘绮先生曰：'我为博学，君是鸿词，合为一人，始可以应博学鸿词之试。'"② 王闿运给张之洞的挽联，仍以张不读书为评，曰："胸包九流，而后可谈经。"③ 从此，亦大致可看出二人对"经世"和经学的不同归属。

王闿运和张之洞还有共同的交游圈。张之洞曾任四川学政，又久居湖广总督之位。在位期间，他非常重视教育，大力兴学，办学校，延名师，捐藏书等。在四川时，兴办尊经书院。到了武昌，他又办理学校十数所，其中两湖书院、存古学堂等皆为倡导古学之所。在这两个书院里，先后汇聚了邓绎之、陈三立、沈曾植等王氏友人，后来，就连王氏长子王伯谅也受聘教学。此外，王氏尊经书院弟子如杨锐、宋育仁、顾印愚等，也先后入张氏幕府。这些人多为诗才，且均受到过王氏诗学的影响，在日常生活中，势必也将王、张的诗作和思想传达给对方。光绪廿年，王闿运与张氏弟子樊增祥定交，诗歌酬唱不断。这些都加深了王、张的交流。④

① 杨钧：《草堂之灵》卷二《重读书》则，第 18 页。
② 杨钧：《草堂之灵》卷十五《博学鸿词》则，第 285 页。
③ 王闿运：《湘绮楼诗文集》（五），岳麓书社 1996 年版，第 75 页。
④ 王闿运与张之洞的交往过程中，这些朋友和学生在二人中间起到了很好的桥梁作用。这些在《湘绮楼日记》中能发现其痕迹。光绪九年十二月十八日："顾生至自京师……询豫、秦事，未甚通晓，唯言三晋枯焦，笏山鬱鬱不得志，孝达芒芒不得闲。《华阳篇　喜顾印伯久别忽归，因谈所至山川，有感而作》有：'我昔风尘事干谒，王门曳裾仍被褐。而今四海不逢人，过晋岂知张孝达。'"光绪十八年八月廿九日："得张孝达书，笔迹不似早年，盖幕客所为，不然则红顶必学颜书业，亦不似杨锐之作。"光绪廿年十二月十日："访叶临公，杨生锐、顾生印愚在焉。顾已选洪雅教谕，与杨皆四十矣。……与两生夜游煦园，登三台乃还。久之，已二更，孝达乃延客，则衣冠送酒，养源为宾，余小帽长袄，固辞不获，云不能多谈多饮食。已而絮絮源源，殊无止期。"

后期，王闿运与张之洞的情谊可在《张督部鄂中饯席》（卷十三）诗中看出。王氏此诗作于光绪廿九年，是在与张之洞会面后所作，曰："再喜东南定，重叨饯饮欢。新亭十年泪，白发两人看。浪暖催王鲔，春荣放牡丹。深杯情话永，未觉夕阳残。"第二首曰："五十年来事，闲谈即史书。谤人诚不暇，观我意如何。坐阅升沉惯，行惭岁月虚。青骊路千里，春好独归与。"这两首诗于老友之深情、人事之变迁一一呈现，情深意切。王、张二人的情谊自现。

民国三年（1914 年）三月廿二日，王闿运重游张氏在京故居，缅怀故友。其在该日日记中曰："叶焕彬送诗来，即和一首。岳云别业为张垫秋祠，因以为其故宅，频宴于此，其后为南横街，张孝达所居也。'张侯昔寓南横街，我时布衣徒步来。风尘濆洞四十载，又见新张门馆开。'"① 在追忆之间，又多了几许时代的沧桑感。

二 王、张诗学评论

（一）诗歌功能的不同理解："诗缘情"与诗合"雅正"

王闿运诗宗汉魏六朝，而张之洞对于六朝诗学抨击颇力。这一差异体现出了二人的诗学宗尚：王宗汉魏六朝，重在一己之"兴"，强调性情之畅发，张斥六朝政教与文风有悖风雅，落脚点在思想之雅正；王承接的是"诗缘情"的传统，而张则维护正统儒家诗教观。

王闿运评六朝诗学曰："自周以降，分为五七言，皆贤人君子不得意之作。晋浮靡，用为谈资，故入以玄理。宋、齐、梁游宴，藻绘山川，梁、陈巧思，寓言闺阃，皆言情之作。情不可放，言不可肆，婉而多思，寓情于文，虽理不充周，犹可讽诵。"② 又曰："山水雕绘，未若宫体，故宋后，散为有句无章之作，虽似极靡而实兴体，是古之式也。"③ 王闿运将六朝之诗视为抒发情性之作，更将宫体诗视为兴体之典范。这是王闿运延沿"兴"之传统考察六朝诗所得出的结论。

---

① 王闿运：《湘绮楼日记》，民国三年（1914 年）三月廿二日日记。
② 王闿运：《湘绮楼说诗》卷四，第 209 页。
③ 王闿运：《湘绮楼说诗》卷七，第 289 页。

张之洞则不然。他于六朝书法、政治、风俗、文学等皆不甚措意。论书体曰诡险纤佻，论政治则致亡国亡种，民风因缺少儒教而骄淫，文学则更是奢靡陋语。六朝如此不堪，今人不知其陋，反而纷纷效仿，故引得张氏担忧。张欲矫正时兴学六朝之弊，使之归于雅正。他在《哀六朝》（卷三）诗中曰：

　　古人愿逢舜与尧，今人攘臂学六朝。白昼埋头趋鬼窟，书体诡险文纤佻。上驷未解昭明选，变本妄托安吴包。始自江湖及场屋，两汉唐宋皆迁祧。神州陆沉六朝始，疆域碎裂羌戎骄。鸠摩神圣天师贵，末运所感儒风浇。玉台陋语纨绔斗，造象别字石工雕。亡国哀思乱乖怒，真人既出归烟销。今日六合幸清晏，败气胡令怪民招。睢水袄祠日众盛，蜡丁文字烦邦交。笛声流宕伶欢乐，眉髻愁惨民兴谣。河北老生喜常语，见此蹙额如闻枭。政无大小皆有雅，凡物不雅皆为妖。愿告礼官与祭酒，轺轩使者颁科条。文艺轻浮裴公摈，字体不正汉律标。中声九寸黄钟贵，康庄六达经途遥。宝篆绵绵亿万纪，吾道白日悬青霄。①

这正如《抱冰堂弟子记》所言，张之洞最憎恶六朝文字，认为南北朝兵戈分裂、文敝道丧之世，且文章本无根柢，仅仅追求俪辞华彩，字句不顺，强凑成篇者。思想有违雅正，因此文学、书法等皆不值得后人效法。②张氏的评价显然是站在政教角度上的。

"政无大小皆有雅，凡物不雅皆为妖"。在张之洞看来，政事如此，文学也当如是。其《连珠诗》第二十三首曰：

　　凡百文学科，积理为根荄。衷圣义乃高，广纳言乃恢。古今归一贯，雅正慎别裁。左氏肇经传，千篇搜帝魁。班生擅史法，九流综兰台。能溯六艺润，始起八代衰。勃如芝菌生，浩如江河来。文

---

① 张之洞：《哀六朝》，《张之洞诗文集》，上海古籍出版社 2008 年版，第 78 页。
② 张之洞：《张之洞诗文集》，上海古籍出版社 2008 年版，第 537 页。

笔且犹然，何况著述才。玄言王弼谬，卖饼公羊哀。逃虚诗喻禅，破道文类俳。①

张之洞以为，不管何种学问，都应该以"理"为根本。而"理"的标准是什么呢？即衷圣，追求"雅正"。他列举了雅正的典型，如《左传》、班固《汉书》等皆为经学、史学之正宗，也是雅正之典范，而玄学、今文经学等皆有违于此。由此可见，张之洞将"雅正"作为了评价诗学以及一切学术的根本准则。

张之洞"雅正"观在诗歌上是如何表现的呢？一是诗人思想要合乎"雅正"；二是诗歌风格平易自然，不偏不倚。这两点是张评判诗歌优劣的重要标准，也是其诗学选择的前提。张抨击汉魏六朝，雅好杜甫、白居易、苏轼等人，皆依本于此。张之洞注重发挥杜甫忠君忧民的思想。② 在缅怀杜甫的同时，他也不自觉地流露出强烈的忧国之心。其曰："无端杜老同心事，四海风尘万里桥。"（《人日游草堂寺》卷一）又曰："素有杜老忧，今朝豁蒙蔽。"（《鸡鸣寺》卷四）张之洞评价白诗的标准也与杜甫相同，尤其重视关乎国政百姓的讽喻诗。其云："海图题咏见忧思，浪撼天吴悔已迟。亦有刑天精卫句，千秋独诵白家诗。"（《读史绝句·白居易》)③

还有苏轼。张之洞爱苏之深，每到苏轼曾经生活过的地方，都要寻机凭吊一番。这正如其《金山观东坡玉带歌》（卷三）诗所言："我哀公遇诵公诗，八州遍到拜公祠。（原注：眉州、嘉州、杭州、黄州、登州、定州、

---

① 张之洞：《连珠诗》，《张之洞诗文集》，上海古籍出版社 2008 年版，第 113 页。

② 其《杜工部祠》（卷一）曰："凭仗诗篇垂宇宙，发挥忠爱在江湖。"《连珠诗》（卷三）有曰："此老落笔与众异，忧国爱主出肝肠。……岂是诗笔吐光焰，实惟忠笃通穹苍。"《读史绝句二十一首·杜甫》（卷四）中又说："虽高不切轻言语，论定文人有史臣。"这都是对杜甫忧国忧民思想的阐发。

③ 张之洞：《读史绝句·白居易》，《张之洞诗文集》，上海古籍出版社 2008 年版，第 191 页。他又曰："诚感人心心乃归，君臣末世自乖离。岂知人感天方感，泪洒香山讽喻诗。"[《读白乐天以心感人心归乐府句》（卷四）] 当然，对于白诗之闲情雅致，张之洞也是颇能感知的。其曰："乐天庐山草堂记，面山腋寺听飞泉。恨不追随二林老，清斋素榻常周旋。"[《谢易实甫饷庐山茶蕨》（卷三）]

琼州、廉州，皆余所到。）一事堪令古人羡，今是天海澄清时。四大五蕴皆空相，惜公爱公公岂知？”① 在湖北，他赴黄州，作诗曰：“东坡适意在黄州，梦想琼楼天上秋。文字虽多无讽刺，笙歌既少得清游。鸦衔破纸三寒食，鹤听哀箫一钓舟。钩党汹汹催白发，西山应恨不淹留。”② 至眉州，又作《登眉州三苏祠云屿楼》。游览胜地，作诗也不忘化用苏轼诗句，如《住喜雨亭》：“亭阴读诗碣，忆弟城南峰。秋雁独耐冷，不觉菊花浓。（原注：东坡诗刻‘花开酒美何不醉？爱上南山冷翠微。忆弟泪如云不散，望乡心与雁南飞’云云。石在亭下。）我有同游弟，陶然尽一钟。”③

张之洞爱苏，不在于其诗是否有讽刺，而在于其诗之平易、典雅，在于其诗之雍容不迫的气度。这点陈衍在《石遗事诗话》中所言甚明，曰：

> 广雅相国见诗体稍近僻涩者，则归诸西江派，实不十分当意者也。苏堪序伯严诗，言“往有钜公，与余谈诗，务以清切为主。于当世诗流，每有‘张茂先我所不解’之喻。”钜公，广雅也。其于伯严、子培及门人袁爽秋昶，皆在所不解之列，故于《送子培赴欧美两洲》则云：“君诗宗派西江传，君学包罗北徼编。”《过芜湖吊袁沤簃》则云：“江西魔派不堪吟，北宋清奇是雅音。双井半山君一手，伤哉斜日广陵琴。”不喜江西派，即不满双井。……
>
> 广雅少工应试之作，长治官文书，最长于奏疏，旁皇周匝，无一罅隙，而时参活著。故一切文字，力求典雅，而不尚高古奇崛。典，故切；雅，故清。其《摩围阁诗》有云“黄诗多槎牙，吐语无平直。三反信难晓，读之鲠胸臆。如佩玉琼琚，舍车行荆棘。又如佳茶荈，可啜不可食。子瞻与齐名，坦荡殊雕饰。枉受党人祸，无通但有塞。差幸身后昌，德寿摹妙墨”云云。故余近叙友人诗，言大人先生之性情喜广易而恶艰深，于山谷且然，况于东野、后山之伦乎？东坡之贬东野，渔洋之抑柳州，皆此例也。

---

① 张之洞：《金山观东坡玉带歌》，《张之洞诗文集》，第118页。
② 张之洞：《咏怀湖北古迹九首·赤壁东坡祠》，《张之洞诗文集》，第42页。
③ 张之洞：《住喜雨亭》，《张之洞诗文集》，第72页。

广雅于伯严诗尤多不解，有《九日从抱冰官保至洪山宝通寺饯送梁节庵兵备》云："啸歌亭馆登临地，今日都成隔世寻。半壁松篁藏梵籁，十年心迹比秋阴。飘髯自冷山川气，伤足宁为却曲吟。作健逢辰领元老，下窥城郭万鸦沈。"此在伯严最为清切之作，广雅不解其第七句，疑元老不宜见领于人。伯严告余云。①

陈衍将张之洞以典雅为本、不好修饰僻涩诗风的特点详细地表述了出来。张之洞批判了黄庭坚的诗风，以及宗黄的西江派诗，如陈三立者。他斥责黄诗槎牙、吐语不平，远不及苏轼之平易。陈三立以黄庭坚为宗，追求"恶俗"，用语晦涩，因此也不得张氏欢心。陈、张之诗，分宗黄、苏，论诗也形同水火。这正如由云龙《定庵诗话》所言："若文忠、玉局之得唐李杜骨力处甚多，近代如翁覃溪、张南皮皆学苏而能变化者，雅饰沉炼，奚让黄派诸家？徒以学苏者多文从字顺之作，学黄者每出以槎枒，遂觉宋派之诗，非涪翁一家莫能名耳。散原与南皮均学宋诗，而两人旨趣各别。南皮《过芜湖吊袁沤簃》诗，'江西派'为魔派，然亦崇拜半山、双井，自有别择。至诋南皮诗虽力求沉着，而仍贵显豁。散原亦不乏文从字顺之作，而恒涉艰深。"②夏敬观也说："张文襄（之洞），尝讥伯足诗无二字相连者。又尝诮陈伯严（三立）诗为学伯足。"③

张之洞一本雅正，论诗讲究平实、典雅，不好僻涩，亦不好王氏之绮靡。张之洞的雅正本于政教，而王闿运则本于性情。于是，其诗学本旨便有了根本的不同。

（二）唐诗传统的不同体认

虽然王、张二人在评价六朝诗歌的问题上差异明显，但在唐代诗歌上形成了一些共识。王论唐诗是统摄在汉魏六朝正统论下的，张则以为当以宋意入唐格，皆重视唐代诗学资源。

夏敬观在《褰碧斋集序》曾说："张文襄不喜人言汉魏，王先生不许

---

① 陈衍：《石遗室诗话》卷十一，《民国诗话丛编》（一），第 156 页。
② 由云龙：《定庵诗话》，《民国诗话丛编》（三），第 585 页。
③ 夏敬观：《学山诗话》，《民国诗话丛编》（三），第 40 页。

人有宋，皆甚隘也。君诺诺匙吾言。夫诗道广矣。学者探源发微，将铺观列代以监其情变，唐宋茂制，孰非诗法汉魏乎。若明七子标举汉魏，其能洞见汉魏神髓乎？乾嘉人盛倡唐宋，其能果喻唐宋真谛乎？居显达能文章如张文襄者，物望所归，宜不偏于憎爱。然其操世藻鉴固犹是承干嘉诸老馀习，既不足以知王先生，其不知君抑复何憾。王先生之教足以救乾嘉之弊矣。"① 夏敬观的这段论述将王、张诗学宗尚的差别表述得很是明晰，王闿运宗汉魏六朝，兼及三唐，张之洞唐宋兼采。二人论诗泾渭分明，沟壑清晰。夏敬观认为汉魏六朝诗学与唐宋诗学是一体的，主张融通。在宋诗派势强，汉魏六朝诗派式微之际，夏氏肯定陈锐诗，颇有匡扶王派之意。

王闿运论唐诗是统摄在汉魏六朝正统论下的，探讨诗家源流，皆是从汉魏六朝下及唐诗的。王氏曰：

三唐风尚，人工篇什，各思自见，故不复摹古。陈、隋靡习，太宗已以清丽振之矣。陈子昂、张九龄以公干之体，自抒怀抱，李白所宗也。元结、苏涣加以排宕，斯五言之善者乎？刘希夷学梁简文，超艳绝伦，居然青出，王维继之以烟霞，唐诗之逸，遂成芳秀。张若虚《春江花月》，用《西洲》格调，孤篇横绝，竟为大家。李贺、商隐把其鲜润，宋词、元诗盖其支流，宫体之巨澜也。杜甫歌行自称鲍、谢，加以时事，大作波澜，咫尺万里，非虚夸矣。五言惟《北征》学蔡女，足称雄杰。他盖平平，无异时贤。韩愈并推李、杜，而实专于杜，但袭粗迹，故成枯矿。卢仝、刘叉得汉谣之恢奇，孟郊瘦刻，赵壹、程晓之支派。白居易歌行纯似弹词，《焦仲卿妻》诗所滥觞也。五言纯用白描，近于高彪、应璩，多令人厌，无文故也。储光羲学陶，屈侠气于田间，后人妄以柳、韦配之，殊非其类。应物《郡斋忆山中》诗淡远浅妙，亦从陶出。他不称是，非名家也。读唐诗宜博，以充其气，唯五言不须用功，泛览而已。歌行律体是其擅长，虽各有本原，当观其变化尔。②

---

① 夏敬观：《褰碧斋集序》，陈锐《褰碧斋集》，1929 年排印本，第 2 页。
② 王闿运：《湘绮楼说诗》卷一，第 124 页。

王闿运一一指出唐名家之诗学源流，而这些的"源"皆为汉魏六朝。其认为陈子昂、张九龄、李白、元结等诗学刘桢；杜甫诗学鲍、谢；白居易学汉乐府，等等。王闿运还指出了读唐诗的原则，即应泛览，以充其气。虽有轻视之意，但王氏仍承认唐朝歌行以及近体诗的成就。王氏评价的标准显然是以汉魏六朝诗为正统的。有唐诗家承袭汉魏六朝者，方得王氏称允。

张之洞的诗学路径由唐入宋，进而"以宋意入唐格"，用宋诗之骨充实唐诗。《晚清簃诗汇》诗话曰："文襄诗不苟作，自订集仅二百余首。瑰章大句，魄力浑厚，与玉局为近。晚喜香山，有句'能将宋意入唐格'，盖自道其所得也。平生不喜昌谷，谓其才短，非其格高。亦不嗜山谷之诗，……公诗皆黄钟大吕之音，无一生涩纤秾、枯瘦寒俭之气。故其所论如此。"① 陈衍曰："（香涛诗）在南北宋诸大老中，兼有安阳、广陵、眉山、半山、简斋、止斋、石湖之胜。"② 汪辟疆《近代诗派与地域》又曰："近代河北诗家，以南皮张之洞、丰润张佩纶、胶州柯劭忞三家为领袖，……此派诗家，力崇雅正，瓣香浣花，时时出入于韩、苏，自谓得诗家正法眼藏，颇与闽、赣派宗趣相近。惟一则直溯杜甫，一则借径涪皤，斯其略异耳。"③ 以上诸家已经把张之洞诗学路径勾勒清楚了：于唐诗，其宗杜甫、白居易、韩愈等；于宋诗，则师法韩琦、欧阳修、苏轼、王安石、陈与义、陈傅良、范成大等人。而于最能代表宋诗特点之黄庭坚，却因其诗槎枒以及才情不足遭到了张之洞的贬斥。在"宋意"的选择上，张之洞有意识地以唐诗为标准，所选诸家，也多得唐诗之胜。张氏此举之用意，钱基博说得明白："宋意唐格，其章法声调犹袭乾、嘉诸老矩步，于近时诗学有存旧之格。"④ 张之洞以宋骨入唐格，即是以宋诗救唐诗之病，意在唐诗。他有意调和唐宋诗，唐宋兼采，在近代诗坛有其独特的魅力。

---

① 徐世昌：《晚清簃诗汇》卷162，《续修四库全书》第1632册，第621页。
② 陈衍：《近代诗钞》，商务印书馆1933年版（民国二十二年），第475页。
③ 汪辟疆：《近代诗派与地域》，《汪辟疆说近代诗》，上海古籍出版社2001年版，第30页。
④ 钱基博：《中国现代文学史》，第167页。

与以"宋意入唐格"的诗学理念相对应的是张氏崇尚"清切"的审美观念。何为"清切"？郑孝胥《散原精舍诗序》曰：

> 世事万变，纷扰于外，心绪百态，腾沸于内，宫商不调而不能已于声，吐属不巧而不能已于辞。若是者，吾固知其有乖于清也。思之来也无端，则断如复断、乱如复乱者，恶能使之尽合？兴之发也匪定，则倏忽无见、惝怳无闻者，恶能责以有说？若是者，吾固知其不期于切也。①

郑氏并未从正面阐释何为"清"，何为"切"，而是通过否定两种具体的形态来表述的。钱基博在概括张氏诗风时表述得更为详细，曰："之洞则心思致密，言不苟出；用字必质实，造语必浑重，勿吊诡；写景不虚造，叙事无溢词；用典必精切，不泛引，不逗凑；立意必己出，毋袭故，毋阿世；称心而出，意不求工；刊落纤浓，宁质毋绮；虽以风致见胜处，亦隐含严重之神，不剽滑。"② 钱仲联《中国文学大系·诗词卷》导言则曰："张氏明确提出了'宋意入唐格'的主张，所以具有唐人的藻采和宋人的骨力，又能言之有物，从其身世遭际抒写真性情。"③ 今人庞坚先生则将郑氏之言概括为"清雅明朗、稳妥确切"。④ 归言之，则为表达典雅、用事准确之意。张氏的这种审美观念既体现了其"雅正"的要求，也符合唐宋兼采的诗学风貌。

三　王、张的七古创作

（一）七古诗体制的共同认识

同治十一年三月至七月间，张之洞、王闿运宴集几无虚日。诗歌酬唱，观摩诗集，是其活动的重要内容。张之洞常将王氏之幽奥与李慈铭之明秀并

---

① 郑孝胥：《散原精舍诗序》，陈三立《散原精舍诗集》，第1216页。
② 钱基博：《中国现代文学史》，第167页。
③ 钱仲联：《中国近代文学大系·诗词卷·导言》，上海书店1991年版。
④ 庞坚：《张之洞诗文集·前言》，第18页。

提，并赞为一时无与伦比。张氏最赏王氏七古诗，然王氏最得意的是五古。为此，王氏还有知音难觅之慨，曰："张孝达盛称吾歌行而不知吾五言。"①

王闿运的七古为何能被张之洞赏识呢？最主要的一点就是王闿运七古诗学唐，与张氏有交叉点。其次，在宗唐的前提下，二人七古诗创作又有相似的特征。最后，在诗歌风格上，二人皆追求平易通达。

王闿运论诗虽推崇汉魏六朝，但于七古诗则以唐代为宗。其曰：

> 唐之歌行，实过丕、照，排纂跌宕，岂云靡乎？唐人专长，乃在七言。太白五言，殊不如七。使其但求雅淡，岂见才情？假托之言，非知词理者矣。……歌行法备于唐，无美不臻，各极其诣。其大概可指者，四杰之铺排，张、刘之秀逸，宋之问之跌踢，王维之纤余，李白之驰骋，杜甫之生发，元稹之拉扯，白居易之铺排，李贺之锤练，皆各有神力，能驱烟墨，使人神往而无恬静之乐。②

王闿运这段文字是在批判李白之论的基础上展开的，目的在于总结唐之七古成绩。在总体评价上，王氏认为唐代七古诗是要优于曹丕、鲍照的，即唐代是要胜过汉魏六朝的，这个评价不可谓不高。于诗法而言，王氏还总结了各名家之特点：张若虚之秀逸、杜甫之生发、白居易之铺排，等等。

不仅如此，王闿运还总结了唐代七言歌行的发展流别。其中对杜、韩、白等诗的发展流变尤为关注，曰：

> 李白始为叙情长篇，杜甫亟称之，而更扩之，然犹不入议论。韩愈入议论矣。苦无才思，不足运动，又往往凑韵，取妍钓奇。其品益卑，骎骎乎苏、黄矣。元、白歌行全是弹词，微之颇能开合，乐天不如也。今有一壮夫，击缶喧呼，口言忠孝。有一盲女，调弦曼声，搬演传奇。人将喜喧叫而屏弦索耶？抑姑退壮夫而进盲女也？韩、白之分，亦犹此矣。张籍、王建因元、白讽谏之意而述民风。卢仝、李贺

去韩之粗犷而加恢诡。郑嵎、陆龟蒙等为之，而木讷纤俗。李商隐之流又嫌晦涩，其中如叙事抒情诸篇，不免辞费，犹不及元、白自然也。李东川诗歌十数篇，实兼诸家之长，而无其短，参之以高、岑、李之泽，运之以杜、元之意。则几之矣。①

这里有几点需要注意。一是王闿运表现出了排斥宋诗的倾向，凡是导源宋诗的人及特征，皆遭到了王氏的批评。韩愈诗涉议论，苏、黄学此，则批评为诗格卑下。二是王氏论七古重本色，这从对元、白的评价中看出。王氏并不像张之洞那样，重视白居易之讽喻诗，相反对诗情绮靡、多涉宫怨之元稹诗更为倾心，其壮夫、盲女之喻，即在于此。这两点与张氏有根本的不同。三是和张之洞一样，王闿运也崇尚自然平易的风格，不好晦涩。这可以从他对卢仝、李贺、李商隐等人的评价可以看出。

张之洞的七古亦为后人称道。陈衍就说："尝评公诗，古体财力雄富，今体士马精研。"② 张氏的"以宋意入唐格"在七古诗的创作上得到了充分的展示。如其《送王壬秋归湘潭》（卷二）。龙本《广雅堂诗》愚公认为此诗笔调音韵均为唐人，可知张氏所学不仅限苏东坡。③ 庞坚针对此诗之唐韵做了进一步的分析，认为该诗全篇互换平仄韵，每四句或者六句一换韵，多用律句，且多有对偶句，这样的体制与盛唐王维、高适、李颀等人喜欢以散句入骈偶的七古诗和中唐元、白的长庆体歌行相近，极富"唐格"的印记。张氏此诗，从王闿运之文学、遭际、人品、诗文之影响等几个方面，极力铺排，叙写自己对王氏之厚谊。且声韵流转，用语自然，还将对王氏命运的叹息蕴含期间，自有一种感人的力量。如这看来，此诗当为唐诗。然而，此诗有宋人的成分，那就是在铺排间大量用典。如："情怀难遣游梁人，声价犹同入洛日。机云入洛正青春，屣履公卿竞到门。东

---

① 王闿运：《湘绮楼说诗》卷三，第 165 页。
② 陈衍：《石遗室诗话》，《民国诗话丛编》（一），第 157 页。他还列举了其七古佳构，如《铜鼓歌》《送莫子偲游赵州》《送王壬秋归湘潭》《忆蜀游诗》《嘉州酒歌》《登牛首山望终南曲江樊川辋川作歌》《花之寺看海棠》《戒坛松歌》《湖北提学官署草木诗》《金陵游览诗》《慈仁寺双松犹存往观有作》等。陈氏所列篇目确能代表张氏诗风。
③ 张之洞：《张之洞诗文集》，上海古籍出版社 2008 年版，第 528 页。

宫绝艳徐陵体，江左哀思庾信文。笔豪费尽珊瑚架，墨沈书残白练裙。璧月如花照琼树，汉皇好文偏不遇。谈经何意动红阳，献策岂能感杨素。"张之洞以汉魏六朝时人物及典故比附王氏，恰到好处，如以陆机、陆云之词采比拟王氏，然命运又迥然不同。这些都是王闿运赠别诗中所不具备的。

（二）七古诗的创作经验交流

与张之洞的七古诗相较，王闿运的诗缺少"宋意"。使事用典、议论生发，皆不是王氏所追求的。其诗一本唐韵，以情韵为骨，贯穿其诗。王氏与张之洞在诗歌风格、气象上，也完全不同。张之洞身处高位，心系社稷，为政诗文，又本雅正，诗中无处不有其身影。其诗如洪钟大吕，气韵深厚。一心为公，而少情性。仅在其后期，诗有沉郁之感。然而，王闿运终生不遇，其诗中尝有一股幽怨之气。其诗也多抒写自己求取进阶之心迹，进退之矛盾。张之洞曰其诗"奥幽"，堪称慧眼。下面，将从咏物、游览、纪事等题材的七古入手，来感受其气象之差异。

张氏咏物诗善于描写事物的外部形态，且颇为微妙，而王氏作诗关注内心，委婉曲折。张氏《戒坛松歌》（卷二）诗云："墨云倒垂逾万斛，压折白石回阑干。潮音震荡纤塺扫，气象已足肃群顽。矫如神龙下听法，赫若天王司当关。十松庄慢皆异态，各各凌霄斗苍黛。一株偃蹇甘独舞，不与群松论向背。"张氏从整体上赋写老松在乌云翻滚下枝叶摇摆的情状，又具体写各株之不同，将老松之刚傲表现了出来。诗之结尾"法终不灭松不死"，更是加强了松树的形象。此诗实是张氏心态的自然流露，看松如看己，将自己不畏权贵、敢于言事之清流形象表露无遗。王闿运也有一首吟咏古松的《麓山寺六朝松折后作歌》（卷十）诗，从作诗宗旨来看，与张诗无异，皆为借松自名，但是诗情与做法大有不同。他并没有古松外形之描摹，而侧重表现古松之傲世独立，曰："群松阴阴连道林，一株旁立气肃森。无心与众斗高古，自爱萧闲云岫深。……岱华犹无三代松，此松兼耻受秦封。屈作南朝一名品，泠泠洒洒生清风。"诗结尾曰："寄言知者莫叹息，君不见许由巢父无人识。"王氏虽有美材，却总无人知赏，心中幽怨，于诗中委婉传达。

张氏游览诗作意写景,能得以抒发自己的心情。《同张绳庵访僧心泉因与同游南洼》(卷三)云:"清远无如龙树阁,风水鳞鳞漾蒲稗。白日闲澹罕游人,午鸠独鸣寂梵呗。三人不知谁主客,错综谈端如针芥。会心即答倦即默,茗碗无温聊一嚖。此际辔靷尽摆脱,何异枯柳揩马疥。"胡先骕以为此诗有自然闲适之趣,令人神往。然王闿运一生蹉跎,尤其是在其前半生,到处奔波,谋求机会。其诗作于旅途中颇多,且多五言。然于七古,亦有名篇,如《临洺歌,示侍人莫六云》(卷七)、《重过邯郸作歌寄六云》(卷八)等。王氏这两首诗着意点都不在记录旅途所闻所见,地点只是其诗情阐发的场景,或是刺激其情绪的事物。而其诗皆抒发孤旅之苦、求进无望的落寞。《临洺歌,示侍人莫六云》所写之景,虚实相间,满眼凄凉,与王氏心境相契。诗曰:"颓关欲倾势转急,午日阴凝城寂岌。雀踏墙腰坏土崩,犬衔马骨寒溪涩。此地从来连赵都,丛台歌舞久荒芜。谁知明月照清瑟,但见垂杨啼夜乌。"此诗作于同治三年,时太平天国战争已经结束,王氏赴江宁会曾国藩,但是曾氏只以文才相许,并未将其留在幕府。后来,王氏继续北上至保定,沿途所见,一片破败荒凉。而王氏终无回天之力,甚至连有所为的机会都没有。于此看来,王氏对沿途场景的描写,又不无怨望。同治十年,王氏赴京会试,再过邯郸,于是再作《重过邯郸作歌寄六云》一首。故地重游,然破败依旧,"颓墙败堡凄满目,榆荚棠梨春影稀。朝市兴亡如转毂,忙者自喧闲自寂。"七年光阴已逝,自己老态又多几分。如此,王氏叹人生无常,叹自己有才不能施展,"惟应岁月同迁流,玉颜暗老蛾眉蹙。画阁鸣筝久集尘,渑池击缶任旁人。徒怜赵女如花貌,一闭阿房十一春。"王氏二诗,皆以情统景。然景为悲景,人无逸致,只有浓浓忧愁将人裹住,与之一同哀怜叹息。王闿运学不会张之洞的雍容不迫,张之洞也没有王闿运的满腔幽怨。

即便是在具有诗史性质的诗里,王闿运与张之洞的七古仍体现出这样的气息。张之洞有《五北将歌》(卷三),王氏有《马将军歌》(卷十)。张氏咏乌兰泰诗,历数乌氏之功绩。张氏极铺排之能事,描绘战时场景,将人物之气势形象表现。"老黑据险气山涌,水窦孤军摇不动。黑夜出奇卷甲来,以少击多无旋踵。"正如胡先骕所言:"备有声色,字里行间,金戈铁马，暗鸣叱咤之音，犹可辨也。"① 对于乌氏战败，张氏夹叙夹议，总结原因，叹息英才的殒没。"呜呼庸相真无谋，弃骏任驽祸神州。当年若使乌向为两翼，安有长鲸直下江海成横流。"张氏指点江山，忧念国事，自有其总督的气象。其他写塔其布、多隆阿、僧格林沁、锡纶等诗皆为这般。王氏《马将军歌》则是另一番情景。王闿运并不欲为马德顺立传，颂扬其功绩，宗旨只在叹息人生无常、富贵无常、生命可贵，"马侯马侯身死莫论功成败，君不见湘乡石马青苔滋"。张氏此诗，没有自己的性情，然王氏将自己融于诗中，增强了诗歌的现场感，也拉近了诗人与被叙写者以及读者的距离，因此也更容易将自己的情绪感染他人。

王闿运的七古为张之洞赏识，是因为其诗本唐韵，以情韵感人，且诗中溢出的幽怨之气，有很强的感染力。而其与张之洞的七古终究不同。张氏七古唐宋兼采，使事用典、叙议结合，且本雅正，诗歌的气象终与王氏相异。

---

① 胡先骕：《读张文襄广雅堂诗》，《胡先骕文存》卷上，转引自《张之洞诗文集》，上海古籍出版社 2008 年版，第 496 页。

结　语

　　王闿运是光宣诗坛最重要的诗人之一，对当时诗坛产生了重要的影响。其诗歌以汉魏六朝为宗，下及三唐，而不涉宋后。他坚持诗歌的抒情传统，并将"情"引向一己之情性，亦即其所谓"兴"，重视个人情兴的阐发。站在这个立场上，他甚至将近人视为"淫哇"之语的宫体诗当作"兴"体而标举之。其崇尚拟古，主张绮靡。其拟古汉魏六朝五言古体，少事近体，而被人视为古董。然正是拟古拉开了与现实的距离，少了几分功利性，而多了几许审美的想象。其好俪词，又被人斥为不关诗教。其诗虽绮靡，多涉闺怨、宫体，但品格并不卑下。其作虽有脂粉之气，然绝不香艳，所作闺怨皆不似六朝宫体诗对女子形体的白描，而着重展示其娇柔多姿的神态，空守闺房无人欣赏的落寞心理，还有痴心等待知心人的焦虑。这些，一方面是王闿运虚拟古人情怀而作，另一方面也将自己怀才待用然终究未能获用的幽怨展现出来。这样的作品，富于情感的力度，也能感染读者。

　　王闿运以个人情感的抒发为本，以拟古和绮靡为表征，以审美艺术为旨趣的诗学观念是独特的，也是超前的。面对追求"兴、观、群、怨"儒家诗学大传统的束缚，面对诗以载道的硬性要求，王闿运皆弃置罔闻，而将诗歌的审美艺术性放置首位。在诗人抒发情感的方式上，则要以词掩意，通过曲折委婉的表达方式，构造诗歌婉转悠扬的艺术效果。不仅如此，他还有意识地突出诗歌的娱乐性，好用俪词绮语。

　　王闿运的这种观念导源于汉魏六朝。汉魏六朝时期，人的自我意识萌发，也成就了文学的自觉。诗歌也是如此，此时，诗歌的表现功能、抒情达意功能得以加强。除了玄言，田园、山水等走进了诗歌。不仅如此，人们对诗歌自身体制的认识也逐步清晰。曹植、陆机、刘勰等都以为绮靡是诗歌的重要特征，沈约等则进一步在诗歌形式上追求声律的和谐。在追求美的进程中，人体形态之美也进入了时人的视野，宫体诗得以流行。这样看来，汉魏六朝的文学步入了一个美的时代。

王闿运终究不是汉魏六朝人，而是晚清人。他的文学思想也就不可能脱离他的时代，独自吟唱。在光宣时期，诗坛的主导，仍是宋诗派。在经过中兴之臣曾国藩振臂高呼后，宋诗派的势力更加庞大，影响更巨，后又有同光体诗人嗣继之。然王闿运并未与之同声吟哦，而独标汉魏六朝。因此，两派诗学观念的冲突在所难免。宋诗派对学问的强调、对诗教的重视，皆未得王氏之意。且对于宋诗派宗黄一派在避俗避陋的举措，即追求诗歌语言的晦涩上，王闿运也未予认同。至于晚清中晚唐派诗人樊增祥、易顺鼎、曾广钧等诗人，则从王闿运处找到了共通之处，即绮靡。他们与王闿运最大的不同则是诗歌形制，中晚唐派诗人多事近体，然王闿运则以五古为宗。

如此看来，王闿运在晚清诗坛显得孤独无援。事实也是如此，就与同标汉魏六朝诗之邓辅纶、邓绎、高心夔，还有后辈章炳麟等人相比较，王闿运也属另类。其最大不同处，即是"诗统"。王闿运崇尚"兴"体，重视一己性情的抒发，而于诗教，则置于抒情之后。基于"诗缘情而绮靡"的认识，他的诗学宗尚的是曹植、谢灵运、谢朓等词旨绮靡、风格隐秀的一派。然其他诸子不舍"诗教"之念，追求诗以达意，则宗尚阮籍、陶渊明一派，下及唐之杜、韩。王闿运以诗歌的审美艺术性为宗，诗风婉转幽怨，这一点却很难与同派诸子一致。

光宣时期，虽诗派有别，然诗学思想已经出现相互影响、相互融合的态势。李慈铭不主一代，包容百家。张之洞调和唐宋，主张以宋意入唐格。沈曾植将宋诗传统上溯至元嘉。在诗人交流方面，樊增祥师出李慈铭、张之洞，晚年又私淑王闿运。还有曾广钧，前期以师称王闿运，后期则与陈三立、沈曾植等人结社。如此种种，都反映出了诗学走向融合的趋向。在这样的情势下，王闿运也与上述诗派有着密切的关联，结社酬唱，相互赠答，谈诗论道。

　　为了表现王闿运诗学的独特性，反映其与光宣诗坛的关联及影响，本书设置了五章内容，分别予以表现：一是王闿运的拟古诗观；二是王闿运与汉魏六朝诗；三是王闿运与湖湘诗坛；四是王闿运与光宣诗学，如汉魏诗派内部诗学的交流，与同光体诗人的交流，以及与樊、易为代表的中晚唐派诗人的交流；五是王闿运与张之洞、李慈铭的诗学。

　　本书虽努力发挥王闿运诗学的独特性，然所论未深，亦只能待来日继续深发了。

参考文献

（一）王闿运及相关研究著作、传记资料

王闿运：《湘绮楼日记》，岳麓书社 1997 年版。

王闿运：《湘绮楼诗文集》，岳麓书社 1997 年版。

王闿运：《王闿运手批唐诗选》，上海古籍出版社 1989 年版。

王闿运：《唐诗选》十三卷本，长沙东洲，宣统三年刻本，国家图书馆藏。

王闿运：《八代诗选》，成都尊经书局，光绪七年刻本，国家图书馆藏。

王闿运：《论语训 春秋公羊传笺》，岳麓书社 2009 年版。

王闿运：《楚辞释》，光绪辛丑刻本，《续修四库全书》，第 1302 册。

王闿运：《湘潭县志》，岳麓书社 2009 年版。

王闿运辑：《尊经书院初集》，光绪十年刻本，国家图书馆藏。

王代功：《湘绮府君年谱》，近代中国史料丛刊，第 596 册。

王森然：《近代二十家评传》，书目文献出版社 1987 年版。

支伟成：《清代朴学大师列传》，岳麓书社 1986 年版。

朱传誉编：《王湘绮传记资料》，（台北）天一出版社 1985 年版。

萧艾：《王湘绮评传》，岳麓书社 1977 年版。

赵尔巽：《清史稿》，中华书局 1977 年版。

李肖聃：《星庐笔记》，岳麓书社 1983 年版。

黄濬：《花随人圣庵摭忆》，上海古籍出版社 1986 年版。

刘世禺：《世载堂杂忆》，中华书局 1997 年版。

徐一士：《一士类稿》，书目文献出版社 1983 年版。

杨钧：《草堂之灵》，岳麓书社 1985 年版。

易宗夔：《新世说》，上海古籍出版社 1982 年版。

章伯锋：《近代稗海》，四川人民出版社 1985 年版。

费行简：《近代名人小传》，中国书店 1988 年版。

吴明德《王闿运及其诗研究》，花木兰文化出版社 2007 年版。

周柳燕：《王闿运的生平与文学创作》，湖南大学出版社 2010 年版。

（二）同时期文人别集

魏源：《魏源集》，中华书局 2009 年版。

熊少牧：《读书延年堂文钞》，同治五年刻本。

吴敏树：《桦湖诗录》，光绪十九年思贤讲舍刻本。

曾国藩：《求阙斋读书录》，《续修四库全书》，第 559 册。

曾国藩：《曾国藩诗文集》，上海古籍出版社 2005 年版。

曾国藩：《曾国藩全集·日记》，岳麓书社 1987 年版。

朱克敬：《浮湘访学记》，《挹秀山房丛书》，光绪甲午朱氏重刊本。

王先谦：《葵园四种》，岳麓书社 1986 年版。

何绍基：《东洲草堂文钞》，清光绪刻本。

郭嵩焘：《养知书屋诗文集》，光绪壬辰版，近代中国史料丛刊，第 152 册。

郭嵩焘：《郭嵩焘日记》，湖南人民出版社 1981 年版。

丁宝桢著，罗文彬辑：《丁文诚公（宝桢）遗集》，近代中国史料丛刊，第 74 册。

李榕著，蒋德钧辑：《李申夫（榕）先生全集》，近代中国史料丛刊，第 573 册。

李元度：《天岳山馆文钞》，近代中国史料丛刊，第 402 册。

张之洞：《张之洞诗文集》，上海古籍出版社 2008 年版。

张之洞：《劝学篇》，近代中国史料丛刊，第 84 册。

李慈铭：《越缦堂诗集》，上海古籍出版社 2008 年版。

李慈铭：《越缦堂日记》，广陵书社 2004 年版。

陈三立：《散原诗文集》，上海古籍出版社 2003 年版。

沈曾植著，钱仲联校注：《沈曾植集校注》，上海古籍出版社 2001 年版。

沈曾植著，钱仲联辑：《海日楼札丛》，中华书局 1962 年版。

郑孝胥：《海藏楼诗集》，上海古籍出版社 2003 年版。

郑孝胥：《郑孝胥日记》，中华书局 1993 年版。

易顺鼎：《琴志楼诗集》，上海古籍出版社 2004 年版。

樊增祥：《樊樊山诗集》，上海古籍出版社 2004 年版。

金和：《秋蟪吟馆诗钞》，上海古籍出版社 2009 年版。

邓辅纶：《白香亭诗集》，东河督署，民国四年重刊，国家图书馆藏。

邓绎：《藻川堂诗集选》，清光绪年间刻本，国家图书馆藏。

邓绎：《藻川堂全集四种》，清光绪年间刻本，国家图书馆藏。

高心夔：《高陶堂遗集》，平湖朱氏经济斋，清光绪八年，国家图书馆藏。

李寿蓉：《天影庵诗存》，民国年间铅印本，上海图书馆藏。

李希圣：《雁影斋诗》，民国七年刻本，上海图书馆藏。

刘光第：《衷圣斋诗文集》，成都昌福公司刷印，民国三年刻本。

释敬安：《八指头陀诗文集》，梅季点校，岳麓书社 1984 年版。

曾广钧：《环天室古今体诗类选》，清宣统二年刻本。

杨度：《杨度集》，湖南人民出版社 1986 年版。

章太炎：《章太炎全集》，上海人民出版社 1984 年版。

章太炎著，虞云国整理：《菿汉三言》，辽宁人民出版社 2000 年版。

章太炎：《国故论衡》，上海古籍出版社 2003 年版。

（三）其他著作

徐陵：《玉台新咏》，人民文学出版社 2010 年版。

郭茂倩：《乐府诗集》，中华书局 1979 年版。

陶汝鼐：《草木堂合集》，清康熙刻世彩堂汇印本。

王夫之撰，张国兴点校：《古诗评选》，文化艺术出版社 1997 年版。

钱谦益：《列朝诗集小传》，上海古籍出版社 1959 年版。

钱谦益：《牧斋初学集》，上海古籍出版社 1985 年版。

陈沆：《诗比兴笺》，上海古籍出版社 1981 年版。

吴淇著，汪俊、黄进德点校：《六朝选诗定论》，广陵书社 2009 年版。

陈祚明：《采菽堂古诗选》，《续修四库全书·集部·总集》，第 1591 册。

汤鹏：《海秋诗集》，清道光十八年刻本。

陈衍：《近代诗钞》，商务印书馆 1923 年版。

陈衍：《陈衍诗论合集》，福建人民出版社 1999 年版。

徐世昌：《晚清簃诗汇》，《续修四库全书》，第 1629—1633 册。

张翰仪：《湘雅摭残》，岳麓书社 1987 年版。

黄节注：《汉魏六朝诗六种》，人民文学出版社 2008 年版。

汪辟疆：《汪辟疆文集》，上海古籍出版社 1988 年版。

钱基博：《现代中国文学史》，上海古籍出版社 2004 年版。

钱基博、李肖枏：《近代湖南学风·湘学略》，岳麓书社 1985 年版。

钱仲联：《梦苕庵清代文学论集》，齐鲁书社 1983 年版。

钱仲联：《梦苕庵诗话》，齐鲁书社 1986 年版。

钱仲联：《当代学者文库：钱仲联卷》，安徽教育出版社 1999 年版。

钱仲联：《近代诗钞》，江苏古籍出版社 2001 年版。

钱仲联：《清诗纪事》，凤凰出版社 2004 年版。

张舜徽：《清人笔记条辨》，华中师范大学出版社 2004 年版。

张舜徽：《清人文集别录》，华中师范大学出版社 2004 年版。

何文焕：《历代诗话》，中华书局 1981 年版。

丁福保：《历代诗话续编》，中华书局 1983 年版。

郭绍虞：《清诗话》，上海古籍出版社 1963 年版。

郭绍虞、富寿荪：《请诗话续编》，上海古籍出版社 1983 年版。

张寅彭主编：《民国诗话丛编》，上海书店出版社 2002 年版。

黄霖：《近代文学批评史》，上海古籍出版社 1993 年版。

舒芜等编：《近代文论选》，人民文学出版社 1959 年版。

龚斌校注：《陶渊明集校笺》，上海古籍出版社 1996 年版。

王运熙、王国安：《汉魏六朝乐府诗》，上海古籍出版社 1986 年版。

王瑶：《中古文学史论集》，上海古籍出版社 1982 年版。

胡大雷：《宫体诗研究》，商务印书馆 2003 年版。

龙榆生：《中国韵文史》，上海古籍出版社 2002 年版。

朱则杰：《清诗史》，江苏古籍出版社 1992 年版。

严迪昌：《清诗史》，浙江古籍出版社 2002 年版。

刘世楠：《清诗流派史》，台湾文津出版社 1995 年版。

任访秋：《中国近代文学史》，河南大学出版社 1988 年版。

郭延礼：《中国近代文学发展史》，山东教育出版社 1991 年版。

刘再华：《近代经学与文学》，东方出版社 2005 年版。

胡晓明、李瑞明：《近代上海诗学系年初编》，上海教育出版社 2003 年版。

（四）杂志

《同声月刊》，第 1 期第 2、3、5、6 号。

（五）研究论文

马积高：《略论王闿运其人与其诗》，《中国文学研究》1985 年第 1 期。

马积高：《漫谈湖湘文化》，《湖湘论坛》1996 年第 6 期。

马积高：《漫谈湖湘文化（续）》，《湖湘论坛》1997 年第 1 期。

马积高：《谈模拟——文章写作杂谈之一》，《殷都学刊》1987 年第 2 期。

陆草：《试论王闿运的"治情说"及其审美倾向》，《中州学刊》1985 年第 3 期。

何绵山：《简论王闿运的创作及影响》，《东疆学刊》1986 年第 1 期。

陶先淮：《一幅关于太平天国运动的历史画卷——试论王闿运的长篇组诗〈独行谣〉》，《中国文学研究》1987 年第 2 期。

何绵山：《王闿运诗文论略》，《社会科学辑刊》1990 年第 2 期。

刘世南：《论王闿运的模拟》，《江西师范大学学报》1994 年第 3 期。

伏家芬：《君诗荡气更回肠——王湘绮诗艺浅议》，《湖湘论坛》1996 年第 5 期。

吴淑钿：《〈湘绮楼说诗〉的理论体系》，《汕头大学学报》1996 年第 5 期。

郭蓁：《王闿运诗歌中的李伯元考》，《文学遗产》1997 年第 2 期。

孙海洋：《八指头陀诗风初探》，《船山学刊》1998 年第 1 期。

马卫中、刘诚：《从湖湘派的兴衰看王闿运的诗坛地位》，《文学遗产》1999 年第 5 期。

黄世民：《传统题材下的开拓与创新——论王闿运七夕诗的艺术创新》，《文史博览》2005 年第 2 期。

王英志：《王闿运山水诗初探》，《中国韵文学刊》2005 年第 4 期。

赵树功：《〈中国古籍善本书目〉收王闿运注释庾信〈哀江南赋〉纠谬——兼论〈哀江南赋〉注释的基本源流》，《南昌大学学报》2005 年第 5 期。

赵树功：《清人王闿运著有〈哀江南赋〉》，《文献》2006 年第 1 期。

黄去非：《略论湖湘诗派的成员构成》，《湖南科技学院学报》2006 年第 10 期。

黄去非：《湖湘诗派理论试探》，《云梦学刊》2007 年第 2 期。

萧晓阳：《湖湘诗派与近代宋诗派之关系》，《船山学刊》2007 年第 3 期。

陈正宏：《新发现的陈三立早年诗稿及黄遵宪手书批语》，《文学遗产》2007 年第 2 期。

胡晓明、赵厚均：《王闿运与同光体的诗学取向》，《浙江大学学报》2008 年第 3 期。

周柳燕：《王闿运文学创作的"湖湘文化"精神内核刍议》，《湖南社会科学》2010 年第 11 期。

程彦霞：《论王闿运对明七子复古体系的重建》，《辽宁师范大学学报》2008 年第 6 期。

程彦霞：《王闿运唐诗选本考述》，《郑州大学学报》2009 年第 1 期。

程彦霞、邵利勤：《试析王闿运与曾国藩诗学思想之异同》，《浙江工业大学学报》2012 年第 3 期。

程彦霞：《王闿运京师之行、交游雅集及著述考述》，《郑州大学学报》2013 年第 2 期。

朱洪举：《王闿运的书法创作及书学思想》，《书法》2012 年第 4 期。

李思清：《民国时期的"光宣文人"—以清史馆文人群体为中心》，《中国现代文学研究丛刊》2012 年第 7 期。

戴海斌：《庚子前后王闿运的思想动态——〈王湘绮年谱〉辩误一则》，《船山学刊》2012 年第 4 期。

蒋蓝：《王闿运与四川》，《书屋》2012 年第 12 期。

何荣誉：《王闿运与晚清中晚唐诗派的诗学交流——以王闿运与易顺鼎、樊增祥的诗学交流为中心》，《文艺评论》2013 年第 2 期。

李亚峰：《王闿运词学宗派论》，《文艺评论》2013 年第 2 期。

廖太燕：《王闿运与江西》，《书屋》2014 年第 11 期。

那秋生：《越缦堂与湘绮楼》，《书屋》2014 年第 9 期。

李亚峰：《论王闿运的诗学体用观与其政学理想》，《福州大学学报》2014
    年第 4 期。

刘再华：《王闿运的散文理论与创作》，《船山学刊》1998 年第 2 期。

刘再华：《论经学与中国古代文论的关系》，《中国文学研究》2004 年第
    3 期。

刘再华：《今文经学与晚清文学革命》，《中国文学研究》2006 年第 2 期。

傅宇斌：《王闿运与桐城派——论王闿运文学思想的另一渊源》，《中南大
    学学报》2008 年第 8 期。

闵定庆：《浙常而外欲张楚军——论王闿运的词学追求》，《中国韵文学刊》
    1998 年第 2 期。

杨雨、曾秋香：《"尊体"大潮中的"小道""逆流"——王闿运词学"小
    道"观》，《2000 年词学国际学术研讨会论文集》。

刘兴晖：《"绮语"与"合道"——论王闿运〈湘绮楼词选〉"雅趣并擅"
    的词学观》，《广西大学学报》2009 年第 8 期。

柳存仁：《王湘绮和〈红楼梦〉》，《红楼梦学刊》1995 年第 1 期。

黄万机：《王闿运与丁宝桢》，《贵州文史论丛》1999 年第 4 期。

李赫亚：《相知与相离：王闿运与郭嵩焘之交谊探析》，《求索》2006 年第
    11 期。

渔父：《王闿运与黄彭年》（上、下），《贵州文史》2009 年第 4、5 期。

李行之、何孝积：《王闿运》，《求索》1983 年第 3 期。

陶先淮：《王闿运生平大事年表》，《中国文学研究》1985 年第 1 期。

王向清：《承旧与开新：王闿运在近代湖湘学派中的地位》，《湖湘论坛》
    2001 年第 2 期。

周小喜：《杨度帝王之学简论》，《三湘青年社会科学优秀论文集》2004
    年卷。

信阳生：《王闿运"帝王之学"述评》，《中南工业大学学报》2002 年第

1 期。

刘少虎、李赫亚：《求仕与入幕：王闿运经世实践之努力》，《船山学刊》
2007 年第 2 期。

傅宇斌：《〈湘绮楼日记〉与王闿运的性格和人格》，《古典文学知识》
2007 年第 1 期。

贺金林：《王闿运的人生落寞与逍遥》，《湖北大学学报》2008 年第 5 期。

王盾：《近代纵横学开山——王闿运》，《船山学刊》2009 年第 1 期。

冯晓庭：《王闿运的〈春秋〉学述论》，《中国文哲研究通讯》（台北）"中
研院"中国文哲研究所 2004 年版，第 14 卷第 1 期。

黄建荣：《论王闿运〈楚辞释〉的注释特色》，《南昌大学学报》2005 年第
1 期。

刘少虎：《王闿运经学研究综述》，《求索》2005 年第 11 期。

刘少虎：《王闿运经学著作考述》，《船山学刊》2006 年第 1 期。

刘少虎：《"经""史"之别：王闿运对春秋的基本态度》，《长沙大学学
报》2006 年第 6 期。

刘少虎：《王闿运春秋学思想发微》，《求索》2006 年第 11 期。

刘少虎：《离舍与回归：王闿运解说〈春秋〉灾异的两难》，《中山大学学
报》2007 年第 1 期。

刘平：《论王闿运以礼自治的思想》，《湖南大学学报》2008 年第 1 期。

刘平：《王闿运〈春秋公羊传笺〉中"化导外夷"的民族观》，《湖南师范
大学学报》2008 年第 4 期。

刘平、李克琴：《王闿运兼综古文的公羊学风格》，《求索》2008 年第
4 期。

刘平：《笔耕不辍，博洽多通——王闿运的著述、刻书与治学特点》，《图
书馆》2010 年第 3 期。

萧晓阳、罗时进：《常州庄氏之学与近代疑古思潮之发生》，《衡阳师范学
院学报》2008 年第 2 期。

彭平一：《戊戌前后湖南今文经学的学术播迁及其影响——以王闿运和皮
锡瑞为始末》，《湖南大学学报》2009 年第 5 期。

张昭军：《从复"义理之常"到言"义理之变"——清代今文经学家与程朱理学关系辨析》，《清史研究》2010 年第 2 期。

马东玉：《曲直自有后人评说——读〈湘军志〉与〈湘军记〉》，《辽宁大学学报》1990 年第 3 期。

刘绪义：《盛名之下的〈湘军志〉》，《书屋》2006 年第 12 期。

胡锋、朱映红：《论王闿运史学思想形成过程及成因》，《船山学刊》2007 年第 3 期。

李存朴：《王闿运洋务观析论》，《广西社会科学》2007 年第 11 期。

李赫亚：《论王闿运兵事议论中的史学观》，《史学史研究》2009 年第 1 期。

郭钦：《良史乎，谤史乎？——关于王闿运〈湘军志〉百年纷争的评议》，《湖南社会科学》2009 年第 6 期。

杨布生：《王闿运掌教尊经、船山两书院考》，《湘潭师范学院学报》1990 年第 4 期。

李赫亚：《湖南"二王"与近代湖南书院改制》，《北京理工大学学报》2006 年第 4 期。

李赫亚：《论晚清书院教育的多元性征》，《徐州师范大学学报》2007 年第 2 期。

章启辉、刘平：《王闿运教育思想的经学经世特征》，《船山学刊》2006 年第 4 期。

刘平、章启辉：《王闿运改制船山书院探析》，《湖南大学学报》2007 年第 5 期。

曲洪波：《尊经书院与晚清时期四川的经学发展略论》，《宜宾学院学报》2009 年第 4 期。

龙晦：《论薛焕、王闿运创办尊经书院》，《西华大学学报》2009 年第 6 期。

李晓宇：《尊经书院与近代蜀学的兴起》，《湖南大学学报》2008 年第 5 期。

朱迪光：《王闿运与船山研究》，《船山学刊》2010 年第 2 期。

王向清：《承旧与开新——王闿运在近代湖湘学派中的地位》，《湖湘论坛》2001 年第 2 期。

张晶萍：《论晚清湘学史中两种学术理念的冲突——以叶德辉与王闿运之

间的学术纷争为例》，《湖南师范大学学报》2008 年第 1 期。

王向清：《王闿运的经世思想及其特征》，《湖南社会科学》2014 年第 1 期。

赖志凯：《诗学复古与王闿运及汉魏六朝诗派》，硕士学位论文，暨南大
　　学，2000 年。

欧立军：《王湘绮诗歌本体思想研究》，硕士学位论文，华南师范大学，
　　2002 年。

曹爱群：《王闿运文学复古思想研究》，硕士学位论文，苏州大学，2003 年。

吕晨：《王闿运的诗歌创作及诗学思想》，硕士学位论文，上海大学，2004 年。

肖晓阳：《湖湘诗派研究》，博士学位论文，苏州大学，2006 年。

单苹：《失落与升华——从生命美学角度解读王闿运》，硕士学位论文，湘
　　潭大学，2006 年。

朱洪举：《王湘绮诗学思想研究》，博士学位论文，华东师范大学，2007 年。

庄静：《王闿运诗歌研究》，硕士学位论文，苏州大学，2008 年。

程彦霞：《王闿运选批唐诗研究》，博士学位论文，上海师范大学，2009 年。

龙起凤：《王闿运〈湘绮楼词〉及词论研究》，硕士学位论文，暨南大
　　学，2010 年。

孙建军：《王闿运拟古诗学研究》，硕士学位论文，中南民族大学，2013 年。

胡锋：《王闿运史学思想初探》，硕士学位论文，湘潭大学，2003 年。

刘少虎：《王闿运春秋公羊思想研究》，博士学位论文，中山大学，2006 年。

吴湘之：《王闿运公羊学思想初探》，硕士学位论文，湖南师范大学，2007 年。

刘平：《王闿运〈春秋公羊传笺〉学术思想研究》，博士学位论文，湖南大
　　学，2008 年。

李赫亚：《王闿运与晚清书院教育研究》，博士学位论文，北京师范大
　　学，2005 年。

刘四平：《王闿运政治思想研究》，博士学位论文，湖南师范大学，2007 年。

周旭：《王闿运学论》，硕士学位论文，华东师范大学，2009 年。

魏怡昱：《王闿运春秋学思想研究》，（台北）硕士学位论文，中国文化大
　　学史学研究所，2003 年。

后　记

　　本书是在我博士论文的基础上完成的，除修改个别字句和格式外，基本保持了原貌。在写作过程中，不论是选题还是结构，观点还是论证，都得到了导师张寅彭先生的悉心指导。然三年时间，只写成这个样子，实在有辱师门。

　　书稿完成后，承蒙复旦大学黄毅、上海社会科学院孙琴安等先生评阅。他们的鼓励和批评都让我受益良多。复旦大学陈广宏、郑利华、上海师范大学严明等先生在闷热的教室里为我主持论文答辩会，并提出了很多建设性的意见，在此对诸位先生表示衷心的感谢。

　　我还要感谢硕士导师饶龙隼先生。一直以来，先生对我的学习、生活都给予了极大的帮助。点点滴滴，弟子都铭记于心。

　　我要感谢十余年求学过程中帮助过我的老师们，黄冈师范学院胡立新、万桂红等老师，杭州师范大学叶志衡教授，上海大学董乃斌、孙小力、朱恒夫、王培军等先生，上海师范大学曹旭先生、复旦大学周兴陆先生，感谢你们的鼓励与教诲。

　　我要感谢同门黄斌、刘青山、平志军诸君，同窗好友任荣、尹冬民、杨延、刘挺颂、蒋重母、谢祥娟、赵欢、杜瑞平、刘明、米玉婷、许峰、杨雄威、许道军诸君。感谢你们给予的深厚友情和无私帮助！与你们相伴的日子，我心里始终是明亮的，真诚地祝愿你们心想事成、生活美满。

　　最后我要感谢我的父母和家人，感谢你们一路的陪伴。感谢父母教会我乐观豁达，感谢弟弟让我懂得包容与理解，感谢妻子给我美好浪漫的爱情，感谢儿子带给我的责任和快乐。你们使我具有源源不竭的动力、一往向前的勇气。

本书的出版得到了湖北民族学院文学与传媒学院学科建设经费、湖北民族学院博士科研启动基金的资助。中国社会科学出版社责任编辑郭晓鸿老师为本书地出版付出了艰辛的劳动。在此向学院领导和郭先生致以敬意。

这本小书是一段生活的结束，也是新征程的开始。

何荣誉

2015 年 7 月 9 日凌晨于龙洞河畔